JN318341

二見文庫

いつか見た夢を

スーザン・エリザベス・フィリップス／宮崎 槙＝訳

Natural Born Charmer
by
Susan Elizabeth Phillips

リアムへ
生まれながらの
愛嬌を持つ
あなたに
この書を捧げる

いつか見た夢を

登　場　人　物　紹　介

ブルー・ベイリー	肖像画家
ディーン・ロビラード	シカゴスターズの選手
ヴァージニア・ベイリー	ブルーの母
エイプリル・ロビラード	ディーンの母
ジャック・パトリオット	ロックミュージシャン
ライリー・パトリオット	ジャックの娘
マーリ・モファット	ライリーの母。歌手
ヒース・チャンピオン	スポーツ・マネジメント会社のオーナー
アナベル	結婚相談所のオーナー。ヒースの妻
ニタ・ギャリソン	ギャリソンの町の地主

1

路肩を頭のないビーバーが歩く姿を目にする機会は、スケールの大きな人生を送るディーン・ロビラードのような男にもそうそうあるものではない。「なんだ、ありゃ……」ディーンは最新型アストンマーティン・ヴァンキッシュのブレーキを踏むと、ビーバー女の前で停車した。

ビーバーはそのままずんずんと通りすぎていく。歩調に合わせて厚みのない尻尾《しっぽ》が砂利の上で跳ね上がり、顎はつんと上げている。というより、上げすぎているというべきか。どうやらこのビーバー、たいそうご機嫌ななめのようだ。

頭部はなく、汗にまみれた黒髪を大雑把なポニーテールにしていることから見て、このビーバーはメスらしい。ディーンはつきまとう憂鬱《ゆううつ》な気分を忘れるべく気晴らしを求めていたので、車のドアを開けるとコロラドの道路の路肩に降り立った。まず買ったばかりのドルチェ&ガッバーナのブーツが地面を踏み、やがて全身が現われる。一九〇センチの鋼《はがね》のように引き締まった体、カミソリのように鋭敏な反射神経、完璧な美貌……少なくとも広報宣伝担当《プレスエージェント》ならこう表現するだろう。それはあながち大袈裟《おおげさ》な表現とは言いきれないものの、じつのところディーンは世の人びとが思うほど自惚《うぬぼ》れてはいない。それでもこうした表面的な要素を誇張することで、いらざる一般人の干渉からうまく身を護れることは否めない。

「そこのきみ……困ってるなら力になろうか？」

ビーバーの前足はリズムを崩すことなく揺れている。「銃はある？」

「ないね」

「なら、用はないわ」

ビーバーはどんどん歩きつづける。

ディーンは苦笑いして、女のあとから歩きだした。彼の際立って広い歩幅をもってすれば、小柄で毛皮をかぶった女に追いつくのは造作もないことだった。「いい天気だね」と彼は声をかける。「五月にしては例年より暑いくらいだけど、苦にはならないな」

女はグレープキャンディのような瞳で彼を見た。その目は体のなかで数少ないやわらかな曲線を成す部分だった。ほかはすべて鋭い角度や華奢《きゃしゃ》な感じを与えるパーツばかりである。繊細な頬骨、小さな尖った鼻、ガラスをカットできそうに鋭い顎。しかしよく見ていくと、印象はあやふやになる。幅広の驚くほどふっくらとした上唇のまんなかは鋭角的なラインを描いているものの、下唇はさらに豊かなふくらみを持ち、この女が猥褻《わいせつ》なマザーグースの替え歌の世界から飛び出してきたような錯覚を覚えるほどだ。

「俳優ね」女はどこかせせら笑うような調子でいった。「私、ついてるわ」

「なぜ俳優だと？」

「なまじの女よりきれいな顔をしてるんだもの」

「いまいましいね」

「そんなこといわれて照れもしないの？」

「受け入れざるをえない現実というものはあるさ」

「よくいうわ……」女は厭《いと》わしげに鼻を鳴らした。

「名前はヒースだ」歩調を速めた女に向かって、彼はいった。「ヒース・チャンピオン」

「インチキくさい名前」

たしかに偽の名ではあるが、女はペテン師の使いそうな名だと思ったらしい。

「銃を何に使おうっていうんだい」ディーンは訊いた。

「元彼氏を殺すの」

「そいつに衣類を持っていかれちゃったとか？」

くるりと振り向いたビーバーのへらのような尻尾がディーンの足にぶつかった。「あっちへ行って！」

「そんなことしたらせっかくのお楽しみがフイになる」

女は首をまわし彼の見事な十二気筒エンジンの漆黒のアストンマーティン・ヴァンキッシュをしげしげと眺めた。この車の購入に数十万ドルかかったが、その程度の出費では彼の純資産はびくともしない。シカゴ・スターズの正規のクォーターバックという身分は、それこそ銀行を所有しているようなものだ。

女は眼球を突き出さんばかりにして前足で汗に濡れた髪を頰から払おうとしたが、髪は頰に貼りついている。「乗せてもらおうかな」

「内装をかじるんじゃないぞ」

「くだらないことをいわないでよ」

「ごめん」今日はじめてディーンは州間高速道路《インターステート》を使わなかったことに満足感を覚えた。車のほうに首を傾けていう。「さっさと乗りなよ」

自分から言い出したにしては躊躇《ちゅうちょ》を見せたが、女は結局ディーンのあとからついてきた。ディーンとしても、彼女が乗る手助けでもするのがほんとうだが、ドアを開いてやったあとは、後ろでただ眺めを楽しんでいた。

見ものはなんといっても尻尾であった。尻尾はバネが入っていて、彼女が身を屈めてレザーの助手席に乗りこもうとすると尻尾が頭に何度もぶつかってくるのだった。女は苛立《いらだ》って尻尾を引きちぎろうとしたが、どうにもならないので、それを力いっぱい踏みつけた。

ディーンは顎を掻いた。「可愛いビーバーに辛く当たりすぎてないか?」

「もういいわよ!」女はふたたび路肩を歩きはじめた。

ディーンはにやりと笑って女の背中に声をかけた。「謝るよ。こういうことをいうから、男ってやつは女からバカにされるんだよな。自分が恥ずかしいよ。ほら、手伝ってやるから乗れよ」

プライドかいま迫られている必要性か——その狭間で女が葛藤《かっとう》する様子をディーンは眺め、

必要性が勝ったのを見ても驚かなかった。女はそばに来ると、素直に尻尾を折ってもらった。それを胸元で押さえこませ、ディーンは女を車内に導き入れた。女は片側の尻を浮かせた格好で座ることになり、フロントガラス越しに尻尾の奥からそっとこちらをうかがっているのが見える。ディーンは運転席に乗りこんだ。ビーバーの着ぐるみからは高校のロッカールームを思い起こさせる汗くささが発散している。車窓を数インチ下げ、ディーンは車を発進させた。「で、行き先は？」

「あと一マイルほどまっすぐ行って。〈永久の命聖書教会〉のところを右折して」

女が悪臭を放つ毛皮の下でラインバッカーなみの大汗をかいているので、ディーンはエアコンの風量を〝強〟にした。「ビーバーの仕事って、出世の機会はあるのかい？」

嘲《あざけ》るような彼女の顔を見れば、相手を茶化して面白がっているこちらの心理を読まれているのは明白だ。「〈ベンのビックビーバー材木店〉で昇進を約束されていたわよ」

「つまりその昇進というのは……」

「ベンの店は最近業績が悪化しているの……というか、そう聞いたわ。私は十日ほど前にこの町に来たばかりなのよ」女は前方を仕草で示した。「この道を行くとローリンズ・クリークに出て、ベンの材木店があるの。さっきの四車線の高速道路から材木店は近いのよ」

「だんだん事情がわかってきたぞ」

「そういうこと。毎週末、ベンは高速道路で客引きのプラカードを持たせるスタッフを必要としているの。私が最新の犠牲者というわけ」

「新参者だからか」

「二週続けてこんな仕事をやる人間なんてそうそう見つからないわよ」

「プラカードはどうした？　聞くだけヤボか。ビーバーの頭と一緒に置いてきたんだな」

「ビーバーの頭をつけたまま町に入るわけにいかないでしょ」

女は呑みこみの悪い相手にでも説明するように指摘してみせた。もしなかに何か着ていれば、着ぐるみを身につけたまま町に入ることもないはずだとディーンは考えた。「あそこに車は停まってなかったし、そもそもどうやってあそこまで行ったんだい？」

「たまたま今朝私のカマロがオシャカになっちゃったんで、オーナーの奥さんが送ってくれたのよ。一時間前に迎えに来てくれることになってたんだけど、来ないの。どうしようかと考えていたちょうどそのとき、私が購入資金を一部出したフォード・フォーカスに乗ったろくでなし野郎が通ったわけ」

「恋人？」

「元恋人」

「これから殺しにいく相手だね？」

「そんな、マジにつっこまないでよ」女は尻尾の奥から彼に目を向けた。「教会があるから右折して」

「犯罪現場まできみを送り届けるとすると、ぼくも共犯者ってことになるのかな？」

「共犯者になりたい？」

「もちろんさ」車はでこぼこの多い半居住地区の道路へ入った。雑草だらけの敷地に牧場スタイルの家が点在している。デンバーからわずか二〇マイルほどの距離にあっても、ローリンズ・クリークは大都市のベッドタウンとして繁栄しそうもない町だ。

「庭に看板のある緑の家よ」女はいった。

ディーンはスタッコの牧場スタイルの家の前で車を停めた。ひまわりの列に囲まれた看板の前に金属製の鹿が護衛のように立っている。看板には〝貸室あります〟、とある。車道にはエンジンをかけたままの汚れたフォード・フォーカスが停めてある。その車の助手席側のドアに腰をもたせかけるようにして、一人のすらりとしたブルーネットの女が立ってタバコをふかしている。ディーンの車を見たその女は体を起こした。

「あれはサリーね」ビーバーが小声でいった。「モンティの新しいダメ女。私は元カノ」

サリーは若く胸の大きい痩せた女で、化粧は濃かった。汗まみれの髪をしたビーバーとしてはいちじるしく不利ではあるが、ディーンの運転するスポーティなアストンマーティンで乗りこんできたことで互角に戦える。フロントガラス越しに、小さな金縁メガネをかけた小柄で長髪の、芸術家タイプの男が家のなかから出てくるのが見えた。これは間違いなくモンティだろう。カーゴパンツに南米の革命家たちの手で織られたようなシャツを着ている。ビーバーより年上――三十代半ば――といった感じで、サリーよりは間違いなく年上である。サリーは二十歳にもなっていないはずだ。

モンティはヴァンキッシュが目に入り、つと立ち止まった。サリーはピンクのサンダルでタバコの火を消し、じろじろとこちらを見ている。ディーンはゆっくりと時間をかけて車から降り、ボンネットの前をまわって助手席のドアを開けてやり、ビーバーを戦闘態勢につかせた。しかし不運なことに地面に足をつこうとして尻尾が邪魔をした。尻尾の角度を変えようとするも、たたんで持っていた尻尾がほどけて顎を直撃、それに腹を立ててそれを振りまわしたとたんバランスを崩し、顔面から地面に倒れてしまった。大きな平たい茶色の尻尾が尻の上でゆらゆら揺れている。

モンティは上からしげしげと見下ろした。「ブルーなのか？」

「これがブルーなの？」サリーがいった。「この人、ピエロか何か？」

「最後に見たときは違った」モンティは四足で踏ん張りながら起き上がろうとしているビーバーからディーンに視線を移した。「どなたかな？」男の嘘くさい上流階級風アクセントに、ディーンはタバコでも吐き出して「そちらが先に名乗れ」といいたくなった。「謎の男だ」悠然とした調子でいう。「惚《ほ》れこまれる一方、すくみ上がる相手も多い」

モンティは怪訝《けげん》な表情を見せたが、ビーバーがようやく立ち上がると、その顔には一転敵意が浮かんだ。「どこにあるんだよ、ブルー？　いったいどこにやっちゃったんだ」

「この大嘘つきの、偽善者詩人！」ビーバーは尖った顔に汗を光らせ、怒りに燃える目で車道をよたよたとモンティに近づいた。

「嘘などついてない」その相手を見下すような口調にディーンでさえ憤りを覚えたぐらいだから、ビーバーがどう感じたかは想像に難くなかった。「嘘はいったことがない」モンティは繰り返した。「手紙ですべて説明した」

「手紙は、客の予約を三件キャンセルして一三〇〇マイルもの長旅のあと、やっと受け取ったんじゃないの。ここに着いてみたら、とんでもないことになってたけどね。この二カ月、しきりにシアトルを離れてこの町へ来てほしいと懇願しつづけた男はどこへ行っちゃったわけ？　電話で赤ん坊のように泣きじゃくり、自殺をほのめかし、おまえは最良の友でただ一人の恋人だなんてぬかしていた男はいったいどこへ行っちゃったのよ？　見つかったのは、おまえがいなきゃ生きていけないと思っていたが、十九歳の娘に恋をしたからおまえはもう必要がなくなったという内容の手紙だけ。自暴自棄になって騒ぎたてることのないように、と念まで押してあったわ。あんたはそんなことをじかに話す度胸すらないのよ！」

サリーが真面目くさった顔で一歩近づいた。「それはあなたが男の自信を打ち砕く女だからよ、ブルー」

「知りもしないくせに！」

「モンティから何もかも聞いた。意地悪でいうんじゃないけど、あなた、精神療法《セラピー》を受けたほうがいいわ。そうすれば他人の成功に脅威を感じずにすむようになるかも。とくにモンティの」

ビーバーの頬は赤旗のように紅潮した。「モンティは各地の詩のコンクールに出たり、怠けた学生のかわりに学期末の論文を書いてやったりして生活しているのよ」

サリーが束の間見せた後ろめたい表情から、モンティとはまさしくそんな形で出会ったのだろうとディーンは察した。それでもサリーの動揺は長く続かなかった。「あなたのいうとおりよ、モンティ。この人、有害だわ」

ビーバーは顎を引き締め、ふたたびモンティに近づいた。「私が有害だとこの娘にいったわけね」

「全般的にそうだというわけじゃない」モンティは横柄《おうへい》な口調でいった。「ぼくの創作過程においてのみだ」モンティは鼻梁《びりょう》にかけたメガネの位置を高くした。「ディランのCDはどこにあるか、いい加減白状しろよ」

「もし私がそれほど有害だというのなら、なぜあなたはシアトルを出てから一編の詩も書けないの？　なぜ私が発想の源泉だなんていったの？」

「それは彼が私と出会う前のことよ」サリーが言葉を差しはさんだ。「私たちが恋に落ちる前の話。いまは私が彼のインスピレーションなの」

「たった二週間前のことなのよ！」

サリーはブラのストラップを引っぱった。「運命の相手に会えば心が感じ取るものよ」

「それをいうなら因果な縁の相手でしょ」ビーバーが切り返した。

「ずいぶんなことというのね、ブルー。ひどいわ」サリーがいった。「モンティは傷つきやすい心の持ち主よ。だからこそ素晴らしい詩を書けるの。それを知っててあなたは彼を攻撃するんでしょう。彼の創造性が妬《ねた》ましいから」

そんなサリーの態度に、ディーンまで苛立ちを覚え、ビーバーがサリーに食ってかかっても驚かなかった。「これ以上口をはさんだら殴り倒すからね。これはモンティと私の会話なの」

サリーは口を開いたが、ビーバーの表情に気圧されて口を閉じた。困ったことにディーンはビーバーが相手をやりこめる様子を見ているのが楽しくて仕方がなくなっていた。しかしサリーのほうは気勢がそがれた様子である。

「おまえが動揺するのもわかる」モンティはいった。「しかしいつかはこれでよかったと思えるようになるはずだ」

この男はうすのろ大学を首席で卒業したに違いない。ビーバーが前足をぐいと持ち上げる様子をディーンは見守った。「よかったたって？」

「おまえと喧嘩《けんか》する気はない」モンティは慌てていった。「おまえは何もかも喧嘩の種にする」

サリーがうなずいた。「たしかにね」

「仰せのとおりだわよ！」それ以上の警告もなく、ビーバーは猛然とモンティにぶつかっていき、彼はドサリと地面に倒れた。

「何をする。やめろ！　離れろ！」

モンティは女のような黄色い悲鳴をあげ、サリーが救援のために駆け寄った。「離れなさいよ！」

ディーンはヴァンキッシュにもたれ、ショーを楽しんだ。

「メガネ！」モンティは泣きわめいた。「メガネはどこだ！」

　モンティが体をまるめながら起き上がろうとしていると、ビーバーのチョップが頭部を直撃した。「メガネを買ったのは私じゃないの！」

「やめて！　彼から離れてよ！」サリーはビーバーの尻尾をつかみ、力いっぱい引っぱった。

　モンティはおのれの急所と大事なメガネとどちらを守るべきか葛藤に苦しんだ。「おまえ、完全に頭がいかれちまったな！」

「あんたの影響よ！」ビーバーはモンティに平手打ちを食らわせようとしたが、前足が厚すぎてうまくいかなかった。

　サリーはかなり発達した上腕の持ち主で、さらに尻尾を持つ手に力を込めたが、獲物をしとめたビーバーがとどめを刺すチャンスをあきらめるはずもなかった。ディーンは昨シーズンの最終戦となったジャイアンツとの試合の最後の三十秒以来、これほど面白い玉突き状態を見たことはなかった。

「メガネを割った！」モンティは顔に両手を押し当てて哀れな声を上げた。

「メガネだけですむと思ったら大間違いよ。今度かち割るのはあんたの頭！」ビーバーはふたたび腕を振り上げた。

　それを見てディーンは怯《ひる》んだが、モンティもようやく自分がY染色体の持ち主であることを思い出したらしく、サリーの手を借りてビーバーを押しのけ、よろよろと立ち上がった。

「おまえなんか逮捕させてやる！」モンティは女々しい金切り声を上げた。「訴えてやる」

さすがにディーンも静観しているわけにはいかなくなり、のっそりと前へ出た。長年自分自身の映像を見つづけたので、悠然とした歩きによって自分がどんな印象を与えるかはよく知っている。長い体軀《たいく》がいっそう引き立つのだ。さらに午後の陽射しがダークブロンドにかなりの華々しい劇的効果を加えてくれるのではないかという気もする。二十八になるまでは気障《きざ》なダイヤのピアスをつけていたが、若さゆえの誇張だったと気づき、いまでは時計しか身につけない。

メガネはなくともディーンが近づいてくるのに気づき、モンティは顔色を失った。「きみは証人だ」詩人はめそめそと訴えた。「彼女が何をしたか見ただろう」

「さっきのを見れば……」ディーンはゆっくりといった。「……やっぱりぼくらの結婚式にきみは招《よ》べない」そしてビーバーのそばに寄り、肩に腕をまわすと驚きに見開かれた紫色の瞳を愛しげに見つめた。「ごめんよ。ここにいるウィリアム・シェークスピアとの関係にわざわざ終止符を打つ価値はないというきみの主張を信じなくて、悪かった。けど、どんなゲス野郎ともじかに話をつけるべきだと思ったんだ。次はきみの判断を信じるようにする。それにしても、やっぱりそのコスチュームは脱いでくるべきだったよな。どんな性生活を楽しんでいても、人に見せるもんじゃない」

ビーバーはそう簡単に度肝を抜かれるタイプではなさそうだが、それでもどうやらこの台詞《せりふ》には唖然《あぜん》としているらしい。言葉を生業《なりわい》にしているモンティもさすがに二の句が継げないでいる。哀れなサリーだけがかろうじて恨み言を口にした。「あなた、ブルーと結婚するの？」

「われながらびっくりだけどね」ディーンは控え目に肩をすくめた。「こんな彼女に惚れるなんてさ」

それを聞いて返す言葉などあるはずもない。

驚きから立ち直ったモンティはまたも愚痴をこぼしはじめ、ディーンにもそれが何かようやくわかってきた。どうやらボブ・ディランの『ブラッド・オン・ザ・トラックス（血の轍《わだち》）』の希少な海賊版ＣＤをモンティが下宿屋に置き忘れていったらしい。

「あれはわずか千枚の限定版なんだぞ！」モンティは叫ぶ。

「九百九十九枚よ！」ブルーが言い返す。「手紙を読んだ直後、ＣＤはゴミと一緒に捨てちゃったわよ」

それを聞いたあとのモンティの落胆ぶりはそうとうなものであったが、ディーンは傷口に塩を塗ってやりたい衝動を抑えきれなかった。詩人とサリーが車に乗りこみそうになると、ディーンはビーバーのところへ戻り、車の二人にも聞こえるような大声でいった。「なあ、町に戻ってきみの気に入りそうな二カラットのダイヤを探そうよ」

ディーンの耳には明らかにモンティの哀れっぽい泣き言が聞こえたような気がした。

ビーバーの得意顔も長くは続かなかった。フォーカスが車道から出て行くか行かないうちに、牧場スタイルの家のドアが開き、髪を黒く染め、眉を描き、顔の生白いずんぐりした女がポーチに出てきた。「ここでなんの騒ぎ?」

ビーバーは道路の砂ぼこりを見つめながら、わずかに肩を落とした。「内輪の口論よ」

女は豊かすぎる胸の前で腕を組んだ。「あんたを見てひと目で面倒を引き起こすタイプだってわかったわ。あんたなんか泊めるんじゃなかった」女はビーバーを悪しざまに罵《ののし》りはじめ、ディーンもそれを聞いていくつかの不明な点がはっきりした。どうやら十日前までモンティがこの下宿に住んでいたらしいのだが、サリーと一緒に引っ越して行ったようだ。その一日あとにビーバーがやってきて、モンティの縁切り状を見つけ、今後の対策を練るあいだここに泊まることにしたのだ。

家主の女のひたいに玉のような汗が噴き出した。「ここからさっさと出て行って」

ビーバーの戦意はまだ回復していないようだった。「明日の朝一番で出るわよ」

「その前に八十二ドルの借りを清算しなよ」

「清算するにきまってるでしょ――」ビーバーははっと顔を上げた。小声で悪罵《あくば》をつぶやきながら、ビーバーは家主を押しのけてなかに入った。

女はディーンに注意を向け、彼の車を見やった。北米ではおおむね大衆からちやほやされることが多いのだが、この女はどうやらフットボールを観ない人種のようだ。「あんた、ヤクの売人? あの車にドラッグを乗せてるなら、保安官を呼ぶわ」

「強力なタイレノールが少しだけさ」それに医者から処方してもらった鎮痛剤も所持しているが、これは触れないでおく。

「とんだ食わせ者だわ」家主の女はむっつりした顔で家のなかに戻った。ディーンは落胆の思いでその様子を眺めた。どうやらお楽しみも終わりのようだ。

いくつかの問題を解決するためにこの旅を計画したにもかかわらず、ディーンは旅を続けることを考えると気が重かった。さしもの強力な命運も尽きたのだろうか。選手生活を続けるうえで、これまでもこぶができたり打撲傷を負ったりしてはきたが、大怪我はなかった。NFLに八年間在籍して、足首の骨折もなければ前十字靭帯《じんたい》断裂もなく、アキレス腱《けん》の断裂もなかった。せいぜい指の骨折ぐらいですんだのだ。

しかしそれも三カ月前までのことだった。スティーラーズとの、AFC地区プレーオフでの第四クォーターのサック（スクリメージライン後方でのタックル）でのアクシデントである。肩を脱臼《だっきゅう》し、肩上方関節唇損傷を負う結果となった。手術は成功し、あと数シーズンはなんの問題もなくプレーできる肩を取り戻せたはずなのに、どうも調子がいま一つ出ず、悩みの種となっているのだ。これまで自分は不死身であると考えることに慣れきっていて、怪我をするのは自分以外の選手と思いこんできた。

ディーンの恵まれた人生は別の意味でも終焉《しゅうえん》を迎えていた。クラブで過ごすことが多くなってきて、そのうち顔もよく知らない男たちが自宅の客間に押しかけてきたり、浴槽のなかで裸の女が酔いつぶれていたりするようになった。ついに意を決して、車での一人旅に出たものの、ヴェガスまであと五〇マイルという境界あたりに来て、頭を整理するのに歓楽の町へ行くのはかんばしくないという結論に達したのだった。そんなことがあったので、こうしてコロラド州を通って東部を目指しているのだ。

残念ながらディーンは孤独というやつが苦手だ。冷静な考えが浮かぶどころか、いっそう憂鬱な気分が増すだけだからだ。ビーバーの冒険はそれこそ恰好《かっこう》の気晴らしになったのだが、それももう終わる。

車に戻ろうとすると、女たちの言い争う金切り声がなかから聞こえてきた。と思ったら網戸が勢いよく開き、スーツケースが一個滑り出てきた。それは庭に落ちて蓋《ふた》があき、中身が飛び出した。ジーンズにトップス、紫色のブラ、オレンジのパンティ類。次に紺色のダッフルバッグ、そしてビーバーが飛び出してきた。

「借金踏み倒しのクズ女！」家主の女の叫び声とともにドアがバタンと閉まった。

ビーバーはポーチから落ちそうになり、鉄柱につかまった。体のバランスは取り戻したものの、次に何をすればよいのか途方にくれた様子で、階段の一番上に座りこんで頭を抱えた。

車が動かなくなったと聞いていたので、ディーンはそれを一人旅の無聊《ぶりょう》に戻るのを先延ばしにする口実にすることにした。「同乗するかい？」と声をかけてみる。

顔を上げたビーバーはまだディーンがそこにいることに驚いたようだった。女に自分の存在を忘れられたことが珍しく、ディーンは興味を抱いた。ビーバーは逡巡《しゅんじゅん》し、やがてばつの悪い顔で立ち上がった。「いいわ」

ディーンは散らばった荷物を集める手伝いをした。パンティなどの繊細な扱いを必要とするものを引き受ける。女性の下着に詳しい彼にはこの女の下着がセクシーな高級ランジェリーではなく、ウォールマートあたりで買ったものだと見分けがつくが、それでもよく見ると鮮やかな色、大胆な柄もののビキニなどが種々取り揃えてある。しかしTバックはない。しかも面食らうのはまったくレースのものがないことだ。ビーバーの華奢で尖った顔は、汗と毛皮を差し引けばマザーグースの本から飛び出してきたような感じであり、レースは欠かせないはずなのだ。

「家主の話から察するに」ディーンはスーツケースとダッフルバッグをヴァンキッシュのトランクに入れながらいった。「八十二ドルの家賃を失くしてしまったらしいね」

「それ以上よ。部屋に二百ドル以上隠してあったの」

「悪運続きだね」

「もう慣れっこ。不運のせいばかりともいえないわ。ただ軽率だったのよ」ビーバーは下宿をじっと見つめた。「ベッドの下でディランのCDを見つけたとたん、モンティはかならずここに戻ってくるってわかってたの。それなのにお金を車に隠さず『ピープル』の最新号のページに挟んでおいたのよ。モンティは『ピープル』が嫌いなの。あんなもの読むのはおつむの足りない人間だけだっていうの。だからお金は無事だと思ってた」

ディーン自身は『ピープル』誌をいつも読んでいるわけではないが、義理があることは間違いない。写真撮影の際、スタッフはみなとても感じよく接してくれる。

「ベンの材木店に行きたいんじゃないかい?」ビーバーを乗せると、ディーンはいった。

「その着ぐるみをファッションのトレンドにしたいと目論んでるんなら話は別だけど」

「もうその話はやめてくれる?」ビーバーはディーンに対して強力な嫌悪の感情を見せており、ディーンは少なからず戸惑っていた。それは相手が女性で彼は……なんといっても……ディーン・ロビラードだからだ。ビーバーはそばに置かれていた地図に目を留めた。「テネシー?」

「ナッシュビルからそう遠くないところに別荘を持ってるんだ」先週ならこの言葉も心地よく響いたはずだ。しかしいまは確信がなくなっている。シカゴに住んではいても、根っからのカリフォルニア・ボーイ。それなのになぜテネシーの農場など買ってしまったのか。

「あなた、カントリーウェスタンの歌手なの?」

ディーンは考えた。「いや。最初のが正解に近かった。映画スターなんだ」

「聞いたことないけど」

「リース・ウィザースプーンの最新作観た?」

「観たわ」

「その前のやつに出たよ」

「そういえば出てたわね」ビーバーはシートの背にもたれた。「すごい車に乗ってるのね。着ているものも高級ブランドだし。私の人生、堕落の一途だわ。とうとう麻薬の売人にひっかかるなんて」

「麻薬の売人じゃない」彼はやけに熱く反論した。

「映画スターじゃないわよ」

「くどくどいうなよ。じつはおれ、ちょっと名の知れたモデルで、映画界進出を狙《ねら》ってるんだ」

「じつはゲイね」ビーバーはそれを疑問形ではなく肯定文で口にした。こんなことをいわれればたいていの男は動転するだろうが、ディーンにはゲイのファンが多いので、自分を支えてくれる人びとを軽蔑《けいべつ》するような言動はしないと決めている。

「そうだけど、完璧に隠れゲイ」

ゲイであることはある意味有利な点もある、とディーンは気づいた。現実としてはおよそありえないことだが、今後の関係を気にせず楽しい女とのんびり時を過ごそうという場合にはいい。過去十五年間、これは結婚には結びつかない関係なのだと複数の交際相手を納得させるのに多大なエネルギーを費やしてきたが、ゲイならそんな気遣いは無用である。気楽に親しくなれる。ディーンはビーバーに視線を投げた。「性的嗜好《しこう》が世間に広まることになれば、キャリアに瑕《きず》がつく。だからこのことは口外しないでくれるとありがたい」

ビーバーは片方の眉をつり上げた。「いまさら隠すまでもないんじゃないの? 私なんか会った直後にあなたがゲイだと見抜いたもの」

これはたんなるからかいなのだろう。

女はしきりに下唇を嚙《か》みはじめた。「今日このあと、もうしばらく乗せてもらってもいいかしら」

「車は置いていくつもり?」

「修理するだけ無駄だから。ベンに運搬費を出させればいいのよ。ビーバーの頭もなくしたし、どうせギャラなんてもらえないに決まってるんだから、せめてそのくらいしてもらうわよ」

ディーンは思いをめぐらせた。サリーの言い分は的を射ていた。ビーバーはたしかに男の自信を打ち砕く女で、好みのタイプと正反対だが、愉快な相手ではある。「あと数時間ならいいけど、その後のことは保証しないよ」

二人を乗せた車は波型のトタンに不吉な感じのトルコブルーのペンキを塗った建物の前で停まった。日曜の午後だというのに、〈ベンのビッグビーバー材木店〉の砂利を敷いた駐車場には錆《さび》だらけの青のカマロと新型の小型トラック二台しか停まっていない。ドアには吸盤で「閉店」の看板が掛けられているものの、風を入れるためにいくらか開けてある。紳士らしく、ディーンはビーバーが車を降りるのに手を貸した。「尻尾に気をつけなよ」

ビーバーは威圧的な目で彼をにらみ、多少なりとも品よく車を降りるよう努め、足を引きずるようにして材木店のドアに向かった。ドアが開くと、樽《たる》のような胸板をした男が商品を積みあげているのがディーンにも見えた。ビーバーはなかへ入った。

ディーンがゴミ収集箱や送電線ばかりの殺風景なあたりの様子を見終えたころ、ビーバーが足音荒く外へ出てきた。腕には衣類を抱えている。「奥さんが手を切ったのでベンが救急医療センターに連れていくことになったんだって。だから私を迎えに来れなかったというの。とてもじゃないけど、こんなもの、一人じゃ脱げやしない」ビーバーは店のなかにいる男のほうへ嫌悪感に満ちた視線を向けた。「根っからの変質者にジッパーをおろしてもらうなんて、まっぴらだし」

ディーンはにっこり笑った。ライフスタイルを変えると、いいことが山ほどあるかもしれない。「喜んで手伝うよ」

ビーバーのあとから建物のわきへついていくと、髪にリボンをつけたビーバーの色褪《いろあ》せたシルエットが描かれた、塗装の剝げた金属のドアがあった。トイレは一人用で、あまり清潔ともいえないが、ブロックの壁は真っ白でシンクの上にはシミはあるものの鏡が掛かっているのでかろうじて使える。ビーバーが抱えた衣類を置く清潔な場所がないかとあたりを見まわしたので、ディーンは便器の蓋をおろし、ゲイ仲間への敬意をこめて、ペーパータオルでそれを覆った。

ビーバーは衣類を置くと、背中を向けた。「ジッパーがあるわ」

換気扇のない場所なのでビーバーの着ぐるみはジムのロッカー以上の臭気を放っているが、それをいえば、一日に数えきれないほどトレーニングをこなすベテラン選手の自分だってもっと強烈な汗の臭いを放っていたこともある。濡れた赤ん坊のように細い黒髪が名ばかりの哀れなポニーテールからほつれ出てうなじに張りついているので、ディーンはそれを剝がしてやった。その首筋は乳白色で、うっすらと青い血管が透けて見える。薄汚いビーバーの毛に手を入れ、ジッパーを探し出す。女の服を脱がせるのはこのうえなく得意だが、つまみの部分を一インチも引きさげないうちに毛皮が食いこんだ。それを必死でよけたと思えばジッパーはまたすぐ毛皮を咬《か》んでしまう。

しばらくそんな調子で、進んでは止まり、進んでは止まりした。ファスナーがおりて乳白色の皮膚が現われ、ファスナーに手間取れば手間取るほど、かりそめのゲイ気分は薄れていった。ディーンは会話で気晴らしをすることにした。「なんでばれたのかな。ゲイだってなぜわかった？」

「こんなことといってほんとに気を悪くしないでよ」ビーバーは気を揉《も》むようなそぶりで訊いた。

「ほんとのことをいってくれたほうがこっちも気楽になれる」

「じゃあいうけど、あなたって筋肉隆々じゃない？　でもそれは人工的な感じなのよね。屋根ふきぐらいではそんな胸の筋肉はつかないわよ」

「ジムに通う男はいくらでもいるよ」ディーンは湿った彼女の肌に息を吹きつけたいという衝動を抑えた。

「それはそうだけど、ゲイでもなけりゃ顎に傷一つない、鼻梁にへこみ一つない男なんていないものよ。あなたの横顔、ラッシュモア山（サウスダコタ州西部の山の中腹にワシントン、ジェファーソン、リンカーン、セオドア・ルーズベルトの巨大な頭像が刻まれている）の像より彫りが深いわ」

これは事実で、ディーンの顔は驚くほど傷がない。しかし肩はそうともいえない。

「それにその髪。ふさふさして、光ってて、ブロンドよ。今朝髪にどれだけの製品を使ったの？　いいわ、訊かないでおく。その髪を見てるとこっちはなんだか劣等感に襲われちゃうわよ」

今朝ディーンが髪に使用したのはシャンプーだけである。質のよいシャンプーではあるが、それでもただのシャンプーだ。「カットがいいせいだよ」とディーンはいった。カットはオープラの美容師に任せている。

「そのジーンズだってギャップのじゃない」

そのとおり。

「それにゲイブーツを履いてる」

「ゲイブーツじゃない！　千二百ドルする代物なんだよ」

「やっぱりね」彼女は勝ち誇ったようにいった。「普通の男はブーツに千二百ドルなんて払わないわよ」

頑迷ともいうべき彼女の履物に対する考え方を聞いても、ディーンの気分は冷めなかった。ジッパーがウェストまでおりてわかったのだが、予想どおり彼女はブラをつけていなかったからだ。はかない感じの背骨の突起がモサモサした着ぐるみのV字のなかに消えていくさまは、まるで巨人ビッグフットに呑みこまれる上品なパールのネックレスのようだ。手をそのなかに滑りこませ、あたりを撫でまわし、その奥をまさぐらないようにするのにはかなりの意志の力が必要だった。

「なんでそんなに手間取ってるのよ？」彼女が訊いた。

「ジッパーが引っかかるんだよ」ディーンは不機嫌そうな声を出したが、彼の履いているジーンズはこのような場面に適応するようにはできていない。「自分でやったほうが速くできるというんなら、やってみればいい」

「ここは暑いわ」

「いまさらいうなよ」最後のひと引きで、ジッパーは下まで到達した。ウェストからゆうに六インチは下である。ヒップラインと細くて鮮やかな赤の下着のゴム部分に思わず見入る。

彼女は体を引き離し、着ぐるみがはだけないよう前脚で胸を覆うようにして彼のほうを向いた。「ここからは一人でできるわ」

「おいおい、よしてくれよ。それじゃまるでぼくが見たがってるように聞こえるじゃないか」

彼女の口の片方の端がくいっと上がったが、それが愉快さからくるものなのか不快感からくるものなのかは判断がつかなかった。「出てよ」

仕方なく……ディーンは出ようとした。

外へ出る前に、彼女は自分の車のキーを手渡し、およそ礼儀とはほど遠いいい方で彼女の車から荷物を出してくれと頼んだ。へこみのあるトランクのなかに、プラスチックのミルクカートンケース数個にぎっしり入った画材や絵の具のはねあとがついた道具箱、それに大きなキャンバス地のトートがあった。それらを自分の車に移していると、なかで作業をしていた男が出てきてヴァンキッシュをじろじろと見た。脂ぎった髪にビール腹。なんとなくこれがビーバーの反感を買った変質者と思《おぼ》しき人物だとわかった。

「へえ、こいつはたいしたマシンだな。ジェームズ・ボンドの映画で見たことがあるよ」ふとディーンの顔をよく見ていう。「なんてこったい！　ディーン・ロビラードじゃねえか。こんなとこで何してんだよ」

「ただ通りかかっただけ」

男は早口でしゃべりはじめた。「こんなことならベンもシェリルを病院に一人で行かせりゃよかったんだよ。帰ってきたら真っ先にブーがここへ来たって伝える」

大学のころ、地元の住人に「ブー」という名で親しまれているマリブビーチに通いつめるディーンに、友人が「ブー」とあだ名をつけたのが始まりである。

「スティーラーズ戦であんたが受けたサックを見たよ。肩の調子はどうだい？」

「回復してるよ」ディーンは答えた。惨めな気分で田舎道を走っていたりせず、物理療法を始めていれば、もっと回復していただろう。

男はグレンと名乗り、昨シーズンのスターズについてとうとうとまくしたてた。ディーンはなかなか出てこないビーバーに苛立ちながら、何も考えずただうなずいていた。しかしビーバーが出てくるまでには十分以上かかった。ディーンは彼女の着ているものにしげしげと見入った。

どう見ても似つかわしくない服装である。

これではまるで、暴走族のヘルズエンジェルに誘拐されたボーピープ（英国の伝承歌謡で羊の番をしていて逃げられてしまった女の子）みたいではないか。ひだ飾りのついたドレスやピンクのボンネット、羊飼いの牧杖ではなく、袖《そで》なしのTシャツにバギージーンズ、トイレで見たはずなのに幸い忘れていたあの大きなワークブーツといった服装で現われたのだ。ふさふさした毛皮を脱いだ彼女の体は華奢で背も一六〇センチあるかないかといったところ。想像したとおり痩せていて、胸には間違いなく女らしいふくらみが認められるものの、めだつようなラインではない。どうやらトイレにこもっているあいだ、もっぱら手や顔を洗うのに時間を費やしたようで、近づくと毛皮のすえたような汗臭さはなく、石鹸《せっけん》の匂いがした。濡れた黒髪がまるでこぼれたインクのようにぺったりと頭部に張りついている。化粧はしていないが、クリームのように滑らかな肌にはその必要もないようだ。それでも少し口紅を塗ったり、マスカラをつけてもよさそうだとは思える。

彼女は投げるようにしてグレンにビーバーの着ぐるみを手渡した。「頭とプラカードは交差点に置いてきちゃったわよ。電力計の箱の後ろに押しこんでおいたわ」

「おれにどうしろというんだ」グレンは言い返した。

「そんなこと自分で考えてよね」

これ以上ビーバーが嚙みつかないよう、ディーンは急いで車のドアを開けた。彼女が乗りこむのを見ながら、グレンはディーンを指さした。「話ができて嬉しかったよ。ベンが帰ってきたら、ディーン・ロビラードがここへ立ち寄ったと話しておくな」

「よろしくいっていたと伝えてくれよ」

「あなた、さっきはヒースと名乗ったじゃないのよ」駐車場から車を出すと、ビーバーがいった。

「ヒース・チャンピオンは芸名だ。本名はディーンなんだよ」

「なんでグレンがあなたの本名なんか知ってるの？」

「去年リノ（ネバダ州西部のギャンブルで有名な町）で会ったことがあるんだ」そういいながらグリーンのレンズにガンメタル・フレームのプラダ製アヴィエーターをかける。

「グレンって、ゲイなの？」

「知らなかったなんていわせない」

ビーバーのかすれた笑い声にはどきりとするような悪戯《いたずら》っぽい響きがこもり、何か一人で冗談を楽しんでいるように見えた。しかしふと窓の外へと目をそむけると、笑い声は途切れ、グレープキャンディのような瞳に不安の翳《かげ》りがさした。そんな様子に、威勢のいい外見とはうらはらにこの娘には何か秘密があるのではないかとディーンは感じた。

2

ブルーは呼吸の回数を数えることに集中して気持ちを落ち着かせようとしたが、狼狽《ろうばい》は抑えても抑えても湧き起こってきた。かたわらの美男にこっそり一瞥《いちべつ》を投げる。この男は本気でゲイだと信じこませようとしているのだろうか？　たしかにゲイブーツは履いているし、まばゆいほどの美貌ではある。それでも、彼の放つ異性愛的パワーは全女性を照らすほどに強大である。それは彼が産道をくぐり抜け、産婦人科医のメガネに映るおのれの姿をひと目見てこの世とハイタッチを交わした瞬間から変わっていないはずなのだ。

このところ急速に身のまわりで展開されてきた一連の災難のなかで、モンティの裏切りは最後の不幸な出来事だとは思うが、ここへきてこの先の運命をディーン・ロビラードの手に委《ゆだ》ねるというきわどい状況になってしまった。相手がプロフットボールの選手だと知らなければ、車に乗ることはなかっただろう。裸に近い見事に筋肉の発達した彼の肉体美の写真が〝下着はゾーンでキメろ〟というキャッチコピーとともに男性用の肌着シリーズ〈エンドゾーン〉の広告塔に使われ、あちこちで目に留まったものだ。最近の話としては、『ピープル』誌の「もっとも美しい五十人」の特集で彼の写真を見た。砂浜をタキシード姿、しかもカフスをまくり上げ、裸足で歩いている写真だった。どこのチームに属しているかまでは知らなかったものの、なんとしても避けたいたぐいの男性であることはよくわかっていた。もっとも、彼のような男性とそうそう頻繁にめぐり逢うはずもない。だが今は、ホームレスの収容施設に入ったり物乞い絵描きにならないためには、彼に頼るしかないのだ。

三日前、予備の貯金が入った預金口座と当座預金の口座から全額が引き出されていることが判明した。そのうえモンティに二百ドルの宿の保証金まで盗まれてしまった。残された全財産は財布のなかの十八ドルだけ。クレジットカードは一枚も持っていない。これもみずから下した大きな誤断の一つである。成人して以来、絶対に逼迫《ひっぱく》した状態におちいることがないよう地道に努力してきたつもりだが、現実はというとこうして進退窮《きわ》まってしまっている。

「なんの目的でローリング・クリークに向かっていたの？」ブルーは今後の彼との接し方を考えるうえで役立つ情報を得るためという本音を隠して、会話のきっかけを作るような口調で話しかけた。

「タコベル（メキシコ風ファーストフードのチェーン）の案内図に沿って走っていた」とディーンは答えた。「しかしきみの恋人に会って食欲が失せちまったよ」

「元恋人よ。元どころじゃないけどね」

「一つ解せないことがある。ひと目見ただけで、あいつがろくでなし野郎だということはわかった。それを指摘してくれる友だちはシアトルにいなかったのかな？」

「私はジプシー生活してるから」

「そりゃないよ。ガソリンスタンドで誰かと知り合いになることだってあるだろ」

「悔やんでみてもあとの祭りよ」

ディーンはブルーを見やった。「いまにも泣き出したいような気分なんだろ?」

彼の言葉の意味を察するのにしばらくかかった。「気丈に乗り越えるつもりよ」ブルーが口にしたのはかすかに辛辣《しんらつ》さのにじむ言葉だった。

「おれには本音で語ればいい。いいたいことをぶちまけちまえよな。傷ついた気持ちを癒すにはそれが一番さ」

モンティに裏切られて、心が傷ついたわけではない。あるのは怒りだけだ。それでも預金口座の金を全額引き出したのはモンティではないと知りつつ、過剰な非難を浴びせてしまったとは思っている。付き合いはじめて二週間もたたないうちに、ブルーは彼とはむしろ友人でいるべきだと悟り、肉体関係は絶つことにしたのだった。二人が興味を持つことは一致しており、わがままな男ではあるが一緒にいて楽しい相手だった。二人でのんびりと過ごしたり、一緒に映画や画廊に行ったり、たがいの仕事に協力したりした。モンティに芝居がかった言葉を口にする傾向があることは知っていたけれど、デンバーからそれこそ半狂乱で電話をかけてきた様子に、ブルーは危険なものを感じ動揺したのだ。

「あの人に恋心を抱いたことはなかったわ」とブルーはいった。「私は、恋なんてしないの。でもたがいに相手のことは気にかけていたし、電話をよこすたびに彼がますます取り乱していくように思えてきたの。あんな様子じゃ自殺してしまうんじゃないかと不安になってきたのよ。私にとって友情はかけがえのないものだし、彼を見棄てるわけにはいかなかった」

「おれにとっても友情は大切ではあるけど、もし友人の一人が困った状況におちいったとしてもおれなら荷物をまとめて引っ越したりせず、とりあえず飛行機に飛び乗るよ」

ブルーはポケットからゴム輪を引っぱり出し、髪を大雑把なポニーテールにまとめた。

「どっちにしてもシアトルを出るつもりだったのよ。行き先はローリンズ・クリークというわけじゃなかったけど」

車は羊の販売の広告の前を通りすぎた。ブルーは心のなかでとりあえず借金を頼めそうな親しい友人はいないかと探しはじめた。しかし友人はみな二つの共通点を持っていることに思い当たった。温かい心と赤貧である。ブリアナの生まれて間もない子どもにはいろいろと深刻な医学的問題があり、グレイ氏は年金でなんとか辛うじて生活している身だし、メイはアトリエを全焼した火災からいまだ立ち直っておらず、トニヤはネパールで徒歩旅行中だ。そんな状況だから、こうして赤の他人に頼らざるをえないのだ。これでは幼いころと同じではないか。あの慣れ親しんだ感覚がふたたび心に根を広げていくのがいやでたまらない。

「ところで、ビーヴ、身の上話ぐらいしろよ」

「私はブルーよ」

「きみみたいに男を見る目がないと、そりゃ悲しい目にも遭うよな」

「名前がブルーなの。ブルー・ベイリー」

「嘘くさい名前だな」

「私の出生証明書に記入をするとき母親がちょっと憂鬱だったの。最初はハーモニーという名前になるはずだったけど、南アフリカで暴動が勃発してアンゴラも混乱状態にあって……」ブルーは肩をすくめた。「ハーモニーなんて能天気な名前をつけるような日じゃなかったわけ」

「お母さんはよほど社会的良心が強い人なんだな」

ブルーは悲しげな笑い声をあげた。「そうかもね」その母親の社会的良心が原因でブルーの預金口座が現在ゼロになっているのだ。

ディーンは車の後部に向けて首を傾けた。耳たぶに小さな穴があることに、ブルーは気づいた。「トランクに画材が入っているけど……」と彼はいった。「趣味、それとも職業?」

「職業よ。子どもやペットの絵を描いてるの。壁画も描くわ」

「そんなに引っ越してばかりじゃ、顧客を持つのはむずかしいんじゃないのかい?」

「そうでもないわ。金持ちの住むところを探してチラシを郵便受けに入れてまわったり、私の作品のサンプルを見せたりしてるから。それでたいていうまくいくけど、金持ちの住んでないローリンズ・クリークみたいな町じゃそうはいかないわ」

「それがビーバーの着ぐるみの理由ということか。ところで歳はいくつ?」

「三十歳。いっておくけどこれは嘘じゃないからね。若く見えるのはどうしようもないわ」

「ナビゲーションサービスです」

車のなかに実体のない女性の声が響いて、ブルーは飛び上がった。

「何かお手伝いすることはございませんか？」喉を鳴らすような声が続く。

ディーンはスピードの遅いトラクターを追い越した。「エレーン？」

「クレアです。エレーンは今日はお休みをいただいております」

声は車のスピーカーから聞こえてくる。

「クレア、きみと話すのは久しぶりだね」

「母のところへ行ってたもので。車での移動に問題はありませんか？」

「べつに困ったことはないよ」

「シカゴに帰る途中、セントルイスにお寄りになりませんか。あなたの名前を刻んだステーキが冷凍庫に入ってますよ」

ディーンは日よけの角度を変えた。「それはご親切にどうも」

「ナビゲーションサービスの大切なお客様ですから当然ですわ」

ようやく電話を切ったディーンに向かって、ブルーは目をぐるりとまわしてみせた。「女たちを並ばせて番号札でも持たせてるの。なんという無駄遣い」

ディーンはブルーの思う壺にはまるつもりはなかった。「一カ所に定住したいと感じることはないのかい？　それとも目撃者保護のプログラムに従って引っ越しを続けてるとか？」

「まだまだ見知らぬ場所が多すぎて、定住したいとは思わないわね。四十歳くらいになったら考えはじめようかな。あなたの女友だちがシカゴの名前を出してたじゃない。あなたの目的地はテネシーだと思ってたわ」

「テネシーだよ。でもシカゴに自宅があるからさ」

それを聞いてブルーはやっと思い出した。彼はシカゴ・スターズの選手なのだ。スポーツカーの印象的な計器パネルやギアシフト装置を憧れのまなざしで見つめる。「なんなら運転をかわってあげてもいいのよ」

「きみに煙の出ない車を運転させるなんて無茶な話だよ」そういいつつディーンは衛星ラジオを操作して、オールディーズのロックと最近の曲を組み合わせて流している局に合わせた。

その後しばらくブルーは音楽を聴き景色を愛でようと努めたが、不安が大きすぎて無理だった。何か気晴らしが必要だったので、男性のどこに魅力を感じるのかと尋ねてディーンを怒らせてみようかとも考えたが、彼がゲイであるという作り話をこのまま信じたふりをしていたほうが有利なので、あまり深く追及したくはなかった。それでも、バーブラ・ストレイサンド(ゲイの人権運動で有名)の曲を流しているラジオ局を選びたくはないのかと訊かずにはいられなかった。

「無作法を承知でいわせてもらえば」ディーンは堅苦しい威厳をこめて答えた。「われわれゲイ社会の住人は型にはめられることにいやけがさしているんだよ」

ブルーはできるかぎり心苦しさがこもるよう努力して、いった。「謝るわ」

「謝罪を受け入れるよ」

ラジオではU2が流れ、次にニルヴァーナがかかった。ブルーは切羽詰まった心境をさとられないよう、リズムに合わせて頭を振るよう努力した。ディーンは深く印象的なバリトンでニッケルバックの曲に合わせて歌い、続けてコールドプレイの『スピード・オブ・サウンド』の歌詞も口ずさんだ。だがジャック・パトリオットの『笑っておくれ』という名曲が流れはじめると別の局に変えてしまった。

「元に戻してよ」ブルーはいった。「『笑っておくれ』に出合ったからなんとか高校を卒業できたようなものなの。ジャック・パトリオットは大好き」

「おれは嫌いだ」

「彼を嫌うのは……神を嫌うようなものよ」

「誰にでも好みはある」気楽なゆったりした魅力が消え、よそよそしい、人を寄せつけないような険しい表情が浮かび、映画界入りをもくろむゲイのモデルのふりをする能天気なプロフットボールのスター選手の顔はそこになかった。ブルーは彼の華麗な外見の後ろに隠された真の素顔を初めて垣間見《かいま》見たような気がして気が重くなった。彼を愚鈍で自惚《うぬぼ》ればかり強い男と考えていたかったのだ。しかし自惚れ以外は見せかけだということだ。

「腹が減ってきたよな」ディーンはブルーに見せている虚像に戻るために心のスイッチを入れた。「ドライブスルーで食べ物を調達してもかまわないかな？　じゃないと誰かに車の番をしてもらわなきゃならなくなる」

「車の番をさせるのに、人を雇うというの？」

「イグニッション・キーはコンピュータでコード化されてるから車を盗まれることはないけど、かなり人目を引くから、破壊行為のターゲットになりやすいんだ」

「人生ってそうじゃなくても充分複雑なんだから、車のベビーシッターを雇う必要なんてないとは思わないの？」

「エレガントなライフスタイルを保つにはたいへんな労力を要するんだよ」ディーンはダッシュボードのボタンを押し、ミッシーという名の人物からピクニック・スポットを訊き出した。

「彼女、あなたのこと、なんと呼んだの？」その会話が終わるとブルーは訊いた。

「ブー。マリブの略。おれは南カリフォルニア育ちで、ビーチにたむろすることが多かった。友だちの誰かがそのことにちなんでつけたあだ名なんだ」

「ブー」はよくあるフットボール界のニックネームである。『ピープル』誌が砂浜を歩く彼の姿を撮ったのはこれが理由だったわけだ。ブルーは車のスピーカーを指さした。「あんなにいろんな女性たちを夢中にさせて……気持ちを煽《あお》ることに罪悪感はないの？」

「親しい友人になることで、できるだけ罪滅ぼししているよ」

ディーンが本音を漏らすことはなさそうなので、ブルーは顔をそむけて景色を見るふりをした。いまのところ車から降りてくれとはいわれていないが、そうなることは間違いない。一緒にいることにこの男が価値を見出せないかぎりは。

ディーンはファーストフードを買うのに二十ドル札二枚を出し、窓口の若者に釣銭はいらないと告げた。ブルーは助手席からそこに飛びついて釣銭を取り戻したいという衝動を抑えきれなかった。自分自身が何度かフードサービス産業で働いた経験もあるので、チップをはずむことに異論はないものの、そこまですることはないと思う。

ハイウェイを数マイル進むと道路に面したピクニック・エリアがあった。ハコヤナギの木の下にテーブルがいくつか置かれている。気温がいくらか下がったのでブルーはダッフルバッグに手を入れてスウェットシャツを出し、そのあいだにディーンが食べ物をテーブルに運んだ。ブルーは昨夜から何も口にしていないので、フライドポテトの匂いを嗅いだだけで食欲が刺激された。

「用意ができたよ」ブルーが近づくと、ディーンはそういった。

ブルーはできるかぎり値段の安いものを選んだ。二ドル三十五セントの代金を彼の前に置く。「これで足りるはずよ」

ディーンはあからさまな嫌悪感のこもった視線で小銭を見た。「おごるよ」

「自分の分は払う主義なの」ブルーは頑固に言い張った。

「今回はいいから」彼は金を押し戻した。「そのかわり、おれをスケッチしてくれればいいよ」

「スケッチ代だったら二ドル三十五セントでは足りないわ」

「ガソリン代をお忘れなく」

ひょっとするとこの難局をなんとか切り抜けられるかもしれないという気がしてきた。ブルーはハイウェイを走り抜ける車の波をよそに、油で揚げたフライやハンバーガーをひと口ひと口味わいながら食べた。ディーンは食べかけのハンバーガーを置き、〈ブラックベリー〉（通信機能を内蔵した携帯情報端末＝スマートフォン）を取りにいった。小さな画面でEメールをチェックしていた彼が眉をひそめた。

「昔の彼氏からいやなことでも言ってきた？」ブルーは訊いた。

しばらく無表情になったあと、ディーンは首を振った。「テネシーの家に新しく雇った家政婦。定期的に最新の情報を詳しくメールで送ってはくれるけど、何度電話を入れても応答するのは留守番電話なんだ。もう二カ月になるというのに、じかに話をしたことがない。何かおかしい」

家を所有することすら想像もつかないというのに、家政婦を雇うなどブルーにはもっと無縁のことだった。

「不動産屋がミセス・オハラを推薦したから雇ったけど、何もかもメールで処理するのにうんざりしてきたよ。一度でいいから電話に出てもらいたいもんだ」ディーンはメッセージをスクロールしはじめた。

ブルーは彼のことをもっと知りたいという欲求にとらわれた。「シカゴに住んでるのになんでテネシーなんかに家を買ったの？」

「去年の夏に友だちとあのあたりへ旅行した。当時西海岸で家を探していたけど、ひと目見てそっちを買うことにしたよ」ディーンは〈ブラックベリー〉をテーブルに置いた。「見たこともないほど美しい谷に建っていて、池もある。人里離れていて、他人の目を気にする必要もない。馬を飼えるだけの広さもある。馬を飼うことは長年の夢だったんだ。家にはかなり手を入れる必要があったんで、不動産屋が建築業者を探し、その監督をさせるためにミセス・オハラを雇ったというわけ」

「もし私が家を持つなら自分で手入れをしたいわ」

「ミセス・オハラにはデジタル写真や塗料のサンプルを送った。彼女、すごく趣味がよくて、みずからいろいろアイディアを出してくれるから、すべてうまくいったんだ」

「それでも……自分が現場に居合わせるのと同じにはいかないでしょ」

「今回予告なしに現地に行ってみることにしたのは、まさにそれがあったからさ」ディーンはもう一つメールを開き、眉根を寄せ、携帯電話を出した。しばらくして、彼の攻撃の対象が電話に出た。「ヒースクリフ、Eメールを受け取ったけど、コロンのCMの件は感心しないね。エンドゾーン以来、その手のことに関わりたくないと思ってるからさ」ディーンはベンチから立ち上がると、テーブルを離れた。「おれはスポーツドリンクとかを想定していたんだけど――」ふと口ごもる。「契約金をそんなにはずむというのか？　すげえ。この美貌のおかげで開けっ放しのレジ並みに金が入ってくるよな」

相手がいった言葉がなんであれ、ディーンは笑った。大きな、完璧に男性的な声だった。木の切り株の上にブーツを乗せる。「もう切るよ。美容師が予約時間に遅れると文句をいうからさ。今日はハイライトを入れる予定でね。子どもたちによろしくな。シカゴに戻ったらお泊まりパーティに招待するってかみさんに伝えてくれ。アナベルと二人きりの」悪賢い笑い声とともにディーンは電話を閉じ、それをポケットにしまった。「エージェントさ」

「私にもエージェントがいれば、と思うわ」ブルーがいった。「話の種に、ってことだけどね。でも私はエージェントを持つなんて柄じゃなさそう」

「きみはほかにいろいろ美点があると思うよ」

「数えきれないほどね」ブルーはむっつりとした顔でいった。

ふたたび車を走らせはじめると、ディーンはインターステートを目ざした。ブルーはいつの間にか自分が親指を吸っているのに気づき、慌てて両手を膝の上で組んだ。ディーンはスピードは出すけれどしっかりとハンドルを握って運転する。これはブルー自身が好む運転スタイルである。「どこで降ろしてほしいんだい？」と彼が訊いた。

いよいよ恐れていた質問が飛び出した。考えをめぐらすふりをする。「あいにくとデンバーとカンザス・シティのあいだにはあんまり大きな都市はないのよね。カンザス・シティでいいかな」

ディーンは「誰に向かってそんなたわごとをほざくか」とでもいわんばかりの視線を投げた。「それなりの規模のトラックサービスエリアがこの先にあったら、そこでいいと考えていたんだけどね」

ブルーはごくりと唾を呑みこんだ。「でも、あなたって明らかに人と接するのを好むタイプじゃない。連れがいないと退屈するわよ。私ならあなたを楽しませてあげられるわ」

ディーンの視線はブルーの胸に素早く向けられた。「正確にはどういう楽しませ方をする早口で付け加える。「それに私は会話の達人よ。それにあなたのファンが近づくのを阻止してもあげられる。不快な女性たちのアタックも防げるでしょ」

ディーンのブルーグレイの瞳がきらめいたが、それが苛立ちのせいなのか愉快がっているためなのか、ブルーには判断がつかなかった。「考えてみるよ」と彼はいった。

「車でやるゲーム」ブルーは急いでいった。「いっぱい知ってるの」鼻で笑われたので、つもり？」


ディーンにもやや意外だったが、その日の夜、西カンザスのどこかでインターステートを出て〈メリー・タイム・イン〉と書かれた看板に向けて車を走らせているときもビーバーはまだ一緒だった。駐車場に車を入れようとしていると、彼女が身じろぎした。ビーバーが眠っているあいだ、ディーンはあり余るほど時間をかけて彼女のタンクトップの下で胸が上下に波打つさまをとくと観察することができた。これまで付き合った女たちはみな通常の胸のサイズより大きく見せようとしていたが、ビーヴは違う。大きすぎる胸を好む男がいることは知っているし、現に彼自身がかつてはそうだったのだが、だいぶ前にアナベル・グレンジャー・チャンピオンのおかげでそうした楽しみにケチがついてしまったのだ。

「あなたのような男が偽物のEカップの胸をいやらしい目つきで見るから、充分素敵な胸を持った無垢《むく》な女性が豊胸願望なんかを抱いてしまうのよ。女に必要なのは大きな胸より大きな視野なのに」

アナベルのおかげでディーンは豊胸の悪しき害について自責の念にとらわれるようになったが、彼女はなんにつけそんなところがある。あらゆる物事に対して独自の強い見解を持ち、納得がいかないことに対しては容赦ない。アナベルとは真の友情で結ばれているが、強欲なエージェント、ヒース・チャンピオンと結婚し、第二子を授かるまで彼女にはゆっくりと出かけるだけの暇もなかったようだ。

今日はついアナベルのことを何度も考えてしまった。ビーヴも同様に強い考え方を持ち、自分を印象づけることには興味がないらしいからだ。自分に性的な関心を示さない女性と一緒に過ごすというのは奇妙な感じだ。たしかに自分はゲイだと話しはしたが、そんなたわごとはとうの昔に見抜かれているはず。それなのに彼女はいまだ信じこんでいるふりをしている。しかしどう見ても無垢な童話の主人公という柄ではない。

煌々《こうこう》と灯りのついた三階建てのホテルを見たブルーは、欠伸《あくび》の途中で愕然《がくぜん》と目を見張った。今日も彼女のおかげでさんざん苛々させられたというのに、ディーンはそれでも数百ドル握らせて放り出せばいいという気にはなっていない。一つには、単刀直入に金が欲しいと言わせたい気持ちがあること。もう一つは今日一緒にいて楽しかったからだ。さらにいえばこの数時間、股間のこわばりに悩まされているからだ。

ディーンは駐車場に車を入れた。「ここならたいていのクレジットカードが使えるだろうな」

少々意地悪に聞こえたはずだが、相手は威勢のよさと口の達者なことでは役者が一枚上だ。

ブルーの口元が引き締まった。「あいにくクレジットカードは持ってないの」

意外ではなかった。

「数年前にカードを濫用したことがあってね」ブルーは続けた。「それ以来自分を信頼できないの」そういいつつ〈メリー・タイム・イン〉の看板にしげしげと見入る。「車はどうするつもり？」

「警備員にチップを渡して見張りを頼むよ」

「いくら？」

「なぜ訊く？」

「私は芸術家よ。人間の行動に興味があるの」

ディーンは駐車スペースで車を停めた。「まあ、いま五十ドル渡して、明日の朝あと五十ってとこかな」

「結構よ」ブルーは手を差し出した。「それで手を打つわ」

「きみに車の監視をさせる気はない」

唾を呑みこむブルーの喉の筋肉が動いた。「やるといったらやるの。心配ご無用よ。私は寝が浅いから、誰かが近づいたらすぐに目を覚ますわよ」

「車のなかで眠るなんてとんでもない」

「まさかあなたも、女に男の仕事はこなせないなんて主張する性差別主義者じゃないでしょうね」

「きみにはたぶんここの宿代は払えないだろうと思うだけ」ディーンは車を降りた。「おれが払ってやるよ」

ブルーはつんと顎を上げ、続いて車を降りた。「他人様《ひと》に払っていただく必要はないわ」

「ほんとに?」

「車の監視をさせてくれればいいのよ」

「そんなわけにいかないね」

ブルーがなんとか手立てを考えようとしているのが見てとれ、肖像画の価格リストをすらすらと口にしたときもディーンは驚かなかった。「ホテルの宿泊代と数回の食事代を差し引いても」ブルーは数字を言い終えると付け加えた。「割安だと思うわよ。明日さっそく朝食を食べながらスケッチを開始するわ」

何がいやといって自分の肖像画をこれ以上見るのはたくさんだ。いまの望みは……「今夜からでもいいよ」ディーンはトランクを開けた。

「今夜?　もう今夜は……夜が更けたから」

「まだ九時前だよ」このチームにクォーターバックは一人でよく、その役目を担うのは自分しかいない。

ブルーは独り言をつぶやきながらトランクを手探りした。ディーンは自分のスーツケースとブルーの紺色のダッフルバッグを取り出した。ブルーは横から手を伸ばして画材の入った道具箱をつかみ上げ、なおもなにごとかつぶやきながら彼のあとからホテルの入口に向かった。ディーンはこのホテルの唯一のベルボーイと車の監視について交渉し、フロントへ進んだ。ビーバーも並んで歩いている。バーから流れてくる生演奏の音楽とロビーに出てくる地元の住人らしき人の群れから見て、どうやら〈メリー・タイム・イン〉はこの町でも人気のナイトスポットらしい。振り返ってこちらを見ている人もいることに、ディーンは気づいた。数日間人目につかないまま過ごせることもあるのだが、今夜はそうもいかないようだ。なかにはあからさまな視線を向けてくる者もいる。あのいまいましいエンドゾーンのコマーシャルの影響だ。ディーンはフロントデスクにスーツケースを置いた。

フロント係は二十代と思しき真面目そうな中近東の男で、礼儀正しく挨拶したものの、ディーンが何者かは知らなかった。ビーバーはディーンのわき腹をこづくと、バーに向けて首を傾けた。「あなたのファンよ」という。人の群れから抜け出てこちらに向かってくる二人の男には、彼も気づいていた。二人とも中年で太っている。一人はアロハシャツを着ているが、生地がせり出した腹の上でしわのかたまりになってしまっている。もう一人はカイゼル髭《ひげ》を生やし、カウボーイブーツを履いている。

「いよいよ私の出番がきたわね」ビーバーはもったいぶった調子でいった。「私に任せておきなさい」

「いや、これは自分で――」

「やあやあ、これは」アロハシャツが声をかけてきた。「お邪魔して申し訳ないけど、こいつは友人のボウマンで、こいつとさ、あんたがディーン・ロビラードかどうかで賭けをしているもんでね」といいながら手を差し出した。

ディーンが反応する前にビーバーはその小さな体で男の腕を遮《さえぎ》り、たちまちセルビア・クロアチア系とユダヤ系の交じったような外国訛《なま》りでしゃべりだした。「アハト、そのディーン・ローマローとかいう人はアメリカでは有名な人デスカ？　ワタシのしゅじーん、かわいそーね」といいつつ、ディーンの腕をつかむ。「この人、えいーご、どでーもどでーも下手。だかーら、なんの話かわかーらないノヨ。でもワタシはえいーご、上手でショ？　どこに行ってもみんな——あなーたたちみたいな人だち——がこの人に近づいて、あなーたはディーン・ロマーローではありませんかと訊くノヨ。だからワタシは答えてあげーるノヨ。うちの人はそんなにアメーリカでは有名じゃアリマセーンと。国では有名でもね。この人は有名な——エイゴでなんという？——ポルーノさっか——よね」

ディーンは自分の唾にむせそうになった。

ビーヴは眉根を寄せた。「コトバ正しい？　間違ってない？　この人、やらしー映画を作ってるノヨ」

自分の正体があまりに素早く変えられ、ディーン自身その変化についていけなかった。とはいえ、たとえ方向性を誤っているにせよディーンを懸命に支えようというビーヴの努力には報いなくてはならず、ディーンは笑いをこらえて英語がわからないふりをした。

ビーヴの言葉に、オヤジたちも困惑し、どう反応してよいかわからず途方にくれた。「おれたちもその……ええと……すまないね。てっきりさ……」

「イイノヨ」ビーヴはきっぱりといった。「いつものことだから」

二人の男はつまずきそうになりながら慌てて退散した。

ビーヴはすました顔でディーンを見た。「この若さでたいした才能じゃない？　あなたも私が一緒でよかったと思うでしょ」

ディーンも彼女の独創性は高く評価したが、フロント係にビザカードを手渡す過程で彼の身分を隠そうという彼女の努力も水の泡と消えた。「一番いいスイートを頼む」ディーンはいった。「キ印の連れにはエレベーターわきの小部屋でいい。それがだめなら古い製氷機の隣りでいいよ」

メリー・タイム・インの従業員教育は行き届いているようで、フロント係はまばたき一つせず、答えた。「あいにくと今夜は満室でございまして、スイートは空いておりません」

「スイートがない？」ビーヴは悠然といった。「惨事はいつまで続くのかしら」

フロント係は憂鬱そうにパソコンの画面を見つめた。「残念ながら、二部屋しか空きがございません。一部屋はまずまずのお部屋ですが、もう一つは改装が予定されている部屋です」

「ああ、このチビ女はそこでかまわないよ。カーペットについた血痕は取ってあるんだろう？　それにポルノスターはどんな部屋でも、というかどんな場所でも眠れるものだからさ」

ディーンはおふざけで悦にいっていたが、係の男はよほど訓練されているのか、にこりとも笑わなかった。「もちろんお部屋代は値引きさせていただきます」

ブルーはカウンターに身を乗り出した。「料金は倍にしなさい。でないとこの人、気を悪くするわ」

ディーンが戯言《ざれごと》を一喝《いっかつ》したところで、二人はエレベーターに向かった。ドアが閉まると、グレープキャンディのような目を無邪気に見張りながら、ビーヴはディーンを見上げた。

「さっき近づいてきた男の人たち、あなたの本名を知ってたわね。ゲイの男がこんなにあちこちにいるなんて知らなかったわ」

ディーンはボタンを押した。「じつはさ、本名でちょっとプロのフットボール選手もやってるんだ。ま、映画俳優の仕事が軌道に乗るまでのアルバイトだけどね」

ビーヴは感心したような顔をつくろった。「へえ、プロフットボールにもアルバイトなんてあったのね」

「気を悪くしないでほしいんだけど、きみってスポーツには疎いみたいだね」

「それにしても……ゲイの男がフットボールねえ。想像もつかないわ」

「そんなに珍しくもないさ。たぶんNFLの三分の一はそうじゃないかな」ディーンもここまでほざけば、さすがにストップをかけられるだろうと覚悟したが、相手はまだおとぼけをやめるつもりはなさそうだった。

「でも運動選手は感受性が鈍いっていうじゃない」ビーヴはいった。

「なるほどと思えるだろ？」

「あなたの耳、ピアスの穴があるわね」

「若気のいたりさ」

「それで自分の財力を誇示したかったわけね」

「片耳だけで二カラット」

「まさか、いまでもしてるってことないわよね」

「楽しいことがあった日だけ」エレベーターのドアが開いた。二人は廊下を通ってそれぞれの部屋に向かった。ビーヴは小柄な人間にしては大股で歩く。ディーンはこれほど喧嘩早い女と接したことはなかったが、それをいうなら女らしいところなんてまるでない。唯一小さいがまるいラインのバストを見ると反応してしまうわが股間はその認識を裏切っているが。

二つの部屋はドアでつながっていた。ディーンは最初の部屋を開けた。清潔だが、少しすすけており、明らかに劣る。

ビーヴは彼の前をすり抜けた。「普通ならコイントスにしてというところだけど、あなたが宿泊代を払うんだからそれじゃ不当よね」

「まあ、どうしてもというのなら」

ビーヴはダッフルバッグを取り、ふたたび彼を部屋に入れまいとした。「私は自然光のもとで描くのが得意なの。だから明日まで待ちましょう」

「もしきみをよく知らなければ、おれと二人きりになることを恐れていると思うだろうな」

「わかったわよ、ご指摘のとおりよ。もし私がうっかりあなたのお姿が映る鏡の前に立ったりしたらどう？　あなただって、急に暴力的になるかもしれないじゃない」

ディーンはにやりと笑った。「じゃあ三十分後に」

自分の部屋に入ると、ディーンはテレビをつけ、ブルズの後半戦をやっているチャンネルに合わせ、ブーツを脱ぎ、スーツケースから荷物を出した。自分の姿を描いた絵や油絵、写真ならありあまるほど持っている。しかしそれが目的ではないのだ。ミニバーから缶ビールとピーナツの袋を出す。いつだったかアナベルが、それほど写真を撮られるんだったら、そのなかでとっておきのショットを一枚お母さんに送ってあげたらどうなの、と勧めたことがあったが、余計なお世話だといい返した。こじれた親子関係を他人に詮索《せんさく》されたくないのだ。ジーンズと、数週間前マーク・ジェイコブスのPR関係者からプレゼントされたこのデザイナーの白地に白の模様のシャツを着たまま、ベッドの上に寝そべる。ブルズがタイムアウトをコールした。ホテルの部屋で過ごすときはいつもこんな感じである。シカゴではマンションを二戸所有している。一つは湖畔近くに、もう一つはシカゴ・スターズの本部に近い郊外にある。郊外のマンションは、市内まで帰るのが億劫《おっくう》になった場合に備えて買ったものだ。しかし少年時代のほとんどを全寮制の学校の寮で過ごしたので、どこにいても自宅にいる気がしない。これもまた母親の残したありがたくない影響だ。

テネシーの農場には歴史と土地との深い結びつきがあり、それはディーンにもっとも欠けているものなのだ。とはいえ普段はそれほど衝動的に行動するタイプではなく、海が近くにない地所を購入してしまったことを悔やみはじめてもいる。一〇〇エーカーもの広大な土地に囲まれた家はこれまで求めたことのない永続性を暗示するものであり、まだそうしたことに対する心の準備ができているとはいいきれないからだ。だがいまのところ、ただの別荘のつもりでいる。いやになったら売ればいい。

隣りで水の流れる音がしている。テレビ画面にカントリーウェスタン歌手のマーリ・モファットの溺死《できし》事故を取り上げた番組の予告が流れる。十二年前リーノの教会から出てきたマーリとジャック・パトリオットの古い映像が映し出される。ディーンはミュート・ボタンを押した。

今夜ビーヴを裸にするのが楽しみだ。こんなタイプの女とは接したことがなく、その新鮮さがいっそう興味を掻き立てるのだ。てのひら一杯のピーナツを口に放りこみながら、一夜かぎりのお遊びは何年も前に卒業したはずではなかったのか、とみずからに問いかける。コカインを吸い、セックスに溺れて息子の存在さえ忘れていた母親と同じ轍《てつ》を踏むことになるかもしれないと考えると憂鬱になるので、女性とは短期間しか付き合わないようにしてきた。期間は数週間から長くて数カ月だ。それでもこのごろ、深入りしない気楽な関係を心がけるという十年来のモットーをそろそろ変えようと考えはじめている。ビーヴはキャピキャピしたフットボールのグルーピーとはまるで違う。一緒にいたのはわずか一日で、腹の立つことは多いものの、二人のあいだには本物の関係が成り立っている。楽しい会話、二人でする食事、似通った音楽の趣味といった要素がそうさせるのだろう。何より大切なことは、ビーヴが彼の戯言の相方を務めてくれることだ。

ブルズ戦の最終クォーターが始まったとき、ドアをノックする音が聞こえた。ここは主導権が誰の手にあるかをきちんと知らしめておく必要がある。「裸だよ」ディーンは大声でいった。

「よかったわ。何年も大人のヌードを描いたことがないから、練習にはもってこいだわ」

ビーヴは乗ってこない。ディーンはひそかに微笑み、リモコンを握った。「個人的な話に取らないでほしいんだけど、女性の前で裸になると考えただけで胸糞悪くなる」

「私はプロよ。医師とおんなじ。落ち着かないなら、秘部は布で覆えばいいのよ」

ディーンはにやりとした。秘部だって？

「でも明日まで時間を置いて、気持ちの準備をしたほうがいいんじゃないかしら」

ゲーム・オーバーだ。ディーンはビールをぐいとひと口飲んだ。「そんな必要ない。服を着るよ」シャツの一番上のボタンをはずし、ブルズの新人のガード（コート後方の選手）が反則を犯すのをじっと眺め、テレビを消してドアを開けた。

3

ビーヴのファッション軽視の傾向はナイトウェアにもはっきりと表われていた。栗色の男性用Tシャツ、細い足首のまわりで裾《すそ》が絞られた、色褪せた黒のトレーニングパンツ。どちらもとてもセクシーとはいいがたい代物ではあるが、その下に隠されたものには未知ゆえそそられる。ディーンは一歩さがってビーヴをなかへ通した。ビーヴの体から香水ではなく、石鹼の匂いだけが漂ってくる。

ディーンはミニバーに向かった。「飲み物を出してあげよう」

ビーヴは甲高い声を上げた。「なんてことなの！　まさか本気でそんなものを使うつもりじゃないでしょうね？」

ディーンは思わずおのれの股間を見下ろした。

しかしビーヴがにらんでいるのはミニバーだった。スケッチブックを置くとディーンの前を通りすぎてミニバーに直行し、価格表を手に取る。「見てよ、これ。ちっぽけな水の瓶一本が二ドル五十セント。スニッカーズが一本三ドル。スニッカーズ一本よ！」

「これはキャンディ一本の値段じゃない」ディーンが指摘した。「いつでも欲しいときに手に入る便利さに対する対価なんだよ」

しかしビーヴはベッドの上のピーナツの袋に目を留め、ディーンも今度ばかりは反論ができなかった。「七ドル。七ドルだって！　よくまあこんな無駄遣いができるわね」

「息を吹きこむ紙袋でもやろうか？」

「あなたの財布、預かったほうがよさそうね」

「普段こんなことを口にはしないんだけど」とディーン。「おれには財力があるんでね」ついでにいえばアメリカ経済が完全に崩壊しないかぎり、この先も永久にその財力は保たれるはずだ。子どものころは、養育費という形の富の力に支えられた。大人になってからはずっとまともな形で財は築かれていった。彼自身の努力によって、である。

「あなたがどれほどお金持ちかに興味はないわ。ピーナツ一缶七ドルという値段が法外だといっているの」

ビーヴは深刻な経済的窮地におちいっているのだとディーンは気づいていたが、だからといって彼女のいい分をそのまま認めるわけにはいかなかった。「ワインでもビールでも好きなものを選んでくれ。それともおれが選ぼうか？　どっちにしても何か飲み物は開けるからさ」

ビーヴはまだ価格表に見入っている。「それなら六ドルちょうだい。ビールを飲んだつもりになるから」

ディーンはビーヴの肩をつかんで横へ押しやり、ミニバーに近づいた。「そんなに苦痛なら見ないほうがいい」

ビーヴはスケッチブックをつかむと反対側の椅子に座った。「世界には飢えで苦しんでいる人がいるのに」

「負け惜しみはやめとけよ」

ビーヴはしぶしぶビールを受け取った。幸いこの部屋には椅子が一脚しかないので、ディーンがベッドに寝そべるいい口実になる。「好きなポーズを取って」

ディーンはそれを、ヌードのポーズと思いにんまりしたが、ビーヴにそのつもりはなかった。

「ただし楽なポーズよ」ビーヴはカーペットの上にビールを置き、片方の膝にもう一方の足首を乗せるタフガイ・スタイルの座り方に変えた。みすぼらしい黒のトレーニングパンツの上でスケッチブックのバランスをとる。強気の姿勢ではあるものの、その顔は落ち着きがない。ここまでは順調だ。

ディーンはベッドの上で肘をつき、シャツのボタンをはずし終えた。これまで低級な〈エンドゾーン〉の広告写真のためにポーズをとってきた経験から女性の好む写真がどんなものかは知り尽くしているが、なぜ女たちが試合中目の覚めるようなスパイラルを決めた瞬間のショットよりそうしたつまらない写真のほうを好むのか、いまだ理解しきれないでいる。そう、それが女なのである。

ビーヴのいつもの乱れたポニーテールから漆黒の黒髪がひと房ほつれ出て、スケッチに没頭する彼女の片側の頬骨にはらりと落ちた。十年以上の鍛錬《たんれん》の末に作りあげた筋肉を見せようと、ディーンはシャツの前を開いたが、肩の生々しい傷跡は見えないようにした。「じつをいうと……おれはゲイじゃない」

「あら、私の前でお芝居は必要ないわよ」

「ほんとうはさ……」ジーンズのウェストバンドに親指を差しこみながら、それをさげる。「人前に出るとたまに名声が重荷に感じられることがあるんだよね。そんなとき自分の正体を隠すために極端な手段に頼ってしまうんだ。とはいっても、品位を失うようなまねはさすがにしない。たとえば動物の着ぐるみとか。その場所で照明は充分かい？」

ビーヴはスケッチブックの上で鉛筆を走らせている。「ぴったりの相手に巡りあえば否定することもなくなるはずよ。真の愛は力強いものですもの」

ビーヴはまだおとぼけをやめる気がないのだ。愉快になったディーンは暫時戦略を変更することにした。「モンティと出会ったとき、きみもそう感じたのかい？」

「真の愛？　まさか。私の染色体は一本欠けているからね。でも真の友情は築けるわよ。ちょっと反対側を向いてくれない？」

壁のほうを向けというのか？　まっぴらごめんだ。「尻が痛い」といってディーンは片膝を曲げた。「きみは男を信頼しないし、ふらりといなくなるとモンティはいってたけど、あれはデタラメ？」

「ねえ先生、私はいまこれに集中したいの」

「つまり、まんざら嘘ではないということか」ビーヴはこちらを見ない。「このおれだって異性に惚れたことは何度もある。すべて十六歳になる前のことだが、まだ……」

「それ以後だって誰かを好きになったことはあるでしょうに」

「まあ、ご指摘のとおりではあるけどね」彼が決して恋をしないことに、アナベルはあきれている。ご亭主のヒースもその極端な例だったが、それでも彼女と出会う前に一度恋をしたことがあると彼女は指摘する。

ビーヴの手がスケッチブックの上で素早く動いた。「まだ遊びが楽しくて仕方ないのに、落ち着く必要がどこにあるの、そうでしょ?」

「足がつりそうだよ。体を伸ばしてもいい?」ディーンは答えも聞かず両脚をベッドのへりから降ろした。ゆっくりと時間をかけて立ち上がり、少し伸びをした。すると腹部がへこみ、ジーンズが下におりてグレイのストレッチ素材でできた〈エンドゾーン〉のボクサーショーツが覗いた。

ビーヴはスケッチブックから目を離さない。

モンティの話題を持ち出したのは戦略ミスだったかもしれないが、ビーヴのような強い個性の持ち主がなぜあんな男に惹かれたのか理解できないのだ。ディーンは腰骨に両手を当て、故意にシャツがはだけて胸筋が覗くようにした。なんだかストリッパーのような気分になってきたが、ビーヴはやっと目を上げた。ジーンズはさらにさがり、スケッチブックが床に落ちた。それを取ろうと前に屈んで、ビーヴの顎が椅子のアームにぶつかった。ビーバーの体を調べたいという彼の考えに同調させるには明らかにタイムアウトが必要だ。
「急いでシャワーを浴びてくる」ディーンはいった。「旅の汚れを落としたい」
ビーヴはスケッチブックを膝の上に戻し、片手を振って行ってらっしゃいと合図した。

バスルームのドアが閉まった。ブルーはうめいてカーペットに足を下ろした。偏頭痛があるふりをすればよかった……あるいはハンセン病でも、なんでもいいから今夜この部屋に入らない言い訳を考えるべきだった。車を停め、乗せてくれたのが親切な年配夫婦だったらどんなにかよかったのにと思う。それとも気ごころの通じやすい芸術家タイプの男性でもよかった。

シャワーのなかで水が流れる音が続いている。あの広告塔の肉体を水が流れ落ちていく様子をつい思い浮かべる。彼はあの肉体を武器のように使う。ほかに誰もいないから、もっぱら標的はブルー一人ということになる。だが彼のような男は本来安全な距離を置いて、憧れるべき存在のはずである。

ブルーはビールをいっきにぐいと飲んだ。ブルー・ベイリーは逃げ出さない、とみずからにいい聞かせる。絶対に。一陣の風にも吹き飛ばされるようなか弱い外見とはうらはらに、肝心の中身、芯《しん》は強いのだ。だからこそ放浪の子ども時代を生き抜いてこれたのだった。

——あなたを愛してはいるけれど、爆弾や兵士、地雷に怯《おび》える何千何万という幼い少女の命と比べて、一人の幼い女の子の幸福とどちらが大切だというの？——母の声がいまでも聞こえる。惨めな一日だったので、古い記憶が心によみがえる。

「ブルー、トムと私からあなたにお話があるの」

ブルーはサンフランシスコにあったオリビアとトムのアパートのたわんだ格子柄のカウチと、オリビアが隣りのクッションをポンポンとたたいたときの様子をいまでもよく覚えている。ブルーは八歳にしては体が小さかったが、オリビアの膝に座れるほど小さくもなかったので、オリビアの隣りに座った。トムは反対側の隣りに座り、ブルーの膝を撫でた。ブルーが世界じゅうで一番愛していたのはこの二人と、一年ほど会っていない母親だった。七歳のときにオリビアとトムに引き取られ、ずっと一緒に住むことになっていた。二人はそう約束したのだ。

オリビアは明るい褐色の髪をおさげにして背中に垂らしていた。体からカレー粉とパチョリ（インドの香料）の匂いがし、マリファナ・パーティを開くときはいつも、ブルーが一人で遊べるよう粘土をくれた。トムの髪はふわふわとした大きなアフロヘアーで、非公認の新聞に記事を書いていた。ゴールデンゲイト・ブリッジに連れていってくれたり、通りに出ると肩車をしてくれたりした。夜怖い夢を見るとブルーは二人のベッドにもぐりこみ、トムの温かい肩に頬を当て、オリビアの長い髪に指を絡ませ、眠りに落ちた。

「覚えてるかしら」オリビアは続けた。「私の子宮で育っている赤ちゃんのこと？」

ブルーは思い出した。二人は本の写真を見せてくれたことがあったのだ。

「もうすぐ赤ちゃんが生まれるの」オリビアはさらに続けた。「そのためにいろいろ事情が変わるの」

ブルーは変わってほしくなかった。すべてがずっと同じであることを望んだ。「赤ちゃんと一緒に私の部屋を使うの？」ブルーもようやく自分の部屋が持てたのだ。それを共有するのはいやだった。

トムとオリビアは視線を交わしあい、やがてオリビアがいった。「いいえ。もっといいことがあるの。ノリスのこと、覚えているでしょう？　先月ここに訪ねてきた女の人のことよ。織手で、アーティスト・フォー・ピース（平和をめざすアーティストの会）を発足させた人よ。彼女のアルバカーキのおうちのことや幼い息子カイルの話をしてくれたわよね。地図でニューメキシコがどこにあるかも見せてあげたでしょ？　あなたノリスのこと、とても気に入ったわよね」

ブルーは明るく無邪気にうなずいた。

「それでね」オリビアはいった。「あなたのママとトムと私で相談して、今度はノリスにあなたを引き取ってもらうことにしたの」

ブルーには理解できず、ただじっと二人のにこやかな作り笑顔を見つめるしかなかった。トムはフランネルのシャツごしに胸をさすり、涙をこらえるようにまばたきした。「オリビアもぼくもおまえと離れるのは辛いんだ。でもあっちへ行けば遊べる庭だってある」

その瞬間ブルーにも状況が理解でき、吐き気に襲われた。「いやよ！　庭なんかいらない。ここにいたい。約束したじゃない。ずっとここに住んでいいと約束したじゃない！」

オリビアは慌ててブルーをトイレに連れて行き、嘔吐《おうと》するあいだ頭を支えていた。トムは古くて欠けた浴槽の端に座って前に屈んだ。「おまえのことはずっと手元に置いておくつもりだったんだけどね……赤ん坊が生まれることがわかった。金の面やらいろいろな事柄が絡んできてしまってね。ノリスの家に行けば遊び相手だっている。楽しいと思わないか？」

「遊び相手ならここにも生まれるじゃない！」ブルーはしゃくりあげた。「赤ちゃんが生まれるじゃない。私をよそにやらないで。お願い！　いい子でいる。いい子でいて邪魔にならないようにするから」

いつしか三人で声をあげて泣きはじめたが、結局オリビアとトムは錆びのめだつ青いヴァンでアルバカーキまでブルーを連れて行き、さよならもいわずそっと姿を消したのだった。

ノリスは太った女で、ブルーに織物を手ほどきしてくれた。七歳のカイルはトランプを教えてくれ、スターウォーズのゲームで一緒に遊んでくれた。一月、また一月、と時が過ぎていった。ブルーはオリビアとトムのことをあまり考えないようになり、ノリスとカイルを慕いはじめた。ひそかにカイルを兄と思い、ノリスを母と考え、いつまでもこの二人とともに暮らすつもりでいた。

やがてじつの母親であるヴァージニア・ベイリーが中央アメリカから帰国し、ブルーを迎えにきた。二人はテキサスに行き、そこで活動家の修道女たち数人と住み、四六時中行動をともにした。母と一緒に本を読み、図工をやり、スペイン語を練習し、ありとあらゆる話題で長々と話しあった。一度もノリスやカイルのことを考えない日が過ぎていった。ブルーは優しい母親を慕う気持ちを取り戻していたので、ヴァージニアがふたたび旅立ってしまうと悲嘆にくれた。

ノリスは再婚してしまったのでアルバカーキに戻ることはできなかった。ブルーは学年の終わりまで修道女に預けられ、ブルーの愛情の対象はシスター・キャロリンに変わった。シスター・キャロリンはブルーをオレゴンに車で連れて行き、母のヴァージニアが次の里親として手配しておいた有機栽培農業家のブラッサムに引き渡した。ブルーは車で去ろうとするシスター・キャロリンに必死にしがみつき、ブラッサムが無理やり引き離すしまつだった。

ふたたび同じサイクルが一から始まった。それでも今回はブラッサムといくらかは距離を置いて接するようにした。そして別れのときが来ても、かつてのように苦痛は感じなかった。それ以来ブルーはますます慎重になっていった。場所が変わるごとに接する人びととの距離を広げていくようになり、ついに人との離別によって傷つくことはなくなった。

ブルーはホテルのベッドを凝視した。ディーン・ロビラードは欲情しており、ブルーをその捌《は》け口にしようとしているのだ。しかし彼は彼女がどれほど深く気楽な関係を嫌悪しているかは知らない。大学時代ブルーは女の友人たちがドラマ『セックス・アンド・ザ・シティ』そのままにいつでも好きなときに気の向いた相手とベッドをともにするのを見ていた。だがそんな友人たちも結果として元気になることはなく、落ちこむことが多かった。子ども時代に短期間の人間関係にさんざん辛い思いをしてきたブルーは、このうえさらにそうした苦悩を味わうつもりはなかった。モンティなど恋人とは見なしていないし、彼を数のうちに入れなければこれまで付き合った、恋人と呼べる男は二人だけである。二人とも芸術家肌で、喜んでブルーの好きにやらせてくれる自己陶酔型の男たちだった。そのほうがうまくいくからだった。

バスルームのドアノブがまわった。明日の朝さよならされる心配があるので、ディーンにどういう態度で接するかについては慎重になる必要があった。あいにくと、如才なさは得意分野ではない。

ディーンは腰にタオルをゆるりと巻きつけて出てきた。酒神祭の合間に寺院から捧げられる次の乙女を待つローマ神話の神のようである。だが彼の体が光に照らされた瞬間、ブルーの指はスケッチブックの上で固まった。これは大理石に彫りつけた完全無欠なローマ神話の神などではない。高い機能と力強い体格、即戦力をそなえた戦士の肉体である。

ディーンは肩にある三つの傷跡の一つをビーヴがまじまじと見つめていることに気づいた。「亭主を怒らせちゃってね」

ブルーはまるで取り合わなかった。「差し迫った危険な罪の結果ね」

「罪といえば……」ディーンの気だるい微笑は誘惑の香りを発散している。「ずっと考えているんだ……夜が更け……見知らぬ二人……気持ちのよいベッド……それを利用しない手はないよね」

ディーンは遠まわしな表現はやめ、いっきにゴールラインにダッシュしてきた。輝く美貌とアスリートとしての名声によって、女性に関しては手に入るのが当然という感覚を持っている。それは理解できるものの、この私にはそれは通用しない。近づく彼の体からは石鹸とセックスの匂いがする。もう一度ゲイの話題でも持ち出してみようかとも考えたが、ここに至っては無意味である。頭痛を理由に部屋を出るとか……あるいはいつも新しいことに挑戦するときのように振る舞えばいい。ブルーは椅子から立ち上がった。「お定まりの成り行きというわけね、ブー？　ブーと呼んでもかまわないわよね？」

「じつをいうと——」

「あなたは美形でセクシーだし、ほろ酔い気分になってる。そこらの男とは比べ物にならないほど魅力があるわ。おまけにお金持ちときてる。それに頭だって切れる。それを私が見逃すはずがないでしょ。でもね、問題はそんなあなたに私が欲望を掻き立てられない、ということなの」

ディーンは眉根を寄せた。「欲望を……掻き立てられない？」

ブルーは申し訳なさそうな顔をつくろった。「問題はあなたじゃなく、私にあるの」

ディーンは啞然とし、目をぱちくりした。無理もない、とブルーは思った。明らかに彼は「問題はきみじゃなく、ぼくにあるんだ」という台詞を使い慣れている。それを相手からいわれればさぞや面食らうことだろう。

「からかってるんだよね？」

「ありていにいえば、私はモンティのような負け犬といるほうが気楽なの。もう一度あんなミスを犯すつもりはないけれどね。もしあなたとベッドをともにすれば——ずうっと長いあいだ私なりに考えていたことだけれど——」

「出会ってまだ八時間だよ」

「私は豊かな胸もないし、美人でもないわ。手軽だからあなたが私を利用しようとしていることくらい判断がつくわよ。それじゃ惨めだし、また堕落の悪循環におちいってしまう。それに正直いうと、私、精神科の病院に入れられるのはもうたくさんなのよ」

ディーンの笑みには打算の色が浮かんでいた。「ほかには？」

ブルーはスケッチブックとビールをつかんだ。「結論をいえば、あなたは憧れの対象としての人生を歩んでいるけど、私は憧れを持たない人間だということ」

「美人じゃないって誰がいった？」

「いいのよ、そんなことどうでも。私は個性があるんだから、そのうえ美貌まで加えるのは強欲というものよ。正直なところ、今日まで問題にしたことがなかったわね。まあ、ジェイソン・スタンホープは例外だけど、それも七年生のときだし」

「ふうん」ディーンはなおも愉快そうに聞いている。

ブルーはできるだけさり気なく続き部屋へのドアに向かい、それを開いた。「あなた、銃弾をよけたような気分なんじゃないの？」

「いま感じてるのはほとんど欲望だけだよ」

「ホテルの部屋にポルノが置いてあるのはそのためよ」ブルーは急いでドアを閉め、ようやくひと息ついた。ディーン・ロビラードに微妙な距離を置いて接するのは彼の本来の調子をくずすための戦略ではあるが、カンザス・シティまで延々これを続けられるかどうかといえば、カンザス・シティに着いてからの予定同様、定かではない。

ビーヴは遅くまで起きていたのであろう。翌朝絵はもう仕上がっていた。ビーヴは休憩のために中央カンザスのトラックサービスエリアに立ち寄るまで待ち、彼の前に絵を差し出した。ディーンは出来上がったものをしげしげと見つめた。ブルーが一文無しなのもうなずける、と思った。

ビーヴは欠伸を嚙み殺した。「もっと時間があれば水彩で描いたんだけどね」

鉛筆画であるという悪条件を考慮しても、結論に変わりはないだろう。たしかにディーンの顔を描いてはいるのだが、造作がおかしいのだ。目は寄りすぎ、髪の生え際はゆうに二インチは後退しており、いくらか太って二重顎になってしまっている。もっともダメージを与えているのは、鼻のサイズを小さくし顔のまんなかでつぶれてしまったように見えることだ。めったに言葉を失うことはないのだが、その絵を見てただもう唖然とした。

ブルーはチョコレートがけのドーナツをほおばった。「これほど簡単にあなたを不細工に仕上げられるなんて、嬉しくなっちゃうわね」

そのとき、ブルーは意図してこれを描いたのだということをディーンは知った。しかしブルーの顔は得意げというより思いにふけるような表情だった。「実験なんてめったにしないのよ。あなたは完璧なテーマだったの」

「役に立てて光栄だ」ディーンは無愛想にいった。

「当然もう一枚描いたわ」サービスエリアまで持ってきたフォルダーのなかから二枚目を出し、そっけなくテーブルの上に置いた。場所はちょうどディーンがまだ手をつけていないマフィンの隣りである。ベッドの上でゆったりと横になり片膝を立て、前を開けたシャツから胸板が覗いている、そこには昨夜のポーズそのままが描かれている。「予想どおりのかっこよさでしょ？」とブルーはいう。「でもつまらないと思わない？」

つまらないだけではなく、少し安っぽい感じもする。ポーズがあまりにわざとらしく、表情は気取りすぎている。ディーンは見透かされているようで、不快な気持ちだった。昨晩彼女に振られたことがいまだ信じられないというのが本音なのだ。腕が鈍ったということなのか？　それともそんなものは、もともとなかったのか。何もしなくとも女には不自由しないので、女を口説く経験をまるで積んでいない。これはなんとか手を打たなくてはならない。

もう一度最初の絵を見つめ、自分のデフォルメされた顔にしげしげと見入っているうちに、もし自分がこのような顔に生まれついていたらいったいどんな人生になっていただろうと考えはじめた。高額のギャラが入るエンドゾーンのＣＭがなかったことは確かだ。子どものころからこの顔のおかげで得をすることが多かった。それを頭では理解していたが、ビーヴの絵によってそれが具体的になったといえる。

ビーヴの表情が曇った。「これ、嫌いでしょ？　あなたには受け入れられない絵だとはわかっていたけれど……でも私としては……なんでもない」ビーヴは絵に手を伸ばした。

ディーンは絵をビーヴの手の届かないよう引き離した。「認識するまでに少しかかったというだけ。暖炉の上に掛けようとは思わないけど、嫌いではないよ。ちょっと……癪《しゃく》にさわる絵だとは思ったけど。でも好きだ。すごく好きだよ」

ブルーは彼が本気でいっているのか判断しようとして、じっと顔をみつめた。ディーンは彼女と一緒にいればいるほど好奇心を刺激されるようになっていた。「ほとんど自分のことを話そうとしないね。どこで育ったの？」

ブルーはドーナツを食べるのをやめた。「あちこちよ」

「よせよ、ビーヴ。今後会うこともないんだから、秘密なんかぶちまけてしまえよ」

「私の名前はブルーよ。それに私の秘密を訊き出したいのなら、あなたから先に話すべきじゃない？」

「そんなもの、簡単だよ。ありあまる金、大きすぎる名声。端整すぎる容貌。人生は酷だ」笑わせようとしていった言葉だったが、ビーヴがあまりに一心に彼を見つめるので、ディーンは落ち着かない気分になった。「きみの番」と急いでいう。

ビーヴはゆっくりとドーナツを食べ終えた。どこまで話そうかと迷っているのだろうと、ディーンは察した。「母はヴァージニア・ベイリーというの」とブルーがいった。「あなたはその名前を聞いたことがないでしょうけど、母は平和《ピース》活動のサークルでは有名なの」

「ピーサークル《おしっこ》？」

「ピース、よ。活動家なの」

「それを聞いてぼくが何を想像したかいわないほうがよさそうだな」

「世界じゅうでデモを先導して、数えきれないほど逮捕されたし、核ミサイルの敷地に不法侵入した罪で連邦重警備刑務所に二年間服役したわ」

「すごい」

「そんなのまだ序の口よ。八〇年代にニカラグアでのアメリカの方針に抗議するためハンガー・ストライキを続けて死にかけたわ。その後イラクに医薬品を持ちこむのに国連の認可を無視したの」ビーヴは指についた砂糖衣を擦り落としながら、遠い目をした。「二〇〇三年にアメリカの部隊がバグダッド入りしたときも、母はすでに国際平和活動のグループと一緒に現地に入っていたわ。片手には抗議のプラカードを持ち、もう一方の手では兵士に水の瓶を配っていたの。記憶にあるかぎり、母は所得税の支払いを避けるために収入を意図的に三千百ドル以内に抑えていたわね」

「腹立ちまぎれにわざわざ損になることをする、ってやつ？」

「自分のお金が爆弾に使われると思うとたまらなかったのよ。母に反論したいことはたくさんあるけれど、連邦政府は納税者がどのような目的に自分の税金を使ってほしいかチェック記入方式で尋ねるシステムを作るべきだと私も切に思うわ。あなただって何百万ドルというアメリカ政府に納めた税金が核ミサイルではなくて学校や病院に使われていることを確かめたくない？」

じつはディーンもそう思っている。大きい子どもたちのための遊び場、幼い子どもたちのための幼稚園のプログラム、ＮＦＬの審判のための強制的な視力回復手術《レーシック》に税金を使ってほしいと思っている。彼はコーヒーマグを置いていった。「お母さんって、すごく個性が強い人みたいだね」

「変人ってことでしょ?」

礼儀を重んずるディーンはうなずくわけにいかなかった。

「でも違うの。母は善くも悪くも現実的な人なのよ。二度もノーベル平和賞の候補者になったわ」

「わかったよ。印象はよくなった」ディーンは椅子の背にもたれた「お父さんは?」

ビーヴは紙ナプキンを水のグラスに浸し、指についたドーナツの砂糖衣を拭き取った。

「私が生まれる一カ月前に亡くなったわ。エルサルバドルで井戸を掘っていて、地盤が陥没したの。二人は結婚していなかった」

また一つ、彼とビーヴの共通点が見つかった。

ここまでビーヴは個人的な事柄をあまり明かすことなく、多くの事実を語って聞かせてくれている。ディーンは脚を伸ばした。「お母さんが世界を救うために国を出ているあいだ、誰がきみの世話をしてくれたんだい?」

「善意の人びとの寄せ集め」

「それじゃ幸せであるはずがないよね」

「それほどひどくもなかったわ。ほとんどがヒッピーで、芸術家や大学教授、ソーシャル・ワーカーといった人たちよ。私をぶったり虐待する人はいなかった。十三歳のとき、ヒューストンの麻薬の売人と一緒に住んだことがあったわ。でもひと言弁護させてもらえば、母はルイザがまだその仕事をしているとは思っていなかったの。ときたま走行中の車から射撃されたことを除けば、私はルイザと一緒にいるのが好きだった」

ディーンはブルーが冗談をいっているものと思いたかった。

「半年間ミネソタでルター派の聖職者と住んだことがあったけど、母が敬虔《けいけん》なカソリック信者だったのでさまざまな活動家の修道女とずいぶん長い時間一緒に過ごしたの」

ブルーの子ども時代はディーンよりはるかに不安定だったわけだ。信じがたい話である。

「幸い母の友人はみんな善意のある人たちだったから、得がたい技能を身につけさせてもらえたの」

「たとえば？」

「私はラテン語とギリシャ語も少し読めるわ。壁に石膏ボードを貼れるし、有機栽培の菜園だって作れるし、電気工具も使える。荒っぽい料理も得意よ。あなたとは比べものにならないわよ」

ディーン自身、スペイン語が堪能で電気工具を使うのは大好きだが、彼女の楽しみを奪いたくはなかった。「おれはローズボウルでオハイオ・ステート相手にタッチダウンを四回決めたよ」

「そしてローズ・プリンセスたちのハートを舞い上がらせたわけね」

ビーヴは彼をからかうのが好きだが、楽しさを隠そうともしないので意地悪な感じは受けない。不思議である。ディーンはコーヒーを飲み干した。「そんなにしょっちゅう住む場所が変わったら、学校に行くのはたいへんだっただろうな」

「つねに転校生でいれば、かなり対人関係の技が磨けるものよ」

「それはそうだろうな」ブルーの対決主義的な態度の理由がディーンにもわかってきた。

「大学は？」

「小規模な一般教養の大学。完全な奨学金を受けていたけれど、卒業の前の学年が始まってすぐ辞めた。それでも一カ所に留まっていた期間は一番長かったわね」

「なぜ辞めたの？」

「漂泊への思い。生まれながらの流れ者なの」

ディーンはそれを懐疑的に聞いた。ビーヴは生来の頑固者ではないはず。もし違った環境で育っていたら、いまごろは結婚して二人ぐらい子どももがいて、幼稚園の先生でもやっていただろう。

ディーンが二十ドルをテーブルに置き、釣銭も待たず去ろうとするのを見て、ブルーは予想どおり、憤激した。「コーヒー二杯、ドーナツに食べてもいないマフィンよ！」

「こだわるなよ」

ブルーはマフィンをつかんだ。駐車場で車に向かいながらビーヴが描いてくれた絵をとくと眺め、彼女との取り引きは自分にとってかなり有利なものだったと気づいた。何回分かの食事、宿泊代を持つだけで、思考の糧《かて》を受け取ることができるのだから。今後それをどれだけ堪能できるのだろう。

その日時間の経過とともにビーヴの態度がそわそわと落ち着かなくなることに、ディーンは注目していた。ガスステーションに寄った際、トイレに向かったビーヴはみすぼらしいキャンバス地のバッグを車に置き忘れていった。ディーンはガソリンタンクのキャップをはずしながら、一瞬考えて調査任務を実行することにした。携帯電話もスケッチブックも無視して財布を出す。シアトルとサンフランシスコの図書館カード、キャッシュカードと十八ドルの現金、華奢な体つきの中年女性が焼け落ちた建物の前でストリート・キッズと一緒に写っている写真が入っている。髪の色は淡いものの、女性の面立ちはビーヴと同じように小造りで鋭角的である。これがヴァージニア・ベイリーに違いない。バッグの底を手探りしているとダラス銀行発行の小切手帳と銀行通帳が出てきた。小切手帳には千四百ドル、預金通帳にはそれ以上の額が入っている。ディーンは眉をひそめた。これだけ充分な貯金がありながら、なぜ文無しのふりをするのか。

ビーヴが車に戻ってきた。ディーンはすべてをバッグに戻し手渡した。「ブレスミントを探した」

「財布のなかにあるというの？」

「財布にそんなものが入ってるわけないだろ」

「わたしの財布のなかをこっそり調べたのね！」詮索そのものに問題はないけれど、私に対しては許さないとでもいわんばかりの表情だ。あなたの財布も肌身離さないようにしなさいよ、というあてつけなのだ。「プラダも財布を作ってる」ディーンはガソリンスタンドから車を出しインターステートに戻りながらいった。「グッチも財布を作ってる。ソケット・レンチと女っぽいカレンダーでできたような感じの財布だ」

ビーヴは憤慨して息巻いた。「コソコソ調べるなんて信じられないわよ」

「こっちは昨日の宿代を払わされたことが信じられないよ。きみは無一文でもないのにさ」

返ってきたのは沈黙であった。ビーヴは顔をそむけ窓の外を見ている。小柄な体、幅の狭い肩、とんでもなくサイズの大きすぎる黒いTシャツの袖の下から覗いているかぼそい肘。そのような体を見れば彼の保護本能が刺激されるはずなのに、とてもそんな気が起きない。

「三日前に預金口座のお金を全額引き出した人がいるの」ビーヴはこともなげにいった。

「いまは一時的に文無しよ」

「当ててみようか。女たらしのモンティのしわざだな」

ビーヴはうわの空で自分の耳を引っぱった。「そう。卑怯《ひきよう》者のモンティがやったの」

これは嘘だ。昨日モンティを責めなじったとき、銀行預金のことなどひと言も触れていなかったではないか。だがこの恐ろしい形相を見るかぎり誰かに金を盗まれたことは間違いない。ビーヴは車に乗せてもらう以上に金を必要としているのだ。

ディーンは気前のよさをみずから誇りとしている。付き合う女性は女王様のようにもてなし、関係に終止符を打つときなど豪勢なプレゼントをする。付き合っているあいだは二股をかけたこともなく、ベッドでも自分のことより相手を気遣う。だが今はベッドへの誘いをはねつけつづけるブルーの態度に腹立ちを覚え、本来の金離れのよさを発揮する気になれないでいる。乱れた髪、みすぼらしい服装にじっと見入った。目のさめるような美人とはとてもいえないし、普通の状況にあれば目も留めないタイプだ。しかし昨夜赤の停止信号を出されて以来、駆け引きが始まったのだ。

「それで、今後はどうするの?」ディーンは訊いた。

「そうね」ビーヴは下唇を嚙んだ。「カンザス・シティに知り合いはいないけど、ナッシュビルには大学時代のルームメイトがいるの。あなたもナッシュビルを通るっていってたから……」

「ナッシュビルまで乗せてほしいというのかい」ディーンは空々しい調子で訊いた。

「差し支えなければ」

差し支えなどない。「どうかな。ナッシュビルまではかなりある。そこまできみの食事代と宿泊費をこっちが持つことになるわけだし。しかし場合によっては……」

「あなたとは寝ません!」

ディーンは気だるい微笑みを向けた。「きみってセックスのことしか考えないのかい?気を悪くしないでほしいんだけど、正直なところそんな態度は極端すぎるね」

それは騙《だま》しのための餌《えさ》に違いなく、ブルーはそんなものに食いつくつもりはなかった。黙って安いアヴィエーター・サングラスをかけたブルーはF-18戦闘機を指揮しようとしているボーピープのようだった。「きれいな顔してるんだから黙って運転してればいいのよ」とブルー。「話なんかして脳を酷使する必要ないわ」

ディーンはこれほど図太い女に会ったことがなかった。

「一ついっておくけどね、ブルー。ぼくは美貌だけが取り柄じゃない。ビジネスマンでもあるんだから投資に対するリターンも当然期待する」そんな口調が独善的に聞こえるはずなのに、ディーンは楽しくて仕方がなかった。

「あなたにはオリジナルのブルー・ベイリー作のポートレートでお返しするわよ」ブルーはいった。「おまけに車の見張り役とファンから守ってくれるボディガードを雇ったようなものなのよ。ここからナッシュビルまで、二百ドルでいいわ」

ディーンがそれに対する考えを述べようとしているとナビゲーションサービスが割りこんできた。

「ハイ、ブー。ステフです」

ブルーはスピーカーのほうへ身を屈めた。「ブー、悪い人ね。私のパンティはどこやったの？」

長い沈黙があった。ディーンはブルーをにらみつけた。「いまは話せないんだ、ステフ。オーディオブックを聴いていて、誰かが刺殺されそうになってるんだ」

ディーンが電話を切るあいだ、ブルーはサングラスを鼻梁《びりょう》の下にずらし、メガネの縁の上から覗くようにしてディーンを見た。「ごめん。退屈してたもので」

ディーンは片方の眉をつり上げた。人の情けに頼っているはずなのに、一歩も引かないこの構え。面白い。

ディーンはラジオをつけ、ジン・ブラッサムの曲に合わせ、ハンドルの上でドラムをたたいた。しかしブルーは独りの世界にこもっていた。またジャック・パトリオットの『笑っておくれ』が始まったので、ディーンが局を替えても何もいわなかった。


ブルーの耳にはラジオの音などほとんど聞こえていなかった。ディーン相手だと勝手が違いすぎて、相手が異星人のように感じるのだが、それを認識していることは、なんとか駆け引きを使って彼にさとられないようにしよう。銀行預金を盗んだのはモンティだという嘘をディーンは信じているのだろうか。本音をあまり明かさない人だから判断がつかないが、母が卑しい人物だと思われたくない。

ヴァージニアはブルーの唯一の親族なので、ブルーの銀行預金口座の連帯保証人になるのは自然なことだった。母はおよそ人から何かを盗むことなどありえない人間である。衣類は救世軍の質素な店で満足し、アメリカにいるときは友人宅のカウチで寝ている。よほどの人道主義的危機におちいらなければ、ブルーの金に手をつけるはずがないのだ。

ブルーは金曜日に預金が盗まれたことに気づいた。その日にATMでキャッシュカードを使おうとして、知ったのだ。ヴァージニアは携帯電話にメッセージを残していた。

「数分しか時間がないの。今日あなたの銀行預金を出したわ。できるだけ早く手紙で事情を説明するつもりよ」母はめったに冷静さを失わない人間だが、その母の声が乱れていた。「許してね、ブルー。私はいまコロンビアよ。昨日私が見ている少女たちが武装ゲリラの集団に誘拐されてしまったの。あの子たちは……レイプされ、無理やり殺人者にされてしまうでしょう。そんな――そんな酷《ひど》いことを断じて許すわけにはいかないの。あなたのお金を使えばあの子たちの自由が買えるの。こんなことをすれば、あなたは許しがたい背信行為と取るでしょう。でもあなたはあの子たちと違って強いわ。どうか私を許して。そして私があなたを愛していることを忘れないでほしい」

ブルーはどこまでも広がるカンザスの景色をぼんやりと見つめていた。子どものころ以来、これほど心細い思いをしたことはなかった。唯一の拠り所としてきたなけなしの貯金が身代金になってしまった。たった十八ドルで、どう生活を立て直せるというのだ。それではチラシ代さえ出せない。せめてヴァージニアに電話してわめき散らしてやれれば、いくらか気が晴れるだろうが、母は電話も持っていない。必要なときは借りるだけだ。

「あの子たちと違ってあなたは強いのよ」ブルーはつねにこういわれながら育った。「あなたは恐怖を抱えて生きなくていい。好きなことができる。兵隊が家に押し入ってくる心配も監禁される心配もしなくていいんですもの」

兵士からそれ以上の酷い仕打ちを受ける心配もない。

ブルーは母がかつて中央アメリカの刑務所で経験した労苦は考えないようにしている。筆舌に尽くしがたい虐待を受けながら、心優しい母はそれを恨んでいない。それどころか自分を陵辱《りょうじょく》した男たちのために、母は毎夜祈りを捧げている。

ブルーは助手席からディーン・ロビラードを見つめた。この男は異性に対する自分の魅力を当然のものと見なしているので、足元にひれ伏さないでいたことがこちらの武器になっているかもしれない。武器としてはいかにも頼りないが。いまなすべきことは、服を脱ぐことなく彼の興味を掻き立てつづけること。ナッシュビルに着くまでは。

セントルイスの西で日暮れ前に休憩のために車を停め、ピクニックテーブルのそばで携帯電話をかけているブルーの様子をディーンは見つめていた。ナッシュビルにいる元ルームメイトに電話をして明日会う場所を決めるといっていたけれど、そのブルーが炭火のグリルを足で蹴《け》り電話をバッグに戻した。ディーンの心は浮き立った。まだゲームオーバーではないのだ。

数時間前、ディーンは現役引退してセントルイスに移ったロンド・フレージャーからの電話に出るというミスを犯してしまった。ロンドは夜このあたりに住む選手数名と一緒に集まろうといい張った。五シーズンにわたって自分のバックでディフェンスを務めた仲間なので断わるわけにいかなかった。しかしそうなるとブルーと過ごすために立てたせっかくのプランをふいにすることになる。しかし事態はブルーの思惑どおりに運んでいないらしい。彼はブルーの不機嫌な表情に見入り、重い足取りでこちらへ戻ってくる様子を眺めた。「何かあった？」と訊く。

「ううん、たいしたことじゃない」ドアの取っ手をつかみかけて、腕を落とす。「まあ、あったといえばあったのよ。なんとかしてみせるけどね」

「これまで何もかもそつなく対処してきたみたいないい方だね」

「もうちょっと元気づけてくれてもいいんじゃないの」ブルーはドアを開けるとルーフ越しにディーンをにらんだ。「電話がつながらないの。どうやら私に知らせないで、どこかに引っ越してしまったみたい」

これでよく冷えたビールのようなまたとないチャンスが訪れたわけだ。ブルー・ベイリーのような女を言いなりにできることに、これほど満足している自分に驚きつつ、ディーンはいった。「困ったことになったね」と誠意をこめていう。「で、どうするつもり？」

「何かいい方法がないか、考えてみる」

インターステートに戻りながら電話をかけるものの、ミセス・オハラが電話に出てくれない。これでは、現在現地の農家に向かっている最中で、これから最初の宿泊客を連れて行く、と伝えることもできないではないか。

「ずっときみの現在の困難な状況を考えていたんだ」赤のコンバーチブルを素早く追い越しながら、ディーンがいった。「こういう案はどうかな……」

4

エイプリル・ロビラードはEメールを閉じた。家政婦の正体を知ったら、ディーンはなんというだろう。それを思うと堪えがたい気持ちになる。

「次はレンジ台の据え付けにかかったほうがいいんだろ、スーザン?」

いえいえ、そこにゼラニウムを植えてプランターを作るのよ、おにいさん。「ええ、すぐにやってちょうだい」

エイプリルは大工がキッチンの壁から剝がして切り刻んだ、踊る銅のやかん模様が入った壁紙の切れ端をまたいだ。息子より若いコーディだが、こうして口実を見つけては話しかけてくる作業員は彼だけではない。齢《よわい》五十二になるが、この連中はそんなこととは露知らずこうしてしきりに群がってくるのだ。こんな私にも性的なものを嗅ぎ取っているのだろうか? お気の毒さま。簡単にお菓子をふるまうのは、とうの昔に卒業したのよ。

ビンテージ・ロックでも聴いて騒音をかき消そうと、iPodをつかむ。しかしイヤホンを耳に入れる前に大工頭のサムがキッチンのドアから顔を覗かせた。「スーザン、階上のバスルームをチェックしてくれないか。換気扇の取り付けを確認してほしい」

換気扇の確認ならすでに午前中にすませているが、仕方なくコンプレッサーだの垂れよけ布だのを避けながら彼のあとから廊下を進んだ。この家は十九世紀に建てられ、一九七〇年代に一度修復工事が行なわれた。そのときに配管と電気設備を新しいものに替え、エアコンを入れたと聞いている。問題はその近代化の際、浴室とキッチンの内装がアボカド・グリーンで統一されたことで、しかも安っぽい壁のパネルやビニールの床が長年の使用によってすっかり汚れ、ひび割れてしまっている。この二カ月、エイプリルはこうした問題の部分を修正し本来のあるべき姿に戻すべく努力を続けてきた。伝統的な農家を贅沢《ぜいたく》によみがえらせようというのである。

昼下がりの陽射しが側面の窓から入り、空気中に舞うほこりを照らしだしている。とはいえ工事の山場はもう越した。光る飾りのついたTストラップのサンダルが硬材の床の上で靴音を響かせ、手首のバングルが金属的な音をたてる。ほこりと無秩序な空間のなかにいてさえ、エイプリルは自分が納得する服装にこだわる。

かつて応接間だった部分は右奥まで広がるダイニングに変わり、増築された住居部分は左手にある。骨組みと石の家屋は連邦スタイル（一七九〇年ごろから一八三〇年ごろのアメリカで流行した古典主義復興の建築様式）で建てられたが、増築を繰り返すうちにいつしかごたまぜになったようだ。今回エイプリルは壁を排除して全体を住みやすいスペースへと変身させた。

「長くシャワーを浴びるなら蒸気が溜まらないように充分な換気が必要だね」とサムがいった。

ディーンは熱いシャワーを長々と浴びるのが好きだった。記憶にあるのは十代のことだが、おそらくは彼もご多分にもれずさっとシャワーを浴び五分で着替えをすませる男になってしまっているだろう。一人息子のことをこうも知らないという思いで胸が痛む。いいかげんそんな感情になじんでもよさそうなのに。

数時間後エイプリルは騒音のるつぼからそっと抜け出した。サイドドアから外へ出て、五月下旬の空気の匂いを吸いこむ。近接する農場からほのかに漂ってくる有機肥料の匂いとともに、この農家の石の土台を取り囲むようにして気儘《きまま》にあちこちつるを伸ばしているスイカズラの甘い香りもする。対抗するようにして生い茂るキスゲやしなやかな牡丹《ぼたん》の低木、細長い茎を絡ませあっている元気な灌木《かんぼく》の薔薇《ばら》。薔薇はインゲン豆やらとうもろこしを植えるだけで手一杯だった農家の主婦たちが植えたもので、一家は冬のあいだ手のかかるこの観葉植物に手こずっただろう。

エイプリルは足を止め、何十年も前に設計され、いまは雑草の茂る庭をじっと眺めた。田舎臭い所帯につきものの、虚飾を排した一角である。家の裏手から庭の向こうまで新たにコンクリート舗装を施し、まもなく大工たちがその土台の上にスクリーンポーチを立てることになっている。その土台の向こう側の端に、エイプリルは小さな文字でA・Rと自分のイニシャルを彫りつけた。何か一つ永久に自分の関わりを残したいと思ったのだ。二階で作業中の大工の一人が窓からじっとこちらを見おろしている。エイプリルは長いブロンドの髪をひと房ハラリと後ろに払い、誰かにまたも無用の質問を投げかけられる前にと、井戸の鉄ポンプを通りすぎた。

かつてのキャラウェイ家の農園はなだらかな起伏を見せる丘に囲まれた、静かな谷のなかに建っている。馬の飼育農家として繁盛したと聞くが、いまや七五エイカーの広大な敷地を闊歩《かっぽ》する動物は鹿やリス、アライグマ、コヨーテぐらいである。放牧地、囲いをした放牧地、森からなる農場には一軒の納屋と荒れ果てた小作人用のコテージと、湧き水によって造られた池がひっそりと存在する。割れ目の入る敷石の道のはずれに、これまた伸び放題の葡萄《ぶどう》の木がある。そのそばに置かれた、風化した木のベンチを見ていると、最後の持ち主であるウィルマ・キャラウェイが、仕事が終わってひと息つく姿が思い浮かぶ。ウィルマは昨年九十一歳でこの世を去っている。ディーンは彼女の遠い親戚からこの家を買ったのだ。

エイプリルは苦労して作りあげたネットワークのつてを通じて、息子の動向をつねにつかんでいる。彼が家の改修工事の監督をする人間を探すつもりでいるということを知ったのも、こうしたネットワークからの情報だった。エイプリルはただちに自分が何をすべきか判断した。長い年月の流れを経て、ようやく息子のために家庭を作ってやれる。LAの仕事を放り出してくるのは厄介ではあったが、ここでの仕事はあっけないほど簡単に決まった。偽の推薦状を何通か作成し〈タルボット〉でスカートとセーターを買い、長くウェーブの多い髪を後ろに撫でつけるためのクリップを探し、西テネシー在住のもっともらしい事情を捏造《ねつぞう》した。ディーンの不動産業者は面接して十分後にエイプリルの採用を決めた。

身分を隠すためにみずから作りあげた地味な女性像はエイプリルにとって好ましくも苦手

なタイプだった。彼女はスーザン・オハラを独りで生きている未亡人とイメージしている。貧しくも勇敢なスーザンには家族を育てたことによって身につけたもの以外の特筆すべき技能はない。それでも家計管理や日曜学校の教師を務めたこと、衰弱した夫のリハビリセンターでの介助などの経験も生きている。

とはいえスーザンの地味な服装ばかりは受け付けられなかった。最初にギャリソンの町へ出かけたとき、未亡人に変身を申し渡し、本来の服装に戻ることにした。エイプリルは古臭いビンテージのアイテムと流行の最先端のもの、デザイナーものとリサイクルショップで見つけた掘り出し品などをミックスさせて着るのが大好きだ。先週はゴルチェのビスチェとバナナ・リパブリックのチノパンを組み合わせて町へ行った。今日などは、復刻版の濃い茶色のジャニス・ジョプリンTシャツに黄褐色のクロップド・パンツ、玉飾りのついたサンダルといった軽装である。

エイプリルは小道を通って森へ向かった。アン女王のレースと呼ばれる草とともに、白スミレが開花しかかっている。やがてアメリカシャクナゲや燃え立つような満開のツツジに囲まれた、陽光躍る池の水面が見えてきた。池の反対側に、ひっそりといまにも壊れそうな小作人のコテージがあり、エイプリルはそこを住まいにしているのだ。

エイプリルは座って膝を抱いた。遅かれ早かれディーンはこの欺瞞《ぎまん》を見破ることになるだろう。そうなれば一巻の終わりだ。ディーンが怒鳴ることはない。怒鳴るのは彼のやり方ではないのだ。だが彼の無言の軽蔑は怒声や悪意に満ちた言葉を浴びせられる以上に心を苛《さいな》む。

この見え透いたお芝居が見破られる前に家の改修工事を終了することさえできれば。この家に一歩足を踏み入れさえすれば、ディーンも彼女がここに残したかったもの——愛と悔恨——をいくらか感じとってくれるはずだ。

残念ながらディーンは贖罪《しょくざい》というものを信じない。エイプリルも十年以上前に生活態度を改めたのだが、彼の心に刻まれた傷跡はあまりに深く、彼が母を許すことはなかった。母親によって切り裂かれた子どもの心。グルーピーの女王、エイプリル・ロビラードは……遊びの達人ではあっても、子育てについては無知そのものだった。

「自分のことをそんなふうにいうものじゃないわ」放蕩三昧だった昔の話になると、チャーリーはいつもそういう。「あなたは絶対にグルーピーなんかじゃなかった。あなたはロッカーたちの女神《ミューズ》だったのよ」

それをいえばグルーピーは、誰もがみな自分は特別だと思っていた。たしかになかには本物のミューズがいたといえなくもない。有名になった多くの女性たち、たとえばアニタ・ポーレンバーグ、マリアンヌ・フェイスフル、アンジー・ボウイ、ベベ・ビュエル、ローリ・マドックス……それにエイプリル・ロビラードだ。アニタとマリアンヌはキースとミックのガールフレンドだった。アンジーはしばらくデビッド・ボウイと結婚していた。ベベはスティーブン・タイラーと、ローリはジミー・ペイジと付き合っていた。そして一年以上、エイプリルはジャック・パトリオットの恋人だったのだ。そうした女たちは美貌ばかりか知性にも恵まれ、みずからの世界を作り出す力は充分に持っていた。しかしみなロッカーたちに夢中すぎた。ロッカーたちと彼らが作り出す音楽にのめりこみすぎていたのだ。女たちは忠告を与えたり話し相手になったりした。過大な自尊心をあおり、慰めを与え、裏切りにも目をつぶり、セックスで楽しませた。ロック・オンのノリである。（「ロック・オン」とはロッカーや音楽の業界人たちが挨拶したり何かに感動したり、いいことがあったりしたときにいう言葉。ロックコンサートでは観客も口々に叫ぶ。「ロック・オン！」――とことんロックしろとでもいう意味）

「あなたはグルーピーなんかじゃなかったわよ、エイプリル。何人のロッカーを振ったか思い出してみてよ」

エイプリルは彼女なりに相手を選んでいた。相手がどれほどアルバムチャートで高い位置につけている大スターであろうと、気に入らなければ拒絶した。しかしそれが好きなロック・アーティストなら、ドラッグによるけだるさ、苛立ちを振り払い、他の女の敵意を無視しても彼らを追いかけた。

「あなたはロッカーたちのミューズだった……」ですって？

ただし、ミューズなら力を持っているはずだ。ミューズならアルコールやマリファナ、メタクワロン（沈静・催眠剤）、メスカリン（幻覚性結晶アルカロイド）などのドラッグ、コカインまでにも手を出して人生を無駄にしたりしないはずだ。それより何より、ミューズなら幼い息子を汚すことが怖いばかりに、事実上息子を棄てたりはしないはずなのだ。

エイプリルは膝を抱きながら、音楽で気持ちを紛らわせた。

――ベイビー、覚えてるかい、若かったあのころのこと

夢がいつも生き生きと感じられたあのころのことを
ベイビー、笑っておくれ

農家は谷に包まれて建っていた。ディーンとブルーは日没のころ到着した。ちょうど垂れこめた雲がオレンジ色、レモン色、紫と、まるでカンカンの踊り子のひだ飾りのようにまわりの丘陵地を染めていた。ハイウェイから家までは、カーブの多いでこぼこ道の私道になっている。その眺めを目にしたブルーは、惨めな状況さえ忘れて見入った。

四方八方に広がる棟を持ち、風雨にさらされた大きなその家は、作物を植え収穫するというわばアメリカのルーツを雄弁に語っていた。感謝祭に七面鳥《ターキー》を焼き、建国記念日にはレモネードを作る。働き者の農家の奥さんが欠けた白のほうろう鍋《なべ》に切った豆を入れている。そこへ働き者の夫が帰ってきて勝手口のところで長靴についた泥を落としている。ふとそんな情景が脳裏に浮かぶ。家のもっとも古い大きな部分は石造りで、深いポーチと一対の長い窓が見える。短いL字型の増築部分が右手に延びている。傾斜のゆるい屋根にはひさしや煙突、切妻《きりづま》がとりとめなく配置されている。ここは懸命に働いてやっと暮らし向きが立つ貧しい農家などではなかったはずで、むしろかつての繁栄した大農家という印象を受ける。

ブルーは大きく茂った木々や草の伸びきった庭、納屋、畑、放牧地を食い入るように見つめた。ディーンのような大都会の有名人《セレブリティ》にはもっとも似つかわしくない場所に思える。ディーンがくつろいでゆったりとした足取りで納屋に向かうのを見つめ、また家のほうに注意を戻した。

もっと違った状況のもとでこの家を訪れてみたかったとつくづく思う。そうすればこの場所をもっと楽しめたであろう。現実にはこの家がこれほど人里離れたところにあることで、ますますむずかしい状況に追いやられてしまった感じだ。だがもしかするとここで働いている誰かが雇ってくれるかもしれないし、近くの町で何か仕事が見つかるかもしれない。地図上では点にもならないちっぽけな町だが、必要としているのはわずか数百ドル程度。それを稼ぎ出したらナッシュビルに向かい、安い部屋を借り、新しいチラシを印刷してまた一から出直すのだ。作戦が効を奏せばディーンはここにただで泊まらせてくれるだろう。その間に人生を取り戻すのだ。

ディーンにここへ連れてこられたことに対しては、冷静にとらえているつもりだ。最初の晩においそれと服を脱がなかったことで、自分はディーンにとって落としがいのある対象になったのだ。その野心のために彼は地元の南国美人と目が合ったことさえ忘れている。今度は、もう一つ自分が彼に必要とされる理由を考え出さなくてはならない。

そのとき玄関のドアが開いて見たこともないような素敵な女性が出てきた。アマゾネスのように背が高くほっそりとして、勝気そうな角ばった顔、メッシュのブロンドに不揃いなカットを施した長い髪。かつて六〇年代、七〇年代に活躍した、ヴェルーシュカやジーン・シュリンプトン、フルール・サヴァガー（著者の作品Glitter Babyのヒロイン）などの大物ファッション・モデルの写真が脳裏に浮かぶ。この女性は彼女たちと同じ存在感を放っている。ほとんど男性的ともいえる力強く印象的な、えらの張った顔のなかでブルーグレイの瞳が輝いている。階段のあたりまできて、幅の広い官能的な唇に刻まれたかすかなしわの列が見え、ブルーはこの女性が最初に思ったほど若くはないことに気づいた。

薄くて平らな腰骨で細いジーンズを穿《は》いている。腿と膝の部分にたくみに入れられた裂け目は着古しによって生じたものではなく、デザイナーの計算された眼識によって配置されたものである。かぎ針編みのカンタロープ・メロン（果肉がだいだい色）色のキャミソールのスエードの肩ストラップは金属的な糸で縁取られている。サンダルにはくすんだだいだい色の花の飾り。ボヘミアン的な気ままさとシックさが同時に感じられるファッションだ。彼女はモデルなのか、それとも女優なのだろうか。おそらくディーンのガールフレンドの一人なのだろう。これほどの個性的な美貌をもってすれば、多少の年齢差など、ほとんど影響がないだろう。ファッションなど頓着しないブルーだが、ブルーは急に自分の不恰好なジーンズやぶかぶかのTシャツ、きちんとしたカットが必要な乱れ髪が気になりだした。

女性はヴァンキッシュを見つめ、深紅の口紅を引いた幅広の口元をほころばせた。「道に迷ったの？」

ブルーはやや間を置いて答えた。「その……地理的には自分の居る場所がどこなのか把握していますけど、率直にいって私の人生は現在ある種の混乱状態にあります」

女性は低くハスキーな声で笑った。どこか親しみを覚える女性である。「その感じなら、私もよく知ってるわ」階段をおりてくる姿に、ブルーはいっそう親近感を抱いた。「私はスーザン・オハラよ」

　このミステリアスでセクシーな女性がディーンの家政婦？　ありえない。「私はブルーです」

「まあ、それが一時的なものならいいけどね」

　その瞬間、ブルーは察知した。なんということだろう。角ばった顎、このブルーグレイの瞳、才気煥発な反応……まさかの驚きである。

「ブルー・ベイリーです」やっとの思いで言葉を返す。「アンゴラで……悲惨なことがあったもので」

　女性は興味を示した。

　ブルーは片手を使い曖昧《あいまい》で無意味な仕草を見せた。「南アフリカでも」

　ブーツのかかとが砂利を踏みしめる音がした。

　女性が振り向くと、薄れゆくたそがれの淡い光がブロンドと薄茶色の髪のひと房を照らした。女性の赤い唇は開かれ、引き締まったきめの細かい目尻にしわが寄った。ブーツのかかとが急に動きを止め、納屋にディーンの影法師が映った。両脚を踏ん張り、両腕はわきに落としたままだ。この女性が姉であってもおかしくない感じだが、そうではない。ガールフレンドでもない。恐怖に見開かれた海のように青い瞳のこの女性こそ、あの朝ブルーが家族について尋ねた際、彼がぞんざいに答えを避けた問題の母親だったのだ。

　一瞬歩みを止めたが、ディーンはそのまま砂利道を進んでくる。縁がかけた歯のようになっているレンガの小道は無視し、彼は伸びすぎた芝生を横切って歩いている。「ミセス・くそオハラ」

ブルーは怯んだ。いくら腹を立てていようとも、母親をクソ呼ばわりすることが信じられない。しかしそれをいうなら、ブルーの母親は言葉の攻撃などにはまるで動じない。

　この女性は違った。喉元に手をやる女性の手首でバングルが滑り、上品なトリオリングがきらりと光った。長い沈黙が続いた。女性は無言のまま背を向けて家のなかへ戻った。

　ディーンが巧妙に用いている、輝くようなにこやかさは消えた。彼の表情は石のように硬く、よそよそしかった。ブルーはここから引き揚げたいという彼の気持ちは理解できたが、いまそれを認めるわけにいかなかった。「もし私がレズビアンだったら」緊張感をほぐそうとしていう。「絶対彼女に夢中になるわね」

　相手を締め出すような表情は消え、かわりに憤慨が現われた。「そんなこといわれてもありがたくもない」

「正直な気持ちなの。それに、私の母親だって人の注目を浴びたわ」

「なんでおれの母親だとわかった？　聞いたのか？」

「いいえ。でも顔立ちが似ていることは見落としようもないわ。といっても、十二歳であなたを生んだとしか思えない」

「表面だけはたしかに似ているさ」ディーンは階段を上り、ドアに向かった。

「ディーン……」

先日のモンティとの一幕で明らかなとおり、ブルーは暴力について母と同じ考えを持っているわけではない。それでもあの傷ついた目をした見知らぬ女性が暴力の犠牲になると思うとたまらない気持ちになり、彼のあとから家に入った。

改修工事の成果はそこここに見受けられた。右側に手すりが立て掛けたままになっている階段もあれば、この家の住居部分への通路の入口にはビニールが掛けられている。左手の木《こ》挽《び》き台の向こうにダイニングルームが見える。塗りたての塗料や新しい木材の匂いがあたりに漂っている。しかしディーンは母親の姿を捜すのに夢中で、改装部分をチェックするゆとりはないらしい。

「信じて」ブルーはいった。「母親との確執については私もよく理解しているわ。でもいまのあなたはこのことに対処できる心理状態にないと思うの。まず私たち二人で話し合ったほうがよくないかしら」

「ごめんだね」ディーンはビニールをぐいと開き、リビングを覗いてみて、頭上の足音に気づき、階段に向かった。

ブルーも自分自身悩みを抱える身ではあったが、彼をそのまま行かせるわけにもいかず、すぐ後ろに張りついていた。「彼女と顔を合わせる前に、少し時間を置いて頭を冷やす必要があるといってるの」

「引っこんでろ」

ディーンは階段の一番上まで上りきっており、ブルーはその数段下にいた。階上はペンキの臭いが強い。ブルーはディーンの広い肩のうしろに続く大きく不規則な形をした廊下を覗きこんだ。全室ドアははずされていたが、ここは階下と違い塗装は完了していて、新しい電気のソケットは灯りを取り付けるばかりになっており、幅広の厚板を敷いた古い床は光沢を放っている。ディーンの肩の向こうには入念に修復されたミツバチの巣状のタイル、実《さね》はぎ継ぎの羽目板、アンティークの戸棚、白目《ピューター》の備品などがしつらえられたバスルームが見えている。

ディーンの母親がカーブした廊下の陰から姿を現わした。書類を詰めた使い古した感じのメタリックなトートバックを抱えている。「謝る気はないわ」そういって傲然《ごうぜん》と息子を見据えた。「私はどんな家政婦よりいい働きをしてきたもの」

「ここから出て行ってくれ」そういい放つディーンの声は冷たく非情で、ブルーは思わずたじろいだ。

「すべてが片づいたら出て行くわ」

「いますぐにだ」ディーンは廊下を奥へと進んだ。「これはいくらなんでもやりすぎだよ。あんたの仕業にしてもな」

「私はいい仕事をしてるわ」

「荷物をまとめてくれ」

「いま出て行くわけにいかないわ。明日はキッチンのカウンタートップの工事が入るの。電気工と塗装工も手配してある。私がいなくなったら、何も進まなくなるのよ」

「それはおれが考える」ディーンは厳しい調子で言い返した。

「ディーン、バカいわないで。私はコテージに泊まっているの。私の顔なんて見なくてすむわよ」

「いやでも顔を合わせることになるさ。くだらないことをぬかしてないで、さっさと出て行ってくれ」ディーンはブルーの前を通りすぎて階段を降りていった。

女性は歩み去る息子の姿をまじまじと見つめた。顔を上げ胸を張ってみせたものの、やがて立っている気力をなくしてしまったらしい。指からトートバックが滑り落ちた。それを拾い上げようとして壁に背中を押しつけたまま床に座りこんでしまった。わっと泣き崩れるような芝居じみたまねはしなかったが、その悲しげな表情に、ブルーは心から同情した。

女性は膝をつき、その膝を抱いた。シルバーの指輪が細い指に映えていた。「私はただ……彼のために家庭を作りたかったの。一度だけでも……」

ブルー自身の母親なら、そんなことを一度も考えるはずがなかった。ヴァージニア・ベイリーは核軍備縮小条約や国際通商条約は理解できても、家庭を作ることにおいてはまったくの無知である。「そうするには、彼は大人になりすぎてしまったと思いません？」ブルーはそっといった。

「そうね。大きくなりすぎたわ」ソフトな感じの毛先が渦巻きのような鈎針《かぎばり》編みのキャミソールにはらりと落ちた。「私はそんなにだらしない人間じゃないわ。いまは」

「だらしがない人にはとても見えません」

「あなたもきっと、こんなことをすべきではなかったと思っているでしょうね。でも見てのとおり、私には失うものはないの」

「それでも身分を隠すというのは和解への最良の方法ではなかったんじゃないのかしら。もしあなたが和解というものを求めているのなら」

女性はより強く両膝を胸に引き寄せた。「もう手遅れなの。私はただ彼のためにこの家を修理し、ミセス・オハラが私であることを見破られる前に姿を消すつもりでいたの」照れたような笑い声をあげ、女性は顔を上げた。「私はエイプリル・ロビラード。まだ自己紹介もしていなかったわ。こんな愁嘆場に居合わせることになって、あなたも気まずいでしょうね」

「それほどでもありませんわ。私は病的なほど他人のことに興味があるので」エイプリルの蒼《あお》ざめた頬が話すうちに血色を取り戻してきたことに、ブルーは目を留め、話しつづけた。「私、ふだんタブロイドは買わないんですけど、コインランドリーに入ってタブロイド紙が落ちていたら、迷わず駆け寄って拾っちゃいます」

エイプリルは頼りなげな笑い声を上げた。「他人のゴタゴタを読むのはたしかにそそられるわよね」

ブルーは微笑んだ。「何かお持ちしましょうか？　お茶か飲み物でも？」

「よければ……少しのあいだ私と一緒に座っててくださらない？　女性との接触に飢えていたの。ここで働いている作業員はいい人ばかりだけど、みんな男性なんだもの」

ブルーは、エイプリルが簡単に他人の助けを求める人間ではないような気がしはじめている。その感情についてはブルー自身、よく理解している。エイプリルと向かい合うようにして床の上に座ると、下から新しい木材の匂いが上がってくる。ブルーは当たりさわりのない話題を選んだ。「補修工事、見事な出来ばえですね」

「私はこの家の骨組みを生かした改修をしたかったの。息子は落ち着かない生活を送ってるわ。私は彼にここでくつろいでほしかったのよ」エイプリルは喉が詰まるような笑い声を上げた。「今日、ここでの生活を始めるのは最高のタイミングではなかったわね」

「彼って手の焼けるタイプですものね」

「私に似たのよ」

ブルーは古いけれど磨き上げられた床を手で撫でた。陽射しを浴びて蜂蜜色の光沢を放っている。「いい仕事をなさったわね」

「楽しみながらやったわ。私がここに到着したときの状態を見せたかったわ」

「どんなでしたの？」ブルーはいった。

エイプリルはここにやってきたときの状態や、どんなふうにそれを変えていったかについて話した。その様子からこの家にかけるエイプリルの愛情が輝いて見えた。「階下と比べると上の改修はずいぶん進んでるの。ベッドはすべて据えつけたけど、ほかはまだね。彼が買った家具を補うために、近々遺産オークション《エステート・セール》に参加するつもりでいたの」

「ドアはどこにあるんです？」

「はずして塗装しなおしている最中よ。新しいドアが入るのが待ち遠しいわ」

下の玄関でドアが開いた。エイプリルの表情が曇り、慌てて立ち上がった。ブルーは二人きりにしなければ、と考えて自分も立ち上がった。

「建築業者に電話しなきゃ」ディーンが階段を上がってくると、エイプリルはいった。

「かまわないでくれ。あとはおれが判断するから」

エイプリルは口元を引き締めた。「家の改修なんてしたことないくせに」

「なんとかするさ」ディーンはこわばった声でいった。「疑問が生じたら、Eメールを送ればすむことだ」

「すべてを処理するのにあと少なくとも一週間は必要よ。それが終われば消えるわ」

「とんでもない。明日には発ってもらう」ディーンは階段に足をかけ、ブルーの出口をふさいだ。彼は母親に冷たい視線を投げた。「ナッシュビルのハーミテイジの予約を取っておいた。そこであと数日宿泊するのなら、おれの勘定につけておいてくれ」

「そんなに早く去るわけにいかないわ。やりかけのことが多すぎるから」

「出発の準備は今夜ひと晩でできるだろ」ディーンはバスルームを調べようとするかのようにわざとエイプリルに背を向けた。

初めてエイプリルの声に嘆願めいた調子がこもった。「仕事を放り出して立ち去るわけにはいかないわ、ディーン。私自身のアイディアもたくさんあるんですもの」

「立ち去るのはお得意じゃなかったっけ。忘れちゃいないはずだぜ。ストーンズがアメリカに到着したとき、あんたはいなくなった。ヴァン・ヘイレンのマディソン・スクウェア・ガーデンでの公演。ハロー、ビッグアップル。明日の夜までにここから出て行ってくれ」

ブルーはエイプリルが顎を上げる様子を見守った。背の高い女性ではあるが、それでも息子と目を合わせるには顔を上げなくてはならなかった。「夜は運転したくないわ」

「昔は旅するには夜が一番といっていたくせに」

「そう。でも、当時はマリファナでハイになっていたからね」

エイプリルの反応はひどく挑戦的で、ブルーは少なくとも感嘆の思いを抱かずにいられなかった。

「懐かしき日々だろ」ディーンの片方の口の端が不快そうにつりあがり、ふたたび階段を下りはじめた。

エイプリルはそのあとに続き、息子のうなじに向かって話しかけた。束の間の反発は消えていた。「一週間でいい。これはそんなに無理なお願いかしら?」

「おれたち、おたがいに頼みごとはしない関係じゃなかったっけ? 忘れるはずないよな。あんたがおれにそう教えたんだから」

「ここの仕事を片づけさせてちょうだい」

ブルーは階段の上でエイプリルがディーンの腕をつかもうとして、手を触れる直前で引き戻す様子を見つめた。母親が息子の体に手を触れることもできないという事実があまりに悲惨で、ブルーは言葉を失った。

「コテージはここから見えない場所にあるじゃない」エイプリルは自分を認めさせようと、息子の目の前に歩み出た。「昼間は作業員と一緒にいる。あなたの目に触れないようにするわ。お願い」エイプリルはふたたび顎を上げた。「これは……私にとって大切なことなの」

ディーンはそんな嘆願にも心動かされなかった。「金が必要なら、小切手を書く」

エイプリルの鼻孔が開いた。「私がお金を必要としていないことぐらい、知ってるでしょう」

「なら、これ以上話し合うことはない」

エイプリルは自分が打ちのめされたことを認め、震える手をジーンズのポケットに入れた。

「わかったわ。この家を楽しんでね」

エイプリルが断腸の思いで気位を保とうとするのをブルーは黙って見ていることはできなかった。部外者がしゃしゃり出る幕ではないと自分に言い聞かせても、無分別な言葉が勝手に口から滑り出た。

「ディーン、あなたのお母さんは余命いくばくもないのよ」

5

エイプリルの唇はショックで開いた。ディーンは体をこわばらせた。「なんの話だ?」

ブルーはある意味比喩《ひゆ》的に――エイプリルの内面は死にかけていると――表現したつもりだった。しかしディーンはどうやら比喩を解する性質《たち》ではないようだった。こんな言葉を発したのは間違いだったが、正直なところ、どのみち事態はこれ以上ないほどに最悪ではないか。

ブルーはゆっくりと階段を下りた。「あなたのお母さんは――お医者さまの話だと――」

ブルーは考えをまとめようとした。「心臓《ハート》に穴が開いているの。残された時間は残り少ないけれど、お母さんはあなたには知らせたくないのよ」

エイプリルのブルーグレイの目が見開かれた。

ブルーは階段の下までおり、手すりをつかんだ。たしかに少々やりすぎたとは認めるが、こと母子関係に関するかぎり、まともな感覚を持っていない自分がそもそも責任ある発言などできるはずもないのだ。

ディーンの顔色は蒼白だった。母親の顔をまじまじと見つめる。「ほんとうなのか?」

エイプリルは口を開いたが、ほとんど動かなかった。手すりをつかむブルーの手に力がこもった。ようやくエイプリルの喉が動き、ごくりと呑みこむのが見えた。「不治の……病じゃないの」

「でもお医者さまは命を保証してもいないのよ」ブルーは急いでいった。

ディーンはブルーに厳しい目を向けた。「なんでそんなこと、知ってる?」

まさに、問題はそこである。「お母さんも私に話すつもりはなかったと思うの。でもここでちょっとした心の衰弱状態におちいってしまったのよ」

エイプリルはその表現に気分を害した。「衰弱状態になんかならないわ。ただ……束の間心のガードがゆるんだだけ」

ブルーは悲しげにエイプリルを見た。「なんて勇敢なの」

エイプリルはブルーを強い視線でにらみつけた。「私はこの話をしたくないし、あなたにもそのことに触れないでもらいたいの」

「秘密を漏らしてしまったことは謝りますけど、彼にいわないでいることは残酷だと思えたの」

「これは彼の問題じゃないわ」エイプリルがいい返した。

ディーンが瞬時に母親をかき抱き、おたがいの関係を修復するべきときが来たね、などと口にするシーンをブルーが密かに思い描いていたとしても現実は違った。ディーンはさっさと玄関から出て行き、ブルーを幻滅させた。彼の足音が消えると、ブルーは快活な表情を浮かべた。「うまくいったと思いません？　いろいろな点で」

エイプリルはブルーの喉をひと突きせんばかりの勢いで迫った。「あなた、頭がいかれてるわ！」

ブルーは慌てて後ろに下がった。「でもあなたはまだここにいるでしょ」

エイプリルが両手を挙げたので、バングルがジャラジャラ鳴り、指輪がキラリと光った。

「あなたのおかげで状況は悪化したわ」

「率直に言って、さっきはこれ以上ないくらい最悪な状況だったわ。でもそれをいえば私には明日の夜ナッシュビルのホテルの予約なんてないんだし、だから何かを失うのは私かも」

ヴァンキッシュのエンジン音が響き、タイヤが砂利をはねる音がした。エイプリルの炎の勢いはいくらか静まった。「彼は祝杯をあげに出かけたのよ。バーでみんなにおごるつもりね」

「私自身、母親との関係は歪んでいると思ってました」

エイプリルの目が細くなった。「ところであなた、誰なの？」

ブルーはこの手の質問が大嫌いだ。ヴァージニアなら娘は神の子ですと答えたであろうが、いまこの場で全知全能の神がそれを認めてくださるとも思えない。それにモンティのこと、ビーバーの衣装のことなどを説明したところでいいことは何一つない。幸いにエイプリルが勝手に結論を出してくれた。

「やっぱり訊かない。息子のもてぶりは伝説だから」

「私は画家です」

エイプリルの目はブルーの乱れたポニーテールから擦り切れたモータサイクルブーツへと移った。「あなた、いつもの彼のタイプじゃないわね」

「やっぱりIQが三桁だから違うんでしょ」

エイプリルは階段の一番下の段に腰をおろした。「この先、私はどうすればいいのかしら」

「最後のテストの結果が出るのを待つうちに和解に向けて手段を講じることができるんじゃないですか？　心臓病の治療における目覚ましい進歩を考えれば、よい結果も期待できそう」

「独り言のつもりだったのに」エイプリルは辛辣な調子でいった。

「ただの提案ですよ」

それから間もなくエイプリルはコテージに帰っていき、ブルーは静かなほこりっぽい部屋を見てまわった。改装済みのキッチンを見ても、気分は明るくならなかった。たとえそれが純粋な動機から出たものだとしても、童話の人助けをする妖精のまねをして他人の家庭のいざこざにくちばしを突っこむ理由はない。

日が暮れてもディーンは戻らなかった。すっぽりと闇に包まれた家のなかで、明かりがつくのはキッチンとバスルームだけだということが判明した。数時間前にはあれほど居心地よく感じられたこの家が妙に薄気味悪く、ブルーは本気でディーンの帰りを待ちわびた。戸口にかかったビニールの覆いが乾いた骨のような音をたて、古い床はきしむ。ドアもないので寝室に引きこもるという選択肢もなく、車がないので町へ出向いてコンビニあたりをぶらつくこともできない。途方に暮れるとはこのことだ。このまま寝てしまうほかはない。

ブルーは見えるうちにベッドメイクをしておかなかったことを悔やんだ。闇を手探りし、手の感触を頼りにダイニングの椅子沿いに進み、大工が部屋の隅に置いて帰った緊急用のトラブルライトのところまで行き着いた。それを点灯するとダイニングの壁に気味の悪い影が現われた。灯りのプラグを引き抜き、手すりにつかまり、電気コードを尻尾《しっぽ》のように垂らしながら這《は》うようにして二階にのぼった。

廊下には五つの寝室の戸口があるものの、明かりが点くバスルームがあるのは一室だけだ。そこへ行き着くころには、壁に映し出されるグロテスクな影に怯えきって、これ以上一歩も先へ進めない状態になっていた。バスルームからかすかな光が漏れているだけだが、それでも何もないよりましである。トラブルライトを隅に置くとマットレスの上に置かれた寝具の包みを開いた。真新しいクィーンサイズのベッドには曲線的なラインの桜材のヘッドボードがついているが、フットボードはない。家具はベッドと揃いのドレッサーだけだ。六個のむきだしの窓はにらみつける目のようで、大きな石の暖炉は大きく開いた口のように感じられる。

ブルーはこの部屋がすでに使用中であることをディーンに知らせるため、大工が廊下に置いていった脚立で戸口を塞いだ。入る気になれば脚立があっても入ってくるだろうが、彼がそうまでする理由はない。母親についての大地を揺るがすほどのニュースを耳にしたあとで、誘惑する気分にはならないだろう。

ブルーはトラブルライトをバスルームに運び、顔を洗った。ディーンが荷物を車に乗せたままいなくなったので、指で歯磨きをするしかなかった。Tシャツの袖口からブラを引き抜き、靴を脱ぎ捨てたものの、万が一家が絶叫しはじめた場合に逃げ出すことを考えて、ほかのものは身につけたままにしておいた。都会にいる怖い人間が相手なら怯むことはないが、ここはまるで勝手が違う。ブルーはトラブルライトを抱えたままベッドにもぐりこんだ。落ち着いたところで明かりのスイッチを切り、カバーのなかのすぐ手に取れる場所に置いた。

家の横で木の枝が擦れる音がした。煙突のなかでガサガサと音もする。コウモリたちが家じゅうを飛びまわる準備をしているのではないか、と想像する。ディーンはどこにいるの？なぜこの家にはドアぐらいないの？

いっそエイプリルと一緒にコテージに行けばよかった、と悔やまれるが、誘われなかったのだから仕方がない。少し強引な態度をとりすぎたかもしれないとは思うが、それでもディーンの母親にいくらかの時間的猶予が与えられたのだからよしとしよう。彼女一人ではとても無理だったであろうから。生まれながらの美人は無力なものだ。

ブルーは自分が悪い意味で利用されたのだと思おうとしたが、自分に嘘をつくのは得意ではない。自分が踏み越えてはならない一線を越え、他人事に干渉してしまったことは間違いないのだ。楽観的に考えれば、人の悩みに関わっていると自分の悩みを忘れていられる。

床板がきしんだ。煙突がうめいた。ブルーはトラブルライトの取っ手を握りしめ、ぽっかり開いた戸口をにらんだ。

数分がたった。

ブルーはじょじょに指の力を抜き、不安な眠りに落ちた。

床板の不気味なきしみで、ブルーは目を覚ました。はっと目を開けると恐ろしげな人影がぼんやりと上からのしかかっているのが見えた。トラブルライトを握る手がブルブルと震える。カバーの下からそれをぐいと引き出し、振るった。

「くそ!」聞き慣れた男っぽい怒声が夜の静寂を引き裂いた。

ブルーの指がスイッチを探し当てた。プラスチックの容器に入った電球は奇跡的に割れておらず、無情な光が部屋を照らし出した。怒りに燃える億万長者のクォーターバックがすぐ目の上で上半身裸のまま、肘のすぐ上をさすっている。「いったいなんのつもりだよ?」

ブルーは枕を背に起き上がり、明かりを高く掲げた。「なんのつもりって? あなたがここに忍びこんだから——」

「ここはおれの家だ。誓っていうが、もしおれのパスに使う腕をだめにしたら……」

「ドアはブロックしたわ! なんでこっそり近づいたりしたのよ?」

「こっそりだって? この部屋をクリスマスツリーなみに明るくしたくせに」

ブルーは飛び上がる影やにらみつける窓のことを口に出すほど軽率ではなかった。「バスルームのちっぽけな明かりだけよ」

「キッチンの明かりも点いてる」ディーンはブルーの手からトラブルライトをひったくった。

「こいつはおれによこして、意気地のない態度はやめろ」

「口でいうのは簡単よ。ぐっすり眠っているあいだに襲われたのはあなたじゃないんだもの」

「襲ったわけじゃない」ディーンは明かりを消し、部屋を真っ暗闇にしてしまった。無神経なバカ男はバスルームの明かりまで消した。

彼がジーンズを脱ぐ衣擦れの音が聞こえた。ブルーはひざまずいた。「まさかここに寝るわけじゃないわよね」

「ここはおれの部屋で、シーツが敷いてあるのはこのベッドだけだ」

「このベッドは私がすでに使っているの」

「一緒に使うということだ」ディーンは寝具のなかにそっと入った。

ブルーは深呼吸し、自惚《うぬぼ》れの強すぎるディーンが襲ってくるはずがない、と自分に言い聞かせた。闇のなかで別の寝場所を探したりすれば、それこそ意気地なしそのものだ。弱さを見せるのはやめるのよ。「半分よりこっちへ来ないでね」ブルーは警告した。「でないと好ましくない結果を招くわよ」

「そのちっぽけな草の束で反撃するつもりかい、ミス・マフェット？（英国の伝承歌謡で大きな蜘蛛に驚かされる臆病な女の子）」

ブルーは彼が何をいっているのか理解できなかった。

練り歯磨きと彼の肌、高級車のインテリアの革の匂いが漂ってくる。本来なら酒の匂いがするはずだ。悲嘆に暮れた男が午前二時に帰宅したのだから、飲んできたに決まっている。

彼のむきだしの脚がブルーの太腿をかすめた。ブルーは体をこわばらせた。

「なんでジーンズを脱がない？」

「私の荷物があなたの車に積んだままになってるからよ」

「ああ、わかったぞ。お化けにつかまるのが怖くて服を脱げないんだな。なんて臆病者なんだ」

「なんとでもいえば」

「大人だね」

「まるで自分がガキじゃないっていわんばかりね」

「少なくともおれは明かりをつけたまま寝ない」

「コウモリが煙突から飛び出せば、考えが変わるわよ」

「コウモリだって？」

「それも群棲よ」

「きみってコウモリに詳しいのかい」

「あちこちでコウモリの動く音が聞こえたの。コウモリならではの音よ」

「信じないね」ディーンは斜めに寝る癖があるのか、彼の膝がブルーのふくらはぎをつついた。なぜかブルーの気持ちは落ち着きはじめた。

「ミイラと一緒に寝ているも同然だ」ディーンがつぶやいた。

「服は脱ぎませんからね」

「その気になればそんなもの脱がせるのは簡単さ。三十秒もあれば、素っ裸だ。しかしきみには悪いが、今夜おれは調子が悪い」

母親が死に瀕しているときに、セックスのことを考えるのは間違っている。ブルーの彼への評価はいっきに下落した。「黙って寝なさい」

「損するのはそっちだぞ」

外で風が強くなった。優しい木の枝が窓をこつこつとたたいた。ディーンの呼吸が深く規則的になるころ、古い木の床に一筋の月の光がそっと降り立ち、煙突は安らかな溜息をもらした。ディーンは自分の側で寝息をたてていた。ブルーも境界線のこちらに留まっていた。

しばらくのあいだは……


ほとんどドアのない家のなかでドアが閉まる音がした。ブルーはひどく快い官能的な夢から覚め、かすかに目を開いた。いく筋かの灰色の光が部屋に射しこみ、ブルーは長い指が自分の胸をまさぐり、手がジーンズのなかをさまよう夢に戻ろうと、ふたたび目を閉じた……。

またドアが閉まる音がした。何か硬いものが腰に触れた。ブルーははっと目を見開いた。耳のそばで重々しい声が呪詛《じゅそ》をつぶやいた。自分のものではない手が胸を包み、もう一方の手はジーンズのなかに押しつけられている。危険を察知し、ブルーは完全に目を覚ました。これは夢ではない。

「大工が来てるの」そう離れていない場所から女性の声が響いた。「人に見られたくなかったら、起きたほうがいいわ」

ブルーはディーンの腕を押しのけたが、彼はなかなか彼女の服のなかから手を出そうとしなかった。「いま何時だ？」

「七時よ」エイプリルは答えた。

ブルーはシャツを下ろし、枕に顔を埋めた。彼とのことで先手を打つ作戦上、これは想定外だった。

「まだ真夜中だよ」ディーンは愚痴った。

「建築業者のクルーにとってはそうじゃないのよ」エイプリルが答えた。「おはよう、ブルー。階下にドーナツとコーヒーが用意してあるわ」ブルーは寝返りを打ち、弱々しく手を振った。エイプリルも手を振り、出て行った。

「むかつくな」ディーンはそういうと欠伸をした。ブルーはそれが気に入らなかった。せめて少しは性的フラストレーションを表わしてほしいものだ。

ブルーは自分がまだ夢の名残りを引きずっていることに気づいた。「変態」といいながら勢いよくベッドから出る。たとえ眠っているあいだにせよ、この男から性的な刺激を受けるなんて許せない。

「嘘つきだな」ディーンが後ろからいった。

ブルーは振り向いた。「なんの話よ？」

ディーンが体を起こしたので、カバーがウェストのあたりまで下りていた。むきだしの窓から射しこむ陽光が腕の二頭筋のあたりで跳ね、胸毛を金色に輝かせている。彼は悪いほうの肩をさすった。「きみは『胸がない』って自分でいってたけど、大間違いだったよ」

ブルーはまだ頭が目覚めておらず、うまい応酬ができないのでにらみつけただけでバスルームに向かった。なかに入ると水道の蛇口を両方全開にしてプライバシーを守った。バスルームから出ると、ディーンはベッドの上に例の高価なスーツケースを乗せ、その前に立っていた。身につけているのは紺色のボクサーパンツだけだ。ブルーはよろめき、ひそかに自分自身を罵《ののし》ったが、気を取り直して故意によろめいたふりをした。「一生のお願いだから、次は予告してからにして。でないと心臓発作を起こしちゃう」

肩越しに振り向いた無精髭、寝乱れた髪が悩殺的だ。「なぜ？」

「あなた、ゲイポルノの広告みたいよ」

「きみは国民的大災害みたいだ」

「だからシャワーは私に優先権があるのよ」ブルーはディーンが隅に置いた小汚いダッフルバッグのほうへ行き、ジッパーを開け、手探りで清潔な衣類を探した。「まさか私が体を洗っているあいだ廊下に立って人が来ないように番をしてくれないわよね？」

「それより一緒になかに入ったほうがいいだろ」その言葉は誘惑よりむしろ脅迫めいていた。

「驚きだわ」ブルーはいった。「あなたのようなスーパースターが一般庶民に救いの手を差し伸べるなんて」

「まあね。おれってそういう性格だからさ」

「やめてよ」ブルーは衣類とタオルと洗顔用品を持ってバスルームに向かった。彼が一緒に入ってこないことを確かめると、髪をシャンプーし、脚の毛を剃《そ》った。ディーンは母親がじつは死に瀕してなどいないことを知るはずがないが、悲しみに沈んでいるというよりむしろ好戦的な態度をとっている。エイプリルが彼に何をしたかはどうでもいい。聞きたくもないというのが本音だ。

ブルーは清潔だが色褪《いろあ》せた黒のバイクショーツ（ぴったりフィットする伸縮性素材のショートパンツ）とゆったりした迷彩柄のTシャツ、ビーチサンダルを身につけた。彼のヘアドライヤーでさっと髪を乾かすと赤のポニーテール用のゴムで髪をまとめた。短めの髪がまとまらず、うなじに残った。三日前にどこかでなくしてさえいなければ、エイプリルのためにリップグロスとマスカラをつけていただろう。

階下におりてみると、ダイニングルームで電気工が梯子《はしご》に乗ってアンティークのシャンデリアの配線作業をしている最中だった。リビングルームの戸口からビニールが取り払われ、なかでディーンが天井蛇腹を修理中の大工に話しかけている。ディーンはおそらく別のバスルームでシャワーを浴びたのだろう。髪が濡れ、カールしはじめている。ジーンズに目の色と同じ色合いのTシャツという服装だ。

リビングは家の奥まで広々と続き、石の暖炉は主寝室のものよりさらに大きい。真新しいフレンチドアの外には、家の裏手から飛び出すような形で、コンクリートを流し入れたばかりらしい一角が見える。ブルーはキッチンに向かった。

昨夜はブルー自身の気力が萎《な》えており、エイプリルの作りあげたものを鑑賞する余裕もなかったので、戸口に立ってしばしキッチンに見入った。年代ものの器具類や郷愁を誘うチェリーレッドのノブがついた白のビードボード（装飾パネル）のキャビネットを見ていると、時代が一九四〇年代に戻ってしまったような錯覚におちいる。アイロンのきいた綿のワンピースを着て、うなじのあたりで髪をくるりと巻いた女性がアンドルーズシスターズの『ドント・シット・アンダー・ザ・アップルツリー』のハーモニーをラジオで聴きながら、農家の台所の流しでジャガイモの皮をむいている姿が思い浮かぶ。

角がまるくなったどっしりした冷蔵庫はおそらく昔の冷蔵庫の複製だろう。年代《ビンテージ》ものではない白いほうろう製のガスレンジの下にはダブルオーブンもあり、バーナーの上には造り付けの浅い棚もあって、なかには塩やペッパーのシェイカー、缶、野生の花を生けたメイスンらしき瓶などを並べてある。カウンタートップはまだ設置されていないので、ビードボードのキャビネットがオリジナルではなく美しい複製品であることがよくわかる。黒と白のチェッカー盤のような床も新しい。壁に貼られた塗料のサンプルを見ると、キッチンの最終的な仕上がりの色がわかる。明るい黄色の壁、白の食器棚、明るい赤のアクセント。

『リンゴの木の下に座らないで……』

二方向からの光がキッチンにあふれている。シンクの上にある幅の広い窓と朝食カウンターの横に追加され、まだ製造業者のステッカーが貼られたままになっている長い二つの窓。上面にチェリーレッドの耐熱性合成樹脂《フォーマイカ》を使ったクロムのキッチンテーブルの上にはいくつかのドーナツの箱や発泡スチロールのカップ、紙などが散らばっている。

エイプリルは曲げ木の椅子の背に片手を優雅に置き、片手で受話器をつかんでいる。昨日と同じジーンズにガーネット色のベビードールのトップ、シルバーのピアス、セージグリーンのアラジンシューズといった服装だ。「七時にはここへ来ることになってたでしょ、サンジェイ」エイプリルはブルーに会釈してコーヒーポットを仕草で示した。「だったらほかのトラックに乗ってきて。今日じゅうにカウンタートップを設置してくれないと、キッチンの工事に入れないじゃないの」

ディーンがぶらぶらと入ってきた。ドーナツの箱に向かうディーンの表情からは何もうかがい知ることはできない。しかしテーブルのところまで来るとディーンの髪で戯れた陽光が今度はエイプリルの髪を照らし、ブルーは、二人の輝かしい創造物を照らすためだけに神がスポットライトを用意されたのではないかという奇妙な思いにとらわれた。

「設置を延期するわけにはいかないわ」エイプリルがいった。「一時間以内に来てちょうだい」エイプリルは受話器を右耳から左の耳に移し、別の電話に出た。「あら、あなた」声を落とし、少し離れる。「十分後にかけ直すわ。いま、どこ？」

ディーンはゆっくりと朝食カウンターの窓に向かい、裏庭を見下ろした。ブルーはいつしか、ディーンが迫り来る母親の死を受け入れようと努力しているのだと願っていた。

エイプリルはふたたび電話をかけた。「デーヴ、スーザン・オハラよ。サンジェイが遅れるって」

ダイニングルームのシャンデリアの配線をしていた電気工がのっそりと入ってきた。「スーザン、ちょっとこれ見てほしいんだ」

スーザンは「ちょっと待って」の仕草を見せ、会話を終えると電話を閉じた。「どうしたの?」

「ダイニングでほかにも古い配線に行き当たったよ」電気工の目は一心にエイプリルに向けられている。「そこも配線を交換する必要がある」

「見てみるわ」エイプリルは電気工について部屋を出て行った。

ブルーはコーヒーにスプーン一杯分の砂糖を落とし、レンジを見に行った。「いま彼女がいなくなったら大混乱よ」

「ああ、そうなるだろうな」ディーンは粉砂糖をかけたドーナツをブルーに手渡し、箱のなかに一つだけ残っていた砂糖で照り《グレーズド》を出したドーナツを手に取った。ブルーが目をつけていたドーナツだ。

電動ドリルが金属的な音をたてた。「このキッチンは素晴らしいわ」とブルーはいった。

「悪くないね」

「悪くない?」ブルーはガスレンジのフロントパネルに刻まれた『オキーフ&メリット』の

文字を指でなぞり、疑似餌《ルアー》を投げた。「私なら一日じゅうここにこもってベーキングを続けるわ。ホームメイドのパンやフルーツパイ……」

「ほんとに料理できるのか？」

「もちろんよ」白のほうろうのレンジ台は次の段階へ進むパスポートだ。もしかするとこのパスポートのおかげで当面の身の安全さえ保証されるかもしれない。

しかしディーンは食べ物への興味を失った。「きみってピンクのものを持ってないのかい？」

ブルーは自分が着ているバイクショーツと迷彩柄のTシャツを見下ろした。「何か問題あるかしら？」

「べつに。キューバ侵攻でも企てるんならね」

ブルーは肩をすくめた。「服装にはこだわらないの」

「そいつは驚きだね」

ブルーは考えこむふりをした。「本気でピンクを着たところを見たかったら、あなたのものを何か貸してよ」

ディーンの笑顔はそれほど好意的ではなかったが、こうして話をそらしていないと、またお手軽なベッドメイトにならないかという話題を持ち出され、困惑させられる。

エイプリルはキッチンに戻り、電話を閉じた。「いまドライバーが荷馬車を運んでこちらに向かってるそうよ。外に出て、どこに置くのか決めておいたらどうかしら」

「お勧めの場所があるんだろ？」

「ここはあなたの家よ」

ディーンは硬い表情でエイプリルを見た。「ヒントをくれ」

「馬車にはトイレも水道もないの。だから家からあまり離れた場所には置かないようにね」

エイプリルは肩越しに廊下へ声をかけた。「コーディ、配管工のトラックはもう出た？　彼に話があるの」

「いま着いたところだよ」コーディが叫び返した。

「どんな荷馬車なの？」エイプリルがいなくなると、ブルーが訊いた。

「ミセス・オハラがEメールのやりとりのなかで勧めてくれたものさ」ディーンはコーヒーとドーナツを持って外へ向かった。ブルーも彼のあとから粉砂糖のドーナツを持って改装済みの洗濯室を通り、サイドドアへ向かった。

庭に出るとブルーは粉砂糖のドーナツを差し出した。「取り替えてあげる」

ディーンはグレーズド・ドーナツをひと口ガブリと嚙むと、手渡し、ブルーのドーナツをつかんだ。「いいよ」

ブルーはまじまじとそれを見下ろした。「また他人の食べ残しで生きていくはめになっちゃったのね」

「今度はおれを後ろめたい気持ちにしようとしてるな」そういってディーンは新しいドーナツにかぶりついた。

二人は家の裏にまわってみた。ブルーは画家の目で草の伸びすぎた庭を観察し、色鮮やかにその理想像を思い描いた。鉄の井戸のポンプのそばにはハーブ園、家の横には昔懐かしいタチアオイ、生暖かい風に揺れるロープの洗濯物。『センチメンタルな旅に出ようかな《ゴナテイクアセンティメンタルジャーニー》……』ジャズの一節がふと思い浮かぶ。

ディーンは庭の向こう側にある木陰を調べている。ブルーも近づいてみた。「幌《ほろ》馬車なの？」と訊いてみる。「護送車だったりして？」

「見ればわかる」

「あなたも知らないのね？」

「まあ、そんなとこだ」

「納屋を見せてよ」とブルーがいった。「ネズミがいないなら、だけど」

「ネズミ？ そんなものいないよ。この世で唯一ネズミのいない納屋だからさ」

「あなた、起きてからずっと皮肉ばっかりいってる」

「悪かった」

もしかするとディーンは悲しみを紛らわそうとしているのかもしれない。気づけばいつしかディーンのためにそうであってほしいと願っていた。

平台型のトラックが敷地に入ってきた。荷台には分厚いビニールに包まれた小型の幌馬車が載っている。ブルーはその場に留まり、ディーンはドライバーと話をするためにトラックに近づいた。やがてドライバーはディーンの傷ついた肩をたたき、彼を〝ブー〟と気安く呼び捨てにしていた。しばらくしてようやく作業に取りかかる。ディーンの指示に従ってトラックを林のほうへバックで進め、馬車を下ろしはじめた。馬車を目ざす位置に収めると、黒のビニールを剝がしだした。

馬車のボディは赤だが、車輪は鮮やかな紫で、サーカスの蒸気オルガンのようにスポーク（車輪の輪と軸を放射状につなぐ細い棒）に金箔《きんぱく》の模様が入っている。サイドはペンキを塗ったねじり形の小柱で飾られ、どの面もつる草や明るい青、紺、バターのような黄色、明るいオレンジ色といった鮮やかな色彩の花々がふんだんに描かれている。馬車の前面にはロイヤルブルーのドアがあり、金箔のユニコーンが躍っている。レモンイエローのけばけばしい腕木《ブラケット》によって、天井のカーブが支えられている。下から上に行くにつれて傾斜し、スピンドルを飾ったサイドの平面部分には、ミニチュアの青い鎧戸《よろいど》付きの窓が見える。

ブルーは息を呑み、胸を高鳴らせた。これはジプシーの馬車だ。放浪者たちの家なのだ。

「ここ、もーらった」ブルーはそっといった。

6

ドライバーのトラックが走り去ると、ディーンは後ろのポケットに親指を突っこみ、新車を眺めるように馬車のまわりを一周した。ブルーはディーンより先に蝶番《ちょうつがい》のある階段を上り、ドアを開けてみた。

暗い赤の内部も外装と同じように不可思議な魅力にあふれていた。カーブした天井に張られた梁《はり》から壁の横梁、横梁と横梁をつなぐパネルまで、それらすべてに外と同じ躍るユニコーンやうねるつる草、奇抜な花々が描かれている。馬車後部の輪状のフリンジに縁取られたシルキーなカーテンは片側に寄せられ、船の寝台を思わせるベッドが覗いている。左側は上段にベッド、その下にペンキを塗った二つドアの食器棚が設置されている。輸送のために茶色の紙に包まれた小型の家具が逆さまに置かれている。

馬車にはミニチュアの窓が二つある。一つはテーブルの上の横壁の中央に、もう一つは後部のベッドの上にある。ドールハウスのような白のレースのカーテンが開かれ、紫のブレードの輪で束ねられている。横壁の床近くで茶色のウサギがひとかたまりのクローバーの葉をおいしそうに食《は》む姿が描かれている。あまりにも心くつろがせる、文句のつけようがないほどの素晴らしい眺めに、ブルーは泣きたいほどの感動を覚えた。泣き方を忘れてさえいなければ、きっと泣いていただろう。

後ろからディーンも入ってきて、なかを見まわした。「信じられないね」

「きっとてつもない値段のはずよ」

「交渉は彼女に任せた」

彼女、とは誰を指すのか問うまでもない。

馬車の中央部に来なければディーンはまっすぐに立てない。彼はしっかりと梱包された木製のテーブルの荷解きを始めた。「ナッシュビルにこういうキャラバンの復元を専門にしている男がいる。連中は馬車をキャラバンと呼んでいるんだ。ある大物がこいつを注文しておいて解約しちゃったらしい」

キャラバン。いい響きだ。とても異国情緒がある。「エイプリルはなんといって購入を勧めたの？」

「酔っ払った客を放りこむのにちょうどいいといったんだ。それに子連れの友人も訪ねてくるだろうし、子どもたちも気に入るかなと思ってね」

「もう一つ付け加えれば、あなた自身がこれを所有するのはかっこいいと判断したからね。こんなキャラバンはそんじょそこらに見当たらないものね」

ディーンはそれを否定しなかった。

ブルーは壁に指を当てた。「大部分はステンシル印刷だけど、手描きの部分もあるわ。よくできてる」

ディーンはあちこちをチェックしはじめ、戸棚を開けたり、造り付けの引き出しを開いてみたり、錬鉄製の壁に取り付けたタツノオトシゴ型の突き出し燭台を調べたりした。「これは電気の配線がついているからここまで電気を引く必要があるな。電気工にいっておいたほうがよさそうだ」

ブルーはまだ出たくなかったが、ディーンがドアを開けて待っているので、彼のあとから庭に出た。電気工がファイブ・フォー・ファイティング（アメリカン・ロックのアーティスト）の曲が流れる古いラジオをそばに置いて、接合器の前でしゃがんでいた。エイプリルは少し離れた場所でノートを抱え家の裏手に突き出すコンクリート舗装を眺めている。ディーンは今日一度もエイプリルの退去について口にしていない。ファイブ・フォー・ファイティングの曲が終わり、間をおかずジャック・パトリオットの『さらばまた会う日まで』の最初のコードが流れた。ディーンの足取りがぐらついたが、エイプリルが同時に顔を上げなければ、ブルーも気づかなかった程度のリズムの乱れだ。エイプリルはノートを閉じた。「音量を下げてくれない、ピート」

電気工は目を上げてエイプリルを見たが、動きはしなかった。

「もういい」エイプリルはノートをわきにはさみ、なかへ入った。同時に、ディーンも電気工との話を中止して前庭のほうへ行ってしまった。

ブルーは草が伸び放題になっている庭を観察した。仕事探しのために町へ行く方法を考えもせず、ブルーはいましがた目にしたことに思いをめぐらせた。『さらばまた会う日まで』が終わり、モファット・シスターズの『ダウン・アンド・ダーティ』が始まった。マーリ・モファットの没後、アダルトな現代音楽のラジオ局ですらモファット・シスターズのカントリー・ヒットを流している。たいていはジャック・パトリオットの『さらばまた会う日まで』と組んであるが、ブルーにいわせれば気遣いが足りない。というのも二人は何年も前に離婚したからだ。ブルーは家のなかに入りながらそのことについて考えた。

三人の男たちがブルーには理解できない言語で話をしながら墨色の石鹸石《ソープストーン》のカウンタートップを設置している。エイプリルがダイニングコーナーに座り、ノートのページを睨んでいる。「あなた、画家よね」ブルーが入っていくとエイプリルがいった。「これを見てアドバイスしてよ。私も洋服のことは得意だけど、建築の細かい部分を描くのは苦手なの。どうしたいか決めていない場合はとくにね」

ブルーはドーナツの残りにありつけるつもりでいたが、箱には砂糖とゼリーの汚れしか残っていなかった。

「網戸《スクリーン》ポーチなの」エイプリルがいった。

ブルーは隣りに座り、ノートのページに描かれたスケッチに見入った。男たちのおしゃべりを背に、エイプリルは自分の思い描いているものを説明した。「壊れた釣り場の小屋に付いているポーチみたいにはしたくないの。網戸の上部には光を多く取り入れるための採光用の窓を作り、高さを分割するためのモールディングを配置することまではイメージしているんだけど、どういうふうにするか決められないの」

ブルーは少し考えて、いくつかシンプルな縁取りをスケッチした。

「これがいいわ」エイプリルがいった。「突き当たりの壁を描いてくれる？　窓もつけて」

ブルーはエイプリルの説明に従ってそれぞれの壁をスケッチした。二人はいくつか修正し、よりバランスのとれた組み合わせを見つけ出した。「あなた、うまいわ」作業員たちが一服するために出て行ってしまうと、エイプリルはいった。「よければインテリアのスケッチもやってもらえないかしら。でも少し勝手に決めすぎてるかも。あなたがいつまでここにいるのか、ディーンとどんな関係なのかもよく知らないのにね」

「ブルーとおれは婚約してる」ディーンが戸口からいった。

二人とも彼が近づいてくることに気づいていなかったのだ。彼はガスレンジのそばに空のコーヒーマグを置き、二人に近づいてブルーのスケッチを手に取った。「おれがここにいるあいだ、ブルーも泊まる」

「婚約？」エイプリルがいった。

ディーンはスケッチから顔を上げなかった。「そのとおり」

ブルーは目をぐるりとまわさずにいられなかった。これは彼の一方的な了解にもとづく発言で、母親が自分にとってどれほど意味のない存在かを示したいだけなのだ。彼はただ、自分の結婚の予定など母親に知らせる必要もないと言いたいのである。

「おめでとう」エイプリルは鉛筆を置いた。「知り合ってどのくらいなの？」

「それ相応の期間だよ」ディーンは答えた。

ブルーは数時間前にエイプリルに目撃されたことを無視することはできなかった。「昨夜はちょっとした行き違いがあってあんなことになったけど、あなたもご存知のように私はすべて身につけて寝ていたわ」

エイプリルは片側の眉をアーチ型につり上げた。

ブルーは努めて慎み深い表情を見せるようにした。「私は十三歳のとき処女の誓約をしたの」

「何の？」エイプリルが訊いた。

ディーンが溜息をついた。「処女誓約なんかしていないよ」

実際のところ、これは事実である。しかし十三歳にしてブルーはすでにこの誓約を守ることに疑念を抱いていた。しかし彼女はかなり前に神と和睦している。この誓約を取り仕切ったシスター・ルークとは気まずくなってしまったが。「ディーンは反対なんだけど、私は婚礼の夜に意味があると信じているの。だから今夜私はキャラバンに移るわ」

ディーンはフンと鼻を鳴らした。エイプリルはブルーをしげしげと見つめ、やがて息子を見た。「この人……可愛いらしい人ね」

「いいさ」ディーンはスケッチブックを置いた。「本音をいえよ。おれはもっと意地悪な言葉を発したんだからさ」

「なによ！」

「ブルーとはストリート・カーニバルで会ったんだ」ディーンはそう言いながらカウンタートップの仕上がりをチェックした。「彼女はよくある切抜き細工の穴から顔を出していた。だからおれは興味を持った。顔ってやっぱり大切なポイントだからさ。体のほかの部分を見たときはもう手遅れだった」

「私はここにいるんですけど」ブルーは念のために指摘した。

「彼女にこれといった欠点はないわ」エイプリルの主張に確信は感じられなかった。

「彼女はほかに素晴らしい資質がある」ディーンは食器棚の蝶番を調べながらいった。「だからおれは見て見ぬふりをしてるんだ」

この会話の行き着く先が何か、ブルーにも読めてきたので、ドーナツの箱の底に残った砂糖を指でなぞったりした。

「みんながみんなファッションにこだわってるわけじゃないのよ、ディーン。そんなこと罪でもなんでもないわ」そう言いつつも、エイプリルが瞬時にテーブルから離れ、颯爽《さっそう》と歩み去ってもおかしくない状況だ。

「結婚したら、衣類はおれが選んでやる約束になってる」とディーン。

ブルーの視線はさまよいながら冷蔵庫に行き着いた。「もしかしてそのなかに卵は入ってるのかしら。オムレツに入れるチーズが少しあればいいんだけど？」

エイプリルのリボン状のヘアカットのなかでシルバーのピアスがもつれ合った。「これは一生ついてくる問題よ、ブルー。この子は三歳のとき下着が完璧に揃いじゃないと引きつけを起こしたの。三年生のときはすべて〈オーシャン・パシフィック〉じゃないとダメだったわ。中学のころ、ほとんど衣類は〈ラルフ・ローレン〉で揃えなくてはいけなかった。彼は間違いなく衣類のラベルを読むことで言葉の読み方を覚えたのよ」

記憶をたどるというエイプリルの試みは裏目に出た。ディーンの上唇が薄くなった。「削除された時代のことをそうもよく覚えているとは驚きだな」ディーンはブルーのいる場所へとゆっくり戻ってきた。親密に肩を抱き寄せる様子から、婚約という計略によって彼はターゲットを追い詰めたのだと暗に伝えようとしているのかもしれないという気がしてきた。

彼は相手がどんなつわものか認識していないのだ。

「ディーンから聞いていないかもしれないけれど」エイプリルはいった。「私は麻薬中毒者《ジャンキー》だったの」

ブルーはどんな答えを返してよいものか言葉に窮した。

「それにグルーピーだったの」エイプリルはぞんざいにいった。「ディーンは子ども時代を乳母に預けられるか寄宿学校で過ごしたの。そうすることで私は麻薬を楽しみハイにもなれたし、好きなだけロックスターの追っかけをしていられたのよ」

これにはブルーもまったく反応しようがなかった。ディーンは肩に置いていた手を下ろし、顔をそむけた。

「あの……麻薬を断ってどのくらいなの？」ブルーがいった。

「十年とちょっと。その間きちんと職についていたわ。ここ七年は独立してやってるの」

「何をなさってるの？」

「LAでスタイリストをしているわ」

「スタイリスト？　まあ。正確にはどんなお仕事なのかしら」

「頼むからさ、ブルー……」ディーンは空のコーヒーマグをシンクまで運んだ。

「顧客は女優、ハリウッドの奥様方――お金はあっても趣味のよくない人たちね」エイプリルはいった。

「なんだか素敵だわ」

「主として如才なさが求められる仕事よ」

ブルーにもそのあたりは理解できた。「五十歳のメロドラマのスターにもうミニはおやめなさいと諭《さと》すわけね？」

「言葉に気をつけろよ、ブルー」ディーンがいった。「話題が立ち入りすぎてる。エイプリルは五十二歳だけど、ミニなんか各色取り揃えて腐るほど持ってる」

ブルーは彼の母親の長い脚に見入った。「そのどれも素敵でしょうね」

ディーンはシンクから離れた。「町へ行ってみよう。買いたいものがあるからさ」

「行くんなら食糧を買ってきて」エイプリルがいった。「私のコテージには食糧のストックがあるけど、ここにはほとんど置いてないの」

「わかったよ」ディーンはブルーの手を引き、ドアに向かった。

車がハイウェイに出ると、ブルーが重苦しい沈黙を破った。「彼女に嘘はつけないわ。ブライズメイドのドレスの色を訊かれたら、ほんとうのことを話す」

「ブライズメイドはなし。だから問題なし」ディーンは辛辣《しんらつ》な調子でいった。「ヴェガスに駆け落ちするからさ」

「私を知る人は私がヴェガスに駆け落ちなんかするはずない人間だと思うわよ」

「エイプリルはきみを知らない」

「あなたは私を知ってるでしょうに。それにあんなところで結婚するということは、その程度のことしか思いつかないだらしない人間だと世間に告白してしまうようなものじゃないの。私だってもうちょっとはプライドがあるわ」

ディーンはブルーの声を掻き消そうと、ラジオをつけた。ブルーは人、それも男性に対する判断を誤るのが嫌いである。だから母親の死に至る重病にも平然としているディーンの態度を黙って見過ごすことはできない。彼を罰するためにラジオの音量を落とした。「昔からハワイに行くのが夢だったけど、これまでは余裕がなくて実現できなかったの。私たち、ハワイで結婚しない？　豪華な浜辺のリゾートで日暮れどきに。花婿がお金持ちでよかったわ」

「おれたちは結婚しない！」

「だからこそ」ブルーはぴしゃりと言い返した。「あなたのお母さんに嘘をいいたくないんじゃないの」

「おれに雇われるつもりはあるのか、ないのか」

ブルーは背筋を伸ばした。「そういうこと？　それには話し合いが必要だわ」

「いまはだめだ」ディーンが苛立《いらだ》っているので、ブルーもしばし口をつぐんだ。

車は雑草に呑みこまれそうになっている廃業した綿紡績工場を通りすぎ、手入れの行き届いた移動住宅《モバイルホーム》パークから金曜の〝カラオケ・ナイト〟の広告があるゴルフコースを通過する。そこここに古い耕作用の鋤《すき》や郵便受けを支える車輪が見える。ブルーは偽りのフィアンセの個人的生活にこっそり探りを入れることにした。「婚約もしたことだし、そろそろお父さんのことを話してくれてもいいんじゃない？」

ハンドルを握る彼のこぶしにいくらか力がこもった。「いやだ」

「私は点と点をつなぐのは得意よ」

「つなぐな」

「無理よ。いったん一つの考えが頭に浮かぶと……」

ディーンは凄みのある目つきでブルーをにらんだ。「父親の話はしない。きみにも、ほかの誰にも」

ブルーはしばし逡巡《しゅんじゅん》したが、切り出した。「もし名前を秘密にしておきたいのなら、ジャック・パトリオットの曲がラジオでかかるたびに顔をこわばらせるのはやめたほうがいいわ」

ディーンはハンドルをつかんでいた指をほどき、だらりと垂らした。その仕草はさりげなさが少々めだちすぎた。「よしてくれよ、メロドラマじゃないんだからさ。父親はしばらくパトリオットのバンドでドラマーをしていた。それだけの関係さ」

「あのバンドにいたのはアンソニー・ウィリスだけよ。彼は黒人だから……」

「ロックの歴史を調べてみろよ。ウィリスは腕の骨折でユニバーサル・オーメン・ツアーを抜けただろ」

ディーンの話は事実かもしれないが、ブルーはなぜか納得できなかった。エイプリルはロックンロールに関わった過去については隠さず率直に認めているし、『さらばまた会う日まで』がラジオでかかったとき二人が凍りついたように体をこわばらせる様子を目の当たりにした。ディーンがジャック・パトリオットの息子かもしれないと考えるだけでブルーは眩暈《めまい》を覚える。彼女は十歳のころからジャック・パトリオットに夢中なのだ。どこに住んでいるときもベッドのそばには彼の曲が入ったテープを置いていたし、学校のノートの内側には彼の雑誌の写真が貼り付けてあったものだ。彼の曲の歌詞を聞くと孤独感が薄れる。

市の境界線を表わす標識があり、ギャリソンに着いたことがわかった。そのすぐ下に掲げられた二番目の標識にはこの町が売りに出されていると書いてある。購入に関心のある方はニタ・ギャリソンにご連絡を、とある。車が猛スピードでその前を通りすぎたので、ブルーは座ったまま体をよじって見た。「いまの見た？　誰かが町を売ることなんてできるのかしら」

「ちょっと前にインターネット・オークションで売られてたね」とディーンがいった。

「そうよね。キム・ベイジンガーがジョージアの小さな町を買ったことがあったの、覚えてる？　ここが南部だということをつい忘れちゃう。ほかの土地では起こりえない奇妙な出来事も、ここなら起こるということね」

「感傷は胸に収めておくことだ」ディーンはいった。

車はギリシャ復興様式の葬儀場と教会を通りすぎた。繁華街の三ブロックからなる地域に並ぶ黄褐色の砂岩の建物は二十世紀初頭に建てられたもののようだ。幅の広いメインストリートの両側には斜め駐車の駐車スペースが設けられている。ブルーはレストラン、ドラッグストア、リサイクルショップ、パン屋を目に留めた。「営業中」の看板を角《つの》から下げたぬいぐるみの鹿が〈マートルおばさんの屋根裏〉という名前の骨董品店の前で店番をするように立っている。通りの向かい側は四面の時計や上に白の球体を掲げた黒い鉄製の街灯柱がある公園になっており、古い木々が強い陽射しをさえぎり、木陰を提供してくれている。ディーンは薬局の前の駐車スペースに車を停めた。

ブルーは雇用に関するディーンの発言をあまり本気にしていなかったので、はたしてこんな小さな町で仕事が見つけられるだろうか、と考えた。「何か変わったものでも見つけた？」イグニッションを切るディーンにブルーはいった。

「きみ以外に？」

「いえ、ファーストフードのことよ」ブルーはみすぼらしくも古風で趣のある通りに目を凝らした。「ハイウェイ沿いにもチェーンのレストランは一軒も見かけなかったわね。この町は大きくないけど、ナパ・オート・パーツ（自動車部品のチェーン）、ブロックバスター（レンタルビデオ・DVDの大手チェーン）の一軒や二軒あってもよさそうでしょ。そういう店はどこにあるのかしら。車をどけて町の人たちの服装を無視すれば、時代がいつなのかわからなくなりそう」

「きみの口から服装の話が出るとはな」ディーンはブルーの黒いバイクショーツや迷彩柄のTシャツを眺めた。「どうやら新しい仕事にふさわしいドレスコードのメモは見てないようだね」

「あのくだらない紙きれ？　あんなの捨てた」

　薬局の隣りにある理髪店と日帰り温泉のウィンドウから女性の顔が覗いた。反対側の保険代理店では教会のバザーのポスターの後ろから頭が禿《は》げかかった男性が外を覗いている。通りの向かい側でも同じようにあちこちから顔が覗いているのではないかという気がする。こんな小さな町のこと、近隣に有名人が越してきたという噂《うわさ》はまたたく間に広まるのであろう。

　ブルーはディーンに続いて薬局に入ったが、遠慮して三歩後ろを歩いた。彼はそれを見て、みずからの発言が原因とはいえ不機嫌な顔をした。彼が店の奥へ姿を消しているあいだ、ブルーはレジ係と話をして仕事の口はないことを知った。二人の女性が急いで店に入ってきた。一人は白人、もう一人は黒人である。それから保険代理店の男性が入り、続いて髪の濡れた年配女性も入ってきた。次に入ってきたのは胸に〝スティーヴ〟というプラスチックの名札をつけた痩せ型の男性だ。

「あそこにいる」保険代理店の男性がほかの連中にいった。

みな首を伸ばしてディーンを一心に見つめる。明るいピンクのビジネススーツを着た女性が茶色のパンプスの靴音を響かせて駆けこんできた。見たところブルーと同年代ぐらいで、髪をスプレーで固めるには若すぎる感じがするものの、ブルーには他人の髪型をとやかくいえる余裕はない。あれほど急にシアトルを発つことにならなければ、髪をカットしてもらうはずだったのだ。マスカラの売り場に向かおうとしていると、女性がディーンの名前を呼んだ。憧れをこめた溜息とともに彼の名前を口にする女性。「ディーン……あなたが農場に着いたって、いま聞いて。ちょうどあなたを歓迎しにくる途中だったの」

ブルーがマスカラを眺めていると、ああきみか、というようにディーンの表情がやわらいだ。「モニカだね。どうも」ディーンは手に爪切りと伸縮性包帯、靴に入れるジェル状のものを抱えている。コンドームはなし。

「町じゅうたいへんな騒ぎになってるわ」モニカはいった。「あなたが姿を現わす瞬間をみんないまかいまかと待ち望んでたの。スーザン・オハラってすごい人ね。彼女の企画した改修、素敵に仕上がってるでしょ?」

「たしかにすごい」

モニカは一杯の甘いアイスティーでも見るようにディーンをうっとりと見つめた。「しばらく滞在なさるんでしょう?」

「決めてない。いくつか事情があって、それしだいだね」

「ギャリソンのお歴々に会うまでは帰っちゃだめよ。ちょっとしたカクテルパーティでも開いてあなたをこの町のみんなに紹介するつもりだから」女性はディーンの腕に指を絡ませた。「この町がきっと気に入るわよ」

ディーンは許容範囲を超えて他人に接近されることには慣れているので、ことさらに体を離そうとはしなかったが、それでも化粧品の売り場に向けて首を傾けた。「紹介したい人がいるんだ。ブルー、こっちへ来てくれないか。不動産業者の担当者を紹介するよ」

ブルーはマスカラの棚の奥に隠れたいという衝動を抑えた。もしかするとこの女性が職探しを手伝ってくれるかもしれない。仕方なく愛想のよい笑顔を浮かべて近づいた。ディーンは不動産業者の馴れ馴れしすぎる手から離れ、ブルーのほうに腕をまわした。「ブルー、こちらモニカ・ドイル。モニカ、フィアンセのブルー・ベイリーだ」

ディーンは気だるい調子で続ける。「ぼくらはハワイで結婚する予定なんだ。黄昏《たそがれ》の浜辺でね。ブルーはヴェガスに行きたがったんだけど、なにごとも手抜きが嫌いなぼくには抵抗があってさ」

架空のフィアンセの手を借りずとも、女性の接近をかわすことなどディーンにとっては造作もないが、お色気作戦で迫られるのが面倒なのだろう。ブルーも彼の対応には驚いた。

モニカの表情は落胆の色を見せたが、すばやく瞬きして懸命に失望を隠し、ブルーの風采《ふうさい》を眺めた。不動産業者は迷彩柄のTシャツにじっと見入った。これはブルーがアパートの洗濯室から勝手にもらってきたもので、落とし物として一カ月間掲示板に画鋲《がびょう》で留めてあったのだ。「可愛らしい人ね」

「ディーンはそういってくれるわ」ブルーは慎み深くいった。「私はもともと年寄り臭い中産階級意識のある男が苦手なのに、彼がどうやってそれを乗り越えたのかいまでも不思議なの」

警告するように、ディーンはブルーの体を引き寄せた。そのときふっと高級な男性用デオドラントの爽《さわ》やかな匂いが鼻をくすぐった。デザイナー・ロゴ入りの円筒形のガラス容器に入った高級品である。ブルーはほんの束の間その匂いのなかに留まり、やがて顔を離した。

「ここへ来る途中、町が売りに出ている看板を見かけたわ。どういうこと？」

モニカが口紅とグロスを塗った唇をすぼめた。「ニタ・ギャリソンがいつもの憎らしい意地悪をしているだけ。世のなかに話し合う価値のない人はいるものよ。町民はみんなあの人を無視するようにしてるわ」

「ほんとうなの？」ブルーは訊いた。「町全体が売りに出ているわけ？」

「ここを町と名付けられるのであればね」

ブルーはこの場合どうなのかと尋ねかけたが、モニカは通路に隠れている人びとを紹介しようと声をかけていた。

十分後、二人はようやく解放された。「この婚約は破棄するわ」ブルーはディーンに続いて車に向かいながらつぶやいた。「もう面倒はたくさん」

「ぼくらの強い愛で人生の試練も乗り越えられるさ」ディーンは新聞販売機の前で立ち止まった。

「私をフィアンセと紹介すると、あなたのほうがぶざまに見えるのよ、私じゃなくて」ブルーはいった。「ここの人たちは盲目ではないわ。私たち、一緒にいると不自然だもの」

「きみは自尊心に重大な問題があるね」ディーンはポケットに手を入れ、小銭を探した。

「私？　もう一度よく聞きなさいよ。ブルー・ベイリーのような聡明な女があなたのように精神の軽薄な男に惚れるなんて誰も信じない、といってるの」ディーンはそんなブルーの言葉を無視して新聞を取り出した。ブルーは彼の前に立った。「食料品を買いにいく前に、仕事のことで訊いておきたいことがあるわ。少し考えるからランチでもどう？」

ディーンは新聞を腋《わき》にはさんだ。「それはもう話したはずだ。きみを雇うことにした」

「仕事は何？」ブルーは目を細くして彼を見上げた。「報酬はいくら？」

「それは心配するな」

ディーンは朝からずっとこんなふうに怒りっぽい態度を続けている。ブルーはそれがいやだった。彼の母親が死に瀕しているのは彼女のせいではない。たとえ実際にはブルーの発言が招いたことではあっても、それが嘘だと知らない彼が母親の病気を理由にブルーを罰するのはおかしい。

食料品店に着くと、またも一連の自己紹介が続き、各人がディーンに歓迎の言葉を並べた。ディーンはえくぼのある果物野菜売り場の店員からＶＦＷ（海外戦争復員兵協会）のキャップをかぶった身障者まで誰にでも誠実な態度で接した。年かさの子どもたちは学校に行っている時間だが、髪のない乳児の頭を撫で、涎《よだれ》だらけの手を取って握手し、おまるを使いたがらないレジーという名の可愛らしい三歳児を熱心に励ます言葉をかけた。ディーンのような自我と良識が奇妙に共存しあう人格の持ち主には、ブルーも会ったことがなかった。だがその良識もブルーに対しては発揮されていないようだ。

彼がPRに勤《いそ》しむあいだ、ブルーはそっと離れ、食料品の買い物をすることにした。この店は品揃えはあまりよくないものの、基本的なものは揃っている。レジの列に並んでいるとディーンがやってきた。何もいわずそばに立つと、ディーンはビザカードを差し出した。こんなことをいつまでも続けるわけにはいかない。生活の資金を稼ぎ出さなくては。

ディーンは食料品を車から下ろし、それらをどこに置くかはブルーに任せ、車を納屋に入れるために外に出た。アナベルでさえ彼のじつの父親が誰であるかを知らないというのに、たった四日間一緒にいただけでブルーはそれを探り出してしまった。変わり者ではあるけれど、彼女ほど直感の鋭い人間に会ったことはない。もっと気を張っていないと心の奥底まで見抜かれる。

車を入れるスペースを作ると、小屋のなかからシャベルや鍬《くわ》を探し出し、家の土台のまわりに生えている雑草を刈りはじめた。深呼吸してスイカズラの香りを嗅ぐと、いつも胸に描いていたカリフォルニアの海辺の家ではなくここを買った理由を思い出した。ここが心にしっくりとくる場所だったからなのだ。古い家にも、農家を包みこむような丘陵地のたたずまいにも愛着を感じる。この土地がフットボールの試合などより永続的な要素を持っていると思うだけで、好ましく思えるのだ。何より人目を気にしなくていいことが嬉しい。混みあうカリフォルニアの海岸では決して得られないのどかさである。海が恋しくなったら海岸へひとっ飛びすればいいだけの話だ。

ディーンは人目を気にせず過ごすという感覚をほとんど知らない。寄宿学校で育ち、やがて大学でアスリートとしてのキャリアに突入したので、たちまち顔が知られるようになった。その後プロの世界に入り、ついにはあのエンドゾーンの広告で、フットボールファン以外にも顔が知れ渡った。ブレスレットのジャラジャラという音がして、ディーンは体をこわばらせた。苦々しい思いが胸に広がる。すべてを台なしにしてきた母親が、こんなひとときさえ奪おうとしている。

「造園業者も雇うつもりだったの」母親がいった。

ディーンは密生した雑草に向けてシャベルを突き刺した。「気が向いたら、自分で頼むよ」母がドラッグを断ってどのくらいたつのかなど、どうでもいい。顔を見ると、酒やドラッグに酔って息子の許しを請う母の涙で崩れた化粧や呂律《ろれつ》のまわらぬ口、首にまわされた腕の重さを思い出す。

「あなたは昔から外にいるのが好きな子だったわね」母は息子に近づいた。「私も植物のことは詳しくないけど、あなたが抜こうとしているのはシャクヤクの木よ」

母のこれまでの生活を考えればキース・リチャーズなみに老けこんでいてもおかしくないのに、現実は逆である。母の体は引き締まり、顎のラインも不自然なほどに滑らかだ。この長い髪を見てもいまいましく感じる。齢《よわい》五十二歳、髪を伸ばすのは似つかわしくない年代ではないか。ティーンエージャーのころ母がどうした風の吹きまわしか学校に息子を訪ねてきたりすると、友人の一人が母の尻や体のほかの部分についてあまりに細かく描写することに腹を立て、喧嘩《けんか》をするはめになったことが一度ならずあった。エイプリルは靴のつま先で平らになった錫《すず》の缶を掘り起こした。「私は死にかけてなんかいないわ」

「ああ、それは昨日の晩、わかったよ」このことに関してはブルーにも嘘の償いをさせてやろうと思っている。

「病気でもないわ。祝杯でも挙げる?」

「来年あたりね」

エイプリルは怯《ひる》まなかった。「ブルーは心が寛《ひろ》いのよ。変わった人よね。なかなかお目にかかれない個性的な女性だわ」

こうやって何かを探ろうと、母は釣り糸を垂らしているのだろうが、そんな餌に食らいつくつもりは毛頭ない。「だから結婚を申しこんだんだ」

「あんな無垢《むく》な大きな目をしているけれど、どこかセクシーだわ」

淫らなマザーグースの替え歌に出てくる女の子のような……

「いわゆる美人じゃない」エイプリルは続けた。「でも……それ以上の魅力があるわ。よくわからないけどね。それがなんであれ、本人はそれをまったく自覚していないわね」

「厄介な女さ」不用意な発言と気づいたが、あとの祭り。ブルーにメロメロだというふりをするはずだったのに。「あいつに惚れてるからといって、盲目になってるわけじゃない。おれが惹かれてるのはあいつならではの個性であることは事実だよ」

「ええ、それは見ててわかるわ」

ディーンは鍬をつかみ、薔薇の木のまわりに生えた雑草にたたきつけはじめた。それが薔薇の木であることは花がいくつか咲いているので、わかった。

「マーリ・モファットのことは知ってるでしょう？」エイプリルがいった。

鍬が岩に当たった。「聞き逃すはずがないよ。そのニュースで持ちきりだからさ」

「たぶん娘はマーリの妹が引き取ることになると思うわ。ジャックが小切手を書く以外のことをするはずないもの」

ディーンは鍬を放り出し、ふたたびシャベルを手に取った。

エイプリルはブレスレットを手でもてあそんだ。「もうわかったと思うけど、私を追い出すのは得策じゃないわよ。今年の夏ここで快適に過ごしたいと考えているのなら、よしたほうがいい。あと三、四週間もすればあなたの人生から完全に消えてあげるから」

「去年の十一月にチャージャーズの試合に来たときも同じことをいったじゃないか」

「今後は二度とないわ」

ディーンは土のなかにシャベルを突き刺し、軽々と動かした。母は今日すべてを取り仕切っていた。あのてきぱきとした働きぶりは、自分の子どもの愛し方さえ知らぬ麻薬漬けの女と同一人物とはとても思えない。「今度こそ信じろという理由は？」

「もう罪悪感を抱いて生きていくのはうんざりだから。あなたは決して私を許すつもりはないでしょうし、もう許しを求めないことにしたの。改修工事が終わったら、消えるつもり」

「なぜこんなことをしている？　なぜ正体を隠した？」

エイプリルは肩をすくめ、退屈そうな顔を見せた。お楽しみが終わったあと最後までバーに残った女の顔だ。「スリリングだと思っただけ」

「おいスーザン！」ミスター発情の電気工が顔をのぞかせた。「ちょっと来てくれるかな？」

エイプリルが歩み去ると、ディーンはまた一つ石を掘り起こした。母がどれほど多くの作業を巧みにさばいているか見た以上、無理やり母を追い出せば自分のほうが困ることは目に見えていた。いつでもシカゴに戻ればいいことだが、逃げ出したと思われるのは癪だ。自分は誰かから、とくに母親から逃げることはない。とはいえ、たとえ一〇〇エーカーもの広大な地所ではあっても母親と二人きりになると考えただけで堪えられない。だからこそブルーをそばに置いておく必要があるのだ。これはただの衝動ではない。ブルーはいわば盾なのだ。

ディーンはブルーの頭を思い浮かべ、アザミをバッサリとギロチンにかけた。エイプリルについてブルーがついた嘘は境界線を踏み越えるものだった。言葉巧みに人の心を操ろうとする女には何度も会ったことがあるが、あれほど図太さをそなえた女は初めてだ。しかし面と向かってそれを指摘する前に少し泳がせておくつもりだった。

大工が引き揚げる時分には、ディーンも家の土台のまわりに生えた雑草の大半を刈り終えていた。刈り取りそうになっていた灌木はどうやらシャクヤクだとやっとわかり、灌木のダメージはさほど大きくなくてすんだ。肩はひどく痛んだが、長らく体を鈍らせていたのでむしろちょうどいいぐらいだった。体を使うのはやはり気持ちのいいものだ。

ディーンが農具小屋から出たとき、おいしそうな匂いがオープンキッチンの窓から漂ってきた。ブルーは料理を始めたのだろう。自分は和気あいあいとした夕食のテーブルを母親とともに囲むつもりはさらさらないが、ブルーはエイプリルを誘うにちがいない。

家のなかに入りながら、ディーンはふとマーリ・モファットの死と十一歳になる彼女の娘のことを思い返していた。自分の腹違いの妹。そう考えても現実感はなかった。よるべない孤児の思いがどんなものかは知っているし、一つだけ確かなことがある。可哀想だがその娘は誰にも頼らない自立心を身につけたほうがいい。なぜならジャック・パトリオットが子育てなどするはずがないからだ。

7

ライリー・パトリオットはテネシー州ナッシュビルに住んでいる。白のレンガ造りで六本の円柱、白の大理石の床を持ち、ガレージには光り輝く白のメルセデス・ベンツが入った豪邸である。リビングルームの真っ白なカーペットの上には一対の真っ白なソファがあり、そのそばにこれまた白いグランドピアノが置かれている。六歳のときグレープジュースを箱ごとこぼして以来、ライリーはリビングルームへ入ることを禁じられている。

もう十一歳になるが、母はグレープジュースのことばかりでなくその他もろもろのことで娘を許すこともなく、それを忘れることもないままに、この世を去った。十日前、ライリーの母であるマーリ・モファットは大勢の人の目の前で外輪船オールド・グロリーのトップデッキのこわれた手すりの隙間からカンバーランド川へと転落した。水に落ちた際何かにぶつかり頭部を強打した。夜間のことで、発見されたときは手遅れだった。数えきれないほど代替わりしたオーペア（外国の家庭に住み込みで寝食のかわりに家事を手伝う若い外国人。外国語を学ぶ目的のことが多い）のアヴァがライリーを起こしてそのニュースを知らせた。

それから一週間半がたち、ライリーは腹違いの兄を捜すために内緒で家を出た。

たった一ブロック歩いただけなのに、Tシャツが汗で肌に密着しはじめ、ぶかぶかしたピンクのジャケットのジッパーをおろした。ラベンダー色のコーデュロイパンツはサイズ12の肥満児用だが、それでもきついぐらいだ。いとこのトリニティはサイズ8を着るスリムな少女だが、ライリーは肉がついていなかったとしても骨格が大きく、サイズ8はとても着られないだろう。重いバックパックを反対側の肩に持ち替える。スクラップブックを置いてくれば荷物はずっと軽かっただろうが、そうすることはできなかった。

ライリーの家がある通りは大きな道路からかなり引っこんだ位置にあり、門扉から家までの距離もあるため歩道がないのだが、街灯だけは設置されている。ライリーはその明かりをできるだけ避けて歩いた。だが誰かが捜しに来るというわけではない。脚がかゆくなってきたので、コーデュロイ越しに掻いてみたが、かゆみは増すばかりだ。次のブロックのはずれに停められたサールのおんぼろの赤い車が見えるころには、両脚がかゆくて気が狂いそうだった。

サールは考えなしに街灯の下に車を停め、そわそわとバカっぽい仕草でタバコをふかしている。ライリーが来たことに気づくと、警官がいまにも現われるのではないかというように、あたりを見まわした。ライリーが車に近づくと、「まず金をくれ」とサールはいった。

いつほかの車が通るかわからないので、ライリーは明かりの下に立つのがいやだった。しかしそんなことでいい争っているとますますここに長くいることになる。ただ黙って金を渡したほうがことは簡単だ。ライリーはサールを好ましく思っていない。学校のない日は父親の造園業の手伝いをしており、それが縁で知り合ったのだが、嫌いな理由はそんなことではない。誰も見ていないとオナニーにふけり、唾を吐き、卑猥《ひわい》な言葉を口にするからだ。しかしサールが十六歳になり、四カ月前に運転免許を取得して以来、ライリーは金を払って車に乗せてもらっている。運転も下手だが、ライリーが十六歳になるまでは選り好みはできない。

ライリーは緑色のバックパックの前ポケットから金を出した。「いまは百ドルだけよ。農場に着いたら残りを渡すわ」ライリーはよく映画を観るので、報酬を分けて手渡すというテクニックは頭に叩きこまれている。

サールはいまにもバックパックをつかみ取りたそうにしたが、そんなことをしても無駄だ。残りの金は靴下のなかに隠しているからだ。サールは無作法にも目の前で金を数えはじめた。これではペテン師扱いされているようなものだとライリーには思える。やっと金をポケットにしまったサールはいった。「親父にこのことがばれたら、ぶん殴られる」

「私の口から漏れることは絶対ないわ。おしゃべりなのはあなたじゃないの」

「アヴァはどうした？」

「ピーターが泊まってるから気づかないわよ」ライリーのオーペアはドイツのハンブルクから二カ月前にアメリカに来たばかり。ピーターとはアヴァのボーイフレンドで、会うたびに二人はいちゃいちゃしてばかりだ。ライリーの母親が生きていたころは、ピーターを家に招《よ》ぶことは禁止されていたが、母親が亡くなって以来ピーターは毎晩泊まっていくようになった。朝食の時間になるまでアヴァはライリーがいないことに気づかないだろう。ひょっとするとその後も気づかないままかもしれない。明日は学年末教員会議のために授業は休みだからだ。ライリーは胃腸の具合がよくないので起こさないでほしいと書いた付箋のメモを自室のドアに貼りつけてきた。

サールはまだ車に乗ろうとしない。「やっぱり全部で二百五十ドルにしてくれ。ガソリン代のこと、忘れてたからさ」

ライリーは車のドアを強く引いたが、ドアはロックされていた。脚を掻きながらいう。

「二十ドルならプラスしてもいいわ」

「金持ちなんだから、そうケチるなよ」

「二十五ドル。それ以上は無理。本気よ、サール。これ以上悪いことはしたくないの」

それは大嘘だった。兄のいる農場に行けないくらいなら、ガレージにこもって母のベンツのイグニッションをオンにし――やり方は知っている――車に座ったまま窒息死するつもりでいるのだ。そうなれば誰もライリーを外に出すことはできないだろう。アヴァも、ゲイル叔母も、父親でさえ無理だ。もっとも父親は娘が死のうが気にかける人間ではないが。

サールはようやくライリーのいい分を聞く気になったようで、やっと車のドアを開錠した。ライリーは前の座席の床にバックパックを置き、車に乗りこむとシートベルトを締めた。車のなかはタバコとハンバーガーのような匂いが充満していた。デジタルマップからダウンロードした地図をバックパックのジッパー付きポケットから出す。車が来るかどうか確認もせず、サールは路肩から車を出した。

「気をつけてよ！」

「落ち着け。真夜中だぜ。誰もいやしないよ」量の少ない褐色の髪、自分では魅力的だと思っているらしい、顎に伸びたひげ。

「インターステート40に入って」ライリーはいった。

「そんなこと知ってるよ」サールは開けた窓からタバコを投げ捨てた。「ラジオをつけると四六時中モファット・シスターズの曲ばかり流してやがる。おまえんとこにそのうちたんまり印税が入るんだろうな」

サールの好む話題は金かセックスのことばかりだ。ライリーはセックスのことは絶対聞きたくなかったので、すべて頭に入っているにもかかわらず地図に見入るふりをした。

「おまえはついてる」サールはなおもいう。「働いたりする必要もないし、莫大な遺産も入るんだからよ」

「まだ使えないの。信託資金に入るから」

「親父がくれる金を使えるじゃねえか」サールは片手だけで運転している。しかしそれをいっても、相手は腹を立てるだけのことだ。「葬式でおまえの親父に会ったよ。おれにも声をかけてくれた。おまえのおふくろよりずっと感じいいよな。マジでいつかおれもあんな服を着てリムジンに乗ってやろうと思ってる」

紹介でもしてほしいと思うのか、ライリーに会うと誰もが父親の話をしたがるのがいやでたまらない。娘でさえめったに父親と顔を合わせることがないのに。母親が亡くなったので父親は娘を寄宿学校であるチャッツワース・ガールズに転校させようと考えている。そんな学校に入れれば太っているので嫌われるのは目に見えている。父親に近づくという目的でもなければ誰も仲良くしてくれないだろう。現在はキンブルに通っており、そこは寄宿学校ではない。いとこのトリニティと同じクラスではあるけれど、それでも寄宿学校よりずっとましだ。この先もキンブルに通いアヴァとアパートに住まわせてほしいと父に頼んでみたが、父はそれではうまくいかないと切り捨てた。

そんな事情もあって、兄を探すしかなくなったのだ。

兄といっても腹違いであり、兄の存在は極秘事項である。ライリーと兄との関係を知るのはごく限られた人だけだ。ライリーでさえ偶然立ち聞きしなければ、父が遠い過去に一児の父親となったという事実を知ることはなかっただろう。母親の昔のボーイフレンドがその話を母親としているのをたまたま聞いてしまったのである。母親はモファット・シスターズの片割れだった。相方はトリニティの母親である叔母のゲイルだ。十五歳のときから二人は歌いつづけてきたが、ここ六年はヒットに恵まれず、新曲の『永遠の虹』もパッとせず、あの晩ナッシュビルで行なわれる協議会に出るため集まったラジオ業界人を集めて外輪船で実演したのも、そんな事情があってのことだった。いまやマスコミは母親の溺死《できし》事件でもちきりの状態で、CDはチャートのトップまで登りつめた。こうなったことについては、亡き母親も満足しているだろうとライリーは思っているが、じつのところはどうだかわからない。

母親は三十八歳で亡くなった。ゲイル叔母より二歳年上だ。二人とも瘦せてブロンドで胸が大きい。事故の二週間ほど前、ライリーの母親はゲイル叔母の美容外科医のところで唇をふっくら膨らませる注射を打ってもらった。ライリーにはまるで魚のようにしか見えなかったが、そんなバカなこと、誰にもいってはダメよと母は釘を刺したのだった。母が船から落ちて溺死することを知っていたら、ライリーもそのいいつけを守っていただろう。

バックパックのなかに入れたスクラップブックの角に足首が擦れた。それを取り出して写真が見られないのが残念だった。写真を見るといつも心が慰められるからだ。ライリーはダッシュボードをつかんだ。「どこを走っているのか、よく見てよね。いま、赤信号だったわよ」

「だからどうだってんだ。車なんか来やしねえよ」

「事故を起こすと免停になるわよ」

「事故なんて起こすもんか」サールはラジオをつけたが、すぐ消してしまった。「おめえの親父、千人斬りぐらいしてんだろうな」

「うるさいったら!」ライリーは目を閉じて違う場所にいるつもりになりたかったが、サールの運転を見張っていないと、車がどこかにぶつかって動かなくなる可能性があった。

またいつものように、兄が自分のことを知っているだろうかという思いが胸に浮かぶ。昨年兄の存在を知ったときほど心がときめいたことはなかった。そのとき以来インターネットで手に入れた兄の写真や雑誌、新聞の切り抜きを貼りはじめた。写真の兄はいつも楽しげに微笑んでおり、相手がたとえ美人でもなく細くもなく十一歳であっても、わけへだてなく認めてくれそうに思える。

昨年の冬シカゴ・スターズの本部宛てに兄への手紙を書いて送った。返事は来なかったが、父や兄のような有名人はつねにたくさんの手紙をもらうので自分ですべて目を通さないのだということをライリーは知っている。スターズがタイタンズとの試合のためにナッシュビルに来たとき、ライリーは兄に会おうと計画を立てた。こっそり家を出てタクシーに乗り、スタジアムに向かう。着いたら選手の出てくるドアを見つけ、兄が出てくるのを待つつもりだった。兄の名前を呼び、兄が振り向く。「ハイ、私はライリー。あなたの妹よ」と告げると兄の顔が嬉しげにほころび、妹の存在を知った兄は一緒に住もうと提案するか、休みのあいだだけでも泊まりに来るよう誘う。こうなればいまのようにゲイル叔母やトリニティと住まなくてもよくなるはずだった。

しかしタイタンズ戦に行くどころかライリーは敗血性咽頭炎にかかり、一週間寝込むはめになった。それ以来スターズの本部に数えきれないほど電話をかけているが、どんな理由を告げようと兄の電話番号を教えてはもらえない。

車はナッシュビルのはずれにさしかかった。サールがラジオをつけ、音量を上げすぎたのでライリーの座席まで振動するほどだった。ライリーもけたたましいロックは好きだが、これほどそわそわした気分だと受けつけない。兄の農場のことは、葬儀の翌日父が誰かに電話で話しているのを聞いて知った。父が口にした町の名前を調べ、それが東テネシーにあることが判明したとき、興奮で眩暈さえ覚えた。だが父は農場の詳しい場所を言わず、ただギャリソンの近くとだけしか口にせず、尋ねることもできないため、ライリーは探偵のようなスキルを使った。

ライリーは人が家や農場を購入する際、不動産業者を使うことを知っている。母のボーイフレンドがその商売をやっていたからだが、そうした知識もあってライリーはギャリソン付近の不動産業者を調べ上げた。次にそれらの業者に次つぎと電話をかけ、自分は十四歳で、農場を売りに出す人たちのことを調べてレポートにまとめるつもりでいるのだと話した。

不動産業者のほとんどはみな親切で、いくつかの農場の歴史について話してくれたが、それらはいまだ売り出し中なので兄が買ったものとは違った。しかし二日前、業者の秘書だという女性と話すことができ、その女性がキャラウェイ農場のこと、名前は明かせないとしながらも、ある有名なアスリートがそこを買い上げた経緯について語ってくれたのだ。その女性は農場の場所は教えてくれたものの、「そのアスリートはそこに住んでいるのか」と尋ねたとたん怪しんだのか電話を切ってしまった。ライリーはそれを、兄がすでにその農場に到着しているからだと判断した。少なくとも希望は持てるということだ。もし兄が来ていなければ、お先まっくらということになってしまう。

サールはここへ来てやっとまともに運転しはじめた。それはもしかするとインターステートがかなりまっすぐな道だからかもしれない。彼はライリーのバックパックを指さし、音楽にかぶせて訊いた。「何か食うもの持ってるか?」

ライリーもスナックを分けてやりたくはなかったが、車を止められるのもいやだった。どうせ何か買うにしても代金は払わされるだろうし、ますます時間はかかる。ライリーは仕方なくバックパックに手を入れ、チーズ・ニップス（クラッカーにチーズを挟んだスナック菓子）を手渡した。「親父にはなんていってきた？」

サールは歯でパッケージを裂いた。「ジョーイの家に泊まると思ってるわ」

ジョーイと一度しか会ったことがないが、サールよりずっとまともではないかと思っている。ライリーは降りるべき出口の番号を教えたが、そこまで行くにはまだかなりの距離があった。しかしいまここで自分が眠りこんでしまったらサールのことだからきっと行きすぎてしまうだろうと考えた。白いセンターラインを見つめていると目を開いているのが辛くなってくる……。

次の瞬間はっと目を覚ますと、車が横滑りしスピンしはじめていた。肩はドアに強くぶつかり、シートベルトが胸を締めつけた。ラジオでは五〇セント《フィフティ》（過激な言動で知られる元麻薬売人のラッパー）がわめいており、町の広告塔が目の前に迫ってくる。ライリーは音楽より大きな金切り声を上げた。もうこれで兄には会えなくなる、子どものころから胸に描きつづけた子犬の養育場を持つ夢もこれで実現できなくなる、という思いだけが頭のなかでぐるぐるとまわっていた。広告塔にぶつかる直前、サールは急ハンドルを切り、車はよろめきながら停まった。ダッシュボードの明かりに照らされたサールの顔が見えた。目は見開かれ、恐怖に引きつった表情だった。ガレージにこもって母親の遺した車で自殺するなどと考えはしたものの、じつのところライリーは、死にたくなかった。

外では静寂が車を包んでいた。なかではフィフティセントがラップを口ずさみ、ライリーは泣き叫び、サールは肩で息をしている。インターステートのランプが背後に見え、あたりは真っ暗で、煌々《こうこう》と明かりがついているのは〝キャプテンGのマーケット　餌、ビール、炭酸飲料、サンドイッチ類〟と書かれた広告だけだ。ライリーは兄の居所を探したい気持ちと同じだけ、いまはひたすら寝たかった。ダッシュボードの時計は二時五分となっている。

「ガキみたいな態度はよせ！」サールは怒鳴った。「それより地図をしっかり見ろ」

サールが真っ暗な田舎道の真ん中で車を回転させたので、車がまったく逆方向に来てしまったことをライリーは知った。腋にはびっしょり汗をかき、髪は頭皮にべったりと張りついている。マップクエストの地図を広げながら、ライリーの手は震えた。サールは勝手にラジオを消し、ライリーはこの先どう進めばよいのか地図から読み取った。スモーキー・ホロウ・ロードを五・九マイル進み、キャラウェイ・ロードを右折して一・三マイル行けば農場に着くはずである。

サールはチーズ・ニップスをもう一袋要求した。ライリーもその中身をひと切れ食べたが、いまだ恐怖心が消えていなかったので、ライス・クリスピーのほうを食べた。強い尿意を感じたが、それを口にするわけにもいかなかったので、両脚を閉じひたすら到着の時間が訪れるのを待った。サールはさすがにもう前ほどスピードを上げなかった。衝突をかろうじて免れたあとなので、しっかりと両手をハンドルに当てラジオも消していた。あまりにあたりが暗いのでスモーキー・ホロウ・ロードを見逃し、Uターンしなくてはならなくなった。

「なぜそんなにいちいちビクついてる？」サールはインターステートを降りるときスピードを緩めなかったのがライリーのせいであるかのように、怒りに満ちた声でいった。

ライリーは尿意をもよおしているからだとはいえなかった。「もうすぐ着くかと思うと嬉しくてね」

ライリーがキャラウェイ・ロードの標識が見えないかと懸命に目を凝らしていると、サールの携帯電話が鳴った。二人はともに飛び上がった。「くそっ」サールはドアに肘をぶつけながらジャケットのポケットから電話機を出した。サールは怯《おび》えきっており、電話に出たとき、声が上ずっていた。「もしもし？」

ライリーのいる助手席からも、サールの父親が「いったいどこにいる、いますぐ戻らないと警察を呼ぶ」とわめく声が聞こえる。サールは父親を恐れており、いまにも泣きそうな顔をしている。やっと電話が切れると、サールは道の真ん中で車を停め、ライリーに向かって甲高い声で叫びはじめた。「残りの金をよこせ！　いますぐに！」

正気を失いつつあるような表情だ。ライリーは身を縮めるようにしてドアのほうに寄った。

「着いたら払うわよ」

サールはライリーのジャケットをつかみ、揺さぶった。口角に涎の泡が飛び出している。

「よこさないと後悔するぞ」

ライリーはその腕を振りほどいたが、死ぬほど怖いので靴を片方脱いだ。「お金はここにあるの」

「急げ。こっちへよこせ！」

「農場まで送り届けるのが先よ」

「いまよこさないと、ぶん殴る」

サールが本気でいっているのがわかるので、ソックスをつかみ、札を出した。「着いたらこれをあげるから」

「いまよこせってんだよ！」サルはライリーの手首をねじった。

サールの息はチーズ・ニップスと何か酸《す》っぱい匂いがした。「車を出してよ！」

サールはライリーの指を無理やり開き、金をつかんだ。そしてライリーのシートベルトをほどき、助手席のドアを開けた。「降りろ！」

ライリーは怖くて泣きそうになっていた。「私を農場に送り届けてよ。こんなことしないで。お願いよ」

「すぐ降りろ！」サールはそういってライリーを強く押した。ライリーはドアをつかもうとしたが、つかみそこね、道路に投げ出された。「誰にもいうんじゃねえぞ」サールは叫んだ。「誰かにいったら、ただじゃおかねえからな」サールはライリーのバックパックを投げるとドアを閉め、走り去った。

ライリーはエンジン音が消えるまで道路の真ん中に横たわっていた。聞こえるのは自分の泣き声だけ。あたりは真っ暗だ。生まれてこの方こんな真っ暗な夜を体験したのは初めてだ。ナッシュビルと違って街灯もなく、雲の後ろに隠れたのか、月も空になく、灰色の闇が続くばかりだ。何かを引きずるような音が聞こえ、いつか観た映画のシーンが脳裏によみがえった。森のなかから男が飛び出してきて、女の子を誘拐し自分の家に連れ帰り、切り刻んでしまうのだ。死ぬほどの恐怖を感じたライリーはバックパックをつかむと道の反対側に続く野原に入っていった。

車から落ちたときに打った肘がズキズキし脚も痛み、尿意が強すぎてパンツに少し漏らしてしまった。唇を嚙みながら、コーデュロイのパンツのジッパーを下ろす。あまりにきついので、ジッパーを下ろすのに四苦八苦した。道路の反対側にある森に目を凝らしながら排尿した。それが終わり、ティシューを探し出すころには闇に目が慣れ、いくらかまわりが見えるようになっていた。森から男が出てくるようなことはないが、恐ろしさで歯がガチガチ鳴っていた。

ふとデジタル・マップの地図のことを思い出した。キャラウェイ・ロードはそれほど先ではないはずだ。そこまで行き着けば、農場まで一・三マイルだ。一・三マイルはそう遠くではない。ただしどっちのほうに向かうのか記憶になかった。

ライリーはジャケットの袖《そで》で鼻を拭いた。サールに車から突き落とされたとき体が少し回転して方向がわからなくなったのだ。標識がどこかに見えないものかと探したが、道路が坂になっているので、見えるのは闇だけだった。ひょっとして車の一台ぐらい通りかからないものだろうか。しかし運転しているのが誘拐犯人だったら？　連続殺人犯だったとしたら、どうする？

サールの父親から電話がかかったとき、車が坂を登っていたことを思い出した。確信はなかったが、バックパックをつかむと、歩きはじめた。いつまでもここにこうしていても仕方がない。夜の世界は思ったより騒々しかった。幽霊のようなフクロウの声、木々の枝を揺する風の音、地面を這うような音もするが、ヘビではありませんようにとライリーは祈った。ヘビは怖くてたまらないからだ。いくらこらえようとしても口から嗚咽《おえつ》が漏れつづける。

いつしか母のことを考えていた。アヴァから知らせを受けたとき、ライリーは自室のゴミ入れに嘔吐《おうと》してしまった。最初に心に浮かんだのは自分自身のこと、自分の身の上にどんな変化が起きるのかということだった。しかしそのうち、かつてよく母がたわいのない歌を口ずさんでくれたことを思い出した。ライリーがまだ幼く可愛いらしく、いまのように太って母にも嫌われる前のことだった。葬儀のとき、肺いっぱいに水が溜まってきて母はどんなに恐ろしかっただろうと考えはじめると、悲しみに襲われ、ひどく泣き崩れたのだった。泣き声があまりに激しく、アヴァが教会の外に連れ出さなくてはならないほどだった。その後父は、これから墓地で埋葬だがおまえは来るなとライリーに告げた。そのことでゲイル叔母と大喧嘩になったが、父は皆が恐れるゲイル叔母のことなど歯牙《しが》にもかけていないので、結局アヴァがライリーを家に連れ帰り、好きなだけジャム入りのタルトを食べさせ、寝かしつけてくれたのだった。

夜風がライリーの髪を乱していった。髪は母やゲイル、トリニティの輝くブロンドと違って、あかぬけない茶色だ。「きれいな色だよ、ライリー。映画スターの髪みたいだ」

これは想像のなかで思い描く、兄が髪を褒めてくれる言葉だ。兄はきっと親友のような存在になってくれるだろう。

坂を登れば登るほど、呼吸が苦しくなり、風にあおられて体が押し戻される。いまごろママは天国から私を見守り、どうやって助けようかと考えているかしら。ふとそんな思いが胸に浮かぶ。でも天国に行ったのなら、やっぱり友だちと電話でおしゃべりをして、タバコを吸っているのだろうな、とも思う。

ライリーの脚の付け根は股ずれで燃えるようにヒリヒリし、胸も痛んだ。もし方角が間違っていなければ、そろそろ標識が見えるはずだ。バックパックが重く、引きずるしかなかった。もしここで狼《おおかみ》に顔を食われてしまったら、発見されてもライリー・パトリオットの遺体だとはわからなくなる。

坂の頂上に行き着く前に、曲がった金属の標識が見えた。キャラウェイ・ロード。ここもまた上り坂になっている。道の両端はアスファルト舗装がくずれかかっており、つまずいてしまった。コーデュロイのパンツは裂け、思わず泣き声がもれてしまったが、それでもなんとか起き上がった。この道はこれまでと違ってまっすぐではなくカーブが多く、行く手が見えないので不安がつのる。

もはやここで死んでもいいような気分ではあったが、それでも狼に顔を食べられてしまうのはいやだったので、ひたすら歩きつづけた。やっと上り坂のてっぺんまで到達した。もしかしたら農場がここから見えるのではないかとしきりに下を見つめるものの、闇に包まれて何も見えない。坂を下りはじめるとつま先がスニーカーの前に押しつけられる。ようやく少し森が開け、ワイヤーのフェンスが見えた。夜風が頬に冷たく吹きつけたが、ふかふかしたピンクのジャケットの下は汗をびっしょりかいていた。もう何百マイルも歩いたように思える。もし農場を通りすぎていて、それに気づいていなかったらどうする？

　坂を下りきると、何かの形が視界に入った。狼？　ライリーの心臓は高鳴った。じっと様子をうかがう。もう朝になっていてもおかしくないが、まだ夜は明けていないらしい。くだんの何物かは動かない。注意深く一歩、二歩と前進し近づいてみると、それは古い郵便受けとわかった。横の部分に何か書かれているが、暗すぎて判読できない。おそらくそこに兄の名前が書かれていることはないだろう。兄や父のような有名人がわざわざ自分の住まいを他人に知らせるはずもないからだ。それでもここは兄の農場に違いなく、ライリーはなかに入った。

　ここはこれまでと比べものにならないほど荒れた道だった。アスファルト舗装もなくただ砂利が敷かれているだけで、大きな木が並んで立っているので闇はいっそう濃くなっている。ライリーはふたたび転び、砂利に擦《こす》れたてのひらが痛んだ。最後のカーブをまわると並木もそこで途切れ、一軒の家が見えた。しかし明かりはいっさい点いていない。ナッシュビルの家にはモーションライトが設置されており、夜泥棒が近づくと明かりが点くようになっている。ここにもモーションライトがあればいいのに、とライリーは思ったが、考えてみればこんな田舎にそんなものがあるはずがなかった。

ライリーはバックパックを持ち上げ、家に近づいた。さらに建物が目に入った。納屋の形みたいだ。もし誰も目を覚ましてくれなかったらどう行動すべきか、考えておくべきだった。母は朝早く起きるのが苦手な人だった。兄ももしかするとそうなのかもしれない。最悪の事態として、兄がここに来ていない場合が考えられる。もし兄がまだシカゴにいるとしたら？このことは考えまいと避けつづけてきた。

朝になるまで、とにかくどこかで体を休めたかった。納屋に入るのは怖いので、家のほうをひたすら見つめた。ライリーはゆっくりと小道を進んだ。

8

頭の上にある小さな窓のレースのカーテンの隙間から淡い朝の光が一筋射しこんでいる。まだ起きる時間ではないのだが、迂闊《うかつ》にも寝る前に大きなグラス一杯の水を飲んだせいで尿意を催したのだ。あいにくと居心地のいいキャラバンにはトイレがない。ブルーはこれほど不思議な場所で眠った経験がなかった。まるでおとぎ話の世界に落ちていくような眠りで、おまけに野性的なブロンドの髪をしたジプシーの王子まで登場し、一緒にキャンプファイヤーのまわりでダンスをした夢まで見てしまった。

彼の夢を見てしまったことが信じられないような気持ちだ。たしかにディーンは突飛な女性のファンタジーを掻き立てる要素を持った男性ではあるが、自分のような現実派の女が見るはずもない夢なのだ。昨日の朝以来ディーンのことを妙に意識しすぎており、なんとかそんな感覚は断ち切りたかった。

馬車の木の床が足の裏にひんやりと触れる。〝ボディ・ビアー〟とロゴの入ったオレンジ色のTシャツ、絞り染めの濃い紫色のヨガパンツを着て寝たのだが、ヨガパンツはヨガに使ったことは一度もなく、ただのリラックスウェアとして役立っている。ゴムぞうりを履くとひんやりとした早朝の空気のなかへ出た。静寂を破るものは小鳥の朝のさえずりだけだ。ゴミ箱の触れ合う音も、鳴り響くサイレンの音も、バックするトラックの警告の音も聞こえない。ライリーは家に向かい、なかに入った。朝の光に照らされて白いキッチンキャビネットの明るい赤のノブが新しいソープストーンのカウンターに映えている。

『リンゴの木の下に座らないで……』

ディーンは昨夜外出する前にバスルームのドアに黒いビニールを貼りつけていた。ブルーは一階の階段下に一部入りこむように造られたパウダールームに向かった。この家のどの部分もそうであるように、ここも彼のためにデザインされた場所だった。シンクの位置も高く、天井も彼の身長に合わせて部分的に高くなっている。母親がどれだけ細かい部分にまで彼に合わせた調整を施してくれたのか、はたしてディーン自身はどれほど気づいているのだろうか、という疑問が胸に浮かんだ。それともエイプリルは息子の要望を取り入れただけなのか。

コーヒーを淹《い》れるあいだ、キッチンの塗装が終わって包みをほどくばかりになっていた箱のなかから、ボウルを何個か見つけ出した。新しいカウンタートップの上に置かれた清潔な皿を見て、昨晩エイプリルと夕食をともにしたことを思い出した。ディーンは用事があると断わって、出かけた。用事とはおそらくブロンド、ブルーネット、赤毛を含むものだとブルーは想像している。ミルクを出そうとして冷蔵庫を開けると、海老のキャセロールをディーンがごっそり食べてしまっていることが判明した。料理の減り具合から見て、セックスが彼の食欲を刺激したことがうかがわれる。

ブルーは朝食のためにシンクで皿を洗いはじめた。白のボウルは縁の部分が縞模様になっており、マグには鮮やかなサクランボの模様が入っている。コーヒーを注ぎ、ミルクを加えるとマグを手に、ぶらぶらと家の前面に向かった。ダイニングに入ると戸口で足を止めた。昨夜、エイプリルに「この部屋に何か風景を描いた壁画を取り入れようと思うのだけれど、あなたはそういう仕事も引き受けているの？」と訊かれた。ブルーはしていないと答えたが、それは正確にいうと事実ではない。壁画の仕事はたまに引き受けているのだ。遊戯室の壁にペットの絵を描いたり、オフィスにビジネス用のロゴを描いたり、キッチンの壁に聖書の一節を書き入れたりもする。しかし風景画だけは断わっている。大学時代課題で提出した風景画をひどくこきおろされたこともあり、自分の無能さを感じるものは厭《いと》わしいのである。

ブルーは玄関から外に出た。コーヒーを飲みながら、のんびりと階段のほうへ進み、窪地《くぼち》にたちこめる朝靄《あさもや》を楽しんだ。納屋の屋根の上にとまった小鳥たちを見ようとして首を動かしたとき、ビクリとしてコーヒーを手首にこぼしてしまった。ポーチの隅で子どもが一人、体をまるめるようにしてぐっすりと眠っていたからだ。

子どもの年齢は見たところ十三歳くらいだが、まだ子どもらしいぽっちゃりとした体型をしているので、もしかするともっと幼いのかもしれない。〝ジューシー〟とロゴの入った汚れたピンクのジャケットと膝にVの裂け目が入った泥だらけのラベンダー色のコーデュロイのパンツを着ている。ブルーは手首を口に当て、こぼれたコーヒーを舐《な》めた。子どもの乱れた褐色のカールした髪がまるく汚れた頬にかかっている。寝姿は奇妙だ。ポーチの隅に置いた濃い緑色のバックパックを背に体を折り曲げるようにして眠っている。オリーブ色の肌にはっきりした黒い眉、まだ成長過程と思われるまっすぐな鼻梁《びりょう》。磨き上げられた爪はさんざん嚙《か》まれた形跡がある。汚れてはいるが、衣服もスニーカーも高価な感じがする。どうみても大都会の子どもである。つまり、また一人ディーンの農場に放浪者が現われたということか。

ブルーはコーヒーマグを置き、子どものそばに寄ってみた。しゃがみながら、そっと子どもの腕に手を触れる。「ねえ、あなた」と耳元でささやく。

女の子ははっと飛び起き、目を見開いた。瞳の色はキャラメルシュガーをかけたトーストのような茶色だ。

「大丈夫よ」ブルーは子どもの表情にある恐怖を鎮めてやろうと、声をかけた。「おはよう」

子どもは四苦八苦しながら体を起こした。起きぬけの嗄《か》れた声にかすかな南部のアクセントが感じられる。「わ、私——何も壊してません」

「ここには壊れるものなんかないわ」

少女は目にかかった髪をはらおうとした。「こんなところで……眠りこむはずじゃなかったんです」

「快適なベッドがなかったわけね」相手がこれほど物怖《ものお》じしているのに、事情を深く追及するわけにはいかなかった。「朝食でもいかが？」

子どもは下唇を強く嚙んだ。歯並びはきれいだが、この顔には大きすぎる感じだ。「はい。

差し支えなければ」

「私も誰か話し相手が現われないかしらと思っていたの。私の名前はブルーよ」

子どもはやっと立ち上がり、バックパックを手に取った。「私はライリーです。あなた、お手伝いさん？」

明らかにこの少女は恵まれた家庭環境で育っている。「手伝うこともあれば、邪魔をすることもあるわ」ブルーは答えた。「気分しだいよ」

ライリーはまだ幼くて大人のピリリと気の利いた会話を理解できるはずもない。「その……誰かここにいるの？」

「私がいるわ」ブルーは玄関のドアを開け、ライリーに入りなさいと仕草で示した。

ライリーはなかに入るとあたりを見まわした。その声は失望で震えていた。「まだ仕上がってないのね。家具もないし」

「少しはあるわ。キッチンはほとんど仕上がっているのよ」

「じゃあ……まだここには誰も住んでないの？」

ブルーは子どもの目的がはっきりするまでは質問の答えをはぐらかすことにした。「すごくおなかがすいたわ。あなたは？　卵とシリアルとどっちがいい？」

「シリアルをお願いします」ライリーはかかとを引きずりながらブルーのあとから廊下を通ってキッチンへ入った。

「バスルームはあっちよ。まだドアがないの。でも塗装屋さんたちはしばらく来ないから、体を洗いたかったら洗えば」

少女はダイニングから階段まであたりをしげしげと見まわし、バックパックを持ってバスルームに入っていった。

ブルーは塗装が終わるまで常温保存の食料品は袋から出さずに置いていた。食糧庫に入り、シリアルの箱を出す。ライリーがバックパックとジャケットを引きずりながら戻ってくるころには、ピッチャーに入れたミルクとともにすべてをテーブルに並べ終わっていた。「お好きな毒をどうぞ」

ライリーはハニー・ナッツ・チェリオをボウルに入れ、砂糖を三杯かけた。手と顔を洗ってきたようで、ひたいに縮れた髪が少し張りついている。ラベンダーのコーデュロイパンツも白のTシャツもきつすぎる感じである。Tシャツには紫色のグリッター文字で〈フォクシー《セクシー》〉と書かれている。ブルーはこれほどこの子どもに似つかわしくない言葉はないと思った。

ブルーは自分のために目玉焼きを作りトーストを一枚焼き、自分用の皿をテーブルに出した。子どもが飢えをおおむね充たしたころあいを見計らって、探りを入れはじめた。「私は三十歳だけど、あなたは？」

「十一歳」

「一人で行動する年齢じゃないわね」

ライリーはスプーンを置いた。「私……人を捜してるの。親戚みたいな関係の。兄弟とか……そんなじゃない」ライリーは慌てていった。「ちょうど……いとこみたいな関係かな。こ、ここに彼がいるかもしれないと思って来たの」

そのとき勝手口が開き、ブレスレットをジャラジャラ鳴らしながらエイプリルが入ってきた。「お客様よ」ブルーがいった。「今朝ポーチで眠っているところを見つけたの。お友だちのライリーよ」

エイプリルは顔を上げた。シルバーの大きな輪状のピアスが髪のあいだできらめいた。

「ポーチで?」

ブルーはトーストを置いた。「親戚の人を捜しに来たんですって」

「大工さんたちならもうすぐ来るわよ」エイプリルはライリーに微笑みを向けた。「ひょっとしてあなたの親戚は大工さんなの?」

「わ、私の親戚は――ここで働いてるわけじゃありません」ライリーはぼそぼそといった。

「彼は……彼はここに住んでいるはずなんです」

ブルーの膝はテーブルの脚にぶつかった。エイプリルの微笑みは消えた。「ここに住んでいる?」

少女はうなずいた。

「ライリー?」エイプリルの指がカウンターの縁をつかむ。「苗字は?」

ライリーはシリアルのボウルの上で頭をうなだれた。「言いたくありません」

エイプリルの顔色が蒼ざめた。「あなた、ジャックの子じゃない? ジャックとマーリの娘ね？」

ブルーは喉を詰まらせそうになった。ジャック・パトリオットとディーンとの関係を疑っているところに、もう一つ確かめるべき事柄が出てきたのだ。ライリーはジャック・パトリオットの娘で、しかもぎこちない様子で隠そうとはしているが、この子どもが捜しているという親戚はディーン以外に考えられない。

ライリーは渦を巻く髪を引っぱり顔の上に伸ばしながらシリアルボウルをにらんでいた。

「私のことを知ってるの？」

「私は――ええ」エイプリルがいった。「どうやってここに来たの？　おうちはナッシュビルよね？」

「車に乗せてもらったようなものかな。母親の友だちに。三十歳の人」

エイプリルは明らかな嘘を追及しなかった。「お母さんのことお悔やみ申し上げるわ。お父さんはあなたがここにいること――」エイプリルは表情をこわばらせた。「もちろん知らないのよね。見当もつかないんでしょうね」

「きっと知らないわ。でもパパはすごく優しいの」

「優しいか……」エイプリルはひたいをさすった。「あなたの世話は誰が見てるの？」

「オーペアが見てくれてるの」

エイプリルは昨夜カウンターに置き忘れたノートに手を伸ばした。「その子の電話番号を教えて。電話してみるから」

「まだ起きていないと思う」

エイプリルは子どもの目を見据えた。「起こしてもかまわないと思うわよ」

ライリーは目をそむけた。「一つ教えてほしいの……誰か……私のいとこみたいな人が……ここに住んでいるのかどうか。その人を捜し出すのが私にとってはとても大切なことだから」

「なぜなの？」エイプリルが緊張した声で訊いた。「なぜその人を捜す必要があるの？」

「それは……」ライリーは唾を呑みこんだ。「私について話をしたいから」

エイプリルは震える息を吸いこんだ。じっとノートを見つめる。「こんなことをしても、あなたの思いどおりにはいかないわ」

ライリーはエイプリルの顔を食い入るように見つめた。「彼の居場所を知っているんでしょ？」

「いえいえ。私は知らないわ」エイプリルは急いでいった。いましがた耳にしたことを理解しようとしているブルーに目を向ける。ディーンはジャック・パトリオットと似たところはまったくないが、ライリーは似ている。同じオリーブ色の肌、マホガニーブラウンの髪、まっすぐで細い鼻梁。この縁の黒いキャラメルシュガーの瞳が多くのアルバムカバーからこちらを見つめていた。

「私がライリーと話しているあいだに」エイプリルはブルーにいった。「二階の件を片づけてくれる？」

ブルーはエイプリルのメッセージを理解した。ディーンを近づけないようにしてほしい、ということだ。子どものころ、秘密を明かしてもらえない苦悩を感じていただけに子どもを真実から遠ざけることには異論があったが、これは自分が判断すべき場面ではない。テーブルから椅子を引き、立ち上がろうとする前に廊下からしっかりとした足音が響いてきた。

エイプリルがライリーの手をつかんだ。「外へ出て話しましょ」

しかしそれは遅きに失した。

「コーヒーの香りがする」ディーンがそういいながらキッチンに入ってきた。シャワーを浴び、髭は剃らず、GQ誌のお洒落なカントリーカジュアルの見本のような青のバミューダ、淡い黄色のメッシュでナイキのロゴ入りのTシャツ、ハイテクのライムグリーンのスニーカーといった出で立ちだ。彼はライリーに目を留め、微笑んだ。「おはよう」

ライリーは麻痺《まひ》したように体をこわばらせ、しげしげとディーンを見つめた。エイプリルはまるで痛む胃でもさするかのようにウェストに片手を当てた。ライリーの唇がわずかに開いた。そしてようやく言葉を発した。「私はライリーです」出た声は乾いてかすれていた。

「やあ、ライリー。ぼくはディーンだ」

「知ってるわ」ライリーはいった。「私——私はスクラップブックを作ってるもの」

「そうなのか。どんなスクラップブック?」

「あ、あなたについての」

「まさか」ディーンはコーヒーポットに向かった。「きみってフットボールのファンなのかい？」

「私はその……」ライリーは乾いた唇を舐めた。「なんていったらいいのか……あなたのいとことか、そんな関係なの」

ディーンは顔を上げた。「ぼくにはいとこは——」

「ライリーはマーリ・モファットの娘なの」エイプリルが硬い表情でいった。

ライリーはディーンだけを一心に見つめつづけていた。「ジャック・パトリオットは……父親みたいな人」

ディーンは食い入るように少女を見つめた。

ライリーの頰は動揺で紅潮した。「こんなこと、いうつもりなかったのに！」少女は叫んだ。「あなたのこと、誰にも話したことないわ。絶対に」

ディーンは凍りついたように立ちすくんでいた。エイプリルも体を動かせる状態ではなかった。ライリーの苦痛に見開かれた瞳にはみるみる涙があふれた。ブルーはこれほど心痛む光景を目にすることが堪えがたく、椅子から立ち上がった。「ディーンはまだ起き抜けなのよ、ライリー。せめて目がちゃんと覚めるまで待ってあげましょ」

ディーンは母親に視線を向けた。「この子は何しに来たんだ？」

エイプリルは後退し、ガスレンジにもたれた。「あなたを捜しにきたらしいわ」

この出会いがライリーの想像したものとは違った展開を見せていることは、ブルーにも見てとれた。涙が少女の睫毛《まつげ》を濡らした。「ごめんなさい。もう二度と何もしゃべりません」

ディーンは大人なので、この状況をリードするべき立場にあるのだが、ただ硬直したように黙って立っているだけだった。ブルーはテーブルをまわってライリーに近づいた。「誰かさんはまだコーヒーも飲んでいないの。ご機嫌ななめはきっとそのせいよ。ディーンの目が覚めるまで私が昨日の夜寝た場所へ案内してあげるわ。きっとびっくりするわよ」

ブルーが十一歳だったころは自分を締め出そうとする人物にも精一杯挑んでいったものだが、ライリーは大人に盲従することに慣れているのだろう。ライリーは首をすくめ、しぶしぶバックパックを手に取った。この子どもはいかにも災難を背負いこむタイプで、ブルーは同情で胸が痛んだ。ライリーの肩に腕をまわし、サイドドアへと導く。「まずジプシーのことをどのくらい知っているか教えてちょうだい」

「なんにも知らないわ」

「幸い私は知ってるのよ」

ディーンはドアが閉まるまで待った。ここ二十四時間で長年隠しつづけてきた秘密を目の前に突きつける人物が二人も現われた。エイプリルのほうにくるりと向き直る。「いったいどうなっている？　あんたが何か関わってるのか？」

「何も知らないに決まってるでしょ」エイプリルは鋭く言い返した。「ポーチで寝ていたあの子をブルーが見つけたの。きっと家出してきたのよ。どうやらあの子の面倒を見ているのはオーペアだけらしいから」

「あのゲス野郎は子どもの母親が亡くなって二週間もたたないのにあの子を独りぼっちにしたっていうのか」

「私が知るわけないでしょ。この三十年、直接話したこともないのに」

「信じらんねえよ」ディーンはエイプリルに向かって指を突き出した。「あいつにたったいま電話して、付き人を使ってあの子を迎えに来させるようにいえよ」エイプリルは人から命令されることが嫌いなので顎を引き締めた。厄介なことにディーンはドアに向かっていた。

「あの子と話してくる」

「やめて！」その声の激しさにディーンは足を止めた。「あの子のあなたを見つめる目、見たでしょう？　あの子の望んでいるものは明白よ。近づくのはやめなさい、ディーン。希望を持たせるのは残酷よ。この件は私とブルーで片づけるわ。最後まで面倒を見る気がないのなら、なつかせるようなまねはおよしなさい」

ディーンは皮肉を口にせずにはいられなかった。「それこそエイプリル・ロビラード式養育法だものな。さんざん頭に叩きこまれたから忘れようもないよ」

彼の母親はその気になればいくらでも強硬な態度に出られる女だ。エイプリルの顎がつんと上を向いた。「それでもちゃんとまともに育ったわ」

ディーンは嫌悪感を込めた目を向け、サイドドアから出た。しかし庭を半分も行かないうちに足取りが遅くなった。母のいうとおりだ。ライリーの愛に飢えたような瞳を見れば、あの子どもが父親から得られないものをディーンに求めているのは明らかだ。母親の死後まもなくジャックがあの子を見棄てたことを考えれば、あの少女の行く末はおのずと見えてくる。学費の高い寄宿学校、そしてあまたのベビーシッターと過ごす休暇が待っているというわけだ。

それでもディーン自身よりはましといえる。彼の休暇は母親のエイプリルがどこで男と過ごし麻薬を楽しむかによって決まり、ときには豪華な別荘だったり、薄汚いホテルだったり、みすぼらしいアパートだったりしたからだ。時がたつうちにディーンはマリファナから強い酒、はては売春婦までなんでもあてがわれるようになり、たいていはそれを受け取った。公平な見方をすればそれらのことはエイプリルの目の届かないところで行なわれたのだが、しかし知らないではすまされない。母親ならばもっと目配りしていなければおかしいのである。

こうしてライリーが自分を追ってきて、あの目にこめられた切ない憧れの気持ちが目の錯覚でないとすれば、あの少女は自分を家族として求めているのだ。しかしそれに応えることはできない。ジャック・パトリオットとの関係をあまりに長いあいだ秘密にしてきたので、いまさら明かすこともできない。たしかに気の毒とは思うし、すべてがうまく収まればいいと強く願ってはいるが、そこまでの話だ。これはジャックの問題であって自分の関わるべきことではない。

ディーンはジプシーのキャラバンのなかを覗いた。ブルーとライリーは奥の乱れたままのベッドに座っている。ブルーはいつもどおりとんでもないファッションに身を包んでいる。マザーグースに出てくる女の子を思い出させる華奢な顔にはなんとも似つかわしくない、冗談のような紫色の絞り染めのパンツに、ばかでかいオレンジ色のTシャツ。少女が目を上げた。悲壮感漂うまるい小さな顔。衣服は小さすぎ、凝りすぎていて、Tシャツの〈フォクシー〉という手書き文字がまだ幼い胸の上で妙に卑猥に見えた。自分はジャックと関係がないなどと説明しても、この少女は信じないだろう。

ライリーの表情に浮かぶ切ないほどの欲求を目の当たりにして、脳裏に思い返したくもない辛い記憶がよみがえり、ディーンは思いがけずきつい言葉を発していた。「どうやってぼくのことを知った?」

少女はこれ以上本音を明かすことを怖れ、ブルーに視線を投げた。ブルーはライリーの膝を優しくたたいた。「大丈夫よ」

子どもはコーデュロイのパンツの紫色のうねをつついた。「私の——私のママのボーイフレンドが去年あなたのことを話してて、その会話をちょっと聞いてしまったの。昔パパに使われていた人よ。でもその人、誰にもいうなってママに約束させてたわ。ゲイル叔母ちゃまにも」

ディーンはキャラバンの梁《はり》を強くつかんだ。「きみのママがこの農場のことを知っていたなんて驚きだな」

「ママは知らなかったと思う。パパが電話で誰かに話しているのを聞いたの」

ライリーはどうやらあらゆる秘密を立ち聞きするようだ。ディーンは父がこの農場のことをどうやって知ったのだろうと訝《いぶか》った。「家の電話番号を教えてくれ」ディーンがいった。

「きみの家に電話して、きみが無事だということを伝えるから」

「家にはアヴァしかいないわ。それに彼女は朝早く電話がかかってくるのをいやがるの。ピーターが怒るから」ライリーは親指の青いマニキュアをつついた。「ピーターはアヴァのボーイフレンドよ」

「アヴァはきみのオーペアだということだね？」ディーンはいった。上等じゃないか、ジャック。

ライリーはうなずいた。「かなりいい人よ」

「それにとんでもなく有能ね」ブルーが悠然とした口調でいった。

「あなたのことは——誰にも話してないわ」ライリーは真剣な顔でいった。「これがすごい秘密だということは知ってるもの。ママも人には話してないと思う」

秘密。ディーンが幼いころ、ブルース・スプリングスティーンが父親だと信じていた時期があった。エイプリルは『キャンディの部屋』という曲は自分のためにブルースが書いてくれたものだという作り話までして聞かせた。しかしそれは願望にすぎなかった。ディーンが十三歳のとき、何かでハイになっていたエイプリルが呂律《ろれつ》のまわらぬ舌で真実を語った。それによってすでに混沌《こんとん》としていた彼の世界はいっそうの混乱に陥ったのだった。

結局ディーンはエイプリルの持ち物のなかからジャックの弁護士の名刺や、ジャックとエイプリルが一緒に映っている写真の数々、ジャックが支払っている養育費の証拠も見つけ出した。ディーンはエイプリルに内緒でジャックの弁護士に電話をかけた。弁護士はなんとかはぐらかそうとしたが、ディーンは昔から頑固一徹なところがあるので、最後にはジャック自身が電話をよこした。それはそっけなく気詰まりな会話だった。そのことを知ったエイプリルは、まる一週間酒に溺れた。

ディーンとジャックが初めて直接対面したのはジャックの「泥と狂気のツアー《マッド・アンド・マッドネスツアー》」のLA公演のときである。対面はハリウッドの高級ホテルシャトー・マルモンのバンガローで人目を避けて行なわれたが、じつに気まずいものだった。ジャックはディーンに対して親しげな態度を見せようとしたが、ディーンは信じようとしなかった。その後ジャックの主張で年に数回会うことになったが、人目を忍んで会いつづけることがだんだん惨めに思えるようになり、十六歳のときディーンは反抗を示した。

ジャックはディーンが南カリフォルニア大学の二年生になるまで接触してこなかった。そのころには『スポーツ・イラストレイテッド』誌に彼の顔がよく掲載されるようになっており、ジャックはふたたび連絡してくるようになった。ディーンはそんなジャックを冷たくあしらったが、ジャックはときおりディーンの消息を確認するようで、ジャック・パトリオットがスターズの試合を観戦していたという話がディーンの耳にも入るようになった。

ディーンは本論に入った。「電話番号を教えろよ、ライリー」

「わ……忘れた」

「自宅の電話番号を忘れたというのかい」

ライリーは慌ててうなずいた。

「きみって相当利発そうに見えるんだけどな」

「そうだけど……でも……」ライリーは大きく息を吸った。「フットボールには詳しいの。去年あなた三百四十六回のパスを決め、タックルされたのは十二回だけ。インターセプトされたパスは十七回」

ディーンは常々ファンには私的な意見を控えてくれるように頼んでいるのだが、必要以上にこの子どもを動揺させたくはなかった。「たいしたもんだ。そんな数字をしっかり思い出せて自分の家の電話番号を思い出せないなんておかしいね」

ライリーはバックパックを膝の上に乗せた。「あなたに見せたいものがあるの。これ、私が作ったのよ」ジッパーを開いて青いスクラップブックを出す。その表紙をじっと見たディーンは胸がよじれるような切なさを感じた。丹精を込めた装飾が施されていたからだ。パフィペイント（絵の具を搾り出して立体感のある絵や字を描くためのペン、児童用）マーカーを使って描かれたスターズの水色と金色のロゴと、ディーンのジャージーナンバーである10という数字が念入りに描かれている。縁の部分には羽の生えたハートと〝ザ・ブー〟と書かれた見出しがある。返す言葉が思い浮かばず、途方に暮れていたので、ブルーが言葉をかけてくれ、ディーンはほっとした。

「なかなかよくできた作品だわ」

「トリニティのほうが上手なの」ライリーが答えた。「きちんとした絵を描くから」

「美術では手際のよさはあまり重要じゃないのよ」ブルーがいった。

「ママはきちんとしていることは大切だといってるわ。というか……そういってた」

「お母さんのこと、お悔やみをいうわ」ブルーは静かにいった。「いまとても辛いでしょう？」

ライリーはスクラップブックの表紙のふんわりしたハートの一つをこすった。「トリニティはいとこなの。その子も十一歳よ。とてもきれいな子なの。ゲイル叔母さんはその子のママ」

「きみの行方がわからなくなってトリニティもきっと心配してるだろうね」ディーンがいった。

「そんなことないわ」ライリーは答えた。「トリニティは喜んでるわよ。私のこと、嫌ってるもの。変人だと思ってるし」

「変人なの？」ブルーが訊いた。

そんな話題をあえて続ける意味がないとディーンは思ったが、ブルーはそんなディーンの不快げな顔を無視した。

「そうかもね」ライリーが答えた。

ブルーは満面の笑みを浮かべた。「私もよ。愉快じゃない？　変人というのはほんとうに楽しい人たちのことをいうのよ。そう思わない？　世のなか退屈な人ばっかり。たとえばトリニティ。きれいかもしれないけど一緒にいてもうんざりしない？」

ライリーは目をしばたたいた。「そのとおりよ。話題は男の子のことだけ」

「やだな」ブルーは必要以上に顔をしかめて見せた。

「それか洋服のこと」

「ますますオエッだわ」

「よくいうよ」ディーンは小声でいった。

しかしライリーは完全にブルーに共感を覚えていた。「それか太らないようにもどすこと」

「信じられないわ」ブルーは小さく尖った鼻にしわを寄せた。「なんでその子はそんな知識があるの？」

「ゲイルおばちゃまにとって嘔吐は大事なことなの」

「読めた」ブルーはディーンに素早く視線を投げた。「察するに、ゲイル叔母ちゃまもかなり退屈な人なのね」

「完全にそう。会うと仲よさそうな態度を見せるし、キスしてっていうけど、見せかけ。叔母ちゃまも私のことを太って変わった子と思ってるの」ライリーはTシャツのへりを引っぱりコーデュロイパンツのウェストバンドの上から見えるこんもりした腹部の肉を隠そうとしていた。

「そういう人たちって可哀想だと思うの」ブルーは真剣にいった。「いつも批判的な目でしかものを見ることができないのね。私の母はとても強い人だけれど、その母から私は、自分の尺度に合った姿形をしていないから、考え方をしていないからという理由で他人を批判していたら世界で活躍する人にはなれないということを教わったの」

「あなたのママは……その……生きてるの？」

「ええ。南米である少女たちのグループの保護に携わっているわ」ブルーの表情が厳しくなった。

「退屈とは思えない生活ね」ライリーがいった。

「母はかなり立派な女性よ」

どこが立派だ、とディーンは思った。一人娘を見棄て他人の手に委ねた母親なのに。しかし少なくともヴァージニア・ベイリーは麻薬でハイになったり、ロックスターとのセックスに溺れて夜を過ごしたわけではない。

ブルーは立ち上がり、テーブルに置かれた携帯電話を取るためにディーンの近くに来た。

「あなたに一つしてほしいことがあるの、ライリー。あなたがディーンに自宅の電話番号を教えたくない気持ちは理解できるし、ある程度はプライバシーも尊重できる。そのかわり、あなた自身でアヴァに電話をして、無事を知らせなくてはいけないわ」ブルーは電話機を差し出した。

ライリーは電話機を食い入るように見つめはしたが、受け取らなかった。

「かけなさい」ディズニーランドからの脱獄囚のようななりはしていても、ブルーは鬼軍曹のような厳しさも見せようと思えば見せられるのだ。ライリーが電話機を受け取り、番号を押したことに、ディーンは驚かなかった。

ブルーは隣りに座った。何秒かが経過した。「ハイ、アヴァ、ライリーよ。私は無事でいるわ。大人と一緒だから心配しないで。ピーターによろしくね」ライリーは電話を切り、電話機をブルーに返した。ライリーの欲求にあふれた瞳がふたたびディーンに向けられた。

「私の……スクラップブック見たい？」

ディーンは偽りの希望を抱かせてこのかよわい子どもの心を傷つけたくなかった。「あとでね」とぞんざいにいう。「やることがあるからさ」ディーンはブルーを見た。「行く前にハグしてくれよ」

ブルーは出会って初めて柔順さを見せ、立ち上がった。エイプリルのことで嘘をついたブルーを問い詰めるつもりでいたが、ライリーの出現で少し延期するしかなくなった。ディーンは頭がぶつからないようにキャラバンの中央に向かった。ブルーはディーンのウェストに腕をまわした。ディーンは一瞬愛撫を楽しもうかと考えたが、どうやらそれを読まれてしまったようでTシャツ越しにつねられた。「痛い！」

ブルーは体を離しながらにっこりと上を見て微笑んだ。「それじゃあね、ハンサムくん」

ディーンはブルーをにらみながらわき腹をさすり、キャラバンを出た。

視界から離れると、ディーンはバックポケットに手を入れ、ブルーからこっそり受け取った電話機を引っぱり出した。メニューを素早く動かして最後の通話の番号をリダイアルした。するとチャタヌーガ保険会社のボイスメールにつながった。

あの子どもはドジではない。

ブルーの電話を手にしているあいだに、ディーンは通話記録を調べ、必要な日付のログを見つけ出した。ボイスメールにダイアルアップし、数日前にブルーが押していたパスワードを入力した。ブルーはメールボックスを削除する時間がなかったらしく、ディーンは彼女の母親のメッセージに興味深く聴き入った。

キャラバンのなかでブルーはライリーがゆっくりとスクラップブックをバックパックに戻すのを見つめていた。「あなたたちが恋人同士とは知らなかったわ」ライリーがいった。「洗濯係とかそういう人だと思ってた」

ブルーは溜息をついた。十一歳にしてこの子はブルー・ベイリーがディーン・ロビラードと同じ世界に属していないことを知っているのだ。

「彼はあなたのこと、大好きよね」ライリーは熱心にいった。

「ただ退屈しているだけよ」

エイプリルが顔を覗かせた。「ちょっとコテージに忘れ物をしたの。取りに行くから、お二人さんも一緒に行く？　いい散歩になるわよ」

ブルーはまだシャワーも浴びていなかったが、しばらくディーンからライリーを引き離すほうが得策に思え、それもエイプリルの意図なのかという気がした。それにコテージを見てみたいという気持ちもあった。「ええ。私たち変人は冒険好きだからね」

エイプリルが眉を上げた。「変人？」

「心配しないで」ライリーが礼儀正しくいった。「あなたは美人すぎて変人にはなれないから」

「ちょっと待ってよ」ブルーがいった。「美人だからといって先入観を持つのは間違ってるわ。変人というのは心の状態を指すのよ。エイプリルは想像力が豊かなの。この人だってある種の変人よ」

「光栄だわ」エイプリルはさりげなくいった。そしてライリーにこわばった笑顔を向けた。

「私の秘密の池を見たい？」

「秘密の池があるの？」

「見せてあげる」

ライリーはバックパックをつかみ、二人はエイプリルに続いてキャラバンを出た。

9

荒れ果てた杭垣《くいがき》の後ろに小さな風化したコテージが建っていた。錫の屋根の上には松の葉がたまり、細長い四本の燭台のような柱が壊れそうなポーチを支えている。かつては白だった塗装も灰色になり、鎧戸《よろい》はくすんだ緑色だ。

「ここに一人で住んでるの?」ライリーがいった。

「ここ数カ月のことよ」エイプリルが答えた。「LAにマンションを持ってるわ」

ブルーはコテージの横の木陰に停めたカリフォルニアのナンバープレートを付けたサーブに見入りながら、ファッション・スタイリストというのは実入りのいい商売なのだと判断した。

「夜は怖くないの?」ライリーが尋ねた。「誘拐犯や連続殺人犯に襲われそうになったらどうするの?」

エイプリルはきしむ木のポーチに二人を案内した。「現実の世界にはもっと心配なことがたくさんあるじゃない。連続殺人犯がここまでやってくる可能性は薄いわ」

網戸がドアからはずれてパタパタと揺れている。エイプリルはドアにロックもしていなかった。三人は住まいのなかに足を踏み入れた。むきだしの木の床、みすぼらしいレースのカーテンがかかった二つの窓。青とピンクの薔薇《ばら》の壁紙にできた明るい長方形の部分はかつてそこに絵が掛かっていたことを示している。家具は少ない。キルトを掛けたふくらんだ形のソファ。ペンキを塗った引き出しが三段あるチェスト。古い真鍮《しんちゅう》のテーブルランプや空の水の瓶、本と何冊かのファッション雑誌が置かれた食卓。

「借地人が半年前までここに住んでいたの」とエイプリル。「すっかり片づけて、ここで寝泊まりすることにしたのよ」すぐ後ろに見えるキッチンに向かう。「私はノートを探すから、そのあいだ好きに見てまわってて」

見るというほどの物はないが、ブルーとライリーは二つある寝室を覗きこんだ。大きいほうの部屋には、白いペンキ塗りの渦巻き模様の鉄製ヘッドボードのついたベッドがある。時代遅れのピンクの工芸ガラスのランプがペアで二つ、不釣合いなテーブルの上に載せられている。エイプリルの手でこぎれいに整えられたベッド。とりどりのベッド用のクッションと、郷愁を誘う色褪せた水色の壁紙とお揃いのベッドカバー。ラグといくつかの家具を足せば、蚤《のみ》の市の家具だけでまとめた雑誌の特集見本のような部屋になりそうだ。内装を海泡石のグリーンでまとめたバスルームは魅力的とはいいがたく、キッチンの使い古したカウンターと赤レンガ風リノリウムの床もぱっとしない。しかし時代遅れの寄木細工のテーブルに載せた梨を盛った籐《とう》のかごと土器の花瓶が家庭的な趣をかもし出している。

エイプリルが二人の後ろからキッチンに入ってきた。「ノートが見つからないわ。結局家のほうに忘れちゃったのよね、きっと。ライリー、寝室のクローゼットに毛布が一枚入ってるから出してきてくれる？　戻る前に池の眺めを楽しんでいってもいいじゃない？　アイスティーを淹れるわね」

エイプリルが青いグラスにアイスティーを淹れるあいだ、ライリーは言われたとおり毛布を取ってきた。三人はそれを表に運んだ。コテージの裏に行ってみると、池が陽の光を受けて輝いていた。池のまわりの土手を囲む柳の長い枝葉が池の水面に影を落としている。蒲《がま》の葉のあいだをトンボたちが飛び抜けていく。倒れた幹でできた天然の桟橋近くを赤ちゃん鴨《がも》の一家が泳いでいく。エイプリルは池に向かって置かれた、へこみのある二脚の芝生椅子のところへ二人を案内した。背の部分がスカラップ細工の赤い金属の椅子だ。ライリーは警戒するような目で池を見つめた。「ヘビはいる？」

「水に倒れた木の上でつがいのヘビが日光浴をしているのを見かけたことはあるわ」エイプリルが一方の椅子に腰をおろし、もう一方にブルーが座った。「ヘビたちも満足しているみたいよ。ヘビって柔らかいの、知ってる？」

「触ったことがあるの？」

「普通のヘビじゃないけどね」

「私は絶対ヘビなんて触らないわ」ライリーはバックパックと毛布を椅子の隣りに置いた。「私は犬が好きなの。大人になったら、子犬の養育場を持つつもり」

エイプリルは微笑んだ。「それは楽しそうね」

ブルーにもそれは好ましい夢に思えた。青い空にふんわりとした白い雲。草の野原をキャンキャンと駆けまわるたくさんの子犬たちを思い浮かべる。

ライリーは毛布を広げ、目を伏せたまま、いった。「あなたはディーンのお母さんよね？」

エイプリルの手のなかでグラスが止まった。「なぜわかった？」

「ディーンの母親の名前がエイプリルだということは知っていたの。ブルーがあなたをそう呼ぶのを聞いてわかったわ」

エイプリルはアイスティーをゆっくりとひと口飲み、答えた。「そう、私は彼の母親よ」彼女は言葉を濁したりごまかしたりすることなく、ディーンとのむずかしい関係、スーザン・オハラになりすました事情を手短かに説明した。有名人の隠された私生活についてよく理解しているライリーは、その説明で満足したようだった。

秘密に包まれた私生活。そんな言葉がブルーの脳裏に浮かんだ。〝ボディ・バイ・ビアー〟のTシャツを引っぱる。「まだシャワーを浴びてないの。もっとも浴びたからって、変わり映えはしないけど。服にはまるで無頓着だから」

「あなたなりに気づかっているのよね」エイプリルがいった。

「どういう意味かしら」

「衣服は大きなカモフラージュになるわ」

「私の場合、カモフラージュというより気楽だからよ」それがすべてではなかったが、ただみずから多くを明かしたい気持ちになっていた。

エイプリルの携帯電話が鳴った。画面を見た彼女は席をはずした。ライリーは毛布の上に横になり、バックパックに頭を乗せた。ブルーは二羽の鴨が食べ物を探して顔を水中に突っこむ様子を見つめた。「スケッチブックを持ってくるんだったわ」エイプリルが戻るとブルーはいった。「ここの眺めはとっても美しいわね」

「あなた、専門的な教育を受けたの？」

「イエスともノーともいえるわね」ブルーは自分の学歴と大学の芸術学部での経験に満足できなかった経緯をかいつまんで話した。静かな寝息が聞こえてきた。ライリーが毛布の上で眠りこんでしまったのだ。

「あの子の父親のマネージャーと連絡がついたの」エイプリルがいった。「今日じゅうに誰かを迎えによこすって約束してくれたわ」

ブルーはジャック・パトリオットのマネージャーと連絡をつけられる人物の隣りに座っていることが信じられなかった。エイプリルはサンダルの先でタンポポをつついた。「もう結婚式の日取りは決めたの？」

ブルーはディーンの嘘にいつまでも同調しているつもりはなかったが、さりとていますべてを暴《あば》くつもりもなかった。「まだまだそこまでは考えてないわ」

「私の知るかぎり、あの子が結婚を申しこんだ女性はあなただけよ」

「私が変わった女だから惹かれているだけよ。もの珍しさが失せたら、別れたくなるはず」

「本気でそう思ってるの？」

「彼のことは何も知らないに等しいの」これは本音の言葉だった。「彼のお父さんが誰なのか今日まではっきりとはわからなかったぐらいだし」

「ディーンは子ども時代の話題に触れるのをいやがるのよ。少なくとも私とジャックのことが絡んだ話はね。無理もないの。私はほんとに無責任な生活を送っていたんですもの」

ライリーが眠りながら溜息をついた。ブルーは顔を上げた。「そんなにひどかったの？」

「ええ、それはもう。誰彼なく相手にしたわけじゃないから、自分ではグルーピーのつもりはなかったわ。でも大勢のロッカーを相手にしたことは事実だし、よほど大勢を相手にしないかぎり限界を超えた気はしなかったのよ」

ブルーはそのロッカーとは誰のことなのかぜひとも訊いてみたかったが、いくばくかの自制心はまだあった。それでもエイプリルのいうダブルスタンダードが気になった。「グルーピーを相手にするロッカーたちはなぜ誰にも非難されないの？　なぜ責められるのはいつも女なの？」

「それが世間というものだから。その思い出を大事にしている女もいるわ。パメラ・デス・バレスはそんな思い出を本にしたぐらいよ。でも私にとっては過ちでしかなかった。私は自分の肉体をゴミ入れ同然に使わせた。みずから進んで。自尊心のかけらもなかったし、それを恥じていた」エイプリルは太陽に向けて首を傾けた。「私はそんなライフスタイルを糧《かて》にして生きていた。音楽、男、ドラッグ。そんなもので自分をがんじがらめにした。ひと晩じゅうナイトクラブで踊り、翌日のモデルの仕事をすっぽかして自家用飛行機で国土をまたぎ、息子の学校を訪問する予定を都合よく忘れたわ。そんな生活に溺《おぼ》れていたのよ」エイプリルはブルーの目を見据えた。「たまに約束を守って学校を訪問したときのあの子の様子をあなたに見せたかったわ。次から次へと友だちのところへ私を引っぱっていって見せびらかしたの。あんまり早口でしゃべるものだからほっぺが赤くなっちゃって。ちゃんと自分にも母親はいるんだぞ、って証明したがっているみたいだったわね。十三歳くらいからそんな態度は影をひそめるようになったわ。なんだかんだいっても幼い子どもは母親を許すものだけど、子どもが成長するにつれて贖罪《しょくざい》のチャンスはなくなっていくの」

ブルーの胸にみずからの母親の顔が浮かんだ。「更生することができて、よかったと思うでしょう？」

「長い道のりだったわね」

「あなたを許すことはディーンにとっても意義あることだと思う」

「そうはいかないのよ、ブルー。あの子に私がどんな思いをさせたか、あなたには想像もできないはずよ」

ブルーには想像できた。エイプリルのいう意味ではないにしても、親に頼れない気持ちがどんなものかは知っている。「それでも……彼だってどこかであなたが変わったことを認める必要があるでしょ。少なくともあなたにチャンスを与えなくてはね」

「そっとしておいて。あなたが善意でいってくれていることはわかるけど、彼がいまどんな気持ちでいようと、それなりの理由があるのよ。自分自身を守るすべを身につけなかったら、いまの彼はいなかったはずだしね」エイプリルは腕時計を見て、立ち上がった。「塗装工と話があるの」

ブルーは体をまるめて熟睡しているライリーを見おろした。「眠らせてあげましょう。私はここに残るわ」

「いいの？」

「スケッチでもして過ごすわ。紙はあるかしら？」

「わかった。持ってきてあげる」

「それとお風呂を使わせてもらってもいい？」

「必要なものがあったら、洗面所の戸棚のものを使ってちょうだい。デオドラント、歯磨き」ひと呼吸間を置く。「お化粧品もね」

ブルーは微笑んだ。

エイプリルも微笑み返した。「着替えも用意しておくわ」

エイプリルのすらりと優美な体に合わせて作られたものが自分に合うとはとても思えなかったが、その申し出は嬉しかった。

「私の車のキーがカウンターの上にあるわ」エイプリルがいった。「ベッドの横の引き出しに二十ドル入ってるから、ライリーが目を覚ましたら町へ連れて行って昼食を食べさせてあげてちょうだい」

「あなたのお金を使うわけにいきません」

「ディーンに請求するわよ。お願い、ブルー。ジャックの使いがここに来るまであの子をディーンから遠ざけておきたいの」

十一歳にもなる子どもを遠ざけることが果たしてライリーにとって、あるいはディーンにとってベストの方法なのかブルーにも確信はなかったが、すでにお節介で咎《とが》めを受けた身なので、しぶしぶうなずいた。「わかったわ」

エイプリルは上品なピンクのキャミソールと軽く薄い生地でできたひだスカートを用意してくれていた。また、何か両面テープのようなものでサイズを小さくしてくれてもいた。それが似合うことはひと目でわかった。可愛すぎる感じかもしれない。こういった衣服を若いちゃらちゃらした娘が身につけるのは世間の男に媚《こび》を売っているようなものだ。何か身づくろいをする必要に迫られると、この問題に直面しなくてはならなくなる。身なりにかまわなくなった主な理由はこれなのだ。

ベッドの上の衣服をやめて紺色のTシャツを勝手に借りることにした。絞り染めのヨガパンツもこれでは変わり映えしないが、さすがにオレンジ色の〝ボディ・バイ・ビアー〟Tシャツを着て人前に出る気にはなれなかった。虚栄心が頭をもたげ、エイプリルの化粧品をちょっぴり使うことにした。淡いピンクの頬紅をさっとひと塗り、口紅を少し、睫の長さを強調できる量のマスカラも。まともな格好をしようと思えばできるのだと、一度はディーンに見せておきたいからだ。自分自身はまるで興味がない。

「お化粧するときれいじゃない」ライリーは二人で町へ向かう途中、エイプリルのサーブの助手席でいった。「ぐっと華やかになるわ」

「あなた、トリニティと一緒にいて悪影響を受けてるわね」

「トリニティを悪く言うのはあなただけよ。みんなに好かれてるわ」

「ほんとは好かれてないわよ。まあ母親は例外かな。そのほかの人は好きなふりをしているだけ」

ライリーはかすかに後ろめたそうな笑みを浮かべた。「あなたがトリニティのこと悪くいうのを聞くと気分がいい」

ブルーは笑った。

ギャリソンにはピザ・ハットがないので、仕方なく薬局の向かいにあるジョジーズというレストランに入ることにした。ジョジーズは魅力に欠け、料理はまずく、雇用機会もない店だった。ブルーはまず従業員募集のあるなしを尋ねた。ライリーはこんな店でも気に入ったようだった。「こういうお店で食事をしたことがないの。なんだかとても変わってる」

「間違いなく個性はあるわね」ブルーはBLTを頼んだのだが、BやTというよりLというべき代物だということが判明した。

ライリーは薄くて透けそうなトマトをバーガーから抜いた。「どういう意味なの？」

「ありのままでいるということよ」

ライリーは考えこんだ。「なんだかあなたみたい」

「ありがとう。あなたもよ」

ライリーはフライドポテトをほおばった。「私はそれよりきれいになりたいわ」

ライリーは〈フォクシー〉のTシャツは着たままだったが、汚れたラベンダーのコーデュロイパンツをデニムのショートパンツに穿き替えていた。サイズが小さすぎるので腹部が締めつけられている。二人は裂けた茶色のビニールのボックス席に座った。そこからは、胸がむかむかするようなパステルブルーの壁紙にかかった一連の悪趣味な風景画や、ほこりをかぶったガラスケースに収められたバレリーナの像がよく見える。模造の木目天井には一対の金色のファンがあり、脂を使った料理の匂いを撒《ま》き散らしている。

ドアが開き、ぞっとするような容貌の年配女性が杖をつきながらよたよたと入ってくると、昼時のざわめきがぴたりと止んだ。体は肥満体で、威圧感があり、明るいスイカ色のスラックスにおそろいのチュニックという着飾りすぎの服装である。深くくびれたVネックのアクセントは幾重にも巻いたゴールドのチェーン。耳たぶからさがるイヤリングの石は本物のダイヤに見える。昔は美人だったことが偲《しの》ばれるが、どうやら品よく歳を重ねることはできなかったようだ。顔のまわりでカールし、波打ち、揺れる銀髪はふんわりとふくらませ、スプレーで固めてあり、間違いなくカツラだろう。眉は明るい茶色のペンシルで描かれているが、抑制を忘れ黒のマスカラをぼってりと塗り、青のアイシャドーまで塗っている。かつては蠱《こ》惑《わく》的であっただろうと思われる小さな黒子《ほくろ》は明るいピンクの唇のそばでたるみとともに位置がさがっている。ひどく腫《は》れた足首を支える薄茶色の整形外科推奨のオックスフォードシューズだけが唯一年齢にふさわしいといえる。

　この老女の出現を昼食中の客は誰一人歓迎していないようだったが、ブルーは興味深く観察した。女性は混んだレストランをぐるりと見渡した。尊大なそのまなざしが常連客をとらえ、やがてブルーとライリーのところで止まった。しばし老女はあからさまに二人を見つめていたが、ついに二人のほうへ進んできた。ピンクのチュニックが、機能性の優れたブラによって支えられた威圧感のある胸の形を際立たせる。

「誰なの」老女はいった。「あなたたちは」

「私はブルー・ベイリー。こちらは友人のライリーです」

「ここで何をしてるの」言葉にかすかなブルックリン訛《なま》りが感じられる。

「ささやかなランチを楽しんでます。あなたは？」

「念のためにいうけど、私は腰が悪いの。私を席に招《よ》ぶつもりだった？」

　横柄《おうへい》な物言いにかえって興が湧く。「ええ」

　その怯えた表情から、この女性の同席をライリーが望んでいないことがうかがえるので、ブルーはボックス席の端に寄り、女性が座れるよう場所を空けた。しかし老女は指を振ってライリーを移動させた。「奥へ行って」老女は大きな麦藁《むぎわら》のバッグをテーブルの上に置き、ゆっくりと腰をおろした。ライリーはバックパックに体をぴたりと寄せ、できるだけこの女性との間隔を広げようとしている。

　ウェイトレスが銀の食器とアイスティーを運んできた。「いつもの料理をいまお出しします」

女性はそんなウェイトレスの言葉を無視し、ブルーだけを見ている。「ここで何をしているかと訊いたけど、ここというのはこの町のことだったのよ」

「観光で来てます」

「どこの出身？」

「まあ基本的にはコスモポリタンといったところですわ。ライリーはナッシュビルから来た子です」ブルーは首を傾けた。「私たちに自己紹介させてご自分は名乗らないのは不公平ですよ」

「私を知らない人はいないわ」女性は不満げにいった。

「私たちは知りません」とはいえブルーはほとんど感づいていた。

「私はもちろんニタ・ギャリソン、この町のオーナーよ」

「よかったわ。私、そのことを誰かに訊きたくてたまらなかったんです」

ウェイトレスがカッテージチーズと缶詰の梨のカットを細かく刻んだ冷たいレタスに乗せたものを運んできた。「お待たせしました、ミズ・ギャリソン」甘ったるい声なのに、目には嫌悪感がありありだ。「何かほかにご用命はありませんか」

「二十歳の男の子をお願い」老女は言い返した。

「承知しました」ウェイトレスは急いでさがった。

ギャリソン夫人はフォークをよく調べ、虫でも隠れているのではないかと疑うかのように缶詰の梨をつついた。

「いったいどうすれば一個人が町を所有できるんです?」ブルーが尋ねた。

「夫から相続したのよ。あなた、変わった顔ね」

「お褒めの言葉と思うことにします」

「ダンスはするの?」

「チャンスがあれば」

「私は優れたダンサーだった。五〇年代にマンハッタンのアーサー・マリー・スタジオで講師をやってたの。マリー氏本人にも会ったことがあるわ。彼はテレビのショー番組もやっていたけど、あなたが覚えているはずはないわね」知らないのは年代でなく、愚かさのせいだといわんばかりの傲慢な物言いである。

「知りませんわ」ブルーは答えた。「それで……ご主人からこの町を相続されたとき、町全体の所有権だったんですか?」

「町の隅から隅まで全部よ」ギャリソン夫人はカッテージチーズにフォークを突き刺した。

「あなた、あの愚かなフットボール選手のところに泊まっているのね? キャラウェイの農場を買った」

「彼は愚かじゃないわ!」ライリーが大声でいった。「アメリカで一番優れたクォーターバックよ」

「私はあなたと話しているわけじゃないの」ギャリソン夫人はぴしゃりと言い返した。「お行儀が悪いこと」

ライリーがしょげてしまったので、ブルーも夫人の高飛車な態度を面白がってはいられなくなった。「ライリーはきちんとした礼儀作法を身につけていますし、彼女のいうとおり、ディーンも欠点はありますけど愚かでは決してありません」

ライリーの驚きの表情から、この子どもが他人の擁護に慣れていないことがうかがえ、ブルーは憐憫《れんびん》を感じずにはいられなかった。ふと見るとまわりの客たちが公然と聞き耳を立てている。

ニタ・ギャリソンは反論に怯むどころか怒ったネコのように毛を逆立てた。「あなたも子どもの好き放題を黙認する大人の一人なのね。子どもの言葉遣いさえ注意しない大人たちの。それでは決してこの子のためにはならないのよ。この子を見てごらんなさいな。こんなに太っているじゃないの。それなのにフライドポテトを貪《むさぼ》り食べるのをただ見ている」

ライリーの頬は真っ赤に染まった。恥ずかしそうにうなだれ、テーブルの上だけを見つめている。ブルーはこれ以上黙って聞いているつもりはなかった。「ライリーは非の打ちどころがない子です」ブルーは静かにいった。「あなたなどよりずっとマナーが身についていますわ。どうかほかのテーブルに移っていただけませんか。ご一緒したくありませんので」

「私は席を移るつもりはないわ。この店も私のものだから」

食事はまだ終わっていなかったが、ブルーは立ち上がるしかないと判断した。「では結構です。いらっしゃい、ライリー」

まずいことにライリーはボックス席の奥に座っているので身動きがとれない。ギャリソン夫人が動いてくれるはずもない。夫人は鼻をふんと鳴らし、口紅がついた歯を見せた。「あんたもこの子同様無礼ね」

ブルーはいまや怒りに燃え、床を指さしていった。「出なさい、ライリー。いますぐに」

ライリーもブルーの意図を解し、バックパックを持ってテーブルの下から這《は》い出た。ニタ・ギャリソンの目は怒りで細くなった。「私から立ち去るなんて許しません。後悔するわよ」

「あら怖い。おいくつになられるのか、どれほどの資産家でいらっしゃるか存じませんけど、あなたはただの卑しい下品な人間だわ」

「いまに後悔することになるわよ」

「しません、絶対に」ブルーは断腸の思いでエイプリルの二十ドル札をテーブルにたたきつけた。ランチ代は十二ドル五十セントだったからだ。ライリーの肩に腕をまわすと静まり返ったレストランのなかを進み、歩道に出た。

「農場に帰りつけると思う？」ドアから離れるとライリーがささやいた。

ブルーとしてはもう少し職探しをしたかったが、それは次回にするしかなかった。彼女はライリーを抱きしめた。「大丈夫。あんなおばあさんの言うことなんて気にしちゃダメよ。意地悪を生きがいにしてる人なんだから。目に表われてたでしょ」

「そうね」

ブルーはサーブに乗りこみメインストリートに車を出しながら、ライリーを慰めつづけた。ライリーはきちんと答えを返したが、それでも老女の心ない言葉に深く傷ついたことがうかがわれた。

町の境界線近くまで来て、サイレンの音が聞こえた。バックミラーを覗くと、警察のパトカーが迫ってくるのが見える。スピードも出していないし、赤信号を無視したわけでもない。だからパトカーに追われているのだということにしばらく気づかなかった。

一時間後、ブルーは留置場にいた。

10

エイプリルとディーンは二人揃ってブルーを迎えにきた。エイプリルはブルーの運転免許証を手渡し、サーブの返還を求めた。ディーンは保釈金を払ってブルーを釈放させると怒鳴った。「ほんの二、三時間目を離すとこのざまだ。逮捕されるなんてどういうことだよ！　これじゃまるで『アイ・ラブ・ルーシー』の再放送みたいじゃないか」

「私ははめられたのよ！」ディーンがスピードを出したままカーブをまわったので、ブルーの肩はヴァンキッシュのドアにぶつかった。ブルーははらわたが煮えくり返るような怒りを覚え、何かを殴りたい気分だった。まずはこの件に対してさほどの憤慨を感じていないらしいディーンをひと殴りしたかった。「免許証不携帯のかどで勾留されたなんて話、聞いたことがある？　それも完璧に有効な免許証を持っててよ」

「携帯していなかったのは事実だろ」

「でもチャンスをくれれば証明できた話だわ」

ライリーが一家の友人でたまたま農場を訪れているのだというブルーの説明を警察は疑わなかった。ブルーが独房で怒り狂っているあいだ、ライリーは待合室でコークを飲みながらテレビの公開痴話《ちわ》喧嘩番組の『ジェリー・スプリンガー・ショー』を見ていた。それでも十一歳の子どもにとっては恐ろしい体験であることには変わりなく、エイプリルはサーブのキーを取り返すとライリーを農場に連れて帰った。

「これはすべてインチキよ」ブルーは助手席からディーンをにらみつけた。彼のブルーグレイの瞳が嵐の海の色に変わってしまっている。

ディーンはカーブをハイスピードで走り抜けた。「免許証不携帯の上に州外の他人名義の車を運転してたんだぞ。はめられたとはいえないね」

「雑誌ばかり読んでるから頭がいかれちゃったんじゃないの。考えてもみてよ。ギャリソン夫人と喧嘩した十分後にシートベルト確認と称してパトカーが私を追ってきたのよ。これをどう説明するの」

ディーンは怒りをぶつけるのをやめ、今度は見下すような口調でいった。「つまりきみが口論したおばあさんが警察に圧力をかけてきみを逮捕させたというのか?」

「会ったことがないからそんなことといえるのよ」ブルーは反駁《はんばく》した。「ニタ・ギャリソンは骨の髄まであさましい意地の悪い人間で、町全体のオーナーなの」

「きみって、よくよく騒動を引き起こす人間なんだな。あのときさみを車に乗せて以来――」

「大袈裟《おおげさ》にいわないでよ。あなただってプロのフットボール選手なんだから、勾留されたことは一度や二度あるんじゃないの?」

ディーンはいきり立った。「そんな経験は一度たりともない」

「何いってるの。暴行や殴打の罪で逮捕されたことがない選手なんて、NFLがフィールドでのプレーを認めるはずないでしょ。妻や恋人を殴ったとなればますます評価が上がるというものよ」

「馬鹿も休み休みいえ」

茶化しているつもりはなかったが、ブルーの気分はいくらか晴れた。

「はじめから話してみろよ」ディーンがいった。「そのばあさまと何があったのか、詳しく説明してくれ」

ブルーはギャリソン夫人との出会いから、こと細かに話して聞かせた。話し終えると、ディーンはしばし黙し、やがて口を開いた。「ニタ・ギャリソンも度しがたいばあさんだけど、きみももう少し気転をきかせればよかったんじゃないのか」

ブルーはふたたび喧嘩腰で反論を始めた。「いいえ。ライリーは人から擁護された経験が乏しいの。ほとんどない、というのが実情よ。それをどうにかしてあげることが必要な場面だったのよ」

ブルーはディーンがその言葉を納得してくれるものと思い答えを待ったが、答えもせず、彼はいまいましい町の歴史を語り出した。「塗装工の連中と話してギャリソンが売りに出ている事情を聞き出したよ」数時間前ならブルーもそれを喜んで聞いただろうが、主張に対してまともに答えも返さないディーンが癪《しゃく》で聞く気にはなれなかった。

ディーンは無謀にも彼の車の前で車線変更しようとしたダッジ・ネオンをハイスピードで追い越した。「ヒラム・ギャリソンという流れ者が南北戦争後、ここに製粉工場を建てようと土地を一〇〇〇エーカー買ったそうだ。その息子が土地を拡大し——いま通りすぎたハイウェイ沿いのレンガ造りの廃屋がそれだよ——町を設立したんだ。一エーカーも売らずにね。家を建てたり事業を始めたければ、その男から土地を借りるしかなかった。教会だって例外じゃない。結局その男はすべてを息子のマーシャルに遺した。それがきみの会ったギャリソン夫人のご亭主というわけさ」

「気の毒な人」

「彼は何十年か前、ニューヨークへの旅行で彼女に会った。当時彼は五十歳で、彼女もセクシーだったようだ」

「いまは見る影もないけどね」ディーンの歴史談義にブルーは怪訝《けげん》なものを感じはじめていた。なんだか時間稼ぎのように思えてならないのだ。しかしなぜなのか。

「マーシャルも家訓を守って一エーカーも土地を手放さなかった。子どもはいなかったから、彼が亡くなるとすべてを夫人が相続した。町じゅうの土地とほとんどの店や会社一切合財をね」

「あんなに心の腐った人間がそんなに大きな力を持っているなんてね」ブルーはゴムバンドを引き締めるためにポニーテールを二つに分けた。「値段はいくらなの？」

「二千万ドル」

「どのくらいの額なのか私には見当もつかないわ」そういいながらディーンを横目づかいで見る。「あなたも?」

「いや、ぼくには野球カードのコレクションを売れば足りる額だね」

ブルーも彼の総資産額を知りたいわけではなかった。とはいえそこまで皮肉っぽい答えを返す必要はないはずである。

一直線の道路に出たのをいいことにディーンはスピードを上げ、酪農場をいっきに通りすぎた。「東テネシーは発展中の地域だ。退職者が多く移り住んでいるからね。メンフィスの事業家グループから千五百万ドルのオファーを受けたそうだが、断わったって。結局売る気はないんじゃないかというのがもっぱらの噂さ」車は後部を振りそうな勢いでそのままキャラウェイ・ロードに入った。「全国フランチャイズの店もなくて、ギャリソンはタイムカプセルみたいな町だ。古風な趣にあふれながら、それが綻《ほころ》びを見せはじめてもいる。地元の事業主たちはその古風さに商品価値を置き、観光客の誘致のために町の美化に乗り出したい考えだが、ニタが協力しないそうだ」

農家へ入る道を車が通りすぎたのを見て、ブルーははっと身を起こした。「ねえ! どこへ向かうつもり?」

「二人きりになれるところ」車は未舗装の道に入った。ディーンの顎が引き締まった。「話し合える場所へ」

ブルーはドキリとした。「話ならすんだじゃない。もう話はたくさんよ」

「もう遅い」でこぼこ道が続き、草の生い茂る牧草地の境界に建てられた錆《さ》びた有刺鉄線のフェンスの前で車は急に止まった。ディーンはイグニッションを切り、荒れる海のような瞳でブルーを見据えた。「会議事項その一。エイプリルの迫り来る死について……」

　ブルーは息を呑んだ。「悲痛ね」

　ディーンは待った。いつもの魅力は影をひそめ、そこには誰よりも俊敏かつ冷徹に、しかも不屈の闘志をもって人生を切り開いてきた現実的な男の顔があった。ブルーはこうした事態を想定し、あらかじめ対応を考えておくべきだったと悔やんだ。「ごめんなさい」彼女は詫びた。

「それじゃすまないのはきみだってわかってるよな」

　ブルーは少し空気を入れるためドアを開けようとしたが、ロックがかかっていた。切羽詰まった無力感からアドレナリンの奔流が血管を駆けめぐり、闘争本能に火が点いたと思った瞬間、ドアのロックがはずされた。ブルーは車を降り、ディーンも外へ出た。ブルーは彼から離れフェンスに近づいた。「おせっかいはやめるべきだったとは思ってる」言葉を選んで、いう。「私が口出しすることではなかったわよね。でも彼女の様子があまりにも悲しげだったし、母と子の関係については私、感覚が普通じゃないからね」

　ディーンはブルーの後ろに近づき、肩をつかんで自分のほうを向かせた。いかめしい表情が怒りの爆発寸前であることを物語っている。「金輪際嘘はつくな。今後嘘をついたら、ここから出て行ってもらう。わかったか?」

「それはフェアじゃないわ。私は好きであなたに嘘をついてるのよ。人生が楽になるから」

「おれは本気だぞ。きみは境界線を踏み越えた」

ブルーは降参した。「わかってる。謝るわ。心から」そういいながら、いつもの魅力的な笑顔に戻すため彼の口の端をつつきたいという奇妙な衝動を覚えた。「あなたが怒るのも無理はないと思う。当然だわ」つい質問が口をついて出る。「いつわかったの?」

ディーンはブルーの肩から手を離したが、その位置のまま、上からのしかかるような形で見おろしていた。「昨夜家を出て三十分後」

「エイプリルはそのことを知っている?」

「ああ」

エイプリルがそれをひと言知らせてくれていれば、とブルーはうらめしい気分だった。

「おれの母親について、一つだけ安心なことがある……」ディーンはひたとブルーを見つめた。「エイプリルに自分の銀行口座から全額引き出される心配はない」

遠くでカラスの鳴き声がする。ブルーは一歩あとずさった。「なぜ知ってるの?」

「人間が二人いればたがいに干渉したがる。おれの問題に首をつっこまないでくれ、ブルー。そしたらこっちも干渉しない」

きっと電話機を渡したときにボイスメールを聞かれてしまったのだろう。ディーンにヴァージニアのことを知られたことがいかに苦々しかろうと、抗議することはできなかった。ディーンはようやくブルーから離れ、牧草地を眺めた。長く茂る草から飛び立つ鳥の群れが甲高い声で鳴いた。「それで、ライリーのことはどうするの？」

ディーンは素早く振り向いた。「これだから信じられないんだよ！　たったいまお節介について話し合ったばかりだというのにさ」

「ライリーはあなただけが関わってるわけじゃないでしょ。あの子を発見したのは私よ、忘れた？」

「おれは何もしない」ディーンは明言した。「エイプリルが何時間か前にジャックの奴隷と連絡をつけたらしい。誰かがライリーを迎えに来ることになってるそうだ」

「まるで大量の生ゴミ処理みたいね」ブルーは車に向かって歩き出した。

「何につけそういうやり方しかできないやつなんだよ」ディーンが後ろからいった。「小切手を書き、自分の面倒な仕事を任せる人間を雇ったら、そこで責任は終わるわけさ」

ブルーは振り向いた。ディーンはフェンスから一歩も動いていなかった。「あなたは……あの子と話すつもり？」ブルーは訊いた。

「なんと言えばいいんだ？　ぼくがきみの面倒を見るよとでも？」腐食しかけた杭《くい》に強い蹴《け》りを入れるディーン。「それは無理だ」

「せめて今後連絡をとることを約束してあげれば少しは違うと思うな」

「あの子はそれでは満足しないだろう」ディーンはブルーに近づいた。「これ以上面倒は起こさないでくれ、いいな？　もうすでにきみの保釈金と交通違反の罰金を払った」

急転直下ディーンはふたたび攻撃に転じた。ブルーは陽射しがまぶしくて目を細くしながら彼をにらみ返した。「できるだけ早く返すわよ」

「ぼくらは交換取り引きしてるんだ、忘れたか？」

「どんな取り引きだったかしら」

ディーンは答えるかわりに難癖をつけるようなまなざしでブルーをじろじろと眺めまわした。「幼稚園児がハサミで切ったみたいな髪形はやめて、プロの手に任せようと考えたことはないのか」

「忙しすぎてね」

「意地を張るのはよせよ」肩に置かれた手、ディーンのくすんだ瞳にブルーは膝の力が抜けるのを感じた。彼がどんな女をもそんなまなざしで見つめるのはわかっているが、いろいろなことがあった一日だっただけに防御が甘くなっていた。二人の視線が絡み合った。ディーンの瞳が深い海の色に翳《かげ》った。彼が危険な存在であることはよく承知している。受け入れられて当然という感覚の持ち主で、しかも強力な性的魅力を発散させる相手である。

ディーンが頭を垂れ、二人の唇が重なり、小鳥の声も風のそよぎも聞こえなくなった。ブルーの唇が自然に開いた。舌と舌がもつれあい、ブルーの体のなかに喜びが絹糸のように広がっていった。キスが激しくなるにつれ、ブルーの頭のなかでまばゆい色彩が渦巻いた。ブルーもほかの女たち同様、みずから積極的に彼を求めた。陶然とわれを忘れていた。

ある考えがブルーの情熱に水をさした。ジプシー・プリンスと悪夢のなかでファンタジーに耽《ふけ》るのはいい。しかしそれを実行に移すとなると話は別だ。ブルーは無理やり体を離し、まばたきをし、ぶるっと体を揺すった。「不覚だったわ。ごめんなさい。真実を知っていたら、ゲイのことであなたをからかったりしなかったのに」

彼の口角が上がり、気だるいまなざしが愛撫の手のようにブルーの体を這った。「抵抗を続けろよ、ブルーベル。そのほうが口説きがいがある」

ブルーは頭からバケツで水をかぶりたい気分だった。仕方がないのでディーンに手を振り、農家へ続く泥道へと向かった。「歩いて戻るわ。独りきりになって鈍感な自分をしっかり諭《さと》す必要があるから」

「それがいい。こっちはきみの裸を思い浮かべるために独りになる必要があるんでね」

ブルーは頰を赤らめ、歩調を速めた。幸い農場までは一マイルもない。背後でヴァンキッシュのエンジンがうなりを上げた。車がバックし、向きを変える音がする。やがて車はブルーに追いつき、運転席の窓がするすると下りた。「おいブルーベル……言い忘れていたことがある」

「何よ」

ディーンはサングラスをかけ、微笑んだ。「ばあ様のいびりからライリーを守ってくれてありがとう」

そして車は走り去った。

ライリーはブルーがその夜用意した夕食にほとんど手をつけなかった。「迎えにくるのはきっとフランキーだわ」とライリーはブルーがチキンと団子に添えたイチジクをよけながらいった。「パパのお気に入りのボディガードよ」

エイプリルはテーブル越しにライリーの手を握った。「あなたの居場所を教えるしかなかったのよ。ごめんなさいね」

ライリーは軽くうなずいた。また一つ幼い人生に失望が加わったわけだ。少し前、ブルーはブラウニーを焼くのを手伝わせて子どもの気を紛らわそうと思ったのだが、結局気まずい雰囲気になってしまった。ディーンが入ってきて、ライリーが再度熱心にスクラップブックを見てほしいと頼んだにもかかわらず、彼がそっけなく断わったからだ。彼なりの考えがあってそうしていることは承知しているが、ライリーとは血のつながりがあるのだから、もう少し彼女に触れあいの機会を与えてやってもいいのではないかとブルーには思えた。ライリーはささやかな触れあいでは満足しないというディーンの考えはおそらくはずれていないだろう。

ブルーにとって彼が外出してしまったのはむしろ好都合だった。心の平静を取り戻し、優先順位を元に戻せるからだ。ただでさえ人生が混迷しているというのに、このうえディーン・ロビラードの被征服者の一人になる余裕はない。

ライリーはブルーが結局一人で焼いたブラウニーに手を伸ばそうとして、手を引っこめた。「あのおばあさんがいってたことはほんとうよ」ライリーはそっといった。「私、太ってる」

エイプリルはカチリという音をたてて、フォークを置いた。「人はみんな自分についての正しい認識を持つべきなの。自分のよくないところや欠点ばかりを見ていると無気力になってしまうでしょ。自分の欠点ばかり考えて思い悩むか、自分に自信を持って生きるか、どっちがいい？」

エイプリルの強い語調に、ライリーは唇を震わせた。「私はまだ十一歳だから」とかぼそい声で答えた。

エイプリルはナプキンをまるめた。「そのとおりだわ。ごめんなさい。ほかの人のことを思い浮かべていたみたい」ブルーに陽気すぎる笑顔を向ける。「ライリーと私があと片づけをやるから、あなたはゆっくりしてて」

結局三人で片づけをした。エイプリルは洋服や映画スターの話をして聞かせ、気を紛らせてやろうとした。ライリーのざっくばらんな感想からわかったことだが、母親のマーリは娘が恥じて体重を落とすようにと、故意にサイズの小さすぎる衣服を買い与えていたという。

間もなくエイプリルは席をはずし、コテージに戻った。お父さんの助手が到着するまでコテージに来ないかとエイプリルは熱心にライリーを誘ったが、ライリーはディーンが戻るのではないかとまだ期待を抱いていた。

ブルーはキッチンテーブルに水彩絵の具を置いてライリーを座らせた。ライリーは白紙をまじまじと見つめた。「私に犬の絵を描いてくれる？　そしたら私が色をつけるから」

「自分で描いたら？」

「私が描いてると時間が足りなくなりそうだから」

ブルーはライリーの腕をぎゅっとつかみ、四匹の犬を描いた。ライリーが色づけを始めると、ブルーは二階に置いてあった自分の衣服の一部をキャラバンに運んだ。家のなかに戻る途中、ダイニングルームで立ち止まり、四つの空白になっている壁をじっと見つめた。この壁がかつて美術の教授に如才ない言い方で酷評された絵のような、夢を誘う風景の壁画に彩られる様子を思い浮かべる。

「少し模倣的な感じだと思わない、ブルー?」

「先生、柔軟な見方をしてください。既成概念にとらわれないで」

「インテリアデザイナーならきっとあなたの作品を気に入るわ」学部唯一の女性教授はさらにそっけない調子でいった。「でもソファに描いた絵なんて、とてもまともな美術とはいえない。この絵には明確な主張というものがないの。感傷的で、人目を引きたいだけの絵。心のよりどころを持たない少女が隠れ場にするロマンチックな世界よ」

教授の言葉によってブルーはすべてを剝ぎ取られ、裸にされたような気がした。その後夢想的な風景画を描くのをやめ、大胆な異素材を組み合わせた作品を創りはじめた。モーターオイルやプレクシグラス（アクリル樹脂の一種）、ラテックスや割れたビール瓶、ホットワックスやはては自分の髪の毛まで使った。教授たちはご満悦であったが、ブルーはそうした作品が欺瞞《ぎまん》であることを知っていた。結局ブルーは三年に進んでまもなく、大学を辞めた。

いま空白のダイニングルームの壁がブルーをあの夢にあふれた世界へ誘っている。簡素な生活、安定した人間関係、いいことばかり起きる日常、心安らかに過ごせる環境。そんな夢の世界に戻れと壁はささやいている。そうした自分の思いにあきれ、ブルーは外へ出てポーチの階段に座って、沈みゆく夕陽を見つめた。子どもの肖像画を描くことは創作意欲を掻き立てる作業ではないかもしれないが、技量はあるのでどんな町に住もうと商売はそこそこうまくいったはずだ。しかし現実は違った。どこに住んでも遅かれ早かれ精神的に不安定な状態におちいり、あるとき引っ越す時期が来たことを知るのである。

頬に当たるポーチの柱が温かく感じられた。太陽を見ていると丘の向こうにきらめく銅の地球儀があるように見えてくる。ディーンのことを考え、二人のキスが脳裏によみがえる。もしタイミングが違っていたら……自分に仕事があり、住む部屋があり、銀行に預金があったら……彼がもっと普通の男性だったら……しかしそれらはすべて現実ではなく、長きにわたって他人の言いなりになって生きてきた身としては、これ以上彼の支配下に置かれたくない。抵抗しているかぎり、力を失うことはない。屈服してしまえばおしまいだ。

エンジン音が思いを乱した。手をかざして見てみると、二台の車が道を進んでくるのが見えた。どちらもディーンのヴァンキッシュではなかった。

11

窓が着色された二台のSUVが家の前で停まった。先導する車の後部のドアが開き、全身黒ずくめの男が降り立った。

シャギーな黒髪には白髪が交じり、日焼けしたその顔には長い栄光の道を進みつづけてきた証《あかし》ともいえる深いしわが刻まれている。車から離れる彼は見事な早撃ちを放つ腕をだらりと垂らし、いまにも六連発銃ならぬフェンダー・テレキャスター（エレクトリック・ギターの名品）に手を伸ばそうとしている。かつて世界征服のために愛用した輝かしい楽器である。座っていなければ、ブルーは間違いなく腰を抜かしていたことだろう。しかし実際には呼吸も止まるほどの驚きで身動きもできなかった。

ジャック・パトリオット。

ジャックの後ろで車のドアが次つぎと開き、サングラスをかけた男たちとブランドバッグに水の瓶を抱えた女性が一人降り立った。みな車のそばから動かない。ジャックのブーツのかかとがレンガの歩道に靴音を響かせると、ブルーは一人のファンとしての反応しか示せなくなった。金網塀にしがみつき、警官のバリケードと押し合い、長いリムジンを追いかけ、ロック・アイドルの姿をひと目でも見ようと夜通し五つ星ホテルの外で立ちつづける熱狂的なファンの反応である。しかし実際は叫ぶどころか声さえ出ない状態だった。

ジャックは八フィートも離れていない位置で立ち止まった。耳たぶには小さな銀のどくろ。黒のオープンネックのシャツの袖口から打ち伸ばされた銀のスリーブがついた革のブレスレットが見える。ブルーに向かって会釈する。「ライリーを迎えにきました」

どうしよう！　あのジャック・パトリオットが目の前に立っている。私に話しかけている！　ブルーは這うようにして立ち上がった。喘《あえ》ぎながらやっと息を吸い、わけもなくむせて、咳きこんだ。咳がしずまるのを辛抱強く待つジャックの耳たぶに光るドクロが日没によって錆び色に変わった。ブルーは涙目になっていた。喉に指を当て、気道を確保しようとした。

伝説のロックスターは女性の過剰な興奮には理解を持っており、待つあいだ家にしげしげと見入った。ブルーはこぶしをまるめ、胸をたたいた。ようやくジャックはまた口を開き、聞きなれたしわがれ声で話をした。いまもかすかにノース・ダコタの訛りが感じられる。

「ライリーに会わせてください」

ブルーが懸命に気を鎮めようとしていると、玄関のドアが開き、ライリーが出てきた。

「ハイ」子どもは小声でいった。

ジャックの唇だけが動いた。「いったいどうしたんだ」

ライリーはSUVのまわりで黙したまま待機する付き人たちをにらんだ。「わかんない」

ジャックが耳たぶを引っぱり、銀のドクロが指で隠れた。「みんなどれほど心配したか、おまえはわかってるのか？」

ライリーがわずかに顔を上げた。「誰が？」

「みんなだよ。パパもだ」

ライリーはスニーカーのつま先を見つめている。父親の言葉を信じるつもりはなさそうだ。

「ほかに誰がいる？」ジャックは家を見ながら尋ねた。

「誰もいないわ。ディーンは車で出かけたし、エイプリルはコテージに戻った」

「エイプリル……」ジャックは好ましからざる記憶を呼び覚ますかのように、その名前を口にした。「荷物をまとめなさい。出発するぞ」

「帰りたくない」

「仕方ないな」ジャックはにべもなく、いった。

「コテージにジャケットを忘れたの」

「だったら取ってきなさい」

「いやよ。暗くて怖いもの」

ジャックはためらったが、やがて顎を手でさすった。「コテージはどこだ？」

ライリーは森を抜ける小道について説明した。ジャックはブルーのほうを見た。「車で行けるかい？」

ええ、行けます。ハイウェイに向かって戻っていくと、その手前に左に曲がる道があります。車が一台通れるほどの小道で、うっかり見逃してしまいそうになりますからしっかり目を見開いていてください——こう答えるつもりだったが、まったく言葉が出てこない。ブルーはライリーを振り返った。「私にはわかんない」

何か言葉を発するべきであった。どんな言葉でも。しかしブルーは十歳のときから憧れつづけてきた男性が目の前に立っているという状況にどうしても順応することができなかった。ジャックが娘にキスもせず抱きしめもしなかったという事実についてはあとでじっくり考えればいい。いまはともかく口を開くことに集中しよう。

しかし遅きに失した。ジャックはライリーと付き人たちにそのまま待つよう合図すると娘が指さした小道に向かった。ブルーはジャックの姿が見えなくなると階段の上に力が抜けたように座りこんだ。「私ってどうしようもないバカだわ」

ライリーは隣りに座った。「気にしないでいいよ。パパは慣れてるから」

宵闇に包まれながら、エイプリルは電話を終え、携帯電話をビーズ刺繍《ししゅう》のあるジーンズのポケットにしまい、池のほとりへぶらぶらと歩いていった。夜の池はなんともいえない魅力がある。岸に打ち寄せる、心やわらぐ水の音、コオロギのコーラスにカエルの低いゲロゲロという声が重なる。池は夜が更けると昼とは違う匂いを漂わせる。なにか深く豊かで野性味のある麝香《じゃこう》のような匂いだ。

「やあエイプリル」

エイプリルははっと振り向いた。

彼女の世界を瓦解させた男性が目の前に立っていた。

最後に顔を合わせてから三十年の月日が流れているが、闇のなかでさえ角ばったしわの多すぎる顔は自分の顔と同じようになじみ深い。長い鷲鼻《わしばな》、深くくぼんだ目、縁が黒い金茶色の瞳。日に焼けた肌、鋭い顎のライン。かつて真夜中の嵐雲のように顔を囲んでいた黒髪に銀髪がちらほらと混じっている。以前より短く、肩のあたりでカットされ、しなやかな感じにはなったがいまでも髪の量は豊かだ。白髪を隠そうとしていないのは意外ではなかった。昔から自分自身に関しては虚栄心のない男だったからだ。かつてロッカーとしては背が高いほうだったが、いまは痩せすぎているためにもっと背が高く見える。肉のない頬骨の下は記憶よりこけており、目尻の溝はさらに深く刻まれている。どこから見ても五十四歳という年齢にふさわしい顔である。

「ねえきみ、お母さんも一緒かい?」

ジャックの声は酒に酔っているかのようにしわがれていた。ほんの一瞬エイプリルはかつての息をひそめるような緊張感にとらわれる気がした。この男は昔、彼女にとって何にも替えがたい大切な相手であった。たとえ一時間前に誘われても海外への渡航に同行した。ロンドン、東京、西ベルリン。どこであろうとかまわなかった。毎夜ステージを終えた彼の体から汗にまみれた衣装を剝ぎとり、濡れた長髪を指で撫で、唇を開き、脚を開き、彼を神のように慈しんだ。

けれど結局それはロックンロールでしかなかった。

最後に言葉を交わしたのは、エイプリルが妊娠を告げた日だった。その後はすべて仲介人を通してしか意思の疎通が図れなくなった。ディーンの誕生後の血液検査も例外ではない。エイプリルがそのことでどれほど憤慨したかはいうまでもない。

エイプリルはわれに返った。「私とカエルたちだけよ。元気だった?」

「聴力が落ちたし、立たなくなったよ。それ以外は……」

エイプリルは最初の部分だけを信じた。「強い酒とタバコと若い娘を断てばいいのよ。体調が全然違ってくるわ」ドラッグに触れる必要はなかった。ジャックはエイプリルよりずっと早く更生を果たしていたからだ。

ジャックが前に進んだので、革と銀のブレスレットが手首で滑り落ちた。「若い娘はなし。タバコもやめた。この一、二年まったく吸ってないよ、エイプリル。しかし、やめるのはきつかったな。強い酒は……」といって肩をすくめる。

「あなたたち変人ロッカーにとって最低一つは悪徳が必要だと思うわ」

「一つじゃすまないよ。きみはどうなの?」

「数カ月前に聖書の勉強会へ行く途中、スピード違反の切符を切られたわ。でもそのくらい」

「ばかな。きみは変わったけど、それほどじゃない」

かつての彼はあまり人の本質を見抜く力をそなえていなかったが、年齢を重ね思慮も身についたのだろう。エイプリルは顔にかかった髪を振り払った。「悪徳にはもうあまり興味がないの。生計を立てるのに精一杯でね」

「きみはあいかわらずきれいだよ、ほんとに」

彼よりは若さを保っているのは確かだ。この十年、みずから招いた身体へのダメージを取り除くべくデトックスのために緑茶を飲みつづけ、長時間ヨガをやり、少々美容外科のお世話になるなど、懸命に努力してきた。

ジャックは耳の小さなドクロのピアスを引っぱった。「四十歳過ぎてもロッカーやってたらどうだろう、って笑い話にしてたの覚えてるかい?」

「四十歳近い人のことさえ笑ってたわよ」

ジャックはポケットに手を入れた。「アメリカ退職者協会《AARP》から協会誌の表紙に写真を使いたいなんていってきたよ」

「腹黒い連中ね」

彼の歪んだ微笑みは変わっていないものの、エイプリルはいつまでも昔話に調子を合わせているつもりはなかった。「ライリーに会った?」

「少し前にね」

「可愛い子ね。ブルーも私もあの子には惹きつけられているの」

「ブルー?」

「ディーンのフィアンセよ」

ジャックはポケットから手を出した。「ライリーはディーンに会いに来たんだろ?」

エイプリルはうなずいた。「ディーンはできるだけ接触を避けようとしたんだけど、あの子はあきらめないの」

「ディーンのことをマーリに話したのはおれじゃない。あいつはおれの昔のビジネス・マネージャーと付き合ってたことがあって、そいつからうまく情報を訊き出したんだ。きみから連絡をもらうまで、ライリーがディーンのことを知ってるとは気づかなかった」

「あの子にとっては辛い時期なのよ」

「わかっている。おれも片づけなくてはならない問題があったんだ。マーリの妹があの子の面倒は見てくれることになってた」ジャックはコテージに目を向けた。「ライリーがここにジャケットを置き忘れたといっていたが」

「ないわ。ここに来たときジャケットを着ていなかったもの」

「ということは、時間稼ぎだな」ジャックはタバコでも探すようにシャツのポケットに手を入れた。「ビールでも飲むかな」

「お気の毒さま。私はかなり前から絶対禁酒を続けているの」

「冗談いうなよ」

「死にたい衝動はもうなくなったの」

「まあそれもいいさ」ジャックは人を見るとき、真剣に見つめる癖があるのだが、その一途な視線がエイプリルをとらえた。「仕事も順調だそうだね」

「そこそこね」顧客はたった一人という状態からキャリアをスタートさせ、孤軍奮闘してここまでやってきた。そのことは誇りに思っている。「マッド・ジャックはどうしたの？　ロック戦争に勝ち残って、アンコールに何をやるつもり？」

「ロック戦争に勝利はない。きみだって知ってるだろう。つねに新しいアルバムが出て、新しい曲がチャートのトップに昇る。そうでなければリバイバルの登場だ」ジャックは池のほとりに近づき、石を拾い、池に向かってそれを投げた。石は静かに水しぶきを上げた。

「帰る前にディーンに会っていきたい」

「懐かしい昔話でもするために？　お気楽ね。あの子は私だけじゃなく、あなたのことも同じぐらい憎んでるのよ」

「それなのにここで何をしている」

「話せば長くなるわ」これもまたジャックとは話したくない事柄である。

ジャックはエイプリルを振り返った。「楽しき大家族だよな」

それに答える前に懐中電灯の光が二人を照らし、ブルーが小道から走って来た。「ライリーの姿が見えないの！」

またしても失語状態におちいってしまわないようにブルーはジャック・パトリオットが存在しないつもりになり、エイプリルだけを見つめた。「家のなかもキャラバンも、ネズミの棲む納屋まで捜したの」そういって身震いする。「遠くに行ってはいないはずよ」

「いなくなってどのぐらいたつの？」エイプリルが訊いた。

「三十分ぐらいかしら。帰る前に絵を仕上げたいっていっていたの。私はあなたに教わったとおりゴミを燃やすために外に出て、戻ってみると姿が消えていたのよ。懐中電灯を――お連れの人たちに手渡したわ」ミスター・パトリオットというのはいかにも不自然で、ジャックでは馴れ馴れしすぎる――「ライリーのお父さんのお連れの方たちよ。みんなで手分けして捜しているわ」

「あの子はいったいどうしちゃったんだろうな」ジャックがいった。「普段はおとなしくて、面倒を起こすような子じゃなかったのに」

「あの子は怖いのよ」エイプリルがいった。「私の車を使って道沿いに捜してみたら」

ジャックはその申し出を受け入れた。彼が行ってしまうとブルーとエイプリルはコテージのなかを調べ、今度は家に向かった。行ってみるとジャックの付き人たちはただやみくもに庭の隅々をつつきまわり、唯一の女性が勝手口の階段に座り、タバコを吸いながら電話で話していた。「ライリーが隠れそうな場所はいくらでもあるわ」とエイプリル。「この敷地内にあの子がいるとすればね」

「ほかのところへ行くはずはないわ」

エイプリルが家のなかをもう一度調べるあいだ、ブルーはキャラバンと道具小屋をふたたびチェックした。二人は玄関ポーチで顔を合わせた。「いないわ」

「あの子はバックパックを持っていったのね」エイプリルがいった。

ジャックがエイプリルのサーブを家の前に停め、降りてきた。ブルーはふたたび彼の前で恥をさらすことのないよう物陰に引きこもった。この事態に対処すべきなのはディーンであって、自分ではない。

「どこを捜しても影も形もない」ジャックはそういいながらポーチに近づいた。

「きっとあの子、家の様子をうかがっているのよ」エイプリルが静かにいった。「あなたが去るのを待って出てくるつもりよ」

ジャックは針金のような髪に手を入れ、納屋から出てくる付き人を見やった。「おれたちは引き揚げるよ。しばらくしたらおれだけ徒歩で戻る」

車二台が走り去り、やっとブルーが隅から姿を現わした。「どこに隠れているにせよ、あの子はきっと怖がっているわ」

エイプリルはこめかみをさすった。「警察か……保安官か……誰かを呼ぶべきかしら？」

「さて、どうしたものかしらね。ライリーは隠れているだけで誘拐されたわけじゃないのよ。もし警察が来たりすればあの子は……」

「私もそれが心配なの」

ブルーは暗闇を見つめた。「あの子に考える時間をあげましょうよ」

ヘッドライトが農家に向かう小道の端を歩いている男の姿を照らし出したので、ディーンは車のスピードを落とした。ハイビーム（遠距離用ライト）に切り替える。男は振り向き、手で目を覆った。ディーンは間近で男を見た。マッド・ジャック・パトリオット……。

ジャック自身がライリーの迎えにやってくるとは、信じがたいことだが、間違いなくジャックだ。ここ数年ジャックとは話もしていないし、いまも話したくないことに変わりはない。ディーンはアクセルを踏みこんで通過したいという衝動と闘った。父親との関わり方については自分なりに戦略を定めており、それを変える理由もない。彼は車を近づけて窓をおろし、慎重に無表情を装い、窓枠に肘を乗せた。「ジャック」

下衆男《げす》はうなずいた。「ディーン。久しぶりだな」

ディーンも会釈を返す。あてこすりも皮肉もなし。完全な無関心。

ジャックは車の屋根に手首を乗せた。「ライリーを迎えにきたんだが、おれの姿を見て逃げ出したんだ」

「ほんとに？」それだけではジャックがこんなところを一人で歩いている理由が納得できないが、ディーンはあえて尋ねなかった。

「あの子を見かけなかっただろうね」

「見てない」

二人の沈黙は続いた。ここでディーンが家までの同乗を勧めなければ、どれほど父親を憎んでいるか示せるというものだ。それでもディーンはしゃにむにこんな言葉を口にした。

「乗っていくかい？」

ジャックは車から離れた。「あの子に姿を見られたくない。歩いていくよ」

「お好きなように」ディーンは車の窓を上げ、ゆっくりと発車した。タイヤをスピンさせることもなく、砂利を蹴散らすわけでもない。怒りの深さを表に出すつもりはない。ディーンは家に着くとなかに入った。電気工が今日はほとんどの器具を取り付けていったので、ようやくまともに明かりが灯っている。上で足音がした。「ブルー?」

「階上《うえ》へ来て」

ブルーの声を聞いただけでディーンの気分は晴れた。ライリーへの懸念も父親に対する張りつめた思いも、彼女を見ていると忘れられる。気づけばいつの間にか微笑み、怒り、欲望に駆られているのだ。ブルーをいま手放すわけにはいかない。

ブルーは二番目に大きい寝室にいた。淡い黄褐色の塗装がすんだばかりで、新しいベッドとドレッサーはあるものの、ラグもなければカーテンも椅子もまだない。ブルーはどこかでペンキのはねたアームライトを探し出したらしくドレッサーの上に置いている。シーツの上から毛布を掛け、伸ばしている最中である。前かがみになっているためTシャツが体から垂れ、ポニーテールにした髪がこぼれたインクのようにうなじに落ちている。

目を上げたブルーの眉間には深いしわが一対刻まれている。「ライリーがいなくなったの」

「聞いた。帰る途中道でジャックと会ったよ」

「それで、どうだったの?」

「べつに。どうってことないさ。おれにとっては無意味な人間だから」

「そう」ディーンの言葉を信じるわけではないが、ブルーもあえて問い詰めはしなかった。

「あの子を捜さないでいいのか」ディーンはいった。

「どこもかしこも捜し尽くしたわ。気持ちの整理がついたらそのうち出てくるわよ」

「そうかな」

「楽観的に考えましょ。保安官を呼ぶことも考えたけど、あの子を怯えさせるだけだから」

ディーンはこれまで避けてきた予測について考えることにした。「もしあの子がハイウェイに出てヒッチハイクをしたとしたらどうする」

「ライリーは愚かな子じゃないわ。子どもにはふさわしくない映画を観すぎていて、他人に対する警戒心は異常なほど強いの。それにあの子はあなたのことを完全にあきらめていないというのが私とエイプリルの出した結論よ」

ディーンは罪悪感を隠そうと、窓辺へ近づいた。外には十一歳の少女には堪えがたいであろう漆黒の闇が広がっていた。

「もう一度念のために庭を見てきてくれる？　キッチンに懐中電灯があるわ。あなたの姿を見ればあの子も姿を現わすかもしれないしね」ブルーは不満げに部屋を見渡した。「せめてラグでもあればよかったのに。彼はこんな質素な部屋に慣れてないでしょうから」

「彼？」ディーンははっと顔を上げた。「よしてくれ。あいつをここに泊めるはずがないだろ」そういって廊下に出た。

ブルーはディーンのあとからついてきた。「ほかに方法があるというの？　もう時間も遅いし付き人は帰っちゃったのよ。ギャリソンにホテルはないし、ライリーを捜し出すまで帰るつもりはないんだから」

「そんなことわかるもんか」ディーンはすべてにいやけがさしていた。こんなことになるのなら今朝この家を出ればよかったと悔やまれるばかりだ。

携帯電話が鳴り、ブルーがジーンズのポケットから電話機を出す様子をディーンは見守った。「見つかった？」とブルー。「どこにいたの？」ディーンは深々と息を吸い、ドアフレームにもたれた。

「でもそこは一度捜したのよ」ブルーはゆっくりと寝室に戻り、ベッドの縁に腰かけた。

「わかった。そうする」電話を切ったブルーは顔を上げた。「子鷲は地上に戻ったわ。エイプリルがコテージのクローゼットで寝込んでいるライリーを発見したって。一度調べた場所だけど、私たちがいなくなるのを待って入りこんだのね」

階下で玄関のドアが開く音がして、ゆったりとした重い足音がロビーに響いた。ブルーがはっと顔を上げた。立ち上がると慌てていう。「今夜はコテージでライリーを預かると彼女のお父さんに伝えるようエイプリルに頼まれたの。今夜はここに泊まって朝になったらライリーに会わせるからって」

「きみからいってくれ」

「私からいうのは……こういうことは――」

下の足音は続いている。「誰かいないのかな？」ジャックが叫んだ。

「私には無理よ」ブルーは非難をこめてささやいた。

ら。


「なぜ？」

「無理といったら……無理なの」

ジャックの声が階段を上がってくる。「エイプリル？」

「ばかよね」ブルーは両頰に手を当て、駆け出した。しかし階段をおりるのではなく、寝室に入った。間もなく――服を脱ぐだけの時間もないうちに――シャワーの音がした。ディーンもそのとき遅まきながら気がついた。ビーバーは身を隠したのである。しかも別の誰かか

ブルーは歯を磨いたり、顔を洗ったりしてできるだけ長くバスルームにこもっていた。やがてこっそりと外に置いたヨガパンツと〝ボディ・バイ・ビアー〟のTシャツをつかんだ。結局誰にも見られることなく外に出ることができた。明日の朝までジャックがこの家にいたとしても、こうした愚かしい行動にピリオドを打ち、大人の女らしく振る舞おうと思う。ジャックの出現によって真の問題を束の間忘れることができたのがせめてもの救いだ。ジプシー・キャラバンにそっと足を踏み入れた彼女ははっと立ち止まった。その真の問題がこの場所を訪れていたからである。

不機嫌な表情のジプシー・プリンスが奥のベッドの上で横たわり、テーブルの石油ランプの金色の光があたりを照らしている。馬車の側面に肩をもたせかけ、片方の膝を上げ、もう一方の脛《すね》はベッドの端からおりている。ビールの瓶を口元に運ぶ動作につれてTシャツが引

きあがり、ローライズのジーンズの上から引き締まった腹部が覗く。「よりによってきみがねえ」ディーンはさげすむように鼻を鳴らした。

いまさらそしらぬ顔をしても無駄というものだ。知り合ってまだ数日の相手に、こうも素早く本心を見抜かれるとは。ブルーは顎を上げた。「慣れるまでの時間が必要なだけよ」

「まったく、もしきみがあいつにサインでも頼んだりしたら……」

「そうなるためにはまず話をしなくちゃならないでしょ。いまのところそれは無理よ」

ディーンはフンと鼻を鳴らし、ビールをひと口飲んだ。

「明日までにはなんとかするわよ」ブルーはペンキを塗ったテーブルの下の椅子二脚を合わせた。「できるだけ早くここから出て。彼と話はしたの?」

「ライリーのことを説明したあと、寝室の方向を指さして、礼儀正しく席をはずし、フィアンセを捜しにきたよ」

ブルーは用心深い目をディーンに向けた。「ここで寝たりしないでよ」

「きみもだよ。おのれの家から主が逃げ出したと思われるのは癪だからな」

「それなのにここに来たっていうの?」

「きみを迎えにきたんだよ。忘れてるといけないからいうけど、寝室にはドアがないし、恋人と一緒に寝ていないことを知られるわけにはいかないんでね」

「忘れてるといけないからいうけど、私はあなたの恋人じゃありません」

「いまのところ、恋人だ」

「また、私の処女宣誓のことを忘れてしまったというわけね」

「処女宣誓なんかくそくらえだ。それに現在きみはおれに雇われてる。だろ?」

「私はお抱えのコックよ。料理を食べてないとはいわせないわよ。昨日の残り物を食べたのはバレてます」

「そうだけど、コックなんて必要じゃない。それより今夜一緒に寝る相手が必要なだけ」彼はビール瓶の縁から食い入るような視線を向けてくる。「金は払う」

ブルーは目をしばたたいた。「一緒に寝る代金を払うと?」

「金離れが悪いといわれたことはないよ」

ブルーは胸に手を当てた。「待って。あまりに誇らしい瞬間だから楽しまなくちゃ」

「何か問題でも?」ディーンはそらとぼけて訊いた。

「一度は尊敬した相手が一緒に寝るかわりに金を払うと申し出ているのよ。そこから話し合いましょうよ」

「眠るだけだよ、ビーヴ。いやらしい意味に取るな」

「わかったわ。このあいだの晩と同じに、ということね?」

「なんの話だよ」

「体じゅう触ったくせに」

「それはきみの願望だろう」

「ジーンズのなかに手を入れたじゃないの」

「性に飢えた女が興奮しすぎてへんな想像をしただけだろ」

ブルーはごまかしを許すつもりはなかった。「一人で寝なさい」

ディーンはビール瓶を床に置き、片方の腰に重心を移し、財布を出した。無言のまま札を二枚出すと、黙ってそれを指にはさみ、振った。

五十ドル札二枚だった。

12

ブルーの脳理をいくつもの怒りに満ちた答えが駆けめぐったが、やがて明白な結論に行き着いた。買われてやってもよいではないか。たしかにそうすることでみずからを危険な状況に追いこむことにはなるが、しょせんこれもゲームの一部ではないのか。やっと現金を手にできると考えればリスクを冒すことも受け入れられる。それに、自分が彼の魅力などなんとも感じていないことを証明するいい機会にもなる。

ブルーは札をつかんだ。「わかったわよ、このろくでなし。負けたわ」ポケットに札を入れながら釘を刺す。「でも切羽詰まってるから受け取るだけなんだからね。それと、あの部屋にはドアがないんだから、当然その気になっては困るのよ」

「ずいぶんと勝手ないい分だな」

「本気よ、ディーン。一度でもおさわりしたら……」

「おれのこと？　きみはどうなんだよ」ディーンの視線がスパイスケーキの上に落ちるアイシングのようにブルーの体の上を這いおりる。「こういう案はどうかな。二倍かゼロか」

「なんの話よ」

「きみが最初に触ったら百ドルはこちらのもの。ぼくが最初に触ったら、きみは二百ドル手にする。どちらも触らなかったら、取り引きはそのまま」

ブルーは思考をめぐらせたが、自分自身の隠れた放埒《ほうらつ》さが現われること以外にリスクはないように思え、そんなものを抑えられないはずはないと結論づけた。「それでいいわ」

「でもその前に……」必要以上の長時間彼と同じ部屋で過ごすつもりはないので、彼のビールを取り上げ、ベッドの反対側に座った。「あなたって両親に対して異常に手厳しいのね。あなたの子ども時代も私と同じぐらい歪んだものじゃないのかという気がしてきたわ」

ディーンはつま先でブルーの足首の下のくぼみをさすった。「違う点はぼくがそれを克服したのに対し、きみがその影響で変わり者になったことかな」

ブルーは足を動かした。「それなのにあなたはあまたの女のなかから、私を結婚相手に選んだ」

「まあそうだ」ディーンは片側の腰に重心を移し、財布をポケットに戻した。「忘れる前にいっておくけど……当然ながらきみはいま結婚式を挙げる場所としてハワイじゃなくパリを選んだことになる」と軽口をたたく。

「それはなぜ？」

「おい、優柔不断なのはこっちじゃないぜ」

「哀れなディーン。バーで会う女たちをことごとく避けるのはさぞやたいへんでしょうね」

彼の脛がブルーの脚をかすめた。「好奇心から訊くけど、なぜそんなに女を避けてるの？」

「興味がないから」

つまり既婚の女と年増には、ということだ。「ところで、あなたはどんな育ち方をしたの？」

間違いなくムードはぶちこわしになったようで、ディーンは眉をひそめた。「べつに問題はなかったね。次つぎとベビーシッターが代替わりして、そのうち立派な寄宿学校に入れられた。聞いてがっかりするだろうが、そこでは体罰もなかったし、飢えることもなかったよ。球技を覚えたのもそこだしね」

「彼に会ったことはあるの？」

ディーンはビールを取り返し、それにつれて脚が自然に離れた。「これは触れたくない話題だね」

ブルーはあざとい誘導尋問を恥じるような人間ではない。「もし話すのがそんな苦痛なら……」

「苦痛なもんか。十三歳になるまであいつが自分の父親だなんて知らなかった。その前はザ・ボス（ブルース・スプリングスティーンの愛称）が父親だと思っていた」

「ブルース・スプリングスティーンを父親と？」

「エイプリルが酔っ払って勝手に空想しただけだ。それが現実のことじゃなくて残念だよ」

ディーンはビールを飲み干し、トンという音とともに床の上に置いた。

「エイプリルの酔った姿なんて想像もつかないわ。いまはとても控え目ですもの。ジャックは最初からあなたのことを知っていたの？」

「ああ」

「ひどい話ね。エイプリルが麻薬中毒だと知っていて、ジャックは妊娠に不安はなかったのかしら」

「エイプリルは妊娠とわかって悪習をやめたんだそうだ。結婚してくれるという希望があったんだろうな。実際チャンスはおおいにあったわけだし」ディーンは立ち上がり、靴を履いた。「時間稼ぎはよせよ。そろそろ行こう」

ブルーはしぶしぶ立ち上がった。「本気よ、ディーン。おさわりはなしだからね」

「だんだん腹が立ってきた」

「まさか。ただ私を困らせたいだけよ」

「困らせるといえば……」ディーンはどこよりも敏感な背中に手を当てた。

ブルーは体を離し、表側の寝室の窓を見上げた。「明かりが消えてる」

「マッド・ジャックは真夜中までにベッドに入る。これは厳守しているよ」

濡れた草の上でブルーのゴムぞうりがキュッキュッと音をたてる。「あなた、全然父親似じゃないのね」

「褒めてくれてありがとう。でも血液検査はやったんだよ」

「あてこすりのつもりじゃなかったのに――」

「話題を変えないか」ディーンがサイドドアを開けてブルーを通した。「ちなみに、なんでそうもセックスを恐れるのかな？」

「あなたとだけよ。あなたの美容クリームにアレルギーがあってね」

ディーンのかすれた笑い声が生暖かいテネシーの闇に流れていった。


ディーンがバスルームから出るころには、ブルーはしっかりとベッドに身を横たえていた。エンドゾーンの深緑のニット・ボクサーパンツのめだつふくらみから目をそらしたものの、波打つ腹部やゴージャスなブロンドの乱れ髪につい見とれていると、ベッドのまんなかに積み上げた巨大な枕の壁をディーンが見やった。「ちょっとばかりガキっぽくないか？」

ブルーは彼の『快楽の園』（オランダの画家ヒエロニムス・ボスの祭壇画。性的快楽が怪奇なタッチで描かれた印象的な絵）から目をそむけた。「あなたが自分の陣地を守れたら、朝謝ってあげる」

「きみがこんなに幼稚な女だということをジャックに見せられるわけないだろう」ディーンは招かれざる客を目覚めさせないよう、低いささやき声でいった。

「朝早く起きて、分解するわよ」ブルーは百ドルのことを思い浮かべながらいった。

「昨日みたいに？」

ディーンがブルーのジーンズのなかに手を滑りこませたのはつい昨日のことだったのか。

ディーンはエイプリルがコテージから運んできた欠けた薄茶色のランプの明かりを消した。窓から月の光が射しこみ、彼の体を光と影で彩った。ベッドに近づく彼の姿を見ながら、彼は遊び人で、これは彼にとってたんなるゲームにすぎないのだとブルーはみずからに言い聞かせた。拒絶を示せば、スタートの旗《グリーンフラッグ》を振ったことになる。

「きみはそれほど抗いがたい魅力の持ち主じゃない」ディーンはシーツを剝ぎ、ベッドに入った。「おれの考えをいってみようか」肘をつき、枕の壁越しにブルーを見つめる。「きみが恐れているのはほかならぬ自分なんだと思うよ。おれに手を触れずにはいられない自分が怖いんだ」

ディーンは口論をしかけているのだ。だがその挑発するような言葉さえ前戯のように感じられ、ブルーは喉元まで出かかった小賢《こざか》しい反論の言葉を呑みこんだ。

ディーンは一度は仰臥《ぎょうが》したが……ふたたび身を起こした。「こんな我慢はたくさんだ！」

腕をひと振りすると枕は弾け飛び、ブルーの築いた壁は崩れ落ちた。

「待って！」ブルーは起き上がろうとしたが、ディーンの体の重みでマットレスに押さえこまれた。反撃に転じようと身がまえたものの、無駄な抵抗だった。彼の口が近づき、今日二度目の焦《じ》らすようなキスを始めた。

ブルーはしばらくキスを続けさせることにした――彼はキスの達人だから――しかしそれも束の間のことだ。

彼の手がブルーのTシャツのなかに潜り、親指が乳首に触れた。キスは歯磨きと罪の味がした。屹立《きつりつ》したものがブルーの脚に押し付けられた。

ゲームよ。これはゲームにすぎないの。

ディーンは頭をかがめてTシャツ越しに乳首を吸っている。衣服を身につけているかぎりは……熱く濡れたコットンを通して彼の焦らしは続き、布地を通して股の中心に手を押しつけてくる。ブルーの膝はゆっくりと開いた。時間は永遠にあるかのように、ディーンはもてあそび、じっくりと戯れた。しかしそこに時間をかけすぎた。ブルーは顔をのけぞらせた。月の光がきらめき、細かい銀色の筋となって輝いた。ブルーは自分自身の抑えた叫びに呼応するようなうめきとともに彼の体に戦慄《せんりつ》が走るのを感じた。はっとわれに返ってはじめて、自分の脚が濡れていることに気づいた。

ディーンは悪罵《あくば》を口にしつつ寝返りとともに体を離し、急いでベッドを降り、バスルームに姿を消した。ブルーは死んでしまいたいような自己嫌悪を感じながら、そのまま横たわっていた。意志の力なんてしょせんこの程度ということだ。

ようやくバスルームから出てきた彼は裸で、静かな怒りの声を発した。「何もいうな。絶対だぞ。こんなぶざまな出来事は十五歳のとき以来だ」

彼がもう一度体を横たえるのを待ち、ブルーは肘をついて彼を見おろした。「ねえ、スピードレーサーくん……」前にかがんで素早くさりげないキスをする。二人の出会いは自分にとって些細《ささい》なことなのだと告げんばかりに。「あと百ドルの貸しね」

翌朝ブルーは鳥の声で目を覚ました。真夜中の接近に備え、できるだけ体を離して眠ったために、脚がベッドの端から下に垂れていた。彼を目覚めさせないよう、そっとベッドを出る。真っ白なシーツに彼の肌が金色に映え、見事に発達した胸筋のあいだにうっすらとした胸毛が生えている。耳たぶの小さな穴を見つめ、ジャックがつけていた銀のピアスを思い出した。ディーンが同じことをするのは想像にかたくない。視線が下へと移動し、シーツを押し上げる隆起の上で止まった。すべてがこの私のものになる……理性を顧みなければ。

身じろぎもしないディーンから離れ、ブルーはシャワーに向かった。頭をすっきりさせようと、水しぶきに顔を向ける。一夜明け、昨晩の比較的無邪気ともいえる出来事をこちらが大袈裟に騒ぎ立てなければ、関係が一歩前進したと彼が思うはずはない。まだ仕事が見つかっていないのは事実だが、それでも一時的に切り札を手にしている。自分の世界に侵入してきた人間たちに対する盾がわりにブルーをこの農場に留まらせておく必要がディーンにはあるからだ。

体を拭きながら廊下のバスルームから水の流れる音がすることに気づいた。バスルームから出てみるとベッドは空だった。急いでダッフルバッグからノースリーブの黒のTシャツと自分で短く切ったジーンズを取り出す。ポケットがふくらんでいると思ったら、失くしたマスカラとリップグロスが出てきた。ちょうどいいのでそれを使うことにしたが、使ったのはジャック・パトリオットがナッシュビルに発つ前に顔を合わせるチャンスがあるかもしれないからだ。

階下におりていくとコーヒーの香りがした。キッチンに入るとマッド・ジャックがひとりテーブルでサクランボの模様が入った白い陶器のマグでコーヒーを飲んでいた。昨日会った瞬間に感じた眩暈《めまい》、その結果声を失ってしまった反応がまたも起きた。

ジャックは昨日の衣服のままで、ロッカーらしい無精髭がうっすらと見える。髪に交じる白髪がいっそう性的魅力を引き立てている。多くのアルバムカバーで見慣れた半開きの目でブルーをじっと見つめる。「おはよう」

ブルーもどうにか喘ぐような声を絞り出した。「お、はようございます」

「きみはブルーだね」

「べ、ベイリー。ブ、ブルー・ベイリーです」

「なんだか昔の曲にそんなのがあったな」

ジャックのいう意味はブルーにもわかったが、なにしろ顔がこわばっているのでそれ以上の反応は示せなかった。ジャックが歌詞を口ずさんだ。「『帰ってきてよ、ビル・ベイリー』ってのがあったね。きみは若いから知らないだろうな。エイプリルから聞いたけど、ディーンと結婚するそうだね」ジャックは好奇心らしきものを隠そうともしなかった。ジャックは二人の部屋を覗いたのだろうか、という疑問がふと胸に浮かぶ。覗かなかったとすれば、ディーンの二百ドルは無駄になったということだ。「日取りは決まってるのかい？」ジャックが尋ねた。

「まだです」ブルーはミニー・マウスのような甲高い声を出した。

彼の冷静な質問は続いた。「どんな出会いだったのかな？」

「私は、その、ええと……材木会社の販売促進の仕事をしていました」

しばし沈黙が流れた。ブルーは自分が相手を凝視していることに気づき、よろめきながら食糧庫の食材を取りにいった。「パンケーキを焼きます。作ります！　パンケーキを作りますね」

「いいね」

ブルーは青春時代、この男性を性的なファンタジーの対象にしていた。クラスメイトがカーク・キャメロンをものにするのは誰かで口論しているあいだ、ブルーはディーンの父親に処女を捧げることを夢見ていたのだった。いま思えば恥ずかしいかぎりだ。

それでも……。

パンケーキミックスを抱えて食糧庫からそっと出たブルーは、もう一度ジャックの様子をうかがった。オリーブ色の肌をしているものの、このところあまり外に出ていないのか、顔色が悪い。それでも息子同様、持ち前の性的魅力は健在であるが、その魅力はずっと穏やかなものに感じられる。ブルーは緊張をほぐすため、箱を開けながら今日はできるだけディーンを困らせようと自分に言い聞かせた。

ブルーは規定の分量を間違えないよう材料を混ぜることに集中した。普段はミックスを使わずありあわせの材料でパンケーキを作るのだが、今朝はそんな場合ではない。ジャックは気の毒がってもう質問しなくなった。ブルーは新しい鉄板《グリドル》に一枚目のミックス液を流しこんだ。ディーンがのらくらとキッチンに入ってきた。着崩した感じのファッションで決め、父親のロッカー風無精髭の向こうを張ってアスリート風無精髭を生やしている。これは遺伝なのかもしれない。明るい青紫のTシャツに入ったしわもデザイナーの計算どおりに入っており、カーキのカーゴパンツが腰にかかる位置も完璧である。息子はジャックを見ず、ブルーの頭のてっぺんからつま先までを食い入るように見つめた。「化粧？　どうかしたのか。そうやってると女に見える」

「ありがと。あなたもゲイには見えないわ」

後ろでジャックがしのび笑いをもらした。なんとまあ、この私がジャック・パトリオットを笑わせるとは。

ディーンは前にかがんでブルーにキスをした。冷静で意図的なキスが長々と続き、ブルーはほとんど心が昂《たかぶ》ることもなかった。これは彼の憎む両親にしかける第二のゲームの皮切りを示すものなのだ。ジャックに二対一の優勢を知らしめるため、ブルーをチームメイトにしようというのである。

ブルーから体を離し、やっと父親の存在を認めたディーンは軽く会釈した。ジャックも会釈を返し、ダイニングの壁龕《へきがん》の窓を仕草で示した。「いい家だよな。おまえが農業に手を出すとは意外だね」

ディーンが答えないので、ブルーが張りつめた沈黙を破った。「一枚目のパンケーキがもう焼きあがるわ。ディーン、食糧庫の袋にシロップが入ってないか、見てきてくれる？　あとバターもお願い」

「いいとも」ディーンはブルーのひたいにまたしても意図的なキスをした。皿に手を伸ばしながら、ブルーはみずからの人生がますます奇妙な様相を呈してきたのではないかと思った。

なけなしの貯金は南米のゲリラの手に渡り、有名なフットボール選手の婚約者の役を演じ、こうしてジャック・パトリオットのために朝食を作っている。

ディーンが食糧庫から出てくると、ジャックはブルーのほうを仕草で示した。「婚約指輪はどうした?」

「最初に買ってやったのが気に入らなくてさ」とディーン。「石が小さすぎたんだ」彼は図太くもブルーの顎をつまんでみせた。「愛する人には最高のものじゃなくちゃね」

ブルーはアニメ『スピード・レーサー』の主題歌をハミングした。

そしてジャックを見ないようにしながら、用心して皿をテーブルに置いた。ディーンは腰をカウンターにもたせかけながら立ったまま食べた。食べている最中もブルーに話しかけつつ、無視していると取られないように、ときおりジャックにも声をかける。それはブルー自身も頻繁に使う戦術なので、いやでも気づいた。傷ついた心を他人に覚られまいとする努力。こうも彼の心理が深く読めてしまう自分がいやだった。

ジャックと向かい合わせでパンケーキを食べることなど考えられないので、ブルーも立って食べた。勝手口が開き、エイプリルが入ってきた。カーキのパンツにリボンのついたコーラルピンクのトップ、サンダルは虹色のウェッジソールだ。そのあとからライリーも入ってきた。濡れた褐色の髪はまんなかで分けられ、エイプリルのものらしい玉虫色の青いクリップでひたいを出すようにして後ろに留めつけてある。カールした髪をいくらかまとめたせいで、きれいな焼き砂糖色の瞳が引き立つ。昨日着ていた〈フォクシー〉のTシャツから女性の突き出した真っ赤な唇が描かれた、これまたきつすぎる黒のTシャツに着替えている。ディーンは顔をそむけ、食糧庫に向かった。ライリーは父親を見ると、立ち止まった。

ジャックは立ち上がったものの、次にどう行動すべきか迷っているようだった。結局いわずもがなのことを口にした。「おまえ、やってくれたよな」

ライリーは爪の剝げかかったマニキュアをつついた。

「パンケーキを作ったのよ」ブルーは陽気な声でいった。

エイプリルはジャックにも息子にも視線を向けなかった。「コテージでシリアルを食べてきたの」

「エイプリルにありがとうはいっただろうね」かつてステージでドラムセットを蹴り警官に悪態をついた男がいった。

ディーンがいりもしないピーナツバターの瓶を持って食糧庫から出てきた。両親と同じ部屋に居合わせるのはこれが初めてのことかもしれなかった。硬い表情で無言のままたたずんでいる。彼は誰かの擁護など必要とはしていないと思ったが、ブルーはとりあえず彼のそばに寄り腰に手をまわした。

ジャックはポケットに手を入れた。「フランキーに迎えを頼むつもりだよ」

「帰りたくない」ライリーはぼそぼそと小声でいった。ジャックが電話を手にすると、「私——私は帰らない」とあらためていった。

ジャックは目を上げた。「何をいってる。すでに一週間も学校を休んでるんだぞ。勉強に戻らなきゃ」

ライリーは顎を上げた。「来週から夏休みに入るし、宿題ならもうすんでる。アヴァに預けてあるわ」

そのことを父親は明らかに失念していたのだが、それを隠そうとした。「ゲイル叔母さんがおまえを待ってるぞ。あと二週間でトリニティと一緒にキャンプに出発する手配をしたそうだ」

「キャンプなんか行きたくない！　くだらないし、トリニティがみんなと私をからかうからいやよ」ライリーはピンクのジャケットとバックパックを落とした。頰が真っ赤に染まった。「パパが無理やり私を連れて帰ってもまた逃げ出すわ。逃げ方は知ってるから」

ライリーの反抗に父親は仰天していたが、ブルーは驚かなかった。真夜中にナッシュビルから腹違いの兄の農場まで苦心の末にたどりついた子なのだ。ディーンのTシャツの下で筋肉がこわばった。ブルーは指先で彼の背中をさすった。

ジャックは電話機を握った。「なあ、ライリー。ここしばらく辛い時期が続いたことはパパもわかってる。でも、これからはいいことがあるよ」

「どんな？」

ジャックはこうしたやりとりにはまるで不慣れであったが、奮闘は見せた。「時間が解決してくれるさ。時間がたてば辛さもやわらぐものだ。おまえがお母さんを愛していたのは知ってるし——」

「愛してなんかいなかったわ！」ライリーは叫んだ。「私は醜くて馬鹿だとママは思ってたし、ママが好きなのはトリニティだけだったのよ！」

「それは違う」ジャックはいった。「ママはおまえをすごく愛していたよ」

「なぜそういえるの？」

ジャックはたじろいだ。「とにかくそうなんだよ。もうそんな話はたくさんだ。おまえはすでにたいへんな面倒を引き起こしたんだから、いいかげんにパパのいうことを聞きなさい」

「いやよ」ライリーは涙も浮かべず、激しい怒りでこぶしを握りしめた。「家に連れ戻されたら自殺するわ！　絶対に！　自殺の方法は知ってるの。ママの薬がどこにあるか知ってるし、ゲイル叔母さんのもね。それを全部飲む。そして――そしてマッケンジーの長女がしたみたいに手首を切る。そうすれば死ねるわ！」

マッド・ジャックは明らかに動揺している。ディーンは顔色を失い、エイプリルはシルバーの指輪を引っぱっている。ライリーは泣きはじめ、エイプリルのもとへ走り寄った。「お願いエイプリル、私をあなたのところに泊めて」エイプリルは本能的にライリーを抱きしめた。

「エイプリルはおまえの世話をする余裕はない」ジャックがぞんざいにいった。「仕事があるから」

ライリーの頬を涙がつたって落ちた。目はエイプリルの服についたリボンを凝視しつつ、父親に話している。「だったらパパがここに泊まって。ここに泊まって私の面倒を見て」

「それはできない」

「なぜ？　二週間ぐらい泊まれるでしょ？」ライリーは若さゆえの度胸を示し、エイプリルに懇願するような目を向けた。「そうしてもかまわないでしょ、エイプリル？　パパが二週間泊まってもいいでしょ？」少女はためらいながら父親のほうへ一歩近づいた。「九月まで演奏会とかの予定は入ってないでしょ。どこかにこもって新曲作りに没頭するっていってたじゃない。こもるのならここにして。それかコテージ。エイプリルのコテージはほんとに静かなの。あそこなら新曲ができるわよ」

「あれは私のコテージじゃないのよ、ライリー」エイプリルが優しくいった。「ディーンのものなの。この家もよ」

ライリーの顎が震えた。少女はエイプリルからディーンの胸元へ視線を移した。ブルーはTシャツ越しにディーンの肌が熱くなっているのを感じた。

「私は太ってるし、欠点だらけなのはわかってる」ライリーは消え入りそうな声でいった。「あなたが私を嫌いなことも知ってる。でも静かに過ごすわ。パパも静かにさせるから」ライリーはディーンを直視するために切ない目を上げた。「パパは曲を書いてるときは誰も目に入らないの。あなたの邪魔はしないはずよ。それに私、お手伝いだってするわ。お掃除もする。皿洗いも」涙で途切れるライリーの言葉を聞きながら、ディーンは呆然と立ち尽くしていた。「それに……もしあなたが……もしフットボールの練習がしたかったら——私が相手できるように頑張る」

ディーンは強く目を閉じた。呼吸さえままならないようだった。ジャックが電話機を開いた。「もうこんな話聞きたくない。おまえはとにかくパパと帰るんだ」

「いやよ、帰らない！」

ディーンは急にブルーから離れた。声は氷のダムが壊れたようにしわがれていた。「ごたいそうなスケジュールを調整して二週間ぐらい子どものためになんとかしてやれないのか？」

ライリーが黙った。エイプリルがゆっくりと顔を上げた。ジャックは身じろぎもしなかった。

「この子は母親を亡くして間もないんだぞ！　この子は父親を必要としている。それともまたこの子まで置き去りにする気か？」ディーンは自分の発言にはっとし、つかつかとドアに向かった。乱暴にドアを閉めたのでシンクの上の窓がカタカタと鳴った。

ジャックの顎の端で小さな筋肉がピクリと動いた。咳払いとともに重心を替える。「わかったよ、ライリー。一週間で手を打とう。二週間じゃなくて一週間だぞ」

ライリーは目を見開いた。「ほんと？　泊まっていいの？　パパも私と泊まってくれるの？」

「まず荷物を取りにナッシュビルに戻る。それと、おまえには今後二度と家出をしないと約束してもらう」

「約束する！」

「月曜日にここへまた戻ってこよう。それから約束はかならず守ってもらうよ。じゃないと、逃げ出すこともできないようなヨーロッパの学校に行かせるぞ。絶対に」

「もう家出しない！　約束する」

ジャックは携帯電話をポケットにしまった。ライリーはまるで初めて見るかのようにキッチンをしげしげと見渡した。エイプリルがそっとブルーに近づき、「ディーンの様子を見てきて」と小声でいった。

13

ブルーはようやく納屋の裏の雑草のなかでディーンを見つけた。彼は腰に両手を当て、赤の小型トラックの錆びた車枠をにらんでいる。かつて助手席だったと思しき大きく開いた穴から、シートの部分にスプリングがいくつも飛び出ているのが見える。朽ちた木材や擦り切れたタイヤ、トラックの荷台に散乱した判別もつかない農耕用機械の上をトンボが二匹すいすいと飛びまわっている。ブルーは雑草のあいだに彼が作った小道を進んだ。近づいてみると、ハンドルの軸を土台に作られた小鳥の巣のあとが見えた。「これを見てヴァンキッシュを売ろうかという衝動に駆られるでしょうけど、よしたほうがいいわ」

ディーンは腰に当てた手をおろした。厳しいまなざしである。「事態はよくなる一方だよな」

「あなたがアドレナリンをたぎらせるほどの劇的要素はないけどね」ブルーはもう一度彼の腰に腕をまわしたいという衝動を抑えた。「ジャックがライリーに一週間泊まることを約束したわ」ブルーはそっといった。「でも週末はひとまずナッシュビルに連れて戻るそうよ。果たして彼がここへ戻ってくるかどうかよね」

ディーンの顔は歪んでいた。「いったいなぜこんなことになったんだろう。長年あいつとは接触を避けてきたのに、一瞬で台なしにしちまったよ」

「あなたの態度には感心したわ」ブルーはほほえんだ。「これ、あなたのあら探しばかりしている人物の言葉だからね」

しかし笑顔はたちまち翳った。ディーンが錆びたフェンダーを蹴ったからだ。「きみはおれがライリーのために発言したと思ってるのか？」

「ええ。ライリーの立場を擁護したわけだから」

「あんなことといって、かえってライリーに余計な苦労をさせることになっただけさ。ジャックは自分のキャリアのことしか頭にない人間だ。おれの発言が原因で、あの子はまたしても失望を味わうことになる」

「あの子はあなたより長くジャックと接してきたから、きっと父親のことをよくわかっているわ。それほど多くを期待してはいないと思うの」

ディーンは朽ちた木材のかけらを拾い、トラックの荷台に向かって投げた。「あいつには目につく場所をうろついてほしくない。こっちは、いまさら関係を復活させるつもりは毛頭ないからさ」

「彼が自分の存在を示そうとするはずがないわよ」ブルーは次の言葉を口にすべきか逡巡《しゅんじゅん》したが、ディーンは読んでいた。

「それ以上いうな。あの子がここに泊まりたがる真の理由はおれなんだということ、気づいてないとでも思うのか？　あの子はとっくの昔にジャックに見切りをつけたんだ。そもそもエイプリルがドアから出てきた瞬間にさっさと逃げ出せばよかったよ」

ブルーはこの家での滞在に関して自分が演じさせられている役まわりを思い、ディーンの気が変わらぬことを願った。錆びの部分をつついて、いう。「プラス面を見ることにしましょうよ」

「ああ、いいとも。それを早く教えてくれ」

「あなたの母親と父親が二人揃ったのは初めてのことでしょ。記念すべき出来事よ」

「まさかこの先素晴らしい和解が待ち受けているなんて考えてないだろうな？」

「いいえ。でもあなたは亡霊を眠りにつかせられるかも。厳しい現実だけど、何があろうとあの人たちはあなたの家族だもの」

「そいつは大間違いだ」ディーンは木材のなかに落ちているガラクタを拾い、積み上げはじめた。「おれの家族はチームだ。これは球技を始めたころから変わらない。ひと言電話しただけで、理由も訊かずに十人以上の男たちがおれのために飛行機にとび乗ってくれる。親族以上の深い関係だと思わないか？」

「あなただっていつまでもフットボールを続けるわけじゃない。そうしたらどうなる？」

「そんなこと問題じゃない。やつらとの関係は変わらない」ディーンはトラックの車軸を蹴った。「それに時間はまだたっぷりある」

先はそれほど長くないはず、とブルーは思った。フットボールのキャリアでいえば、ディーンは年長者の部類に入る。

犬の吠える声がした。甲高い、キャンキャンという声だ。肩越しに振り返ると森のなかから汚れた白い毛のかたまりが飛び出してくるのが見えた。二人の姿が目に入ると動物は立ち止まった。小さな耳を後ろに引き、いっそう獰猛《どうもう》な、甲高い声で吠える。艶のない毛が小さな顔に垂れ、脚にはイバラが張りついている。ブルーの鋭い鑑識眼はこの野良犬がマルチーズの混血であることを見抜いていた。本来ならばボンボンなどという甘ったるい名前で呼ばれ、頭の毛にピンクのリボンでも飾られているような犬だ。しかしこの小さな生き物は長らく甘やかされていない。

ディーンは膝をついた。「おまえ、どこから来たんだい?」

鳴き声はやみ、犬はディーンを不審そうに見た。ディーンはてのひらを上に、手を差し出した。「コヨーテに食われなかったのが不思議なくらいだよな」

犬は顔を上げ、用心深く近づいて臭いを嗅いだ。

「あなたの理想とする農場タイプの犬じゃないわね」ブルーがいった。

「きっと誰かが棄てたんだよ。車の窓から投げ出して、そのまま車で走り去ったんだ」ディーンは汚らしい被毛《ひもう》をつついた。「首輪はなし。やっぱり棄てられたのか、おまえ?」ディーンの手がわき腹を探る。「肋骨が飛び出してるよ。もうどのくらい食べてないんだ? 棄てたやつが誰であれ、罰してやりたい気分だよ」

犬はごろりと仰向きに横たわったと思うと、脚を広げた。

ブルーは小さな娼婦を見おろした。「せめてディーンにそのくらいしてもらいなさい」

「ボーピープのいうことなんか無視しろ。セックスに飢えてるから皮肉っぽくなってるんだよ」ディーンは犬の落ちくぼんだ不潔な腹を撫でた。「おいで。何か食べさせてやろう」最後にひと撫でして、ディーンは立ち上がった。

ブルーはあとからついていった。「一度餌付けすると離れなくなるわよ」

「べつにいいさ。農場には犬が必要だ」

「シェパードやらボーダーコリーならね。その子は田舎の犬じゃない」

「情け深い農夫のディーンは誰でもチャンスを与えられるべきだという主義の持ち主だ」

「ひと言忠告しておくわ」ブルーは後ろから声を張り上げた。「これはゲイの男が好む犬よ。だから世間にカミングアウトする気がないのなら……」

「PC（政治的公正＝女性や有色人種、ゲイなどの尊重、保護）管理当局に訴えるぞ」

少なくとも不潔なけたたましい犬を相手にすることで、ディーンは家のなかで起きているドラマを忘れられる。ブルーは絶好の気晴らしができたとばかりに、前庭に着くまで彼に口論をしかけつづけた。

道に沿って何台も停まっているはずのトラックが一台も見当たらない。小鳥のさえずりを乱すカナヅチの音も電気ドリルの騒音も聞こえない。ディーンは眉をひそめた。「どうなってるのかな」

家からエイプリルが携帯電話を手にして出てきた。犬は甲高く吠えて挨拶した。「静かに！」ディーンがいった。犬はボスが誰であるかを認め、黙った。ディーンは庭を見渡した。

「大工たちはどこへ行った？」

エイプリルがポーチからおりてきた。「不思議なことに全員病気らしいの」

「全員が？」

「そのようよ」

ブルーは情報の断片をつなぎ合わせ、不安を覚えた。「まさか……そんなはずないわよね」

「これはボイコットよ」エイプリルが片手を挙げた。「何をやってギャリソン夫人をそんなに怒らせたの？」

「ブルーは当然のことをしたまでだ」ディーンがとげとげしい調子でいった。

ライリーがポーチに出てきた。「犬の声がする！」野良犬は少女の姿を見ると気が狂ったように吠え出した。ライリーは急いで階段をおりたが、そばに来るとゆっくりとした歩調に変えた。膝をつくと、ディーンと同じように手を差し出した。「ほら、ワンちゃん」

汚ならしい長毛犬は子どもに不審な目を向けたものの、撫でられると逆らわなかった。ライリーはディーンを見上げた。いつもの不安げな眉間のしわがいっそう深くなった。「あなたの犬？」

ディーンはしばし考えた。「いいだろ？　留守のあいだ管理人を雇うつもりだし」

「名前は？」

「迷い犬だよ。名前はないんだ」

「私が……名前をつけてもいいかな……」ライリーは犬を眺めた。「パフィは?」

「ぼくはさ、〝キラー〟とかいう名前を考えてたんだけど」

ブルーはこれ以上迷い犬に冷たい態度をとることはできなくなった。「パフィに食べ物をあげましょうよ」

「建築業者と連絡をとってくれ」ディーンがエイプリルにいった。「話がしたい」

「ずっと電話しているんだけど、出ないの」

「だったら直接乗りこんだほうがよさそうだな」


エイプリルは獣医にパフィのノミの駆除を頼みたいと考え、ジャックがライリーとナッシュビルに帰る際、どうにか説得して犬を連れていかせた。ブルーはそもそも室内で犬を飼うのは厄介ではないかと内心思っていた。ジャックがなんと約束しようと、彼がその言葉どおりライリーを連れて戻ってくるはずもない。ブルーは十一歳の少女を出発まぎわ、もう一度抱きしめた。「誰にもなめられちゃだめよ」

「頑張れるかな?」ライリーは疑問符をつけて答えた。

ブルーはヒッチハイクで町に行き仕事を探すつもりだったが、エイプリルから手伝いを頼まれたので、その日はキッチンの食器棚の掃除や食器の整理をしたり、リネン収納庫を組み立てたりして食費に見合った労働をこなした。ディーンは建築業者が姿を消したとエイプリルにメールを送ってきた。隣人によると〝家庭の緊急事態〟のためというのが理由だそうだ。

午後遅くエイプリルが休憩を勧めてくれたので、ブルーは外へ出て散策した。森のなかを探検し、池へと続く小川に沿って歩いたり、予定より長く外にいることになった。戻ってみるとキッチンのカウンターにディーンからの手紙が載っているのに気づいた。

愛しいブルー、
日曜の夜には戻るよ。ぼくのためにベッドを温めておいてくれ。

忠実なフィアンセより

P. S. きみはなぜぼくの犬をジャックに預けたの?

ブルーは手紙をくずかごに投げ入れた。またしても彼女が好意を抱きはじめた相手が前ぶれもなく立ち去ったのだ。しかし、それがなんだというのだ。気にするほどのことでもないではないか。

まだ金曜日の午後。彼はどこへ行ったのだろう。不吉な予感を覚え、ブルーは階段を駆け上りバッグをつかんで財布を引っぱり出した。果たして前の晩にディーンがよこした百ドルはなくなっていた。

忠実なフィアンセは恋人を身動きのとれない状態にしておきたかったのだ。

アナベル・グレンジャー・チャンピオンはリビングでディーンの顔をしげしげと見つめた。現在はシカゴのリンカーンパークにある広々とした現代的な邸宅に夫と二人の子どもたちとともに住んでいる。ディーンは彼女の息子トレバーと大騒ぎしながら遊んだ名残りで床の上に寝そべったままだ。三歳児はいま昼寝の最中である。

「何か私に隠してるでしょ」アナベルはゆったりしたソファに腰をかけたまま、いった。

「話してないことなんて山ほどあるさ」ディーンは反駁した。「それはこれからだって変わらない」

「私はプロの仲人業者。あなたのことはすべて聞き出してるわよ」

「そうかい。だったらもうこれ以上聞くことはないはずだろ」ディーンは立ち上がり、通りを見おろすくさび型の窓へと近づいた。今夕ナッシュビル行きの便があるので、ぜひとも搭乗するつもりでいる。自分の家なのに逃げ出すわけにはいかないし、ブルーを盾にしておくかぎり、うまくいく。

しかしブルーはたんなる盾ではない。彼女は――。

ブルーがどんな存在なのか、わからなくなっている。友人というわけでもないが、長年の友人以上に彼のことを理解しているし、誰といるよりも楽しい。また友人とは肉体的に結ばれたいと思わないものだが、彼女を求める気持ちはとても強い。

女遊びではいっぱしのつもりだったが、火曜日の夜の面目まるつぶれの大失態を思い出すと冷や汗が出る。ブルーを焦らし、二人の気分を盛り上げるつもりがあのかすれたうめきを耳にし彼女の体が震えるのを感じたとたん、自制できなくなったのだ。文字どおり、出会った瞬間から彼女には調子を狂わせられっぱなしだ。スピードレーサー呼ばわりされても仕方のない失態。次回チャンスが訪れたら、絶対にその言葉を撤回させてみせる。

アナベルはディーンの顔を穴のあくほど見つめている。「あなたの身に何か起きてるわね」ときっぱり。「それも女性関係で。午後になってからずっとそれを感じてたわ。これまでのお遊びの女性関係とは少し違うみたいね。なんだかうわの空だもの」

ディーンは片方の眉をつり上げた。「やぶからぼうに霊能者のまねごとか？」

「仲人業者には心霊能力が必要なの」アナベルは夫のほうを向いた。「ヒース、ちょっと席をはずしてくれない？　あなたがいると彼、本音で語ってくれないから」アナベルは祖母の仲人業を引き継いでまもなくディーンのエージェントと会った。ヒースは美人で洗練された、上流社会の花嫁を探すためにたまたまアナベルを雇ったのである。アナベルはそうした資質に素晴らしく恵まれているわけではないものの、いつしかヒースは彼女の大きな瞳、潑溂《はつらつ》とした魅力、くるくるカールした赤毛の虜《とりこ》となり、いまでは人もうらやむ結婚生活を送っている。敵を丸呑みするという意味をこめてパイソンの異名をとるヒースが、ヘビのように意味深な笑みを浮かべた。端整な面立ちにディーンと変わらない身長、アイビーリーグの学位に加えて、少々の障害など跳ね返す逞《たくま》しい精神力も身につけている。「ザ・ブーはおれに隠しごとなんかしてないよ、アナベル。きみを除けば彼はおれの一番の親友だからさ」

ディーンは鼻を鳴らした。「きみの友情の深さはおれがチャンピオン・スポーツ・エージェントにどれだけの収益をもたらすかにかかってるんだよ、ヒースクリフ」

「痛いところを衝かれたわね、ヒース」アナベルは陽気にいった。そしてディーンのほうを向いた。「ここだけの話、ヒースはあなたに手を焼いてるの。気まぐれすぎるから」

ヒースは眠る乳児の娘に顎をすり寄せた。「まあまあアナベル、精神的に不安定になってるクライアントの前で睦言はやめようよ」

ディーンはこの二人に親愛の気持ちを抱いている。アナベルのことは大好きだが、プロとしての自分のキャリアがヒースと比べて不安定なことは承知している。

何か自分の興味を掻きたてるものを追求するときのアナベルはまるで猟犬だ。「あなたって絶対うわの空になったりしない人じゃないの、ディーン。私、二キロ痩せたのよ。それさえ気づかないなんて。どうしちゃったの？　相手は誰？」

「べつに。小言がいいたいんなら、あそこにいる野郎にいえばいい。あいつ、コロンの契約で一五パーセントを取る腹づもりなんだぜ」

「私も新車が欲しいからね」とアナベル。「もうはぐらかすのはやめなさい。誰かと出会ったのね」

「アナベル、おれがシカゴを出たのはほんの二週間前だよ。それに農場に着くまで、ほとんど車のなかで過ごした。誰かに会うわけないだろ」

「よくわからないけど、会ったのは確かだと思うわ」アナベルは素足を床におろした。「私が目を光らせていないところでそんなことがあっては困るのよ。あなたって外見にとらわれすぎるじゃない。なにもあなたが浅はかな考えの持ち主だといってるわけじゃないのよ。事実そうじゃないし。ただ、あなたはいつもうわべだけの深みに欠ける相手に惹かれ、結局期待どおりじゃなかったといって失望するでしょ。あなたが棄てた女性たちにも私は素晴らしい相手を見つけてあげたけどね」

ディーンにもこの論議の行き着く先がはっきりと見え、話題を変えようとした。「ところでヒース、フィービーはゲイリー・キャンドリスともう契約したのかな？　ケヴィンと話したとき、なんだか片がついたって印象を受けたんでね」

しかしアナベルはいっそう乗ってきた。「あるときあなたに〝完璧な〟相手を見つけて見合いをセッティングしようとしたけど、あなたは彼女に一度のチャンスも与えなかった。ジュリー・シャーウィンのときはどうなった？」

「また始まった」ヒースがつぶやいた。

アナベルはその言葉を無視した。「ジュリーは頭脳明晰で美人で、性格も申し分ない人よ。それなのに二度デートしただけであなたは彼女を振った」

「彼女がぼくの言葉をすべて文字どおりにとるから会うのをやめただけだ。そんな状態にどれほどとまどうか、きみだってわかるだろ、アナベル。彼女はぼくといるとそわそわして食事も喉を通らない。どっちにしても小食だけどね。あれは情けから出た行動だったんだよ」

「相手が誰であっても結局は同じじよ。あなたが努力しているのは認めるけど、最後はそうなってしまう。問題はあなたのルックスね。ヒースを除けばあなたは誰よりも奮闘しがいのあるクライアントだわ」

「おれはきみのクライアントじゃない」ディーンは反論した。「一セントも払ってないからさ」

「無料奉仕よ」アナベルはさえずるようにいい、ディーンとヒースが揃って笑い声を上げたことで相好を崩した。

ディーンはコーヒーテーブルに置いたレンタカーのキーをつかんだ。「いいかい、アナベル。ぼくは農場に送る荷物をまとめたり、きみのご亭主からビジネスに関するあらゆる新しい情報を聞いたりするためにこの週末シカゴに戻ってきたんだ。大地を揺るがすような出来事は何も起きていないよ」

これればかりは偽りであった。

ディーンは空港まで車を走らせながら、ブルーのことを考え、ああもたやすく邪悪な行動に走ってしまったおのれの心を思った。あんなことをしてなんになるというのだ。ブルーの財布を空にしたからといって、彼女をあの家に留めておけるわけではない。彼女が農場を去るつもりになればそれを実行するであろう。たとえ公園のベンチで寝ることになっても。彼女がこんなに長くあの家に留まっているのは、次つぎと起きた出来事のためでしかない。この週末、エイプリルがブルーをノックスヴィルの遺品セール《エステート》に連れ出してくれたのだと思いたい。農場に戻ってブルーが出て行ったと思うのはやりきれないからだ。

月曜の朝、ブルーはポーチの階段に座り、二杯目のモーニングコーヒーを揺らしながら努めてくつろいだ様子をつくろい、ディーンが道を進んでくる様子を眺めた。今朝起きて、キッチンのカウンターに彼の車のキーがあることに気づいたが、彼はキャラバンにやってくることもなかったので、彼の姿を見るのは金曜日以来これがはじめてだ。

彼の乗っているのはランス・アームストロング（ツール・ド・フランス六連覇のプロ自転車ロードレースの選手）がシャンゼリゼ通りを走り抜けるようなガンメタルグレイのハイテク・ロードレース・バイクだ。その様子は未来的といえるほど颯爽《さっそう》としており、高予算の空想科学映画の一シーンのようにも見える。空力制動《エアロダイナミック》の銀色に輝くヘルメットに陽光が反射し、肌に吸いつく鮮やかな青のバイクショーツの下からは力強い脚の筋肉が波のように動いている。それを見ただけでブルー自身の脚はぐらつくように感じられ、痛みにも似た憧れが心を貫いた。

ディーンは古いレンガの歩道の端に自転車を停めた。まだ八時前だというのに、首で光る汗や見事な胸に張りつく緑のメッシュのＴシャツから見て、かなり真剣な乗り方をしてきたことがうかがえる。ブルーは無理やり自分の感情を抑えた。自転車に向けてうなずく。「かっこいいわ。自転車を使ったトレーニングをするのは久しぶり？」

「おもちゃ箱のなかで暮らしているようなやつにしてはごたいそうないい方じゃないか」ディーンはフレームをまたぐと、自転車を押してブルーのほうへやってきた。「そろそろのらくら暮らすのをやめて、体をいいコンディションに戻す時期がきたと判断したんだ」

ブルーはあきれずにはいられなかった。「それでコンディションがよくないというの？」

「シーズン終了後、許容範囲を超えてのんびりしすぎたということ」ヘルメットを脱ぐとハンドルバーにつるす。「裏の寝室をウェイトルームにするつもりでいる。たるんで太った状態でトレーニングキャンプに出るなんて考えられないからさ」

「そんな心配は無用よ」

ディーンは微笑み、汗に濡れてぺしゃんこになった髪に指を通した。髪はたちまちセクシーな乱れ髪へと変わった。「エイプリルがきみと今週末ノックスヴィルで見つけた絵と骨董の写真をEメールで送ってくれた。一緒に行ってくれてありがとう。ぼくが頼んだ家具にきっとよく合うと思うよ」

ブルーはプライドを棄ててエイプリルに小額の借金を頼もうかと真剣に考えたのだった。ノックスヴィルは所得層の高い住民の多い地域なので、クライアント発掘には困らないはずで、借金はすぐに返せるはずだ。しかし結局いい出さなかった。子どものマッチ遊びのように、くよくよと考えては打ち消し、考えては打ち消しして、結局そのまま帰ってきてしまったのだった。次に何が起きるのか見届けたい、という思いもあった。

「で、週末はどうだったの？」ブルーはなんとかコーヒーをこぼすことなく、脇へ置いた。

「アルコールと過激なセックスに溺れた。きみは？」

「似たようなものね」

ディーンはふたたび笑顔に戻った。「空路シカゴへ行ってきたよ。片づけるべき仕事があったんでね。その間会った女性はアナベルだけだ。興味があるならいうけど」

興味なら、おおありだった。ブルーは口を歪めた。「私が気にしてるとでも？」

ディーンは自転車から水の瓶を抜き、納屋に向けて首を傾けた。「自転車は二台届けさせた。二台目は小型の電動《ハイブリッド》自転車だ。いつでも好きに使っていいよ」

最大限厳しい表情を向けるため、ブルーは立ち上がった。「それは感謝するけれど、財布から売春で稼いだお金が消えたから感謝の気持ちも帳消しになったわ。まさかあなたじゃないでしょうね」

「ああ、ごめん」ディーンは階段の一番下の段に足を乗せ、瓶の水を飲んだ。「小銭が必要だったんでね」

「五十ドル札は小銭じゃないわ」

「ぼくには小銭なんだよ」ディーンはそういって瓶の蓋《ふた》を締めた。

「まったく気にさわることばかり！　やっぱりノックスヴィルに泊まってくればよかった」

「なぜ帰ってきた？」

「ジャックが戻ってくることを願っているから。なんといっても一生に一度のチャンスなのよ。ほとんど確信しているわ。勇気を奮い起こしてサインをねだれると思う」

「残念だけど、そんなことしてる暇はないね」ディーンは長々と気だるい感じのまなざしでブルーを見つめた。「ぼくをベッドで満足させるので手一杯だから」

心をよぎる光景に目がくらみ、やっと言葉を返したときにはディーンも自転車も納屋に向かっていた。「何よ、ディーン」

ディーンは肩越しに振り返った。ブルーは朝日がまぶしくて顔に手をかざした。「本気でセックスを考えるつもりなら、かならずまえもって知らせてよ。そしたらスケジュール表から三分間予定を空けておくから」

ディーンは笑わなかった。ブルーもそれを期待していたわけではなかった。しかし国歌が終わり試合がいよいよ始まろうとするときの、闘志に満ちた視線が返ってくるとも予想してもいなかった。


少したち、ブルーがキッチンの片づけをしていると、ディーンの車が走り去る音が聞こえた。エイプリルが古い服を着て、垂れよけ布の束を引きずりながら入ってきた。「どうやらディーンは金曜日に建築業者のところへ行かなかったみたいね」とエイプリルがいった。「今朝も誰一人現われないんだもの。でも業者が仕事を再開するのをただ手をこまねいて待っているつもりはないわ。ペンキもあるしね。手伝う？」

「ええ」

二人が作業に取りかかって間もなくエイプリルはまたしても謎の電話をかけにいった。戻ってくるとエイプリルはグウェン・ステファニーの曲をかけた。グウェンが『ホラバック・ガール』をシャウトするころには、エイプリルがペンキ塗りよりダンスのほうがはるかにうまいことが判明し、仕方なくブルーが作業を取り仕切った。

準備作業を終えたころ、車の音が聞こえ、その数分後ジャック・パトリオットがのんびりと入ってきた。着ているのは穿《は》き古したジーンズに、最後のツアー『SCORCHED（酒や麻薬に酔ったという俗語）』のぴったりとしたTシャツだ。ブルーはジャックが戻ってくると予想していなかったので足元に何もないのにつまずいた。ペンキのローラーの受け皿に足を踏み入れるまぎわに、ジャックがブルーを引き戻した。『ベイビー・ゴット・バック』に合わせてきわどい腰の回転をしていたエイプリルはすぐにダンスをやめた。ジャックはブルーを立たせていった。「どうしたらこんな反応をやめられる？」

「私――ええ――私――どうしよう……」ブルーは全身真っ赤だった。「すみません。世のなかにナンバーワンのファンだと自称する人は多いですけれど、私以上のファンはいません」火照る頬に手を当てる。「私……ええと……私はたくさんの土地を移り住むような子ども時代を過ごしたんですけど、どこにいても、誰と住んでいてもいつもあなたの曲がそこにありました」一度話しはじめると止まらなくなった。ジャックがコーヒーポットに向かってもブルーは話しつづけた。「アルバムはすべて持っています。全部です。批評家にことごとく酷評された『アウタ・マイ・ウェイ』だって持ってます。素晴らしいと私は思うからです。『スクリームズ』は私の好きな曲の一つです。なんだか当時の私の気持ちを見抜かれているような気がしました。くどくどしゃべってバカみたいだとはわかってます。でも現実世界で目の前にジャック・パトリオットが現れることなんかありえないこと。こんなことが起きて平気でいられる人なんかいません」

ジャックはコーヒーにスプーン一杯の砂糖を入れてかき混ぜた。「腕にサインしてあげようか」

「ほんとに？」

ジャックは笑った。「いや冗談だよ。ディーンがいい顔するはずがない」

「あら」ブルーは唇を舐めた。「そんなことないです」

ジャックはエイプリルに向けて首を傾けた。「ここへ来て、なんとかしてくれよ」

エイプリルは髪をさっと手で払った。「彼と寝てごらんなさい、ブルー。それでいっきに現実に引き戻されるから。案外つまらない人よ」

ジャックのゆったりした笑みが口元に広がった。「大部分は金で補える……」

エイプリルは彼の股間に視線を落とした。「どんなにお金持ちでも、お金で買えないものがあるのよ」

ジャックは側柱に肩でもたれ、舐めるような視線でエイプリルの体を見つめた。「いままでも毒舌を吐く女に触発される。紙を一枚持ってきてくれないか、エイプリル。なんか一曲書けそうな気がする」

濃密な性の気配が二人のあいだに立ちこめた。五十代の男女とは思えない、十代のような生々しい欲望がたぎっている。壁も汗をかくのではないかとブルーは半分本気で思った。そっと足音を忍ばせて外へ出ようとして垂れよけの布につまずいてしまった。

その動きで魔法がとけ、エイプリルが顔をそむけた。ジャックはブルーがさっき塗装に切り込みを入れた天井を見上げた。「荷物を置いたら手伝うよ」

「ペンキ、塗れるんですか?」ブルーが訊いた。

「親父は大工だったからね。ガキのころよく建築現場を手伝った」

「ライリーの様子を見てくるわね」エイプリルはジャックを押しのけてサイドドアに向かった。

ブルーは息を呑んだ。これからジャック・パトリオットと一緒にキッチンのペンキ塗りをすることになったのだ。刻一刻と人生が異様さを増していく。

14

その日の午後ディーンが帰ってみると、ジャックとエイプリルがコールドプレイ（イギリス出身のロックグループ）の曲が鳴り響くなか、それぞれキッチンの反対側の壁を塗っていた。エイプリルは体じゅうに黄色いペンキのはねを作っているものの、ジャックは手が少し汚れているだけである。昨日まで二人が一緒にいるところなど一度も見たことがなかったというのに、今日は二人でキッチンのペンキ塗りをしている。

ディーンはキッチンを通りすぎてブルーを捜しにいった。途中、〈ブラックベリー〉を取り出し、メッセージをチェックした。エイプリルがほんの十分ほど前にメッセージを入れていた。

〝黄色のペンキがあと一ガロンしか残ってないの。もっと買ってきて〟

ブルーはダイニングルームで天井を塗っていた。ペイントローラーを手にしたブルーはポケットサイズのボーピープのようだ。ペンキのはねた緑色のTシャツが膝近くまで下がり、彼には見せるつもりのない素敵なボディラインを覆ってしまっている。しかしそれもしばしのことだ。ディーンはキッチンを指さした。「あそこはどうなってる？」

「見てのとおりよ」ブルーが少し横に移動したのでビニールの垂れよけが音をたてた。「幸いジャックはペンキの刷毛《はけ》の使い方を知ってるけど、エイプリルからは目が離せなかったわよ」

「なぜやめさせなかったんだ?」

「結婚指輪をこの指にはめるまでは、この家のことでどうこういえる立場ではないからね」

ブルーはローラーをおろし、長いほうの壁を眺めた。「エイプリルがここに壁画を描いてくれっていうの」

それは嬉しさの感じられる声ではなかったが、ディーンは父と母がキッチンのペンキ塗りをしている光景よりブルーが壁画を描いている様子を思い浮かべるほうがずっと気分がよかった。そのことでブルーの滞在も延びることになる。「PRのスタッフに頼んでぼくのアクション・ショットのなかからいいのを選んできみに送らせるよ」とディーン。「一番かっこよく見えるやつにしてくれよ」

ディーンの思惑どおりブルーの顔はほころんだが、すぐに眉間にしわが刻まれた。「私は風景画を描くのをやめたの」

「そりゃ残念だな」ディーンは財布を開き、二百ドルの現金を引っぱり出した。「借りた百ドルと例の余計なひと言から出た賭けの分としてもう百ドル。借りたものは返す主義だからさ」

予想どおり、ブルーはすぐその金に飛びつかず、じろじろと見つめるばかりだった。

「取り引きは取り引きだよ」ディーンはとぼけていった。「これはきみの稼ぎだ」ブルーがなおもそれを受け取らないので、ディーンは金を彼女のたるんだTシャツのポケットに滑りこませ、少しだけ長くそのまま留まっていた。決して豊かな胸とはいえないが、充分なふくらみがそこにはあった。いまはいつまでも手ざわりを楽しみたいだけだ。

「悪魔との取り引きよね」ブルーはむっつりとした顔でいった。彼女が胸のポケットから札を出し、しばし見つめたあと、彼のポケットにそれを入れ、あっさりと手を離した瞬間、ディーンはひそかに勝ち誇ったような気分を味わった。「これは女性のホームレスを救う募金に寄付してちょうだい」

気の毒なビーヴ。きっとブルーは良心の咎めから現金に執着は見せないだろうと心のなかで賭けをしたとき、それを口にしてもよかったのだが、仮にもプロの一流選手として軽率なプレーはできなかったのだ。「まあ、きみがそういうのなら」

ブルーはふたたび壁に見入った。「もし私が革新的な芸術の世界をここに描いたら、きっと失望することになるわよ」

「女っぽすぎるものでなければいいよ。バレリーナや傘を持ち歩く昔の貴婦人の絵とかは勘弁してほしいけどね。私の風景画はありふれたものじゃないから」

「それは心配ないわ。皿の上に載った死んだウサギもやめてほしい」

は顔をそむけた。「人生は短いの。バレリーナだの死んだウサギなんて、私には陳腐すぎるから」ブルーそんなことしてる暇はないわ」

彼女に壁画を描かせるという考えが脳裏にくっきりと刻まれ、ディーンはそれを先送りにしておけなくなった。それでも彼女にそれをせがむまでには、しばし時間を置くことにした。

ブルーは自分の肩を揉《も》み、凝りをほぐした。「あなたのマッチョなお仲間は裏庭でライリーとピクニックしてると思うわ」

ディーンは部屋を出て行くふりをしたが、廊下に出る前に戻ってきた。「きみが部屋のドアの取り付けを心待ちにしているのを知ってるんだから、これをもっと早く話してあげればよかったね。シカゴに発つ前にドアを新しく造ってくれる職人のところへ行ったんだ。ボイコット地帯からはずれた、隣りの郡に住んでいて、工事は大至急やってくれることになってる。もうそろそろできあがっているころだな」

ブルーは目をきらめかせた。「賄賂《わいろ》を使ったのね」

「報奨金をつけただけ」

「お金があると人生が楽になるのは確かよね」

「持って生まれた人なつこさ。これも忘れないでくれ」

「忘れるはずないわよ」ブルーはいい返した。「二人の唯一の共通点だもの」

ディーンは微笑んだ。「寝室のドアはとくに寸分の狂いなく合ってくれないとね。ぼくの好みに合わせて」

「ぼくの犬は？」

ディーンがペンキを買って戻ってくると、午後の五時をまわっていた。家のなかは静まり返り、ダイニングコーナーを除けばキッチンはどこも黄色いペンキが塗りたての状態になっでいた。ジャックの黒のSUVが見えないところをみると、ライリーを連れて夕食を食べに出かけたのだろう。今日はこれまでのところ全員と顔を合わせずにすんでいるし、今後もこんな状態を続けようと思っている。ディーンは塗りたてのペンキと新しい木材の匂いを嗅いだ。かつては椰子《やし》の木と大海原が見える家を持つことを頭に思い描いていたが、一〇〇エーカーの土地がついたこの農家にも愛着が湧くようになってきた。いまいる滞在客たちが引き払ってくれれば、申し分ない。ブルーは別だ。今週末もブルーに会いたくて仕方がなかった。まだ彼女を手放したくはない。

キッチンにペンキを置くとシャワーの音が聞こえた。ディーンは車に残していた包みを取りに行き、階段を上った。袋の類を床の上のスーツケースのそばに置き、バスルームのドアを食い入るように見つめた。ペンキのはねたブルーの衣類が床にまるめてある。ブルーがどうしても下げてほしいと主張したビニールシートを押し開けたりするのは変質者じみているし、これまで変態のそしりを受けたことは一度もない。仕方なく、身についた紳士のたしなみを重んじて彼女が出てくるのを待つことにした。

裸身を拝めることを念じながら。

水が止まった。ディーンはシャツを脱ぎ捨てた。ちとお粗末な行動ではあるとは思うが、ブルーはこの胸が気に入っている。はためくビニールをにらみながら、期待をさとられることがないようにとみずからにいい聞かせる。彼女が戦闘用のブーツに迷彩服で出てくる可能性も否定できないからだ。

結果は吉と出た。ブルーは胸までタオルを巻いた姿で出てきた。全裸というわけではなかったが、少なくとも脚は見える。ディーンの視線は片側の引き締まった脚から流れ落ちる水滴を追った。

「出て行って！」怒った水の妖精のように、ブルーは廊下を指さした。

「ぼくの部屋だよ」

「私にも使う権利はあるわ」

「なにゆえに？」

「占有権。借り物は自分のものよ。出て行って」

「ぼくもシャワーを使いたい」

ブルーはバスルームのドアを仕草で示した。「決してお邪魔はしないわ」

ディーンはのっそりと近づいた。「本気できみのことが心配になってきたよ」間近に迫ると好きなシャンプーの香りがふっと漂ってきた。もっと嗅ごうと顔を近づける。ブルーの目がきらめき、彼女が平静を失っていることがうかがえる。いいあんばいだ。ディーンはゆっくりと品定めした。「マジな話、きみは本物の冷感症ではないかと思いはじめているんだ」

「ほんとに？」

ディーンはブルーのまわりをぐるりと一周し、髪が分かれて張りついている湿ったうなじやゆるやかな肩のラインにしげしげと見入った。「どうかな……セックス・セラピストに診てもらったらどうだろう。面倒だけど付き合ってやってもいいよ」

ブルーは苦笑いした。「相手を冷感症扱いしてパンティに手を入れたがる男は十三歳のとき以来よ。なんだか思春期に戻ったみたいな気分。待って、冷感症はあなたでしょ」

「ビンゴ」ブルーの肩に人さし指の先を当て、鳥肌が立つのを見て、ディーンは悦に入った。

「たったいまここで障害を克服できるというのに、セラピストのところへ行く必要がどこにある？」

「問題は二人のギャップよ。あなた、二人のあいだにある隔たりをすぐに忘れてしまうのね。あなたは美貌だけど役立たず。私は生意気で努力家」

「それを相性という」

ブルーが嘲笑《ちょうしょう》するように鼻で笑ったので、ディーンはまたも不覚を取ったことを悟った。あくまでもゴールラインを念頭に置かねばならない状況にありながら、論戦に引きこまれずにはいられない。女性を口説くことに慣れていれば、決して犯さないミスである。これまでは挨拶の言葉をかけるだけで充分だった。ディーンは顔をしかめた。「いい加減に小生意気な態度はやめてデートの支度でもしたらどうなんだい」

「デートをするの？」

ディーンは包みを指さした。「このなかから何か選んで着ろよ」

「着るものを買ってくれたの？」

「きみに選ばせるはずがないだろ？」

ブルーは目をぐるりとまわした。「ガキっぽいわね」

「それについてはパッカーズのディフェンスに訊いてみるといい」采配をとるのは自分なのだと主張しようにも、タイミングを逸しているのは間違いない。ディーンはショートパンツのウェストバンドに両手を当てた。「あるいはシャワー室にいっしょにきて自分の目で確かめるかだ」といいつつ、ジッパーのタブを引く。

ブルーの目はゴールポストをとらえた。ディーンはジッパーの上の部分を手でもてあそんだ。彼女はかなりためらっていたが、ようやく顔を上げたので、ディーンは相手チームを怖《おじ》気《け》づかせるための嘲弄《ちょうろう》の言葉も出ないルーキーに向けるような、一見気さくだが偉ぶった笑みを向けた。そしてするりとバスルームに入った。

ブルーはディーンの入ったバスルームのビニールが元に戻るのを見つめた。いやな男。指先がひきつる。こんなタオルなどさっさと剝がし、バスルームに繰りこみたい気分だ。一生に一度巡ってきた色男との情事のチャンスである。母親が時機悪しく銀行預金を空にしていなければ、無意味なセックスに対する嫌悪を克服して、かりそめの色事を素直に楽しんでいたかもしれない。

ブルーは包みの中身を覗き、彼が自分のために何を買ってくれたのか見たいという衝動を抑え、わきへどけた。かわりに清潔なジーンズと洗濯した黒のノースリーブのTシャツを着た。廊下にある予備のバスルームで髪を少し乾かし、さっとポニーテールにまとめ、少し考えてマスカラとリップグロスをつけた。

階段をおりて玄関ポーチで彼を待つことにする。二人がほんとうの恋人同士なら、ベッドの上に腰かけて彼が衣服を身につける様子を眺めているところだ。それはきっと甘美な眺めなのだろうと思う。悔やむような溜息をもらし、ブルーは草の伸びきった牧草地を見やった。来年のいまごろは馬たちが草を食《は》んでいるだろうが、自分はもうここにいない。

ディーンは記録的な速さで出てきた。しかしポーチに現われた彼の指からは薄いラベンダー色のトップがぶらぶらとさがっていた。一方の手からもう一方へ持ち替えつつ自分は無言のまま服に語らせている、といった感じである。遅い午後の陽光が小さなシルバーのビーズに反射してきらめきを放ち、ラベンダーの海に光る泡のように見える。催眠術をかける際に使われる振り子のように、生地が右から左へ、左から右へと揺れている。

「問題は」ディーンがようやく口を開いた。「きみがこれにふさわしいブラを持っていないことだ。クラブで見かける、こんなトップを着た女性たちはレースっぽいストラップのブラをつけている。反対色とかのね。ぼくはピンクがいいと思うけど」ディーンは首を振った。

「こんなことといってたら、こっちまで恥ずかしくなっちゃったよ」照れたような様子は微塵《みじん》も見せず、ディーンはラベンダーのお洒落着をブルーの目に少し近づけた。「スパイクやレザーのついた服を買おうとしたんだけど、S&Mのショップなんてどこにもなかったよ」

エデンの園に足を踏み入れてみると、今度はアダムが背信のリンゴを差し出しているというわけだ。「やめてよ」

「女らしさを出すのが怖い気持ちも理解できるけどね」

これほど疲れ、空腹で少なからず意気消沈していなければ、挑発に乗ることもなかっただろう。「わかったわよ！」ブルーはラベンダー色の誘惑を手に取った。「こんなことするのはあなたがY染色体を棄てたってことだからね！」

二階に上がると、ブルーはノースリーブのTシャツを脱ぎ、サタンの服を頭からかぶった。裾《すそ》の部分はひだになっており、ジーンズのウェストバンドあたりまである。肩は細いリボン結びになっている。ブラのストラップが見え、彼の指摘が正しいことをブルーも認めた。そんな指摘も、女性の下着に関しては目利きの彼なら当然といえるだろう。幸いブラは淡いブルーで、レースのストラップではないにしても真っ白ではない。それでも下にいるミスター・ヴォーグマガジンにいわせればファッション的には問題ありということになるのだろう。

「袋にはスカートが入ってるよ」ディーンが下から声をかけた。「ひょっとしたらたまにはジーンズを穿きたくないかもしれない、と思ってさ」

そんな声を無視し、ブルーはサンダルを脱ぎ、かかとの磨り減った黒のバイカーブーツを履き、下へおりた。

「ガキっぽいまねはよせよ」足元を見たディーンはいった。

「出かけるの、出かけないの？」

「こんなに女らしさを恐れる女、会ったことがない気がする。精神科医を受診するとき――」

「もういいから。今日は私が車を運転する」てのひらを上にして差し出し、ディーンが反論することもなくキーをよこしたので、ブルーは唖然《あぜん》とした。

「理解できなくもないな」とディーン。「自身の男らしさを主張せずにはいられないんだろ」

今日は彼に言い負かされてばかりだが、ヴァンキッシュを運転すると考えただけでうっとりとわれを忘れ、彼の言葉など無視することにした。

車の乗り心地は夢のように素晴らしかった。ブルーはディーンの手が変速機《トランスミッション》のバーの上で動くさまを横目で見つめた。ブルーがギアチェンジのこつを呑みこむまで、彼は何度か冷やりとした。「町へ向かってくれよ」ハイウェイに入るとディーンがいった。「食事の前に、ニタ・ギャリソン宅を非友好的に訪問する」

「いま？」

「まさかぼくが今回のような仕打ちを黙って見過ごすとは思ってないだろうね、ブルーベル？　それはぼくの信条に反する」

「私の勘違いかもしれないけど、自分があなたとニタ・ギャリソンに会いにいくのにふさわしい人物とは思えないわ」

「きみは、ぼくがばあさまを悩殺するあいだ、車で待ってればいい」なんの前ぶれもなく彼の手が伸び、ブルーの耳たぶをもてあそんだ。耳がとくに敏感なブルーは道路から車を脱輪させてしまいそうになった。ようやく、手を触れないでといおうとして口を開いた瞬間、小さな穴に彼が何かを滑りこませた。ブルーはちらりとバックミラーを覗いた。紫色の水滴がキラリと光った。

「アクセサリーはこれしかなかった」とディーン。「車が停まったらもう一個つけてやるよ」

「私にピアスを買ってくれたの？」

「しょうがないよ。どうせ大型ナットをつけて現われると思ったんでね」

とつじょブルーにスタイリストがついたわけである。それもエイプリルではない。自分のセンスが母親ゆずりだと彼も意識しているのだろうか、という疑問が胸をよぎる。こうした矛盾がなおいっそう彼に惹かれる気持ちを掻き立てる。これほどの極端な男らしさの持ち主が美しいものに魅力を感じるはずがなく、汗臭いものにしか興味がないというのでなくてはおかしいのだ。ブルーは人間を大雑把に分類しきれないと、落ち着かない性分だ。人生が理解しにくく曖昧《あいまい》になってしまうからだ。

「残念ながら、本物の石じゃない」とディーンがいった。「買い物の選択肢は限られてるからね」

本物であろうとなかろうと、ブルーはピアスがいたく気に入った。

ニタ・ギャリソンの邸宅は繁華街から二ブロックほど離れた木陰の多い通りに建っていた。銀行、カソリック教会と同じ黄褐色のクラブ・オーチャード・ストーンで造られ、寄せ棟屋根にいかついほど立派なイタリア風ファサードが印象的である。石の土台の上に九つの大きな上げ下げ式の窓が、一階に四つ、二階に五つあり、二階の真ん中の窓はほかより幅が広くなっている。庭はチリひとつないほどに手入れが行き届き、一分の隙もなく刈りこまれた灌《かん》木《ぼく》が、正確な並びで配置されている。

ブルーは屋敷の前面に車を寄せた。「感化院なみに居心地のよさそうな家じゃないの」

「さっき来てみたんだけど、留守だったんだ」ディーンの腕がブルーのうなじをかすめ、もう一方の親指が頰に触れた。ピアスのもう片方をつけてくれたのだった。セックス以上にねんごろな行為に感じられ、ブルーは身震いし、しゃにむに呪縛《じゅばく》を解いた。「今夜あなたが使いたくなったら、貸すわよ」

ディーンはブルーに反論することもなく、ピアスと耳たぶを指で優しくさすった。「なかなか素敵だ」

体のなかで炎が燃え上がり、切ない吐息をもらしかけたとき、ディーンの手が離れた。ドアを開けて外に降り立ち、窓から顔を覗かせた。「出てくるまで車はここに停めといてくれよ」

ブルーは紫のピアスを引っぱった。「あなたを置いてきぼりにするつもりはないわよ。退屈しのぎに角をひとまわりしてくるだけ」

「それもなしだ」ディーンは人さし指をピストルのように突き出した。

ブルーは気持ちのよいシートにもたれ、ディーンが歩道から玄関に向かう様子を見守った。隅の窓でカーテンが揺れた。ディーンは呼び鈴を鳴らして待った。誰も出ないのでもう一度押してみる。それでも無反応。次にこぶしでドアをコンコンとたたく。ブルーは眉をひそめた。ギャリソン夫人がこうしたやり方を快く思うはずがないのだ。四日前の逮捕劇をディーンは忘れたのか？

彼がポーチの階段をおりてきたのでほっとしたのも束の間、ディーンはあきらめるどころか屋敷の横へとまわった。相手が老人で女だからいびるつもりなのだろうか。ギャリソン夫人もおそらくいまごろはお抱えの警察隊でも招集していることだろう。ギャリソンはシカゴとは違う。南北戦争でも北部人を悩ませた、独自のルールを持つ南部の町なのである。ディーンは留置され、結局夕食にはありつけないだろう。ブルーの脳裏をもう一つの不安がよぎった。ディーンの美しい車もおそらく没収されてしまうに違いない。

ブルーは車から飛び出した。いま彼を止めないと、ヴァンキッシュは警察のオークションにかけられてしまう。彼は誰にでも歓迎される自分の名声に慣れきっているため、克服できないものはないと思いこんでおり、かの老女の権力を見くびっているのだ。

屋敷の横に伸びるレンガの小路をたどっていくと、ディーンが窓を覗きこんでいた。「こんなことやめて！」

「居留守使ってるんだよ。ばあさまの臭いがする」

「明らかに相手はあなたと話をする意思がないのよ」

「そりゃあいにくだね。こっちは大ありだから」そういいつつ角を曲がっていく。

ブルーも歯ぎしりしながらあとに続いた。

ガレージの前は手入れの行き届いた芝生になっていて、きちんと剪定《せんてい》の施された低木が一列に並んでいる。ガレージも家屋と同じ黄褐色の石で造られている。あたりに花はまったく見当たらず、見えるのは空っぽの小鳥の水浴び用水盤だけだ。ブルーの反対など無視して、ディーンは勝手口へ続く四段の階段を上った。上は、ひさしの装飾を兼ねた彫刻入りの腕木によって支えられた短い屋根になっている。彼がノブをまわしてドアを押し開けたので、ブルーは怒ったネコのようにシーッという音をたてて警告した。「そんなことをすればニタ・ギャリソンはあなたを警察に突き出すわよ！　逮捕される前に私に財布をよこしなさい」

ディーンは肩越しに振り向いた。「ぼくの財布をどうするつもりだ」

「夕食よ」

「いくらなんでも、それは冷たすぎないか？」そういいながらなかを覗く。一匹の犬が低い、かすれた声で吠えたが、すぐに静かになった。「ギャリソンさん！　ディーン・ロビラードです。勝手口のロックがかかってませんよ」そしてそのまま、なかへ入った。

ブルーは開いたドアをまじまじと見つめていたが、やがて階段の上にがっくりと座りこんだ。室内に入りさえしなければ、ギャリソンの警察もまさか逮捕はできないのではないか。

ブルーは膝に肘を置き、彼が出てくるのを待った。

苛立《いらだ》った女の声が夜のしじまに響きわたった。「いったいなんのつもり？　出てお行き！」

「ここが小さな町だということは知ってますがね」なかでディーンの声がする。「ドアはロックしておくべきですよ」

夫人の声は収まるどころかますます大きく甲高くなった。またしてもブルックリン訛りが感じられる。「聞こえないの？　出て行って！」

「話がすめばね」

「あなたと話すつもりはないの。外にいるあんた、何やってるのよ」

ブルーがはっと振り向くと、ギャリソン夫人が戸口にぬっと姿を現わした。完璧に化粧を施した顔、大きなプラチナブロンドのかつら、太い青のジャージースラックス、同じ色のボートネックのチュニックにゴールドのペンダント。今夜は履き古した赤紫色の室内履きから太い足首がのぞいている。

ブルーはただちに指摘した。「私は住居侵入していません」

「彼女はあなたを恐れてますが」家のなかからディーンの声がした。「ぼくは違いますので」

ギャリソン夫人は杖に両手をつき、ゴキブリでも見るような目でブルーを眺めた。ブルーははしぶしぶ立ち上がった。「私だってあなたのこと、怖がってなんかいません」ブルーはいった。「でも朝食以後何も食べてなくて、あの留置場にあったのは自動販売機ぐらいだし――いやなんでもありません」

ギャリソン夫人は見下したように鼻を鳴らし、足を引きずりながらディーンに近づいた。

「あなた、たいへんなミスをしでかしたわね、大物くん」

ブルーはなかを覗いた。「悪いのは彼じゃありません。これまで頭にボールが当たりすぎたんです」結局好奇心に負けて、敷居をまたいだ。

寒々とした隙のない外観とはうって変わって、室内は物が散らかり、乱れていた。勝手口のそばには重なった新聞紙の束がいくつも並び、ゴールドの斑点《はんてん》が入った陶器タイルの床は洗浄が必要な状態だ。プロバンス風のテーブルの上には郵便物が散乱しており、空になったシリアルの鉢やコーヒーマグ、バナナの皮が置きっぱなしになっている。家がとんでもなく不潔だというわけではないのに、かび臭い臭いがし、いかにも手入れのずさんな、放ったらかしにされた部屋といった様子がありありと感じられる。鼻づらが灰色の年老いた黒のラブラドールが部屋の隅にだらりと手足を伸ばして横たわり、そのあたりの金色の縞《しま》の壁紙が剝がれかかっている。金メッキのキッチンチェアと小さなクリスタルのシャンデリアがけばけばしいラスヴェガス風の雰囲気をかもし出している。

ニタは杖を持ち上げた。「警察を呼ぶわ」

ブルーはこれ以上我慢できなくなった。「ひと言警告しておきますわ、ミセス・ギャリソン。ディーンは一見好青年ですけど、じつは獣じみていない選手はNFLには一人もいないというのが紛れもない現実です。この人はほかの選手より仮面を被るのが得意なだけなんです」

「そんな言葉で私が怯《ひる》むとでも思うの？」ニタは鼻でせせら笑った。「私はストリートキッドだったのよ」

「私はただこの状況を指摘したまでです。あなたは彼の神経を搔き乱してしまいましたね。まずいことになりましたよ」

「ここは私の町よ。彼はどうすることもできないわ」

「それはあなたの意見」ブルーは、しゃがんで老いた黒のラブラドールを撫でているディーンの前を通りすぎた。「フットボール選手は慣例など無視します。あなたが地元警察を意のままに動かせるということはよく知っています。先週は卑劣な手を使われたもので。でもいったん彼がサインを始め、試合のチケットを配り出してごらんなさい。警官はあなたの名前なんか忘れてしまいますよ」

ブルーもこのけたたましい老女にはかぶとを脱ぐしかなかった。夫人は怯むどころか、ディーンに向かってうすら笑いさえ浮かべてみせたのだ。「そんな手が通じると思うの?」

ディーンは肩をすくめ、立ち上がった。「警察は好きだから、派出所に立ち寄ったりはするね。でも正直にいって、今回のあなたがやったボイコット命令をぼくの弁護士がどう判断するかのほうが興味あるな」

「弁護士ね」ギャリソン夫人は吐き棄てるようにいい、ふたたびブルーを非難しだした。調停役を買って出たブルーにとって、これは理不尽そのものであった。「先週の無礼な発言を詫びるつもりはあるの?」

「あなたはライリーに詫びるつもりがありますか?」

「真実を伝えるために? 私は子どもを甘やかさない主義よ。あなたみたいな大人がささいな問題をいちいち解決してやるから子どもの自立心が育たなくなるの」

「あの子は母親を亡くしたばかりで、普通の状態ではないんだよ」ディーンがうわべだけの穏やかな声で後ろからいった。

「人生はつねに不条理なものよ」老女の意地悪な目が細くなり、白っぽい青のアイシャドーがいっそうキラキラと光った。「若いときに世のなかというものを理解させたほうが子どものためなの。あの子と同じ歳で私は継父から逃げるため夜は非常階段で寝たものよ」夫人の腰がテーブルに当たり、コーヒーマグが床に転がり落ち、続けて郵便物もなだれのように落ちた。ニタは散乱物を仕草で示した。「この町に家政婦を引き受ける人間はいなくなったの。いまじゃ黒人の娘もみんな大学に行くようになったからね」

ディーンは耳をこすった。「リンカーン大統領のせいさ」

ブルーは笑いをこらえた。

ニタはディーンを上から下へと眺めまわした。「小賢しいことをいうじゃないの」

「恐れ入ります」

物慣れた視線から、ニタが彼を通常の基準以上に見ていることがうかがえる。同時にその態度に媚《こ》びるような要素は微塵《みじん》もなかった。「あなた、ダンスは?」

「そこまでお近づきになったとも思えませんが」

ニタの唇が薄くなった。「私はマンハッタンのアーサー・マリーで長年教えていたのよ。社交ダンスをね。私はかなりの美人だったの」嫌悪に満ちた視線は、ブルーがその範疇《はんちゅう》に属さないことをはっきりと告げていた。「彼に夢中になっても時間の無駄よ。あなた、あまりにも平凡だもの」

ディーンは片方の眉を上げた。「彼女は決して――」

「ディーンはそこが気に入ってるの」とブルーはいった。「私が彼よりめだつことはないから」

ディーンは溜息をついた。

「あなたって愚かね」ニタはせせら笑った。「私は彼のような男を知り尽くしているわ。結局男は私のような女を選ぶのよ。昔の私のような。大きな胸、ブロンドの髪、長い脚」

ニタの指摘はまさに核心をついていたが、それでもブルーは簡単に引きさがるつもりはなかった。「女装が趣味の男性ならそうもいきません。それも、とりわけきれいな下着が好きときていますから」

「話がすんだら教えてくれよ」ディーンがいった。

「ところで、あなた何者？」老女は悪臭弾のようにその質問をブルーに投げかけた。

「肖像画家です。犬や子どもの」

「ほんと？」ニタの目が興味できらめいた。「だったら、タンゴの絵を描いてもらおうかしら」そして老犬に向けて首を傾けた。「ええ、そうするわ。明日からさっそく始めてちょうだい」

「彼女はすでに仕事についてるんですよ、ミセス・ギャリソン」ディーンがいった。「ぼくの依頼を受けてますので」

「あなた、町じゅうの人にこの子をフィアンセだと紹介してるというじゃないの」

「それはほんとうです。彼女だって、ぼくのことで手一杯だというはずですよ」

「ばかな。あなたは彼女と寝るためにうまいことといってるだけよ。飽きたら、すぐに棄てるくせに」

ディーンは不快だった。「お年寄りに敬意を表して、いまの言葉は聞き流すことにします。二十四時間以内に工事差し止めを解除してくださいよ」

ニタはディーンを無視してブルーに向き直った。「明日一時にここへ来てタンゴの肖像画を描きはじめてちょうだい。あなたが来たら、工事を再開させるわ」

「恐喝はほのめかしとは少々訳が違いますよ」ブルーがいった。

「私ぐらいの歳になるとほのめかし、なんてまだるっこしいことはしないの。自分の望みを確実に実行するだけよ」

「まだおわかりにならないようですね。ミセス・ギャリソン」ディーンがいった。「こんなことをすれば面倒な事態を引き起こす結果になりますよ」そういうとブルーの肘をつかみ、ドアから出た。

車に戻ると、ディーンは二度とギャリソン夫人に近づくなと命じただけだった。命令されることが嫌いなブルーは自分の信念に従い反論したい誘惑に駆られたが、このうえかの老女から精神的苦痛をこうむるつもりはなかった。それに今夜を楽しみたいという気持ちもあった。

二人の車は青い板葺き屋根の一階建ての建物の前で停まった。入口に〈納屋《バーン》・グリル〉という黄色い看板がかかっている。「本物の納屋なのかと想像していたわ」ブルーはドアに向かいながらいった。

「最初に来たとき、ぼくもそう思ったよ。そのうち現在のオーナーのジョークなんだとわかったけどね。八〇年代には〈ウォルトズ・バー・アンド・グリル〉という名の店だったんだが、テネシー流の発音法で短くなったというわけさ」

「バー・アンド・グリルがバーン・グリルになったのね。これでよくわかったわ」

ドアをくぐり抜けると、ティム・マックグローの『ドント・テイク・ザ・ガール』が流れてきた。入口のエリアはこげ茶色の格子造りの壁になっており、透明な青の岩の上に蛍光オレンジの城をしつらえた水槽がある。広々としたレストランは二つのセクションに分かれ、前面はバーになっている。一対ある偽物のティファニーのランプシェードの下で、コメディアンのクリス・ロックに似たバーテンダーがビアマグにビールを注いでいる。ディーンに気づいたバーテンダーが挨拶の言葉をかけた。常連客たちがスツールを回転させ、場がにわかに活気づいた。

「おいブー、週末はどこへ行ってたんだよ」

「かっこいいシャツだな」

「ちょうど来シーズンの話題でもちきりで――」

「チャーリーが、ラン・アンド・シュート（攻撃でランとパスを組み合わせること）をぜひ取り入れてくれとさ」

客たちはみな旧知の友人のような態度で接しているが、ディーンに聞いたところによると、この店には二度来たことがあるだけだという。彼と会うと誰もが親しさを表わす。ブルーはつくづく自分が有名人でなくてよかったと思った。

「いつもならきみたちとスポーツの話で盛り上がるところなんだが、今日はフィアンセにそういう話はしないと約束したんでね」といってブルーの肩に腕をまわす。「今日は記念日で、女性ってそういうとき感傷的になるものだろ?」

「なんの記念日だい?」クリス・ロックのそっくりさんが尋ねた。

「可愛いダーリンにぼくがハントされて家に連れこまれた日からちょうど半年なんだ」

男たちが笑った。ディーンはブルーをバーの奥にあるレストランに連れていった。「私があなたを家に連れこんだ?」とブルー。「あなたはいつ北部人の市民性を棄てたのかしら」

「南部の土地を所有して以来だね。自然と二カ国語を話すようになったってこと」

上部が茶色の格子細工になった仕切り板の上に葉を巻いたキャンティの瓶がずらりとぶら下がり、レストランとバーの境目をはたしている。ディーンはブルーを空いたテーブルに案内し、椅子を引いてくれた。「バーの連中かい? 一人は郡の判事、でかい男は高校の校長、禿げた男はゲイを自認する美容師だ。南部っていいね」

「ホモにとっては住みやすい土地なのでしょうね。よかったこと」ブルーは赤いビニールのテーブルクロス越しにクラッカーのかごに手を伸ばし、塩振りクラッカーの包みをつかんだ。

「この店に入れることが意外だわ。ニタ・ギャリソンがきっとここを見過ごしたのね」

「ここは町の境界線を越えた場所で、ばあさまの所有していない土地なんだ。それにどうやら、町には〝知らぬがほとけ〟的な傾向があるみたいだね」

「本気で弁護士を通じてギャリソン夫人を提訴するつもり?」

「さあどうかな。プラス面はかならず勝訴すること。マイナス面は何カ月も時間がかかるということ」

「私、タンゴの絵は描かないわ」

「当然だ」

ブルーは古い塩振りクラッカーを捨てた。月曜の夜だというのに、テーブルの半分は埋まっており、客のほとんどがブルーを熱心に見つめている。理由は想像にかたくなかった。

「月曜にしては込んでいるわね」

「ほかに店がないからさ。月曜の夜はバーン・グリルか第二バプティスト教会で聖書の学習。あるいは火曜日が第二バプティストかな。この町の聖書学習会のスケジュールはスターズのオフェンシブラインのスタント（ラインバッカーとディフェンスライン、またはラインマンだけによる計画的なラッシュ）より複雑だよ」

「あなた、ここが気に入ってるのね。農場だけじゃなくて、小さな町の暮らしが」

「なんか新鮮でね」

ウエイトレスがメニューを持ってきた。痩せた不機嫌な顔がディーンを見てたちまちほころんだ。「私はマリーと申します。今夜こちらのテーブルを担当させていただきます」

タバスコの瓶をテーブルに置くためだけに店員が自己紹介するのを違法にする法律を誰かが立法化してくれないものか、とブルーは思った。

「はじめまして、マリー」ディーンは肉体労働者《レッドネック》のような南部訛りをまねていった。「今夜のお勧めは？」

マリーはブルーを無視してスペシャルメニューを諳《そら》んじてみせた。ディーンはバーベキュー・チキンのサラダ添えを注文した。ブルーは焼きナマズと〝ダーティ・ポテト〟なるものを選んだ。謎のメニューは結局マッシュドポテトとサワークリームとマシュルームを混ぜ、グレービーソースで覆ったものと判明した。ブルーがそれを舐めるように味わっているあいだ、ディーンは皮なしのチキンを食べ、ベイクドポテトにほんの少しのバターを載せて味わい、デザートは断わり、次つぎと声をかけてくる町の人と愛想よくおしゃべりを交わしていた。彼は誰にでもブルーをフィアンセと紹介した。ようやく二人きりになると、ブルーは大きくて甘ったるいマッドパイ越しに話した。「私がいなくなったら、婚約解消の理由をなんと説明するつもり？」

「説明することもないさ。この町ではもっともな理由がないかぎり、ずっと婚約を続けるつもりだから」

「息を呑むほどの超グラマーな、少しだけインテリの二十歳の美人に目を奪われた瞬間、気が変わりそうね」

ディーンはデザートをしげしげと見つめた。「それを全部たいらげるつもり？」

「朝食以後何も食べていなかったの。冗談じゃないのよ、ディーン。本気なの。私が不治の病に倒れたか別に男ができたかということ以外は婚約解消の理由にしないでよ。別に女ができた、でもいいけど」ブルーは急いでいい添えた。「約束してちょうだい」

「卑猥な好奇心から訊くだけだけど、女と付き合ったことがあるのかい？」

「ごまかさないでよ。約束してもらいたいの」

「わかったよ。きみに振られたってことにする」

「そんな話、誰が信じるというの?」ブルーはマッドパイをもうひと切れすくい上げた。

「ところで振られた経験は?」

「何? 振られたこと? あるさ」

「いつ?」

「いつだかよく覚えてないな」

「嘘。振られたことなんて、ないわよ」

「あるよ。おそらくはね」ディーンはビールをひと口飲み、少し考えこんだ。「思い出した。アナベルに振られたんだった」

「あなたのエージェントの奥さん? デートはしなかったと聞いたけど」

「してないね。まだあなたは青いって言われちゃってさ。当時のぼくはたしかにそうだった。だからデートを断わられた」

「それがどうして振られたことになるのかしら」

「おい、あまり突っこむなよ」

ブルーは苦笑いし、ディーンが笑い返した。ブルーの心のなかでマッドパイの最後のひと切れとともに何かが溶けた。急いで席をはずし、トイレに向かった。

それがトラブルの始まりだった。

15

ブルーは先刻からその女には気づいていた。骨ばった、苦虫を嚙みつぶしたような顔、どぎつい化粧、染めた真っ黒な髪。グリズリーのような連れの男とひと晩じゅう飲みつづけている。このレストランのほかの常連客とは違い、この二人だけはディーンに近づいてこなかった。それどころか、女のほうはブルーを穴が開くほど強い視線で見据えていた。ブルーがテーブルのそばを通ったので、女は呂律のまわらぬ舌で声をかけた。「こっちへきて話をしようじゃないのさ、チビ」

ブルーは無視してトイレに入った。トイレのドアをロックしたとき、外のドアが乱暴に開かれ、同じ喧嘩《けんか》腰の声が響いた。「なんだい、チビ。私を無視して何様だと思ってんだよ?」

酔っ払いと話をするつもりはないのだと言い返そうとしたそのとき、聞きなれた男の声が割って入った。「彼女にかまうな」普段は愛想のよいディーンが即刻指令に従うことを求める野戦将軍に変身していた。

「あたしに触ったね、クソ男。レイプだって叫ぶわよ」女はガミガミといった。

「冗談じゃないわ」ブルーはトイレのドアを開けて出た。「何が気に入らないの?」

女はシンクのそばのどぎつい黄色の明かりのそばに立ち、左手の戸口はディーンの広い肩幅、大柄な体軀によって塞がれている。女の冷笑、突き出した腰、艶のない染めた黒髪。女はどうやら世間に対する恨みをブルーに向けることで憂さ晴らししようとしているらしい。

「あんたが私を無視して通りすぎたことが、気に入らないわよ」

ブルーは腰に手を当てた。「あなた、酔ってるじゃない」

「だからなんなのよ。ひと晩じゅうあんたはここにいるどんな女より偉いという顔をして座ってた。ただ有名人の連れだというだけで」

ブルーは女に近づこうとしたが、ディーンにウェストをつかまれ、引き戻された。「やめろ。こんなの相手にするんじゃない」

ブルーは女と喧嘩をするつもりはなく、ひと言説教してやりたかったのだ。「離してよ、ディーン」

「大物彼氏の後ろに隠れるつもりかい?」ディーンがブルーをドアに向かわせると、女が背後から嘲《あざけ》るようにいった。

「私は誰の陰にも隠れるつもりはないわ」ブルーは足を踏ん張り、ディーンの腕を押した。びくともしなかった。

女の連れであるグリズリー熊が戸口にのっそりと現われた。樽《たる》のような胸板、突き出た顎、タトゥーの入った二の腕は小型のビア樽のようだ。女はブルーしか見ていないので連れが来たことに気づかない。「あんたの金持ち彼氏はあんたがぶちのめされて今夜使い物にならないと困るんだよ」

ディーンが鏡越しににらんだ。「口汚い、最低の人間だな」

グリズリー熊の背後に集まった野次馬の一人が、全員に成り行きを見せてやるためドアを開いた状態で支えていた。「何やってんだよ、カレン・アン?」

「私から説明してあげるわよ」ブルーが言い返した。「この人は人生にいやけがさしてるから私に喧嘩を売ってるの。憂さ晴らしがしたいだけなのよ」

女は体を支えるためにシンクにつかまった。「私はちゃんと自力で生きてるんだよ、このクソ女。誰からも施しを受けてるわけじゃない。あんたは、大物スターに食事を奢ってもらうために、何度フェラチオしたの?」

ディーンは腕をおろした。「やっちまえよ、ブルー」

やっちまえ?

カレン・アンが千鳥足で迫ってきた。ブルーより頭一つぶん背が高く、少なくとも十キロは体重が重いが、足元もおぼつかないほど泥酔している。「かかってきな、チビ」女はあざわらうようにいった。「おフェラと同じぐらい喧嘩もうまいかどうか見せてごらんよ」

「もうたくさんよ!」ブルーはこの女がなぜ自分に宣戦布告してくるのか理由が皆目わからなかったが、こうなるとそんなことにかまってはいられなかった。タイルの床の上を素早く突進する。「いまのうちに謝ったほうがいいわよ」

「くたばりやがれ」カレン・アンは指先をまるめブルーの髪をつかんだ。ブルーは身をかがめ、肩から女の腹部にぶつかっていった。

苦痛のうめきとともに女はバランスを崩し床に倒れこんだ。

「くそ、カレン・アン！　起きあがれ！」グリズリー熊が前へ出たが、ディーンに行く手を阻まれた。

「口出しするな」

「命令する気か？」

ディーンの口元が偽りの笑みを浮かべた。「まさか本気でここを通り抜けられるとは思ってないだろうな？　あそこにいるチビがあんたの彼女を蹴っただけのことじゃないか」

厳密にいうとそれは真実ではなかった。「あそこにいるチビ」は酔っ払った女をひと突きしただけだが、攻撃がたまたま急所であるみぞおちに命中しただけのことだ。カレン・アンは背をまるめ、ぜいぜいと息を切らしている。

「こっぴどい目にあいてえのか、こら」グリズリー熊が腕をしならせた。

ディーンが一歩も動かないままパンチをブロックした。野次馬がはやしたてた。そのなかには先刻ディーンが郡の判事だと説明していた男性も混じっている。グリズリーはよろめき、ドアフレームにぶつかった。男の目は細くなり、もう一度突撃を試みた。ディーンがわきへよけたのでグリズリーの体はタオルのディスペンサーに突っこむ形となった。グリズリーは体勢を立て直し、ふたたびディーンに向かっていった。今度はうまい具合にディーンの悪いほうの肩を直撃できた。ディーンの顔色が変わった。偽のフィアンセの態度からお遊びの気分が消え、にわかに気合が入ったのが見てとれ、ブルーは退いた。ディーンの正確かつ有効な反撃を見つめながら、ブルーは体を突き抜けるような爽快感を覚えていた。

この世は白黒はっきりしたことばかりではない。これほど迅速に裁きが行なわれるのを目の当たりにして、ブルーの胸に切ないほどの憧れがあふれた。素晴らしい体力と敏捷《びんしょう》性と一種変わった騎士道精神の持ち主であるディーンなら、この世のすべての悪を正すことができるのではないだろうか。そうすればヴァージニア・ベイリーのような活動家の存在も必要なくなる。

グリズリーが床に倒れこむと先刻ディーンが高校の校長だと説明していた髪の薄い男性が人波を掻き分けて前へ出た。「ロニー・アーチャー、おまえの脳みそはあいかわらずノミ以下だな。頭を冷やしてここから出て行け」

グリズリーはなんとか仰向けになろうとするがうまくいかない。カレン・アンはそのあいだに這《は》うようにしてトイレの一室に入り、嘔吐《おうと》した。

美容師とバーテンダーがグリズリーを引っぱって立たせた。二人の表情から察するにどうやらグリズリーは町の人気者ではなさそうだ。一方の男性が血を拭くためのペーパータオルをグリズリーに手渡し、もう一人がドアまで連れていった。ブルーはディーンのそばに寄ってみたが、肘の擦り傷と、デザイナージーンズに汚れが少しあるだけで、疲れた様子もない。

「楽しかったよ」ディーンは素早くブルーの様子を観察した。「怪我はないのかい?」

あっという間にけりがついた喧嘩だったが、彼の気遣いが嬉しかった。「大丈夫よ」嘔吐の音もようやくおさまり、校長がトイレのなかに入り、蒼ざめ足もともふらつくカレン・アンを連れて出てきた。「おまえたち二人のおかげで外部の人の目にはわれわれまでが酔っ払った田舎者に見えてしまう。まったく迷惑だ」校長は人波を掻き分けてカレン・アンをドアまで導いていく。「一生、妹に似た小柄な女性を見ては喧嘩を売るつもりなのか?」

ブルーとディーンは視線を交わした。

二人の酔っ払いを追い出すと、郡の判事と美容師のゲイリー、校長、中古品販売店の主人でシルと呼ばれる女性がディーンとブルーに飲み物をご馳走したいといい出した。話を聞くうちに、グリズリーことロニーが愚かなだけで悪人ではないことがすぐにわかった。カレン・アンは枝毛だらけの見苦しい黒髪を見てもわかるとおり、単純で意地の悪い女なのだという。美人で小柄な妹のライラがカレン・アンの夫と、カレン・アンの愛車である赤のトランザムに乗って駆け落ちしてしまう以前から、カレン・アンは底意地の悪い女だったそうだ。

「なにしろとびきりお気に入りの愛車だったからね」判事のピート・ハスキンズがいった。

妹のライラはブルーと同じような体格で黒髪の持ち主であったらしい。ただしブルーより凝ったカットの髪だったと美容師のゲイリーは説明した。

「そりゃそうだろうな」ディーンがぼそぼそといった。

「カレン・アンは先週はマーゴ・ギルバートにからんだのよ」シルが指摘した。「マーゴはブルーほどライラに似てもいないのに」

ブルーとディーンが店を出るとき、本名がジェイソンだというクリス・ロック似のバーテンダーはロニーとカレン・アンには一晩に一杯以上の酒を飲ませないと約束した。ロニーのお気に入りである水曜日恒例の食べ放題ビュッフェでもそれは守るという。

バーに座るとスコッチの香りがエイプリルの鼻孔を刺激した。まず酒、次にタバコ。この順番で一服したい気分なのだった。

今夜だけは。

「クラブソーダにねじりレモンを添えて」エイプリルは体格のがっしりした若いバーテンダーにそう注文し、紫煙を吸いこんだ。「気分を味わうためにマティーニのグラスに入れてちょうだい」

バーテンダーはにやりとして、いたずらっぽく目をきょろきょろ動かしてみせた。「承知しました」

こうしていると渇望もじょじょに薄らいでいく。エイプリルはサーモンピンクのマーク・ジェイコブスのフラットシューズをまじまじと見おろした。足の裏にまめができている。靴に人生が出る、とつくづく思う。昔は厚底で五インチのヒールをよく履いた。次に長さやデザインの違うブーツを多く所有していた時代があった。そしてありとあらゆるピンヒールを履く時期が続き、現在はもっぱらフラットシューズばかりだ。

今夜は農場から離れたかった。ディーンの蔑《さげす》みから、そしてそれよりもジャックから逃げたかったのだ。隣りの郡まで車を飛ばし、この高級ステーキハウスでようやく一人になれた。食事がすむまでは客数も少ないこのバーに入るつもりはなかったのだが、昔の習慣からついふらりと入ってしまったのだ。

今日は自分が少しずつほどかれていく手編みのセーターになったような気分を味わった。以前はディーンと顔を合わせること以上に困難なことはないと思いこんでいたが、今日ジャックと一緒にキッチンのペンキ塗りを続けたことで、醜いさまざまな感情が内部からうごめき上がってきて、苦労の末に身につけた穏やかな落ち着きという皮を突き破ろうとしたのだった。幸いジャックのほうも会話を交わしたくなさそうだったので、音楽の音量を上げて話ができない状態にした。

バーにいた男たちはみなエイプリルが入ってきたときから注目していた。ありきたりのBGMが流れるなか、二人の日本人ビジネスマンが彼女に視線を送ってくる。おあいにくさま、私はペアを相手にするのはやめたのよ。趣味は悪いがお金はありそうな四十代後半の男性がエイプリルを意識して身づくろいを直した。残念、あなた今日はついてないわね。

あれほど努力を重ねようやく立ち直ったというのに、またしてもジャック・パトリオットに魅了されてしまったらどうなる？　かつてすべての愚行、すべての狂気、堕落の端緒となったのはジャック・パトリオットだった。またそんなことになってしまったらどうすればいい？　しかしそれはありえない。最近は男性をコントロールできるようになっている。いまの自分は男のいいなりにはならない。

「ほんとにウィスキーのダブルはいりませんか?」がっしりしたバーテンダーがいった。

「飲めないの。運転があるから」

バーテンダーはにやりとしてクラブソーダを注ぎ足してくれた。「ほかにほしいものがあったら、いってくださいね」

「そうするわ」

バーやクラブは彼女が針路を誤った場所であり、自分を戒めるためにときおりそうした場所を訪れたくなることがある。ドラッグで頭が麻痺《まひ》し、相手を選ばず不品行に及んだパーティガールはもはや存在しないのだとみずからにいい聞かせるために。しかしそれは危険をはらむ習慣でもある。ほの暗い照明、グラスの氷がぶつかる音、酒の誘惑するような香り。幸いここはたいしたバーではないし、ローリング・ストーンズのヒット曲『スタート・ミー・アップ』のお粗末なインストゥルメンタル版が神経にさわり、長居する気にはなれない。こんなひどい演奏を録音する人間は罰されてしかるべきだと思う。

携帯電話がポケットのなかで振動した。発信者名を確認し、急いで出る。「マーク!」

「エイプリル、きみがいないとどうしようもないよ……」

エイプリルは十二時少し前にコテージに戻った。かつてパーティはこのぐらいの時間から始まったものだった。いまの彼女はただひたすら眠りたかった。しかし車を降りると裏庭から音楽が聞こえてきた。ギターの調べと聞きなれただみ声のバリトンである。

夜ひとりきりになったら
ダーリン、きみはぼくを想ってくれるかい?
　ぼくの思いに応えて

だみ声は昔よりさらにざらつき、まるで言葉を喉から搾《しぼ》り出すような歌い方だ。エイプリルはコテージに入りバッグを置いた。しばし彼女はその場所にたたずみ、目を閉じて耳を澄まし、ためらった。やがてかつてのように音楽に導かれていった。
ジャックは暗い池に向かって座っていた。座っているのは金属のアームがついたローンチェアではなく、キッチンから運び出した背のまっすぐなアームのない椅子だった。足元の草の上に置いた皿に太いキャンドルが据えられ、その光で脇に広げたノートに歌詞を書きとめているようだ。

　ベイビー、この胸の痛みを
　きみが知ったら、
　きみも涙を流してくれるだろう
　ぼくの涙を想って

エイプリルは流れたはずの歳月をいつしか忘れた。彼は記憶と同じように前かがみになってギターを弾いている。愛撫するように、口説くように、情熱を掻き立てるように。ノートの上に置いた彼の読書用のメガネにキャンドルの光がチラチラと反射する。若き日に長髪だったロックンロールの反逆児はいまや年配の政治家になってしまった。家のなかに戻ってもよかったし、戻るべきではあったが、彼女は音楽に惹かれ、そこに留まっていた。

きみは雨を待つことがあるかい？
孤独を恐れるあまりに
いっそ太陽が消えてしまえばと願うことがあるかい？

ジャックはエイプリルを見たが、演奏をやめなかった。それどころかかつてのように彼女に向けて歌ってくれた。音の調べが温かな癒しをもたらすオイルのように肌を流れ落ちていく。最後のコードが闇に流れ去ったとき、ジャックはその手を下におろした。「どうだった？」

かつての放埒な彼女なら彼の足元にしなだれかかり、サビの部分をもう一度歌ってと命令したことだろう。一節目の終わりでコードをガラリと変えて、コーラスにハモンドB3の音色が静かに入っていくのがいいんじゃない、などともコメントしただろう。だが大人の女はそっけなく肩をすくめるだけだ。「昔のパトリオットね」

これ以上ないほどの残酷な言葉であった。音楽の新境地をめざしてつねに模索をつづけようというジャックのこだわり、いつまでも漫然と古いスタイルを引きずったままのロックアイドルに対する侮蔑《ぶべつ》は伝説的である。「そうかな?」

「いい曲よ、ジャック。あなたもわかってるでしょ」

ジャックは前にかがんでギターをケースに戻した。キャンドルの光が鋭い鼻梁《びりょう》を照らした。

「昔の曲作りを覚えてるかい?」とジャック。「きみは一度聴いただけで、その曲がいい曲かそうでないか聞き分けた。きみはぼくの曲を本人以上に理解していた」

エイプリルは腕を体に巻きつけ、池をじっと見つめた。「もうあのころの曲は聴けないわ。忘れたはずのことを思い出させるから」

彼の声がタバコの煙のように漂ってきた。「あの放埒さはすべて消えたというのかい、エイプリル?」

「跡形もなくね。いまはただの退屈なLAのワーキングウーマンよ」

「努力しだいでは個性も磨けるんじゃないか?」とジャックがいった。

エイプリルは深い倦怠感《けんたいかん》に襲われた。「なぜ家のほうにいないの?」

「水辺で曲を書くのが好きなんだ」

「ここはコートダジュールじゃないのよ。あなた、そこに別荘持ってるっていうじゃない」

「別荘ならあちこちにある」

エイプリルはこんなやりとりに堪えられなくなり、腕をほどいた。「帰ってよ、ジャック。

もうここに来ないで。私には近づかないでほしいの」

「それをいうべきなのはこっちだよ」

「あなたは自分をコントロールできるわ」忘れたはずの恨みが顔を出す。「皮肉よね。私が話したくてたまらない時期にあなたは電話の一本もよこさなかった。それなのにいまは世界で一番——」

「無理だったんだよ、エイプリル。きみと話すことはできなかった。きみはぼくにとって毒のような女だったから」

「毒のような女なのに、付き合っているころあなたは最高の曲を書いたわけ？」

「駄作も書いたよ」ジャックは立ち上がった。「覚えてるか？　おれはウォッカで薬を流しこんでいた」

「あなたは私と出会う前からドラッグをやっていたわ」

「きみのせいにしているんじゃない。ただ、嫉妬《しっと》に狂った生活が悪い影響を及ぼしたといいたいだけなんだ。誰と一緒にいても——自分のバンドと一緒であっても——前にそいつらがきみと関係を持ったんじゃないかと疑ってしまって」

エイプリルはおろした手を握りしめた。「私はあなたを愛していたのよ！」

「きみはあいつら全員を愛していたんだよ、エイプリル。ロックをやるやつはすべて」

それは間違いである。エイプリルが本気で愛していたのは彼だけだった。しかしこんな大昔の感情の行き違いについて釈明を始めるつもりはなかった。いまさら昔の恥を蒸し返されるのもごめんだった。セックスの相手の数からいえば、彼も同じように豊富だからだ。「おれは自分自身の悪魔と闘っていた」とジャックがいった。「きみの悪魔と闘う余裕などなかった。あのぶざまな喧嘩、覚えてるかい？　ぼくたち二人の喧嘩だけじゃない。ファンもカメラマンも殴った。怒りに燃えていたんだ」

エイプリルもその怒りに巻きこまれていた。

ジャックはぶらぶらと池の端に向かった。こうした歩き方――しなやかな長い脚が醸《かも》し出す気品だけは息子に似ていて、それを見れば二人に血のつながりがあることが推測できるかもしれない。容貌はまるで似ていない。ディーンは母方の北方系のブロンドを引き継いでいる。ジャックは夜、罪深い闇である。エイプリルはごくりと唾を呑むとそっといった。「二人のあいだに息子が生まれ、そのことであなたと話をしたかったの」

「わかってるさ。しかしぼくの生き残りはきみたちと距離を置くかどうかにかかっていた」

「最初はそうでも、その後はどうだったの？　どうなっていった？」

ジャックはひたとエイプリルを見つめた。「決まった時期に小切手を書くことで自分を許していた」

「血液検査のことは許せないわ」

ジャックは噛みつくような笑い声を発した。「ちょっと待ってくれ。当時のきみはとにかく嘘が多かった。どうしようもなく乱れた生活をしていたし」

「その報いを受けたのはディーンよ」

「そうだな。あいつには気の毒なことをした」

エイプリルは腕をさすった。いまある人生を過去のせいにすることにほとほといやけがさしていた。うまくいっていなくても、絶好調のふりをすればいいのよ。ここはみずからの心の声に従おう。「ライリーはどこなの？」

「眠っている」

エイプリルはコテージの窓を見やった。「なかで？」

「いや、農家のほうで」

「ディーンとブルーは出かけたみたいよ」

「ああ」ジャックはキッチンの椅子をなかに運ぼうと、持ち上げた。

「ライリーを一人にしてきたの？」

ジャックは勝手口に向かった。「いったろ。眠っていたんだよ」

「もし目を覚ましたらどうするの」

ジャックは歩調を速めた。「起きないよ」

「そんなこと、わからないじゃないの」エイプリルは彼のあとを追った。「ジャック、物怖じする十一歳の女の子を夜あんな大きな家に置き去りにするものじゃないわ」

ジャックは批判を受けていい訳めいたことを口にするのを嫌う。草の上に椅子を置いて、言葉を返した。「何も起こるはずないよ。街なかにいるよりずっと安全さ」

「あの子はそう感じてないわ」

「父親なんだから、きみよりわが子のことはよくわかっているつもりだ」

「娘をどう扱っていいかわかってないくせに」

「いま模索中なんだよ」と彼は反論した。

「急いだほうがいいわ。あの子はまだ十一歳かもしれないけど、私に言わせれば時間はあっという間に過ぎてしまうものよ」

「いまや母性についての大家というわけか」

なんとか保っていた平静に亀裂が走った。「そうよジャック、過ちを重ねた人ほど奥義をきわめるものだから」

「その点は反論しないよ」ジャックは椅子をつかみ、なかへ運んだ。

亀裂が深くなった。私を咎めていいのはディーンだけだ。エイプリルは急ぎ足でジャックを追った。「よくも私を批判できるものね。よりによってあなたが」

ジャックは怯まなかった。「子どもとの接し方について、きみからとやかくいわれる筋合いはない」

「それはあなたの思いこみにすぎないわ」ライリーはどこかエイプリルの心に訴えてくるものがあり、この状況を黙って見すごすわけにはいかなかった。まだ幼さの残る少女の未来が危ぶまれ、ジャックが自分の過ちを自覚している状況だからである。「人生にやり直しがきくことはそうそうないものなの。でもあの子との関係を築き直すチャンスはまだあるわ。あなたがそれを台なしにしないかぎりね。私にはそうなることが予想できるの。ミスター・ロックスターは五十四歳になってもわがままで、愛情に飢えた子どもに人生を乱されたくないのよ」

「きみ自身の罪をぼくになすりつけようとするな」返ってきたのは強気の言葉ではあったが、どこか確信に欠けた声で、動揺が感じられた。ジャックは椅子をテーブルの下に戻すと、エイプリルの前を素早く通りすぎた。ドアがバタンと閉まった。ジャックがギターをつかみ、キャンドルのほうへかがみこむ様子をエイプリルは窓から見守った。間もなく裏庭は闇に包まれた。

ディーンはブルーがヴァンキッシュを運転する様子を見て楽しんだ。農家に戻る帰路もブルーが運転席に座った。「もう一度説明してよ」とブルー。「あの精神異常の女は私より五〇センチ背が高くて二〇キロも重いのに、なぜ私がノックアウトされないってわかったの？」

「誇張するなよ」とディーンがいった。「せいぜい一〇センチ背が高く、一〇キロ重いだけだ。それにきみの喧嘩は一度目撃している。あの女は精神異常でもない。泥酔してて千鳥足だったし」

「それでも……」

「誰かがマナーを教えてやる必要があったね。おれは無理だし、チームワークの成果ということさ」ディーンはにやりとした。「楽しんだことは認めろよ」

「冗談じゃないわ」

「血が騒ぐのさ。きみも生まれながらのワルだから」

ブルーがその褒め言葉に気をよくしたのが、彼にも見てとれた。

ディーンは車から降りて、ヴァンキッシュを駐められるように納屋の扉を開けた。彼はブルーの奇妙な心理を理解できるようになっていた。自分しか頼るもののない環境で育った彼女は強い自立心を持っており、誰かに恩義を受けることが堪えがたいのだ。昔付き合ったガールフレンドはみな、高級レストランでのディナーも高価なプレゼントも特別ありがたがることはなかった。しかしあんな安いピアスでさえ、ブルーにとっては重荷なのだ。バックミラーを何度も覗いていたところを見ると、気に入ってはいるのだろう。それでも自尊心を失わない形でうまい口実が見つかりさえしたら、きっと返してきただろう。ディーンはこれほど無欲な女をどう扱ってよいのか途方に暮れていた。自分は反対にブルーを求める気持ちが強いだけに戸惑いはいっそう深くなる一方だった。

ブルーはヴァンキッシュを納屋に入れ、車から降りた。今日ディーンが納屋と厩舎《きゅうしゃ》から手押し車を何度も往復して古い飼料の袋や瓦礫《がれき》などを運び出し、車を入れるスペースを作っておいたのだ。垂木《たるき》を止まり木にしている鳩の糞については、車にカバーをかけておくしかないが、それも別に車庫を造るまでの我慢と思えばいい。

彼は納屋の扉を滑らせて閉めた。隣りを歩くブルーの耳で紫色のピアスが揺れていた。ディーンはそんな彼女をポケットにしまいこみたくなった。「あなた、ああいうのに慣れっこでしょ?」とブルー。「喧嘩だけじゃなく、他人に飲み物をご馳走になったり、みんなが親しくなろうと近づいてくることに。まんざらいやでもなさそうよね」

「見返りを求めないもてなしだから仕方がない」

ブルーが同意を示すものと予想したが、違った。彼女があまりにしげしげと見つめるので、ファンサービスに努めながらも死ぬほどの退屈さに堪えているということを見抜かれているのではないかとディーンは感じた。オフシーズンでさえ試合のビデオを見すぎて夢にまで見るほどだ。「プロスポーツはある種の娯楽でもあるんだよ」とディーンはいった。「それを認識しないと方向性を見誤る」

「でも面倒なこともあるでしょ?」

図星だ。「不満は口にしないよ」

「それがあなたの長所の一つよね」そういってブルーは彼の腕を強くつかんだ。友人同士のようなさり気なさが感じられ、ディーンは苛立ちを感じた。

「マイナス面よりプラス面のほうがずっと多いさ」ディーンはやや好戦的な調子で答えた。

「どこへ行っても顔が知られていると、孤独を感じる暇がない」

ブルーが手を離した。「疎外感を味わったことがないからそういえるのよ。それがどんな気持ちか知らないでしょ?」ブルーの表情が悲しげに曇った。「ごめんなさい。あなたが育った環境も……あなたはいやというほど味わったのよね。失言だったわ」ブルーは自分の頬を擦った。「疲れきっていたから、つい口が滑ったの。じゃあ明日の朝またね」

「待てよ。おれは――」

しかしブルーは光るラベンダーのトップのビーズを星のようにきらめかせながらキャラバンのなかに消えていった。

ディーンは同情なんかたくさんだ、と叫びたかった。しかし女を追った経験のない彼は相手がブルー・ベイリーであっても、足を踏み出すことができなかった。彼は大股で家のなかへ入った。

なかは静まり返っていた。リビングルームにぶらぶらと入っていき、フレンチドアを抜けてコンクリートの台の上に出た。建築業者が戻ってくれれば、ここに網戸を設置することになっている。積み重なった材木がその日を待っている状態だ。ディーンは星空を楽しもうと思ったが、そんな気分ではなかった。この農家はいわば隠れ家で、緊張をほぐし心をくつろがせるための場所なのだ。しかし現在階上ではマッド・ジャックとライリーが眠っており、ディーンの無防備な部分をガードしてくれる盾はブルーだけだ。人生のすべてがバランスを失い、それをどうしたら元に戻せるのかわからない状態におちいっている。

ディーンは不安定な心理に戸惑いを覚え、室内に戻り、階段に向かった。

階段の上に何かを発見し、彼はぎくりと立ち止まった。

16

階段の上にうずくまるようにしてライリーが座っていた。小さなこぶしに肉切り包丁を握りしめ、パフィをそばに座らせている。ピンクのキャンディとハート模様のパジャマやまるい子どもの顔に、肉切り包丁《ブッチャーナイフ》ほど似つかわしくないものはなかった。こんな状況に対処するのは気が重い。つくづくブルーがここにいないことがうらめしい。ライリーの扱いについては、彼女ならよく心得ているからだ。こんな場面にでくわしても、ブルーなら適切に対応ができるだろう。

ディーンはみずからを急《せ》きたてるようにして階段を上った。上りきると、ナイフに向けて顎をしゃくった。「そんなもの、何に使うつもりだったんだい？」

「音――音が聞こえたの」ライリーはなおいっそう強く膝を抱いた。「もしかしたら……あの……殺人鬼か何かかもしれないって」

「ぼくだよ」ディーンは前にかがみ、ナイフを取り上げた。金曜日よりいくらか清潔になり栄養状態もよくなったパフィが喘ぐような溜息をもらし、目を閉じた。

「あなたが入ってくる前に音がしたの」ライリーはディーンがナイフを向けるのではという

ような顔でびくびくとナイフを見つめた。「十時三十二分に。アヴァが目覚まし時計を荷物に入れてくれたの」

「二時間もここに座っているというのかい？」

「パパが出て行ったとき、目が覚めたんだと思う」

「いないの？」

「たぶんエイプリルに会いにいったの」マッド・ジャックと愛しのママの関係がどうなるのか、想像にかたくない。ディーンは廊下を進んでジャックの部屋に入り、ナイフをベッドに投げ出した。こんなものがなぜここにあるのか、とくと考えるがいい。

戻ってみるとライリーがそのまま膝を抱えて座っていた。犬でさえ子どもを見棄てていた。

「パパが出て行ってから、何かきしむ音がしたの」とライリー。「誰かが無理やり侵入しようとしているような音が。賊は銃を持っているかもしれないし」

「ここは古い家だからあちこちきしむよ。ナイフはどうやって手に入れたの？」

「寝る前にこっそり寝室に持ちこんだの。私の——ナッシュビルの家はセキュリティアラームが設置されているけど、ここにはないと思ったから」

この少女がここで膝を抱きながら、ナイフを握りしめて二時間も座っていたというのか。そう考えるとディーンはいてもたってもいられない気持ちだった。「もう寝なさい」その言葉は彼の意図に反して残酷に響いた。「ぼくがいるんだから」

ライリーはうなずいたが、それでも動かなかった。

「どうかしたのか？」

少女は爪をつついた。「なんでもない」

帰ってきてみると子どもがナイフを抱えており、ここにいないブルーに対して腹立たしさを感じると同時に、エイプリルがジャックと寝ていると思うと不快でやりきれなかった。ディーンは子どもに八つ当たりした。「はっきりいえよ、ライリー。黙っていたらわからない」

「何もいうことはないわ」

そういいつつ子どもは動こうとしない。なぜこの子は立ち上がってベッドに戻らないのか？　口ごもりつつしゃべるルーキーに対してはどこまでも辛抱強く付き合うが、そんな彼もわれながらかっとなるのを感じた。「いえよ。はっきりいっちまえ」

「なんでもないの」ライリーは慌てていった。

「そうか。だったらそこに座ってろ」

「うん」ライリーはさらにうなだれ、もつれて乱れた縮れ毛がさらに顔を覆い、その無防備さがまるでロープのようにディーンの心を暗い少年時代へと引き戻した。彼は胸が塞がるような思いに打ちのめされた。「きみもわかってるだろうけど、ジャックはお金のこと以外、頼りにならない父親だ。彼はきみを助けに来てはくれない。どうにかしたかったら、自力でなんとかするしかないんだ。きみのために駆けつけて、闘ってはくれないんだからね。自分で身を守らなきゃ、この世を生き抜いてはいけない」

返ってきた答えは涙声だった。「わかった。そうする」

金曜日の朝、この子どもはなんとか頑張って立派に自己主張した。ディーンとは違い、ライリーは父親を屈服させ、自分の意志を通したのだ。それなのにこんな様子を目にすると、ディーンはたまらない気持ちになった。「きみの心にあることを正直に話すんだ」

「ごめんなさい」

「ごめんなさいじゃない。思ったままをいっちまえ！」

子どもの小さな肩が震え、早口の言葉が飛び出した。「私の部屋に殺人鬼が隠れていないかどうか見て！」

ディーンは息を呑んだ。

パジャマの脚の部分、〝熱いキスをして〟という文字入りのキャンディの絵のすぐ隣りに、涙が流れ落ちた。

自分ほどの大ばか者はどこを探してもいないだろう。こんな愚かしい態度はやめるのだ。子どもが思いどおりの態度を示さないからといって冷たく当たるなど、もってのほかだ。ディーンは子どもと並んで階段に腰をおろした。犬がディーンの部屋から小走りに出てきて二人のあいだに鼻先を突っこんだ。

成人して以来、ディーンは子ども時代の辛い記憶を忘れるように努めてきた。フットボールのフィールドにいるときだけ、心の底にたまった暗い感情の名残りを爆発させている。それなのにいまになって、なんの罪もない相手にその怒りをぶつけてしまった。かつて自分が味わった無力感へと引き戻されたからという理由で、この傷つきやすいかよわい子どもを罰してしまったのだ。「おれはとんでもないバカ野郎だ」ディーンはそっといった。「きみを怒鳴るなんて間違ってた」

「私は平気よ」

「平気なはずないよ。ぼくはきみに対して、怒ってたわけじゃない。自分自身に、ジャックに腹を立てていたんだ。きみは少しも悪くない」子どもが彼の言葉を理解し、複雑な脳のなかで思考をめぐらせ、なんとか自分を責めるすべを探そうとしているのを感じ、ディーンは堪えがたいものを感じた。

「ぼくを殴っていいよ」と彼はいった。

ライリーの顎が上がり、涙に濡れた目がショックで見開かれた。「そんなこと、できない」

「できるさ。それって……男の兄弟がバカなまねをしたとき妹がすることだからさ」こんな言葉を口にするのは簡単なことではなかったが、自己中心的な行動をやめ、責任を示すことが必要だった。

ライリーはディーンに存在を認められつつあるという驚きで呆然としていた。濡れた瞳のなかで希望の光がきらめいた。ライリーは幻想が現実のものであってほしいと願った。「あなたはバカなんかじゃない」

この状況をうまく切り抜けることができないと、一生悔やむことになる。ディーンは子どもの肩に腕をまわした。動くと彼が離れてしまうのではないかと危惧《きぐ》するかのように、ライリーの背中がこわばった。この子はすでに自分を頼りはじめている。あきらめの境地で彼は子どもの体を引き寄せた。「ぼくはどうすれば兄らしくなれるのか、知らないんだよ、ライリー。心はまだガキだからね」

「私もよ」とライリーは真面目な顔でいった。「私も心はまだ子どもなの」

「ぼくはきみを怒鳴るつもりじゃなかった。ただ……心配だったんだ。きみの心境が身に沁《し》みてわかるだけにね」ディーンはいまはそれ以上いえず、腰を上げ、ライリーを立たせた。

「ちゃんと眠れるように、ベッドに殺人鬼がいないか確かめよう」

「もう不安じゃなくなったわ。本気で殺人鬼が部屋に潜んでいるとは思っていないから」

「ぼくも同じさ。でも一応調べようよ」この少女に苦痛を与えてしまった埋め合わせにと、ある愚かしいアイディアが浮かんだ。「一つ警告しておくよ……ぼくの知ってるお兄ちゃんたちはみんな妹がいやがることをするもんだよ」

「どういう意味?」

「まあ、クローゼットを開けてお化けを見たような叫び声をあげて脅かすとか」

　ライリーの目元、唇に笑みが広がった。「あなたがそんなことするはずない」

　ディーンもいつしか微笑みを返していた。「するかもしれないよ。先手に出ないと」

　ライリーは走り出した。キャーキャーと叫びながら先に寝室に駆けこんでいく。好むと好まざるとにかかわらず、彼にも妹ができたのだ。

　パフィも混戦に加わり、騒ぎにまぎれてディーンは足音を聞き逃した。次の瞬間背中に衝撃を感じ、倒れこんだ。起き上がってみるとジャックが怒りに顔を歪め、立ちはだかっていた。「あの子にかまうな!」

ジャックがライリーの体をつかみ、子どもは今度は本物の叫び声を発していた。そのまわりを犬が甲高く吠えながら駆けめぐっている。ジャックは娘を胸に抱き寄せた。「大丈夫だよ。こいつが二度とおまえに近づかないようにするから。約束する」ジャックは娘の乱れた髪を撫でた。「この家を出よう、いますぐに」

憤怒と恨み、嫌悪が混ざり合った巨大なかたまりとなってディーンの胸に渦巻いていた。この混沌《こんとん》が現在の彼の人生を象徴している。ディーンは起き上がった。ライリーはジャックのシャツをつかみ、喘ぎながら話そうとしているが、興奮がひどく、言葉もままならない。ジャックの顔に激しい嫌悪があるのを見て、ディーンは奇妙な満足感を覚えた。それでいい。これですべてはっきりした。こっちもご同様さ。

「出て行ってくれ」ジャックがいった。

ディーンはジャックを殴りたかったが、ライリーがジャックのシャツを握りしめていた。子どもはようやく言葉を口にした。「私は――彼は――みんな私のせいなの! ディーンは――ナイフを見たの」

ジャックは子どもの頭を手で包んだ。「なんのナイフだ?」

「私が……キッチンから持ってきたの」そういってライリーはしゃくりあげた。

「ナイフを使って何をしようとしてたんだい?」吠え立てる犬の声にかぶさるようにして、ジャックは大きな声で訊いた。

ちこわした。

「私は——ただ——」

「この子は怖かったんだよ」ディーンは言葉に怒りを込めたかったが、ライリーがそれをぶちこわした。

「目が覚めて、家に誰もいなかったから怖くなって……」

ディーンはその場に留まらず自分の寝室に向かった。バーでの酔っ払いとの騒動ですでに肩が痛んでいたというのに、同じ場所を痛めてしまった。ひと晩で二度の殴り合い。素晴らしい。鎮痛剤を口に放りこんだとき、犬の吠える声がやんだ。服を脱ぎシャワーに入り、堪えられる限界までお湯の温度を上げた。

出てくるとジャックが部屋で待っていた。家のなかはしんと静まり返り、ライリーと犬もようやく眠りについたらしい。ジャックは廊下のほうに首を傾けた。「話がしたい。下で」答えを待つことなく、ジャックは出て行った。

ディーンはタオルを投げ、濡れた脚にジーンズを穿《は》いた。いまさらこうして本音で語り合っても詮《せん》ないことだという気がする。

ジャックはリビングにいた。指を尻のポケットに入れている。「あの子の叫ぶ声が聞こえた」彼は窓の外を見つめた。「最悪の状況に思えた」

「おい、あんたもやっとあの子を独りぼっちにしたことを遅まきながら思い出したわけだな。たいしたもんだよ、ジャック」

「へまをやるときは自分でわかる」振り向いたジャックの両手はだらりとさがっていた。

「おれはあの子には自分なりの思いを抱いていて、ときにそれが間違いのもとになる。今夜のようにな。あげくあと始末に躍起になるというパターンさ」

「ご立派。賞賛に値するね。ひれ伏したい気分だよ」

「おまえは一度も悪いことをしたことがないか？」

「そりゃあるさ。先シーズンは十七回インターセプトされた」

「そんな意味じゃない」

ディーンはジーンズのウェストバンドに親指をひっかけた。「スピード違反のチケットを切られる悪い癖があるし、そのつもりになればいやみな皮肉屋にもなれるが、妊娠した彼女を棄てたことはない。それが質問の意味ならね。誰彼なく同時に付き合うようなまねもしない。いいにくいのを承知でいわせてもらえば、おれはあんたと同類じゃないようだ」ジャックはたじろいだが、ディーンは完膚なきまで打ちのめしてやりたい気分だったので、そこでやめるつもりはなかった。「誤解のないようにいっておくが、あんたをここに泊めるのはライリーのためだ。おれにとってあんたは精子提供者でしかないから、目の前をうろつかないでもらいたい」

ジャックは一歩も引かなかった。「お安いご用さ。任せてくれ」ディーンに一歩近づいていう。「これは一度しかいわない。おまえには辛い思いをさせた。それをおれがどんなに悔いているか、おまえには想像もつくまい。エイプリルから妊娠を告げられたとき、おれは一目散に逃げ出した。もしおれが判断を任されていたら、おまえがこの世に生まれてくることはなかった。だから今度母親に憎しみを伝えるとき、そのことを念頭に置くがいい」

ディーンは吐き気を覚えたが、目をそむけたくはなかった。ジャックが皮肉っぽく鼻で笑った。「おれは当時二十三歳。責任を背負いこむには若すぎた。頭のなかは音楽、音楽界のトップに上りつめるという野望、セックスだけだった。エイプリルがおまえの面倒を見られないとき、それをかわってやったのはおれの弁護士だ。おまえの母親がコカインを吸いすぎたり、金のラメパンツをはいたグラムロッカーと一夜を過ごして帰宅しない場合に備えて、かならず乳母を常駐させるように手配したのも弁護士だ。おまえの成績の上がり下がりをつかんでいたのもやつだ。おまえが学校で病気になったときの連絡も弁護士に行くようになっていた。おれはおまえの存在を忘れることで手一杯だったんでね」

ディーンは身じろぎもしなかった。ジャックは歪んだ笑いを浮かべた。「それでも天罰は下されたよ。この先ずっと立派に成長したおまえを見るたびに、もしあのとき自分が決断していたらおまえはこの世に産声をあげることがなかったという思いに打ちのめされつづけなくてはならない。素晴らしいだろ?」

ディーンは耐えきれなくなり、背を向けた。だがジャックはその背中に最後の弾丸を発射した。「一つだけ約束しよう。おまえの許しを請うことはしない。これがおれのせめてもの償いだ」

ディーンはロビーへ急ぎ、玄関から外に出た。気づけばキャラバンのそばにいた。

ブルーがうとうとしかかったちょうどそのとき、平和なねぐらのドアが開いた。手探りで懐中電灯をつかみ、点灯した。彼の胸はむきだしで、その瞳は真夜中の氷のようにギラギラと光っていた。「何もいうな」激しくドアを閉めたのでワゴンが揺れた。「ひと言も発するな」

別の状況なら異議を唱えていただろうが、彼の様子があまりにも痛々しく、しかも美しかったのでブルーは感嘆の思いに束の間言葉を失った。起き上がって枕にもたれたが、居心地のよい避難所ももはや安全とはいえない気がした。彼は何かに深く動揺しており、ここではその原因が自分ではないことをブルーは感じた。ディーンはキャラバンのカーブした天井に頭をぶつけた。猛烈な呪詛《じゅそ》が夜気を震わせ、怒りの発作がワゴンを揺すった。

ブルーは唇を舐《な》めた。「嵐がおさまるまで罰当たりな言葉は控えたほうがよくないかしら」

「裸なのか？」ディーンは詰問した。

「いま現在は違うわ」

「だったら着ているものをよこせよ。どんなにぶざまなボロでもいいから」窓から一筋の月の光が射しこみ、彼の顔をくっきりとした平面と影に染め分けた。「おふざけはもうたくさんだ。そいつをこっちへよこせ」

「唐突ね」

「唐突でいい」彼はにべもなくいった。「よこさなければ、剝ぎ取るまでだ」

もしほかの男からこんなことをいわれれば、ブルーも頭が割れんばかりの悲鳴をあげていただろうが、相手はほかならぬディーンだ。何かの原因で彼の輝かしい外殻がひび割れ、内面が傷ついているのである。仕事も持ち金もなく、家もないブルーだが、飢えているのは彼のほうなのだ。みずからそれを認めるつもりはないだろう。二人のゲームはそう単純ではない。

「きみはピルを飲んでるよな」先週血液検査や性的な健康状態について、的を絞った議論をしかけた結果、得た知識である。

「ええ、でも――」またしてもブルーはセックスのためでなく肌のためにそれを飲んでいるのだと指摘しようとして、口をつぐむしかなかった。その間にディーンは食器棚に近づき、床近くに造りつけられた引き出しを開き、コンドームの包みを取り出した。ブルー自身がしまったものではない。そんな彼の計画性については反感を覚えるものの、同時にその分別はありがたかった。

「そいつをよこせよ」ディーンはブルーの指から懐中電灯を奪い、コンドームを落とし、ブルーの体を覆っているカバーを引き剥がした。光が〝ボディ・バイ・ビア〟のTシャツを照らした。「きみのファッションに対する採点が甘くなったと思うなよ。向上を望むことに変わりはない」

「文句があるならファッション警察に訴えれば」（ファッション警察＝見苦しい服装の者を捕らえる架空の組織）

「法律の力を借りずに勝手に制裁を加えるのはどうだ？」

ブルーはボディス破りを予期し、なかば希望をこめて身がまえたが、彼は懐中電灯を彼女の脚に沿って動かし、失望させた。「素敵だよ、ブルー。もっと脚を見せるべきだ」

「短いわよ」

「きれいだよ。それで充分だ」彼はブルーのTシャツをほんの少し引き上げた。数インチ上げただけなので、身につけているもう一つの衣類が現われただけだった。それはまるで夢のない肌色の腰骨までのパンティだった。

「Tバックを買ってやるよ」とディーン。「赤の」

「そんなもの着ません」

「わかるもんか」彼は片方の腰骨からもう一方の腰骨へと光を移動させ、ホームベースへと戻った。

「こんなことをすれば――」

「もちろん問題なくやれるさ」

「するとしても」とブルーはいった。「一度きりよ。それに私が上になるわ」

「上でも下でも逆さまでもいいさ。きみの想像もつかない体位を経験させてやる」

欲情の稲妻がブルーの体を射抜いた。思わずつま先をまるめる。

「でもまず……」彼は懐中電灯の先をパンティの股の部分に当て、焦らすように擦りつけた。次にその先を使ってTシャツの裾をまくり上げた。冷たいプラスチックの感触が胸のあいだの皮膚に触れ、むきだしの肋骨の上にかすかな回転花火のような刺激を送りこむ。彼の手が布越しに片方の乳房を包みこむ。

ブルーはうめきそうになった。それは理性など寄せつけない強く激しい愛欲だった。

「どの部分から剝ぎ取ろうか？」懐中電灯の光が体の上で揺れた。ブルーはまるで催眠術にかかったかのように、じっと身じろぎせず光の当たる先を見つめるばかりだった。光は布で覆われた胸の部分からウェスト、パンティの股の部分へと移り、最後に目を直撃した。ブルーがまぶしさに目を細め、ベッドがたわんだかと思うと、デニムを穿いたままの彼の腰が彼女の腰と重なった。それと同時に懐中電灯がベッドの上に落ちた。

「まずはここからだ」彼の言葉がブルーの頰をかすめ、二人の唇がひしと重なった。ブルーはこれまで体験したことのない激しいキスにわれを忘れた。優しさと猛々しさが交互に押し寄せた。焦らし、攻め、要求し、誘惑するキスだった。ブルーは腕を伸ばし彼の首に抱きつこうとしたが、彼がそれを拒んだ。「そんなこと二度とするな」と彼がいった。「きみのトリックは見抜ける」

これがトリック？

「きみは気をそらそうというつもりだろうが、そうはいかない」彼はブルーのTシャツを頭から脱がせわきへ投げた。残るはパンティだけになった。彼は懐中電灯で胸を照らした。Dカップ以下もまんざら悪くない、とブルーは開き直った。せいぜいB程度の胸は、これから起きることに備え、つんとそびえ立っている。

その胸を襲ったものは彼の口だった。

裸の胸が肋骨を擦り、乳首を吸われるとブルーはマットレスをつかんだ。唇と舌を使ったねんごろなキスだった。入念な歯での愛撫に、ブルーは堪えがたい刺激を感じ、彼の体を押し離した。

「そう簡単に逃れられないよ」と彼がささやく。熱い息が湿った皮膚を刺激する。彼はパンティにかけた親指でそれを引きおろし、立ち上がった。捨てられた懐中電灯はシーツの下に潜ってしまったので、ジーンズの下から現われたものをブルーは見ることができなかった。明かりに手を伸ばそうとして、その手を押し留めた。彼はつねに欲望の対象であり、追い求め、尽くされることに慣れている。その彼に今度は奉仕の役目を与えてみよう。

ブルーはカバーの下に手を滑りこませ、スイッチを切った。キャラバンのなかに漆黒の闇が広がった。こんなエロティックなゲームを続けていれば目新しさもあって愛撫にとろけてしまいそうだが、闇のなかの行為では彼に誰を相手にしているかを思い出させる必要性も出てくる。「頑張ってよ」とブルー。「私は相手が二人一組以下ではなかなか満足しないの」

「卑猥《ひわい》な夢での話だろ」彼のジーンズが静かな衣擦《きぬず》れの音とともに床に落ちた。「あの懐中電灯はどこへいった?」手探りする彼の手がブルーのわきをかすめた。彼はふたたび明かりをつけるとシーツの下から出し、彼女のあらわになった体の上で光を滑らせた。乳房から腹部、下半身へ。光はそこで止まった。「脚を開いてくれ」優しい声だった。「なかを見せてほしい」

ブルーは堪えがたい刺激に圧倒され、陶然とわれを忘れた。彼は抗《あらが》うことを忘れた脚を開き、懐中電灯のプラスチックが内股のスロープに冷たく触れた。「完璧だ」思う存分見た彼はささやいた。

その後は官能の嵐に包まれ、夢心地に過ぎていった。指が押し入り探索する。唇が探求を続ける。彼女自身の手は、手ざわりを知り、愛撫したり、たなごころに収めたいと久しく願っていたものすべてを探り確かめた。

彼女の小さな体は心地よい抵抗とともに彼の肉体を受け入れた。優しいムスクの香り、そして荒い目のベルベット。二人の肉体はともに動いた。懐中電灯が床に落ちた。彼は奥深く進入し、後退し、また進入した。ブルーはのけぞり、せがみ、闘い……やがてついに屈服した。


水道管の通っていない室内でのセックスは見かけほどロマンチックではない。「開拓者たちはみんなどうやったのかしら」ブルーは愚痴をこぼした。「バスルームに行きたい」

「きみのTシャツを使えばいい。明日燃やしちまえよ、頼むから」

「これ以上私のTシャツをけなしたら……」

「よこせよ」

「ねえ、いったいどこに……」彼が創意あふれるTシャツの使い方をしたので、ブルーは息を呑んだ。

二度目も彼女が上に乗ることはできなかった。しかし三度目には懐中電灯を手にすることができ、立場が逆転したつもりになった。しかしじつのところ、頭が朦朧《もうろう》として、誰が誰に奉仕するのかも、駆け引きも忘却の彼方に飛んでしまったのだった。唯一確かなのは、二度と彼を〝スピードレーサー〟呼ばわりできなくなったということだ。

二人はいつしかまどろんだ。ブルーが使っている、キャラバンの奥に設置された寝台は彼の身長には短かすぎたが、それでも彼は腕を彼女の肩にまわし、横たわっていた。


ブルーは朝早く目を覚まし、眠りをさまたげないよう慎重に彼の体をまたいだ。束の間彼を見おろすと、愛おしさが心の底から湧き上がってきた。早朝の光が彼の背中を照らし、筋肉や腱《けん》のカーブを浮き彫りにする。これまでの半生、ブルーはつねに二番目の地位に甘んじてきたが、昨夜だけは違った。

衣類を手に取り、家に向かった。手早くシャワーを浴び、Tシャツとジーンズを着ると必要なものをポケットに入れた。ふたたび外に出ながら、木陰のジプシー・キャラバンに視線を向けた。彼はブルーが憧れていた慈しみに満ちた大胆な愛し方のできる男性だった。昨晩のことを悔やむ気持ちはまったくないが、それでも夢の時間は終わったのだ。

ブルーは小型の自転車を納屋から出し、ハイウェイを目指した。丘を越えるだけで山を登るようにきつく、町のだいぶ手前で肺が燃えるように感じられた。最後の坂を登りきり、ギャリソンに向かって下り坂にさしかかるころには、脚が茹《ゆ》ですぎのスパゲティのように感じられた。

目的地に着いてみると、ニタ・ギャリソンも早起きだということがわかった。ブルーはニタの散らかったキッチンに入り、老女がトースター・ワッフルをつつく様子を見守った。

「三×三フィートのキャンバスで四百ドルいただきます」ブルーがいった。「今日手付金として二百ドルお支払いください。受諾も拒否もご自由です」

「そんなのはした金よ」ニタはいった。「もっと払うつもりだったわ」

「それと、制作中は部屋と賄《まかな》いを提供していただきます」ブルーはジプシー・キャラバンの思い出を振り払った。「タンゴの本質をつかむために、もっと知る必要があるからです」

タンゴはしおれた瞼《まぶた》を片方開き、濡れた目でブルーを見つめた。

ニタが勢いよく振り向いたので、カツラが落ちるのではないかとブルーは心配した。「ここに泊まりたいの？　私の家に？」

ブルーにとってそれはもっとも気の進まぬことではあったが、あんなことになった以上選択の余地はない。「質の高い絵を仕上げるにはもっとも望ましい方法なんです」

ニタがレンジを指さしたとき、ダイヤとルビーの指輪が節くれだった指できらめいた。「キッチンを散らかしっぱなしにしないでね」

「私がいたほうが、キッチンもずっときれいに片づきますからご安心を」

ニタの計算するような表情はよい兆しとはいえなかった。「私のピンクのセーターを取ってきてちょうだい。階上の私のベッドに置いてあるわ。宝石には近づくんじゃないわよ。手を触れればすぐにわかるからね」

ブルーは心のなかでニタのどす黒い心臓をナイフでひと突きし、老女の装飾過多のリビングを通り、二階に上がった。急げば一週間で肖像画を仕上げ、旅立てるだろう。これまでにもニタ・ギャリソンと過ごすよりずっと過酷な経験をしたことがある。これが町を出るためのもっとも手っ取り早い方法なのだ。

二階の部屋は一つを除けばすべて閉まっていた。廊下は階下と比べるといくらか清潔だが、ピンクのビロードのカーペットは掃除機をかける必要があり、カットグラスの天井の照明器具には虫の死骸がたまっている。ニタの部屋のローズピンクと金の壁紙、白い家具、薔薇《ばら》のカーテンで飾り立てた長い窓を見て、ブルーはラスヴェガスの斎場を思い出した。金の椅子にかかったピンクのセーターを手に取ると、下におり、白と金からなるリビングを通り抜けた。リビングにはベロアの寝椅子、クリスタルのプリズムが垂れるランプがあり、薔薇色のカーペットが敷き詰められている。

ニタは足を引きずりながら戸口に出てきた。腫れた足首が整形外科用オックスフォードからはみ出ている。老女は鍵の束を差し出した。「仕事にかかる前に、私を――」

「ピグリー・ウィグリーに連れていって、なんていいっこなしですよ」

このセリフを解さなかったところを見ると、どうやらニタは映画『ドライビング・ミス・デイジー』を観ていないのだ。「ギャリソンにスーパーマーケットのピグリー・ウィグリーはないの。私はこの町にチェーンを入れるつもりはないのよ。お金が欲しかったら私を銀行に連れて行きなさい」

「どこかに出かける前に」ブルーがいった。「ボイコットの解除を命じてて、ディーンの家の工事を再開させてください」

「あとで」

「いますぐやってください。電話番号調べは手伝いますから」

意外なことにニタはほとんど反論もしなかった。ただし電話をかけるのにまる一時間はかかってしまい、その間ブルーに家じゅうのゴミを捨てろだの胃薬を探せだの箱のたぐいを気味の悪い地下室に運べだのと次つぎ命じた。しかしようやくブルーは三年前に出たスポーティな赤のコルベットのロードスターの運転席に座った。「タウンカーを想像していたんじゃないの?」ニタは助手席で皮肉っぽくいった。「あるいはクラウン・ヴィクトリアとか老人向けの車を」

「魔女のほうきを想像してましたわ」とブルーはほこりっぽいダッシュボードを見ながらつぶやいた。「どのぐらいガレージから出さなかったんです?」

「腰が悪いから運転はできないけど、一週間に一度はバッテリーが上がらないようにアイドリングしているわ」

「そのあいだ、ガレージの戸は閉めておくといいですよ。三十分もやれば充分です」

ニタは毒でも吸うように歯をしゃぶった。

「ところで移動はどうしてるんです?」ブルーが訊いた。

「あの頭の弱いチョーンシー・クロールよ。町のタクシーがわりなんだけど、始終窓から唾を吐くから、見てると胸が悪くなるの。彼の奥さんは昔ギャリソンの婦人クラブを運営していた。私は最初から嫌われ者だったわ」

「それは驚きね」ブルーは角を曲がり、メインストリートに出た。

「借りは返したわよ」

「まさか町の子どもたちを食べたなんていわないでくださいよ」

「あんたはなんでも皮肉にする癖があるわね。薬局に寄ってちょうだい」

ブルーはひと言余計なわが口が恨めしかった。ギャリソンの善良な婦人たちとニタとの関係についてもっと話を聞いていたら、恰好の気晴らしになっただろうに。「銀行に行くんじゃなかったんですか」

「その前に私の処方薬を取ってきてほしいの」

「私は画家で、使い走りじゃありません」

「私は薬が必要なの。それとも老人の薬を受け取ることがそれほど面倒だというの?」

ブルーの気分は憂鬱から苦悩へと落ちこんだ。

〝配達します〟と前面にでかでかと書かれたドラッグストアに寄ったあと、食糧品店にドッグフードとオールブランを買いに行かされた。あげくにバナナ・ナット・マフィン一個を買うためにパン屋にも寄った。最後に、ニタがバーブの温泉つき美容室でマニキュアをしてもらうあいだ、待つことになった。ブルーはその時間を使って自分でもバナナ・ナット・マフインとコーヒーを買った。それで財布に残った十二ドルのうち、三ドルが消えた。

カップの蓋を戻し、通りを渡って車に戻るために銀色のダッジ・ラムのトラックが通過するのを待った。しかしトラックは通過せず、ブレーキをかけ、消火栓の前に斜めに停まった。ドアが開いて見慣れたゲイブーツが現われ、続いて同じく見慣れた細いデニムの脚が出てきた。

ブルーは束の間奇妙な眩暈《めまい》を覚え、きらめくトラックを見て眉をひそめた。「信じられない」

17

「いったいどこへ行っていた？」ディーンはビスケット色のカウボーイハットをかぶり、黄色のレンズが入った、ハイテクのつや消し加工の金属フレームのサングラスをかけている。数時間前に愛しあったことで、ブルーにとって彼は高速道路上の非常交通規制のような存在になっている。出会った当初から、彼に何もこちらから与えないようにしてきたが、昨夜とうとう大きなものを捧げる結果になってしまった。それを取り戻さなくてはならない。

ディーンはトラックのドアを閉めた。「今朝サイクリングに出かけるのなら、起こしてほしかったね。ぼくもサイクリングには行くつもりだったから」

「あのトラックはあなたのよね？」

「トラックがなくちゃ、農場はやっていけない」あちこちの店の窓から人の顔が覗いていた。ディーンはブルーの腕をつかみ、トラックの横面に押しつけた。「こんなところで何をしてるんだ、ブルー。メモ一つ残していかないから、心配したんだぞ」

ブルーはつま先立って苛立った顔の横に軽くキスをした。「新しい仕事を始めるために町に来なくてはならなかったの。だから自転車を借りたのよ。そのうち返すわ」

ディーンはサングラスをはずした。「新しい仕事って？」彼の目が細くなった。「まさか」

ブルーはコーヒーカップを通りの反対側に停めたコルベット・ロードスターに向けた。

「いやなことばかりじゃないわ。ニタはいい車を持ってるの」

「ばあさんの犬の絵なんか描くな」

「私の現在の財産はあなたがマクドナルドで払うチップの額にも満たないのよ」

「こんなに金に執着する人間には会ったことがないよ」ディーンはふたたびサングラスをかけた。「そんな考えはいいかげん捨てろよ、ブルー。きみは金の力を信じすぎている」

「まあ、億万長者にでもなれば考えを変えてもいいわ」

ディーンは財布を勢いよく引っぱり出し、札の束を抜き、ブルーのジーンズのサイドポケットに入れた。「きみの財産は増加に転じた。さあ自転車はどこにある？　これから二人ですることがあるんだ」

ブルーは札束を出した。五十ドルばかりの束だった。サングラスの黄色いレンズに映る黄色い顔が彼女をにらみ返していた。「このお金をもらう理由は？」

「理由ってなんだ？　それは当然の報酬だよ」

「それはわかるけど、私はこれを稼ぐのに何をしたのかしら？」

ディーンはブルーのいわんとすることを正確に把握していたが、そこは、不意打ちのタッチダウン・パスを投げることについては達人、鋭い一球を返してきた。「週末に家具選びをやってくれたじゃないか」

「エイプリルを手伝っただけ。高級ホテルに泊まり、立派な食事をふるまってもらっただけで充分すぎるほどの見返りよ。それは感謝するわ。楽しかった」

「きみはぼくのコックだ」

「これまであなたが食べたのはパンケーキ三枚と残り物だけじゃないの」

「それにキッチンのペンキ塗りもしてくれた！」

「私はキッチンの一部とダイニングの天井を塗っただけ」

「だろう？」

「ここ一週間以上あなたは食事代に部屋代、交通費まで出してくれたんだから」とブルーがいう。「働いて埋め合わせるのは当然のことよ」

「きみは帳簿でもつけてるのかい。うちのダイニングに壁画を描いてくれる話はどうなった？　壁画だぞ。四面全部に描いてもらいたい。それについては今日ヒースにいって、きちんとした契約書を作らせる」

ブルーは紙幣をディーンのフロントポケットに差しこんだ。「言いくるめようとしても無駄よ。壁画なんか全然興味ないくせに」

「おおありだとも。そのアイディアは最初から気に入ったし、ますます楽しみになってるくらいだよ。それにこれはきみの作りだした問題をすべて解決してくれる妙案でもある。それなのにきみはなぜかそれを実行するのを恐れている。説明してくれ。恩義のある相手に壁画を描くことになぜそれほどの戸惑いを覚えるのか、説明してほしい」

「気が向かないから」

「ぼくはきみに正当な仕事をオファーしているんだよ。あんなクソばばあのところで働くより、ずっとましなはずだけどね」

「いいかげんしてくれない？　これまで私がしたサービスは唯一昨日の晩の出来事だけよ。いくらあなたみたいな鈍感男でも、あんなことがあったあとでお金を受け取れないことぐらい察しがつくでしょうに」

ディーンは怯むどころか鼻で笑った。「それは的外れな指摘だね。だって、少なくともぼくの記憶によればサービスを提供したのはこっちだからさ。きみは何もかも商売として考えたいわけ？　結構だ。だったら金を払うべきなのはそっちだよ。請求書を送ってもいい。料金は千ドル！　そうきみはおれに千ドルの借りがある。サービスの対価として」

「千ドル？　よくいうわ。興奮するために昔のボーイフレンドを思い浮かべなくちゃならなかったのに」

これはブルーの思惑どおりに会話を終了させる究極のパンチとはいかなかったようで、ディーンは笑い声を上げた。それもいやみな笑い方なら、ブルーの意気も上がっただろうが、それは心から楽しげな笑い声だった。

「あんた！」

間が悪くニタがバーブの店から出てきたので、ブルーはたじろいだ。塗りなおした血のように赤い鉤爪《かぎづめ》で杖をつかんでいる。「ほれ！　道を渡って手を貸しなさいな」

ディーンはニタにいやみなほど陽気な笑顔を向けた。「おはようございます、ミセス・ギャリソン」

「おはよう、ディーク」

「ディーンですよ」

「そうじゃないはずよ」ニタはブルーにバッグを差し出した。「これ、持って。重いの。私の爪にも気をつけてよ。私がいないあいだ、ガソリンを無駄遣いしなかったでしょうね」

ディーンはジーンズのポケットに親指をかけた。「二人がこんなに仲良くなって、ぼくも安心しましたよ」

ブルーはニタの肘をつかみ、通りに進ませた。「車はここに停めてあります」

「見ればわかるわよ」

「この人の家に寄って、自転車を農場まで運んでおくよ」ディーンが声をかけた。「じゃあ、お二人さん、楽しい一日を」

ブルーは聞こえないふりをした。

「家に連れて帰ってちょうだい」ニタは助手席に座るといった。

「銀行は?」

「疲れたの。小切手を書くわ」

三日間の辛抱。ブルーはこっそりトラックを見ながら、みずからに言い聞かせた。

ディーンは消火栓に片足を乗せて立っており、町の美人の一人が腕にしなだれかかっていた。

家に帰るとニタはおたがいが親しくなるために、タンゴを散歩に連れて行けと主張した。タンゴは足が不自由で高齢なので、紫陽花《あじさい》の下で居眠りさせ、ブルーはそのあいだ家から見えない縁石に腰をおろして今後のことを考えないようにした。

ニタがなんのかんのと理由をつけるので、結局ブルーが昼食を作ることになったが、その前にキッチンを掃除しなければならなかった。最後の鍋《なべ》を拭いていると、銀色のラム・トラックが裏手の路地に入ってきた。ディーンが降り立ち、勝手口のそばに止めてあった自転車を回収し、トラックの荷台に載せる様子をブルーはじっと見つめた。彼はブルーが立っている窓のほうに向かってカウボーイハットを軽くたたいてみせた。

ジャックの耳に音楽が聞こえ、エイプリルの姿が目に入った。夜の十時過ぎで、あたりは暗く、傾いだコテージの玄関ポーチで曲がった金属の照明器具の真下に座り、足の爪にマニキュアを塗っているところだった。流れたはずの歳月は感じられなかった。ぴったりとした黒のトップにピンクのショートパンツを身につけた彼女は記憶のなかの二十歳の彼女とほとんど変わらず、ジャックは足元を見ることさえ忘れ、倒れた杭垣《くいがき》の内側に生えた木の根につまずいた。

エイプリルが目を上げ、すぐにまた下を見た。ジャックの昨夜の態度は不快そのもので、それを忘れることはできなかった。

エイプリルがようやく作業を再開した塗装工たちにてきぱきと指示を出し、配管工に文句をいい、トラックから家具をおろす作業の監督をしつつ、あからさまに彼を避ける様子をジャックはまる一日目の当たりにしてきた。男たちの彼女を追う視線だけが昔と同じだった。

ジャックは木の階段の下で立ち止まり、騒々しい音楽に向けて首を傾けた。エイプリルは戸外用の安楽椅子に片足を乗せて座っていた。「何を聴いてるんだい？」と尋ねる。

「スカルヘッド・ジュリー」エイプリルは爪先から目を離さない。

「そりゃ誰だ？」

「LA出身の型やぶりなグループよ」音量を落とそうと手を伸ばす彼女の顔に長いシャギーな髪がはらりとかかる。この年頃の女性は髪を切る傾向があるが、彼女はそうした流れには従わない。ファラー（ファラー・フォーセット・メジャーズ）風ロングヘアが流行したときも、ロングヘアをばっさりと幾何学的カットにし、素晴らしい青の瞳がいっそう引き立つことになって、注目を集めたものだった。

「きみは昔から新しい才能を発見するのが得意だったね」とジャックがいった。

「最近じゃ疎くなったわ」

「それはないだろう」

エイプリルはつま先に息を吹きかけ、ジャックをふたたび締め出そうとした。「ライリーを迎えにくるのなら、一時間ぐらい前に来ればよかったのに。疲れて予備の寝室で眠ってしまったわよ」

ジャックは今日、ほとんど娘の顔を見ていない。ライリーは午前中ずっとエイプリルのあとをついてまわり、午後になるとディーンが新しいトラックの荷台からおろした紫色の自転車で彼と一緒に出かけてしまったからだ。戻ってくると頬が紅潮し、汗びっしょりではあったが、楽しそうな顔をしていた。自転車くらい自分が買ってやればよかったとは思うが、思いつきもしなかったのだ。

エイプリルは刷毛《はけ》を瓶に戻した。「迎えにくるのにずいぶん時間がかかったわね。私があの子のミルクに興奮剤を入れたり、あなたの昔のいかがわしい話をして聞かせるかもしれないのに」

「今度はすねて苛々してる」ジャックは階段の一番下の段に足を乗せた。「昨日のぼくの態度は最低だった。だから謝りにきた」

「どうぞ」

「いまの言葉じゃだめか」

「よく考えてよ」

追い返されて当然なのに、ジャックはポーチの端まで上ると思わず頬がゆるんだ。「土下座しろというのか?」

「手始めに」

「してもいいが、やり方がわからない。長年人からちやほやされすぎてね」

「やってみて」

「まずきみの言い分が正しかったと認めるよ」とジャックがいった。「おれは娘とどう接していいかわからず、持て余している。そのために自分が愚かしく思え、気が咎《とが》めて仕方がない。そんなこんなでにっちもさっちもいかなくなり、きみに八つ当たりしてしまったんだ」

「いい調子。もっと続けて」

「ヒントをくれよ」

「あなたは恐怖心から理性をなくしてて、だから今週は私を頼ろうとする心理が働くのよ」

「それも図星だ」強気の言葉を連ねてはいても、エイプリルが傷ついていることは否めない。このところ人を傷つけてばかりいるような気がする。ジャックはホタルが出はじめた森をじっと見つめた。ポーチのキャンドル型の柱にもたれると、剝げたペンキが肘を擦った。「いま、タバコが無性に吸いたい気分だ」

エイプリルは片足をおろし、もう一方を上げた。「タバコはあまり恋しくないの。それをいうならドラッグだって欲しくない。私の場合はアルコールね。この先死ぬまでワインやマルガリータの一杯も口にしないと思うとぞっとするけど」

「いまなら少しぐらい飲んでも溺れたりはしないだろう」

「私って、なんでもハマって抜けられなくなるたちなのよ」その率直な言葉に、ジャックは不安を覚えた。「だから二度と飲んではだめなの」

コテージのなかでエイプリルの携帯電話が鳴った。彼女は急いで瓶の蓋を閉め、立ち上がって電話のほうへ向かった。網戸が音をたてて閉まり、ジャックは両手をポケットにつっこんだ。今日はスクリーンポーチの青写真を一組発見した。父親が大工だったので子どものころから青写真や工具は身近にあるものだったが、最後にいつハンマーを手にしたのか記憶にない。

網戸越しに誰もいないリビングを見つめていると、押し殺したようなエイプリルの声が聞こえてきた。我慢がならなくなって、ジャックはなかに入った。エイプリルはこちらに背を向け、キッチンキャビネットに腕を立てそこにひたいを当てた状態で立っている。「あなたのこと、どんなに私が気にかけているか知ってるはずよ」それはあまりに小さな声なので、聞き取るのがやっとだった。「朝また電話して、わかった？」

こうした胸を刺すような嫉妬を感じるのはあまりに久方ぶりのことなので、ジャックはカウンターの上にあるパンフレットに気持ちを向けた。それを手に取るとエイプリルが電話を閉じ、パンフレットを身ぶりで示した。「私がボランティアで関わっているグループよ」

「ハート・ギャラリー？　聞いたことがないな」

「里子養育制度で養子の対象になる子どもたちの素晴らしいポートレートを、ボランティアで撮っているプロのカメラマンのグループよ。地方のギャラリーにその子たちの写真を展示しているの。よく社会福祉事業で使われるようなただの顔写真ではなくて、もっと人間的な親しみのある写真よ。展示会を通して多くの子どもたちが家族を持てるようになっているの」

「きみはそれをどのくらい続けているんだい？」

「五年くらいよ」そういいながらエイプリルはまたゆっくりとポーチに戻った。「知人のカメラマンのために子どもたちのスタイリングを始めたの。その子の個性に合う服装を選び、小道具を考え出し、子どもたちをリラックスさせたりするの。いまではときどき自分でも撮るのよ。少なくともここへ来るまでは撮っていたわ。私がその活動にどれほど打ちこんでいるか知ったら、あなたも驚くはずよ」

ジャックはパンフレットをポケットに入れ、自分もポーチに出た。電話の相手は誰かと尋ねたかったが、やめておいた。「きみが結婚しなかったのは意外だね」

エイプリルはマニキュアの瓶をつかみ、ふたたびアディロンダック椅子に座った。「結婚にふさわしい健康を取り戻すころには、興味がなくなっていたの」

「男のいないきみなんて想像もできないよ」

「探りを入れるのはやめて」

「探りを入れているわけじゃない。きみが誰と付き合っているか知りたいだけだ」

「頭数をいわせたいんでしょ」エイプリルがそっけなくいった。

「そうかな」

「あなたは私がいまも意志薄弱なだけの善良な男たちを堕落に導く悪女なのかどうか知りたいのよ」

「そんな……」

エイプリルは親指に息を吹きかけた。「先週付き人と一緒にいたブルーネットは誰なの？

雑用係？」

「有能なアシスタント。裸は見たことがないよ。じゃあいま真剣に付き合っている相手はいないということか？」

「自分に対してはすごく真剣」

「それはいい」

エイプリルはマニキュアの汚れを拭き取った。「あなたとマーリの話をしてよ。なぜ結婚したの？　五分で決めたの？」

「一年半付き合った。もう昔話さ。おれは四十二歳で、そろそろ身を固める時期かなと考えていた。彼女は若くて美人で、性格もよかった。少なくとも当時はそう思っていた。彼女の声が好きだったんだ。今でもね。結婚するまで争いの種は出てこず、たがいに相手の何から何まで気に入らないということがわかったのは結婚後だ。いまだからいうが、彼女は皮肉というやつが嫌いだった。しかし悪いことばかりじゃない。ライリーが生まれた」

マーリのあとに、二人の女性と長く付き合い、それについてはマスコミで詳しく報道されてきた。彼は二人の女性を好きではあったが、何か根本的なものが欠けており、過去の結婚の失敗から次の結婚へと踏み出せなかった。

エイプリルはつま先を塗り終え、キャップを閉め、長い脚を伸ばした。「ライリーを遠くに行かせてはだめよ、ジャック。サマーキャンプへも、マーリの妹のところへも、なかでも秋に寄宿学校に入れるのは絶対にやめて。わが子は手元に置くのよ」

「それは無理だ。もうすぐツアーも始まる。どうすればいいというんだ。ホテルの部屋に閉じこめるというのか？」

「何か方法があるはずよ」

「きみはおれを信頼しすぎる」ジャックはフェンスとは呼べない代物をじろじろと見た。

「ライリーから昨日の晩のことを聞いたかい？　ディーンとの」

母ライオンが子どもの身に迫りくる危険を嗅ぎ取ったかのように、エイプリルがはっと顔を上げた。「なんなの？」

ジャックは階段の上に腰を下ろし、昨夜の出来事を一部始終語って聞かせた。「言い訳はしないよ」語り終えた彼は言い添えた。「しかしライリーは悲鳴を上げていたし、ディーンがあの子を追いかけていたんだ」

エイプリルは椅子から立ち上がった。「ディーンがライリーを傷つけるはずがないわ。彼に組みつくなんて信じられない。首をへし折られなかったのが幸いと思わなきゃ」

ジャックはひと言もなかった。自分のトレードマークでもある力強いコンサートを続けていくために体を鍛えているとはいえ、三十一歳のプロのアスリートと比べるべくもない。

「まだ続きがあるんだ」ジャックは階段から立ち上がった。「その後おれとディーンは話をした。少なくともおれは話した。自分の罪をすべてさらけ出したよ。包み隠さずにね。いうまでもないが、ディーンは身震いした」

「あの子にかまわないで、ジャック」エイプリルは疲れたようにいった。「ただでさえ私やあなたからさんざんな仕打ちを受けてるんだから」

「ああ」ジャックはドアをちらりと見やった。「ライリーを起こすにしのびない。今夜はここで寝かせてもいいかな?」

「ええ」エイプリルは背を向けてなかに入り、ジャックも階段をおりかけた。だがふと足を止めた。「きみはこれっぽっちも興味がないか?」そういいつつじっと彼女に視線を注いだ。「ぼくらのこれからに?」

エイプリルの手が網戸の取っ手の上で止まった。しばし無言のままだったが、ようやく発した言葉はかぼそくも断固としていた。「まるでないわ」

ライリーはエイプリルと父親の話を聞き取ることはできなかったが、二人の声で目を覚ました。コテージのベッドに横たわり、二人が話をしていることを知ってくつろぎを感じた。二人のあいだにディーンが生まれたのだから、かつて愛し合った時期もあったのだろう。

ライリーは脛《すね》を足の親指で掻いた。今日一日があまりに楽しかったので、悲しみはどこかに消えてしまった。エイプリルは花を摘んでブーケを作りなさいとか、塗装工のお兄さんたちに飲み物を出してとか、いろいろと素敵な仕事を言いつけてくれる。午後にはディーンと一緒にサイクリングに出かけた。砂利の上でペダルをこぐのはきつかったが、彼はノロマだなんていわなかった。明日はトレーニングのために球投げの相手をしてほしいといわれた。そのことを考えただけで、不安になるけれど、わくわくもする。ブルーに会いたいが、彼女のことを尋ねたら、ディーンに話をそらされてしまった。ディーンとブルーが別れないでほしいと思う。ママはいつも誰かと別れていた。

エイプリルが動きまわる音が聞こえ、ライリーはシーツを顎のところまで引き上げ、エイプリルが様子を見にきたときのために、じっとしていた。ライリーはエイプリルがそんな行動をとることに気づいている。

数日が過ぎ、ディーンが距離を置いてくれるのはいい傾向だとブルーはみずからに言い聞かせた。いまはニタと渡り合うのに全神経を傾けなくてはならないからだ。それでも彼への恋しさはつのるばかりで、ブルーは彼も同じだけ自分に会いたいと思ってくれることを願った。しかし考えてみれば、いまさら用はないはずだった。彼は欲しいものは手に入れたのだから。

ふと、かつてよく味わった寂寥《せきりよう》感に襲われる。ニタはタンゴと一緒の自分の肖像画を描けと言い出した。ただし現在の姿ではなく若き日の自分を描けというのである。このためにたくさんのスクラップブックやアルバムを掘り起こすように丹念に調べる作業が必要になり、ニタの真っ赤な爪が写真を次つぎと指しては一緒に映った人物の欠点を並べ立てるということが続く。ダンス講師の仲間、自堕落なルームメイト、彼女にあるまじき仕打ちをしたあまたの男たち。

「あなたは誰かを好きになることはないの？」とブルーは苛立ちを覚え、訊いた。日曜の午前中、二人はリビングの白いベロアのカウチのまわりに古いアルバムを並べて座っていた。ニタの節くれだった指がページをめくる。「昔は誰のことも好きだったわよ。人間の本性に関してうぶだったからね」

なかなか絵に取りかかれないという歯がゆさはあるものの、ニタの人生が繙《ひもと》かれていくのは見ていて楽しかった。戦時中ブルックリンで育った十代のころ、しばしば思い出話に出てくる、社交ダンスの講師をしていた五〇年代から六〇年代にかけての写真。ニタによればのんべえだったという俳優との短い結婚生活を経て化粧品の販売をやり、試写会のモデル、あらゆるニューヨークのレストランでクローク係もやったという。

七〇年代初頭にニタはマーシャル・ギャリソンと出会い、結婚した。結婚式の写真を見ると、プラチナブロンドをミツバチの巣型のヘアスタイルにした化粧の濃い女性が、白っぽい口紅を塗った唇をかたわらの、白いスーツ姿の上品な年配の男性に向けて愛しげに向けている。ニタの腰は細く、脚は長く、肌は引き締まってしわもなく、まさしく男が振り向くタイプの女性である。

「彼は私のこと、三十二歳くらいだと思ってたの」とニタがいう。「彼は五十歳で、私がじつは四十歳だと知ったらどうするかと心配で、私はそりゃやきもきしたものよ。でも彼、私に夢中だったから、そんなこと気にしなかったの」

「この写真、ずいぶん楽しそう。何があったの？」

「ギャリソンにやってきたときの写真よ」

ページをめくるうちに、ニタの積極的な笑顔がしだいに苦々しく厳しい表情へと変わっていく。「これはいつの写真？」

「結婚して二年目のクリスマス。このころ私は他人に好かれる存在になるという幻想を棄てたの」

女性客たちの憤りの表情は、町の最重要人物を盗んだブルックリンからの侵入者に対する感情を如実に写し出している。大きなイヤリングに超ミニのスカートも反感を買っていただろう。次のページには誰かのガーデンパーティで一人ぽつんとこわばった笑みを浮かべるニタの姿が写し出されている。ブルーはマーシャルの写真を指していった。「ご主人はとてもハンサムな方ね」

「本人もそれを自覚していたわよ」

「ご主人を好きでもなかったの？」

「気骨があるとは認めていたから結婚したのよ」

「ご主人の血を吸いながら、骨までしゃぶったんでしょう？」

ニタは下唇を歪め、歯をむき出した。不満を表わすときのお気に入りの表情である。ブルーはこれまで数えきれないほど歯を吸う音を聞かされた。

「虫眼鏡を持ってきてちょうだい」とニタが要求した。「この写真にパーティ・ジョンソンのアザが写っているかどう見たいの。あんなに不器量なくせに、私のことをけばけばしい女だなんてこきおろしていたの。仕返しはしたけどね」

「ナイフか銃で？」

歯を吸う音。また吸う音。「あの女の亭主が失職したとき、あの女をうちの清掃婦として雇ってやったの。横柄《おうへい》なあの女にはこたえたはず。なにしろ私はトイレ掃除を日に二度も言いつけたからね」

不運なパーティ・ジョンソンに対してニタがどれほど高圧的な態度をとったか、容易に想像がつく。この四日間ブルーにもまさしく同じ態度で接しているからだ。やれホームメイドのクッキーを焼けだの、タンゴの下の始末をしろだの、現実にはなり手のない家政婦を雇う算段をしろだのと無理難題を押し付ける始末だ。ブルーはアルバムを閉じた。「もう充分に見たから仕事に入るわ。スケッチはできているから、今日の午後少し一人にしてくれれば、ある程度進むはずよ」

ニタは肖像画を描くだけではなく、それをロビーに架けられる大きいサイズにしてほしいと注文を出していた。ブルーはキャンバスを特注し、サイズに見合った料金に変えた。これで新しい町での暮らしを始めるには充分な資金が手に入るはずだった……もしギャリソンを出ることが叶えばだが、なぜかニタはそれを阻止しようと躍起になっている。

「あのフットボール選手にうつつを抜かしてたら、まともな絵なんて描けるはずないんじゃない？」

「うつつなんか抜かしてません」火曜日に道で見かけて以来彼を見てもいない。荷物を取りに農場に戻ったときも彼は出かけていた。

ニタは杖に手を伸ばした。「現実を直視しなさい、ミス・大風呂敷。あんたの婚約話なんてもうたくさん。ああいう男はあんたのような女に満足するはずないの」

「口癖のようにいうわね」

ニタは気どっていった。「鏡を見ればわかることよ」

「いいかげんにしてくれません？」

ニタの下唇が歪み前歯を吸う騒々しい音がした。「彼に振られたのに、あんたはそれを認めようとしない」

「振られてなんかいないわ。ちなみにいっておきますけど、私は男を利用する女。利用はさせない主義よ」

「そうかい。あんたは現代のマタ・ハリというわけかね」

ブルーはアルバムを二冊つかんだ。「二階に行って仕事に取りかかるわ。邪魔しないでね」

「どこへ行っても結構だけど、私の昼食を用意してからにしてちょうだい。グリルド・チーズ・サンドイッチが食べたいの。ヴェルヴィータを使うのよ。あんたの買ってきたゴミじゃなくて」

「チェダーチーズよ」

「あれは嫌い」

ブルーは溜息をついてキッチンに向かった。冷蔵庫を開けたとき、勝手口をノックする音が聞こえた。胸をときめかせて行ってみると、エイプリルとライリーだった。二人に会えて嬉しい反面、わずかながらの失望を感じずにはいられなかった。「入って。会いたかったわ」
「私たちもよ」エイプリルはブルーの頬を撫でていった。「とくにあなたの料理が恋しいわ。昨日立ち寄ろうと思ったけど、工事から目が離せなくて」

ブルーはライリーを抱擁した。「可愛くなったじゃない」五日ぶりに会ってみると、ライリーの不《ぶ》恰好《かっこう》なもつれ髪は卵型の顔を目立たせるカーリーなショートカットに変わっている。身につけているのはぴちぴちの凝りすぎた洋服ではなく、体に合ったカーキのショートパンツに目の色やオリーブ色の肌を引き立たせるグリーンのシンプルなトップである。顔色は日に日によくなっている。

「誰なの」案の定ニタがキッチンのドアに姿を現わし、さげすむような目でエイプリルをにらんだ。「何者?」

ブルーは顔をしかめた。「騒ぐほどのことかしら?」

エイプリルは笑顔をつくろった。「ディーン・ロビラードの家政婦です」

「ブルーはまだあんたのボスにぞっこんなの」ニタが独善的にいった。「彼はここに一度も会いにこないのに、この子はまだ失恋を認めようとしないのよ」

「ぞっこんなんかじゃないわ。私は——」

「この娘はおとぎの国に住んでいて、白馬の王子が惨めな人生から救い出してくれると信じているわけよ」ニタは三本のネックレスの一本を指で引っぱり、十一歳の子どもに目を向けた。「あんた、なんといったっけ? たしか、へんな名前だったわね」

「ライリーです」

「なんか男の名前みたい」

ブルーが反論する前に、ライリーがいった。「そうかもしれない。でもトリニティよりはましだわ」

「それはあんたの考え。もし私に子どもが生まれていたら、ジェニファーとつけたでしょうね」老女は杖を戸口に向けた。「リビングについてきなさい。若い目で星占いを読んでもらいたいの。別の誰かさんは手一杯だからね」といってブルーをにらむ。

「ライリーは私に会いにきたのよ」とブルーがいった。「だからキッチンにいてもらいます」

「またあんたは子どもを甘やかす」ニタは不満げにライリーを見た。「あんた、赤ちゃん扱いされてるのよ」

ライリーはうなだれた。「そうでもないわ」

「どうなのよ?」ニタは居丈高にいった。「来るの、こないの?」

ライリーは唇を舐めた。「行ってもいいけど」

「待って」ブルーはライリーの肩に腕をまわした。「あなたは私とここにいなさい」

驚いたことに、ライリーはしばし逡巡《しゅんじゅん》したあとに、体を離した。「私、あの人のこと、怖くないもの」

ニタの鼻孔が広がった。「怖いはずないでしょう。私は子ども好きよ」

「夕食に、でしょ」ブルーが反駁《はんばく》した。

ニタは歯を吸い、ライリーにいった。「そんなところに突っ立ってないで来なさい」

「やめなさい」ブルーはニタのあとからリビングに向かおうとするライリーにいった。「あなたは私の客で、この人の客じゃないでしょ」

「それはわかってるけど、でもとにかくついていかなきゃいけないと思うの」ライリーはあきらめたようにいった。

ブルーはエイプリルと視線を交わした。エイプリルはやっと識別できる程度にうなずいた。ブルーは片手を腰に当て、ニタを指さす。「もしライリーに意地の悪いことをひと言でもいったら、今夜あなたが寝入ってからベッドに火をつけるわよ。本気だからね。ライリー、この人が何をいったかちゃんと報告するのよ」

ライリーはそわそわと腕を掻いた。「ああ……わかった」

ニタはエイプリルに向かって口をすぼめてみせた。「この娘の話し方、聞いた？　あなたは証人だからね。私の身に何かあったら、警察を呼んで」老女はライリーをにらんだ。「読むとき唾を吐かないでちょうだい。我慢がならないから」

「わかりました」

「はっきりとものをいいなさい。それと、猫背はやめなさい。歩き方から仕込まなきゃだめだわね」

ブルーはライリーの顔に落胆の表情が現われるものと予想したが、少女は深く息を吸い、胸を張ってリビングに入っていった。「この人が何をいっても気にしないのよ」ブルーが後ろから声をかけた。「ほんとに底意地が悪いんだから」

歯を吸う音がようやくやんだ。

ブルーはエイプリルの顔をしげしげと見た。「なぜあの子はニタのいうことに従ったのかしら」

「自分を試しているのよ。昨日の夜あの子は日が暮れてから犬を必要もない散歩に連れ出したの。今朝池のそばでヘビを見つけたときも、あえて池の縁をまわって近くで観察しようとしたのよ。顔色は真っ青だったけれどね」エイプリルはブルーの勧めた椅子に座った。「見ていてもやきもきしてしまうわ。あの子はナッシュビルから家出するだけの根性は持ち合わせているの。聞けばぞっとするような裏話だけどね。父親にも勇気を出して自分の気持ちを伝えることができた。それなのに、あの子は自分が臆病だと思いこんでいるのよ」

「あの子は立派よ」ブルーはライリーが無事かどうか確かめるためにリビングを覗きこみ、食器棚からクッキーの缶を出し、キッチンテーブルまで運んだ。

「よくあんな人と一緒に住めるわね」エイプリルはブルーの差し出したホームメイドのシュガークッキーを受け取った。

「順応性はかなりあるの」ブルーもクッキーを一つつかみ、エイプリルと向かい合うように金メッキの椅子に座った。「ライリーはすごい子よね」

「あの子が自分を試している理由はディーンだと私はにらんでいるのよ。ディーンが精神力についてライリーに話しているのをふと耳にしてしまったの」

ディーンの面影が胸に浮かぶ。「彼はやっとライリーの存在を認めたの?」

エイプリルはうなずき、先週の火曜日の夜起きた出来事の一部始終を語って聞かせた。同じ晩、ディーンはキャラバンに現われ、二人は結ばれたのだ。彼が何かによって心に傷を負ったのだということはわかっていたが、これで理由がはっきりした。ブルーはクッキーを割り、話題を変えた。「工事は進んでいるの?」

エイプリルはネコのように体を伸ばした。「塗装のほうは終わったし、家具もどんどん到着しているわ。でもスクリーンポーチを請け負った業者がニタのボイコット命令の最中に別の仕事を受けちゃって、あと二週間は来れなくなったの。聞いても信じられないでしょうけど、ジャックがかわりにやると言い出したのよ。水曜日にはポーチの土台に取りかかったわ」

「ジャックが?」

「手助けが必要になると、ディーンに手伝えと命じるの。昨日なんて二人でほとんど口も利かないまま夕方まで働いていたわ」エイプリルは二枚目のクッキーに手を伸ばしてうめいた。「ほんとにおいしいわ。あなたとディーンがなんで喧嘩しているのか知らないけど、仲直りしてまたあの家に帰ってきて料理をしてほしい。ライリーも私もシリアルとサンドイッチに飽きてしまったの」

そんなに単純なことなら、どれほどいいかと思う。「ここで肖像画を描き終えたら、ギャリソンを出るつもりなの」

エイプリルが落胆の表情を見せたので、ブルーは嬉しかった。「つまり婚約は正式に解消するということ?」

「そもそも婚約なんかしていないの。二週間前、デンバー郊外のハイウェイでディーンが車に乗せてくれただけ」ブルーはモンティのこと、ビーバーの着ぐるみのことなどを話して聞かせた。

エイプリルはさほど驚きはしなかった。「やっぱりあなたの人生は奇想天外よ」

リビングルームのライリーはギャリソン夫人の星占いを読み終えた。「ロマンスの兆しがあります」という占いの内容に、ライリーはばつが悪くなり、何か別の言葉を考えようとしたが、何も思い浮かばなかった。キッチンでブルーやエイプリルと過ごしたかったのだが、他人への恐怖を覚られないようにしろとディーンにアドバイスされたのだ。ブルーの振る舞いを観察し手本にするといいけれど、どうしても必要なとき以外は暴力は慎むこと、と彼は付け加えた。

ギャリソン夫人は盗まれてはならじとばかりに、新聞をひったくった。「キッチンにいるあの女だけど、たしか名前はスーザンだと聞いたわ」

ブルー以外は誰もエイプリルがディーンの母親だと知らない。「エイプリルはミドルネームだと思います」

「あんた、彼女と血のつながりがあるの? 農場で何をしてるの?」

ライリーはカウチのアームをつついた。ディーンが自分の兄だといえないことが歯がゆかった。「エイプリルは家族の友人です。継母みたいな人」

「ふむ」ギャリソン夫人は子どもの顔を食い入るように見た。「あんた、先週より見よくなったわ」

夫人は髪型のことをいっているのである。エイプリルがヘアカットに連れていってくれ、衣類もいくつか買ったのだった。まだ一週間にもならないのに、ライリーの腹部は前ほどふくらんでいない。退屈して間食をするような暇がなくなったせいもあるかもしれない。エイプリルのコテージへ行くのにかなり歩くし、パフィの世話もある。丘陵地でのサイクリングで体力を使い、ディーンが球投げにも誘ってくれる。座って静かに二人で話をしたいと思うときがあるものの、動きまわっているのはほんとうに楽しい。ディーンはひょっとすると友人のベニー・フェイラーのように注意欠陥多動性障害《ADHD》ではないのか、という気がするけれど、あんなに動きまわるのは、ディーンが男性でフットボール選手だからかもしれない。

「髪を切ったんです」とライリーは答えた。「それにジャンクフードが身近にないし、このごろよく自転車に乗るんです」

ギャリソン夫人の口はすぼまり、ピンクの口紅が唇のしわに入りこんでいるのが見えた。

「あの日ジョジーズで、私があんたのことを太っていると指摘しただけでブルーは癇癪《かんしゃく》を起こしたわ」

ライリーは膝に乗せた手をよじり、つねに自分の意見ははっきりと主張するべきだというディーンのアドバイスを思い出した。「太っていることは自分でもわかってます。でもあなたの言葉で気持ちが傷つきました」

「だったら、誰かがむしゃくしゃして機嫌が悪くてもいちいち気にしないことね。それにあんた、いまは太って見えないわ。何か手段を講じるのはいいことよ」

「肥満解消が目的じゃありません」

「どっちでもいいわよ。動きをよくするためにダンスを習うといいわね。私は社交ダンスの講師をしていたのよ」

「しばらくバレエを習っていたんですけど、上達しなくてついていけなくなりました」

「続けるべきだったわね。バレエは度胸がつくから」

「先生がオーペアにこの子は見込みがないっていったんです」

「そういわれただけで、黙って引きさがったっていうの？　プライドはどこへ行ったのよ」

「もともとあまりないほうなので」

「だったらこれから身につけるようにしなさいな。あそこにある本を取って、頭に乗せ、歩いてごらん」

ライリーは気が進まなかったが、部屋の反対側にある金の白鳥のようなテーブルまで行き、そこにあった本を頭に乗せた。本はすぐに滑り落ちた。それを拾い上げ、もう一度やってみると、今度はいくらかうまくいった。

「親指がまっすぐ前を向くようにして」ギャリソン夫人が命じた。「そうすることで胸が開き、肩が後ろに下がるの」

それを実行してみて、ライリーは自分の背が伸び、大人になったように感じた。

「ほら。あなたもやっと自分に自信のある人に見えてきたわ。これからはそのように歩きなさい。わかった？」

「わかりました」

エイプリルが顔を覗かせた。「もう帰るわよ、ライリー」

頭から本が滑り落ち、ライリーはかがんでそれを拾おうとした。ギャリソン夫人の目が細くなり、いまにもライリーが太っていることや要領の悪さをこきおろすのではないかという様子を見せたが、そうではなかった。「あんた、アルバイトしない？」

「アルバイト？」

「耳をかっぽじってよく聞きなさい。来週またここへ来てタンゴの散歩をさせてちょうだい。ブルーは使い物にならないの。散歩に連れて行くといいながら、すぐ近くで眠らせるだけ」

「老犬に散歩は無理だからよ」ブルーがキッチンから声を上げた。

どうせ私も年寄りで歩けないわよ、といわんばかりにギャリソン夫人の眉根が盛り上がった。それを見てなぜかライリーはギャリソン夫人を恐れる気持ちが消えた。夫人に、やっと自信のある人に見えるようになった、といわれたことが嬉しかった。エイプリルもディーンも父も耳触りのいいことしか口にしないが、それはライリーに自尊心を持たせようという意図があってのことなので、すべてを鵜呑みにはしていない。ギャリソン夫人は自尊心のことなど構ってはくれないので、夫人が褒めてくれるときはたぶん本音なのだ。ライリーは農場に戻ってもまた本で歩き方の練習をしようと決意した。

「ブルー、私のバッグを持ってきて!」

「銃でも入ってるの?」ブルーが言い返した。

ブルーの夫人への話し方は、ライリーには信じがたいものだった。ギャリソン夫人はよほどブルーにいてもらわなくては困るのだ。でなければとっくに追い出しているだろう。ブルーはそれを察知しているだろうか、とライリーは考えた。

ギャリソン夫人はバッグを受け取ると、五ドル札を出し、ライリーに差し出した。「これで甘いものとか、太るものを買っちゃだめよ」

ライリーは父からいつも二十ドル札をもらうので、お金はこれ以上必要ではなかったが、断わるのは非礼に思えた。「ありがとうございます、ギャリソンさん」

「今日私がいった姿勢の話はよく覚えておきなさい」といって夫人は財布を閉じた。「来週ブルーに迎えに行かせるわ」

「来週もまだここにいるかどうかわかりません」とライリーはいった。父はいつここを発つもりか話してくれないが、それを尋ねるのは怖い。なぜなら死ぬまでここにいたいと願っているからだ。

帰り道、エイプリルは手を伸ばしてライリーの脚を軽くたたいた。何もいわず、ただたたいた。また強く抱きしめ、ライリーの髪に手を触れ、一緒に踊ってくれた。ときどきエイプリルは母親のように振る舞うことがあるけれど、亡き母のように始終カロリーやボーイフレンドの話をすることはない。また、ライリーの母はエイプリルと違って悪態を口にしなかった。大きな声ではいえないが、ライリーはディーンと過ごすよりエイプリルと過ごすほうが楽しいときもある。エイプリルとなら延々とフットボールの球を追う必要がないからだ。

まだまだ悩みは尽きないというのに、ライリーの口元にはいつしか笑みが浮かんでいた。ギャリソン夫人と二人きりになっても少しも怖くなかった、とディーンに報告するのが待ち遠しい。

18

ブルーの部屋は二階ではもっとも狭い部屋ではあるが、夫人の部屋から一番遠く、裏庭を見おろす小さなバルコニーもついている。ピンクのプラッシュカーペットの上で脚を組み、ふんわりとした花柄のベッドスプレッドにもたれながら、書き上げたばかりの絵に見入る。ニタの目はフェレットの目のようだ。これは修正しなくては。それともこのままでいいだろうか。

ベッドサイドの金箔《きんぱく》を張った時計の針がちょうど午前零時を指している。ブルーはスケッチブックを脇に置くとあくびをして目を閉じた。木の下に置かれたキャラバンが脳裏に浮かび上がる。窓で明かりがまたたき、帰っておいでと呼びかける。しかしキャラバンは帰るべき家ではない。これまでしてきたように、今度も去る家に対する未練を断ち切ればいいのだ。

何かがバルコニーのドアにぶつかり、ブルーは飛び上がった。体をよじるようにして振り向いてみると、のっそりと人影が浮かび上がった。心がぐらりと揺れた。期待と、恐怖、怒りといったあらゆる感情がないまぜになって一度に押し寄せてきた。カーペットに手をついて立ち上がり、ドアまで足を踏み鳴らして近づき、さっと開いた。「いったいどういうつもりなの？　心臓発作を起こしそうになったわよ」

「女はいつもそんな反応を示す」ディーンはなかへ入った。異国的でスパイシーな匂いを体から発散させている。いっぽうブルーの体からはハッシュ・ブラウンの匂いがする。ディーンは〝グッドイヤー〟のロゴに絵の具のはねたしわだらけのTシャツにしげしげと見入った。今朝ニタが朝食を作れといって杖で何度もバスルームのドアをたたいたので髪も洗っていない。しかし彼はそんな彼女の身なりよりピンクにピンクを重ねたこの寝室のインテリアのほうに難癖をつけたい様子である。「バービー人形はどこにしまってるんだ？」

「せめて電話の一本ぐらいよこすべきでしょ」ブルーは言い返した。「それもしないのなら、いっそ無視しつづけてくれたほうがましってもんよ」これではまるですねた昔の恋人のようだが、たとえ自分から望んだこととはいえ、ディーンが自分を避けていたことに少なからず気持ちが傷ついたのだ。

「いまさら電話なんかかけても意味がないだろう」ディーンの装いは前あきがボタン留めになったジーンズにタキシードプリーツの飾りがついた、体にフィットする黒のシャツだ。こんな組み合わせを考えつくのもユニークなセンスであり、しかもそれを完璧に着こなせる人はそうそういない。

「なぜここが私の部屋だとわかったの？」

ディーンはかたまりになったブルーのTシャツの袖に指先を入れ、まっすぐに直した。

「一部屋だけ明かりがついてたから」

これほどの夜更けではなく、ニタにとことん忍耐力を試されたあとでもなく、ディーンに対する恋しさがこれほどつのっていなければ、被虐的な感情をもっとうまく隠せたはずである。しかし現実はその逆なので、ブルーは腕を振りほどいた。「一週間も無視しつづけたあげく、真夜中に現われたわけね」

「中途半端な態度を見せると、きみがかえって寂しがると思ってさ」

「帰ってよ」

ディーンは夢見るようなブルーグレイの瞳で彼女を見おろしながら、親指で頬骨をさっと撫でた。「疲れきってるね。もう気がすんだ?」

ブルーは彼のシャツの襟元からのぞく日に焼けた肌から目をそむけた。「それどころじゃないわ」

「よし、だったら帰宅を許す」

ブルーは歯を舐めた。

ディーンは口を歪めた。「また強情を張るつもりだな?」

「これが性分なんだからしょうがないでしょ」ブルーは洗濯した衣類の束をつかみ、ドレッサーに入れた。「帰ってよ。ここに招いたつもりはないし、いまあなたと無駄口をたたき合うつもりもないの」

「それは最高だ」そういいながらディーンはふんわりしたピンクのひだが入ったいかにも女っぽい椅子に座った。ぶざまに見えてもおかしくないはずなのに、かえって男らしさが引き立って見える。「一ついっておきたいことがある。きみが利己的だと非難するつもりは毛頭ないけどね、たまには自分のことばかりじゃなくて他人を思いやってもバチは当たらないと思うよ」ディーンは脚を伸ばし、足首を組んだ。「たとえばライリーだ。きみがいなくなって以来、あの子は一度もまともな食事をしていない」

「コックを雇いなさいよ」ブルーはしゃがんでスケッチをカーペットから拾い上げた。

「ジャックがいるんだから、そうもいかないだろ。ジャックはポーチの工事を自分でやりとげるつもりなんだ。いまのところ作業員たちは彼の存在に気づいていないけど、それはジャックが一人黙々と働いているからで、まさかロック界のスターが梯子に登ってハンマーを振ってるなんて誰も思わないからさ」長いデニムの脚がブルーの目の前に伸びてきた。「だけど家事の手伝いを雇うとなると、面倒なことになるだろ」

ブルーは彼のかかとの下から絵画用の鉛筆を引っぱり出した。「ジャックはすぐいなくなる。ライリーも。あなたの悩みもすぐに解決するわよ」

「それが、そうともいいきれないんだな」ディーンは脚を引っこめた。「軽々しく人に物を頼む主義じゃないけど、みんなのために少し手を貸してくれないかな」

ブルーは最後のスケッチを拾い上げると立ち上がった。「私はもう仕事に就いてるのよ」

「その仕事のために落ちこんでるくせに」ディーンは女っぽい椅子から立ち上がった。

下から彼を見上げると、小さな部屋がいっそう狭苦しく見える。彼を追い出す方法が一つだけある、とブルーは思った。「いくら払ってくれるの?」

彼がポケットから百ドル札を何枚か出すものとブルーは予想し、それを理由に彼を追い払うつもりだったが、ディーンは予想に反して手首のバンデージを親指でこすりながらいった。

「払わないよ。きみの好意を期待しているだけだ。日曜日に家庭料理をふるまってほしい」

ブルーのモラル上優位な立場が一瞬で奪われてしまった。

「無理なことを頼んでいるのは承知のうえだ」とディーン。「でもみんな喜ぶよ。リストをくれれば必要なものはぼくが準備する」

彼のことだから金を差し出すはずだとブルーは確信していた。そうなれば日曜日のディナーの申し出など一瞬ではねつけられるはずだった。しかし彼は裏をかく戦術に出てきた。こうなると断われば自分がケチな人間に思える。ブルーはスケッチブックをベッドの上に置き、懐かしい農家に思いを馳せてみた。ライリーにも会いたいし、新しい家具が部屋に入ったらどんな感じか確かめたい。パフィの様子も見たいし、ジャックの前でまた照れてみたい。またあの雰囲気に包まれてみたい。自分の居場所もないのに未練を持ってしまう、いつもの悪い癖だ。「みんな集まるの？」

ディーンの口元が引き締まった。「またマッド・ジャックの前で恥をかきたいのかい？」

「私だって少しは成長したわよ」

「ほんとだな」ディーンはベッドのスケッチを手に取った。「みんな集まるよ。何を用意すればいい？」

集団が相手なら戻ってもいい。一度だけ。食糧庫の中身を頭に描き、ディーンに短いリストの内容を告げたが、彼はそれを書きとめなかった。彼はブルーの最後のスケッチをつかんだ。「よくできてるけど、犬の絵を描く予定じゃなかったの？」「ニタが自分も一緒に描けといい出したの」ニタの関心は絵よりブルーを年季奉公人として住みこませることにある。「もう帰ってくれない？」

ディーンは視線をベッドのほうへさまよわせた。「いやだね」

ブルーは腰に手を当てた。「あなたが今夜退屈してこのバルコニーの手すりを飛び越えてきたから、私が服を脱ぐというの？　やめてよ」

ディーンが眉根を寄せた。「ぼくが距離を置いていたことが気にさわったんじゃなかったっけ？」といいながらブルーの顔を指さす。「むかっ腹を立てていいのはきみだけじゃないんだぞ」

「私はあなたに何もしていないわよ！　仕事が欲しかっただけ。仕事なら与えたはずだなんていわないでよ。あれは仕事じゃないから」

「ぼくはきみをあてにしていたのに、きみはその期待を裏切った。ぼくの気持ちなんてどうでもいいらしいね」

彼は心から憤りを感じているような表情を見せていたが、ブルーは信じなかった。「あなたは優遇されすぎ、ちやほやされすぎで、なんでも思いどおりになる力を持っている。だからそれが通用しないと、気分が悪いだけよ」ブルーは彼を追い出そうとバルコニーのドアに向かったが、取っ手をまわそうとした瞬間、地面に脚をねじった状態で倒れこんだ彼の姿が脳裏をよぎり、怯《ひる》んだ。「ぼくが一番腹立たしいのは」背後からディーンがいう。「きみをついあてにしてしまう自分なんだよ」

ブルーは罪悪感に駆られ、歯を食いしばりながら部屋の反対側に向かった。「玄関から出て行ってちょうだい。音はたてないでね。でないとこの先いつまでもニタから文句をいわれそうだから」

彼はこわばった表情でブルーの前に立ち、みずからドアを開いた。ブルーも彼のあとからピンクのカーペットを敷き詰めた廊下に出て、見るのが苦痛なほどひどい、ベニスの運河の絵の前を過ぎ、彼が出てからロックをかけようとして階段をおりた。踊り場にさしかかったとき、ディーンがつと足を止め振り向いた。ブルーは一段上におり、二人の視線が絡み合った。ほこりっぽいシャンデリアの明かりに照らされた彼の顔は親しみを感じさせると同時に謎めいて見えた。彼のことを理解したつもりになっているが、それは土台無理な話なのだ。彼は天界の住人であり、彼女は揺るぎない大地の民だからである。

ディーンはそのままの位置で腕を上げ、ブルーの髪に指を入れた。ゆるいポニーテールのゴムがほどけた。

彼のキスは荒々しく激しいものだった。ブルーはうっとりとわれを忘れ彼の首に腕をまわした。彼は首を傾けブルーの口を開いた。同時に両手で彼女の尻を握りしめた。ブルーも体を密着させ腰を擦りつけた。

彼が急に体を離したのでブルーは頭がふらつき、手すりにつかまらなくてはならなかった。彼は当然のごとくその様子に気づいた。ブルーが頭をひと振りしたのでゴムが落ちた。「あなた、よほど退屈なのね」

「退屈なんかしないさ」彼の低く耳障りな声が彼女の肌をサンドペーパーのように刺激した。「いま感じているのは……」彼の手がゆるやかに彼女のむきだしの太腿に伸び、ショートパンツの下に潜りこんだ。「感じているのは……欲情した小さな肉体……」

ブルーの体のなかで火花が散った。舌を舐め、キスの名残りを味わう。「ごめん。私、一度味を知ったら、興味をなくすの。気を悪くしないでね」

視線を揺るがせもせず、ディーンは彼女の胸を親指であえてそっと撫でた。「悪くするもんか」

ブルーの肌が粟立ったところで、ディーンは親しげな微笑みを浮かべただけで、背を向けて出て行った。

ブルーは二日酔いのような気分のままニタのために新聞の日曜版を取りに外へ出た。昨日の夜、ディーンは彼女に対するルールを変えようとした。彼女がほかの女たちと同様に彼を崇《あが》めたてまつらないからといって怒る権利はないはずである。今日農家に行ったら、彼をうんと困らせてやろう。

新聞を拾い上げようとかがんだとき、生垣の向こう側でひそひそ声がした。目を上げてみると、中古品販売店の店主シルが植え込みのところで猫の目のようなメガネごしにこちらをうかがっている。髪はごま塩のショートカット。薄い唇を濃い赤のリップライナーを使ってふっくら見せようとしている。バーン・グリルでの大立ち回りのあと、同席した彼女のユーモアのセンスはなかなか好ましかったが、いまの表情はまじめそのもの。身ぶりでこちらへ来てくれといっている。「ちょっと来て。話があるの」

ブルーは新聞をわきにはさみ、シルのあとをついていった。通りの反対側にゴールドのインパラが停めてあり、二人の女性が降りてきた。一人はディーンの不動産業者モニカ・ドイル、もう一人は中年の痩せたアフリカ系アメリカ人で、シルが手早く紹介したところによるとペニー・ウィンターズという名で町の骨董店〈マートルおばさんの屋根裏〉の店主だそうだ。

「あなたが一人になる瞬間をずっと待ってたのよ」女たちが集まると、シルがいった。「でもあなたが町へ出るたびにいつもあの人が一緒だったでしょ。だから一計を案じて、教会に行く前にここに寄ろうということになったの」

「日曜版を朝一番に読めないとニタが癇癪を起こすことは町じゅう誰もが知ってるわ」モニカはブルーのスーツに合わせた黄色のヴェラ・ブラッドリーのバッグからティシューを出した。「あなただけが頼みの綱なのよ、ブルー。あなたの影響力を発揮してちょうだい」

「影響力なんかないわ」とブルーはいった。「それどころか腹立ちの種でしかないわよ」

ペニーは赤のドレスの胸元に垂らした金の十字架に手を触れた。「それがほんとうなら、ご多分にもれずあなたを追い出しているはずよ」

「まだ四日しかたっていないのよ」とブルーは答えた。

「それでも大記録よ」モニカはそっと鼻を鳴らした。「あの人がどれほど人の心を踏みにじる女か知らないからそんなことというのよ」

知らないとはとてもいえなかった。

「〝ギャリソンの発展〟に協力するよう、あなたから説得してちょうだい」シルは猫の目型のメガネを鼻梁に乗せた。「この町を救うにはそれしか方法がないの」

〝ギャリソンの発展〟とは、町のリーダーが協力し合い町の活性化を目指す計画のことだとブルーはすぐに理解した。

「ノースカロライナとテネシー両州の州境に位置するグレート・スモーキー山脈へ向かう観光客がこの町を車で通りすぎるのよ」とモニカ。「でもここにはまともなレストランも宿泊施設もなく商業施設もお粗末そのものだから、立ち寄る人はいないの。もしニタが私たちの推し進めている〝ギャリソンの発展〟計画を認めてくれれば、すべてが変わるのよ」

ペニーは胸のあいだの黒いボタンを引っぱった。「ここには全国展開のフランチャイズもないから、ノスタルジックな要素を利用して人びとの記憶にある古きよきアメリカの小さな町をつくり上げることができるの」

モニカがバッグを肩にかけた。「当然ながら、ニタは協力を拒んでいるの」

「彼女がほんの少し改善計画に同意してさえくれれば、簡単に運ぶはずなのよ」シルがいう。

「ニタにはいっさい経済的負担はかからないんだけどね」

「シルは中古品の店の隣りに本格的なギフトショップを開きたいと、ここ五年ほど頑張ってきたのよ」とペニーがいった。「でもニタは彼女の母親を憎んでいて、土地を貸してくれないの」

教会の鐘が鳴り、女たちは〝ギャリソンの発展〟計画の概要を説明した。そのなかには民宿の経営や〈ジョジーズ〉レストランの改善、アンディ・ベリローという人物のパンの店にコーヒーショップを新たに加えるという計画が含まれていた。

「コーヒーショップは共産党員のものだなんてニタがいうの」シルが憤慨したようにいった。

「東テネシーで共産党員が何をするというのよねえ」

モニカが腕組みをした。「それにいまどき共産党員の心配をする人なんてどこにもいないわよ」

「ニタは自分がこの町の住人にどんな感情を抱いているか見せつけたいだけなのよ」とペニー。「人の悪口をいうのは好きじゃないけど、あの人は腹いせにこの町をだめにしようとしているのよ」

ギャリソンに来たばかりのころの写真の、愛想を振りまこうとするニタの表情をブルーは思い出し、もし町の女性たちがニタを疎まず歓迎していれば事情はどんなにか変わっただろうと思わずにいられなかった。口ではどう発言しようとも、ニタは町を売るつもりなど毛頭ないとブルーは思っている。どれほどこの町を嫌っても、ほかに行くところはないからだ。

シルがブルーの腕を握りしめた。「いま現在彼女が耳を貸そうとする相手はあなただけなの。町が発展すれば彼女のふところも潤うんだと説得してちょうだい。ニタはとにかくお金に執着する人だから」

「私にできることはするわ」ブルーがいった。「でもニタが私をそばに置いているのは、ただ私を苛《いじ》めたいからなの。私の言葉には耳を貸さないわよ」

「とにかくやってみて」ペニーがいった。「努力してくれればいいの」

「熱意を込めてやってよ」モニカが断固とした口調でいった。

その日の午後、ブルーが休暇を願い出たところニタは憤慨したが、ブルーは要求を取り下げず、四時ごろ警察を呼ぶという脅しの声を聞きながらロードスターで農家に向かった。久しぶりに見る牧草地は草が刈り取られ、まわりの柵も新しいものに替えられていた。ブルーは車を納屋のそばのジャックのSUVの隣りに駐めた。庭を通るブルーのポニーテールを暖かな風が乱した。

ライリーが駆け出してきた。その顔に広がる無邪気な笑みを見るかぎり、一週間ほど前にポーチで眠りこんでいた悲しげな少女の面影はどこにもない。「ねえ聞いてよ、ブルー」ライリーは黄色い声を上げた。「明日帰らなくてよくなったの！　ポーチの作業があるからあと数日ここにいるってパパがいったの」

「まあライリー！　よかったわね。私も嬉しいわ」

ライリーはブルーの手を引いて玄関に向かった。「あなたに仕上がりを見てもらいたいからこっちから来てってエイプリルがいってるわ。も一つ聞いてよ。エイプリルがパフィにチーズを食べさせたせいで、臭いオナラをするんだけど、ディーンは私がしたというの。私じゃないのに」

「そうか」ブルーはからかった。「犬のせいにすればいいのよね」

「ほんとに私じゃないってば。私はチーズが好きじゃないの」

ブルーは笑ってライリーを抱きしめた。

エイプリルとパフィが玄関で出迎えてくれた。なかに入るとロビーの艶消しの白い壁が遅い午後の陽射しを受けて輝いていた。アースカラーの渦巻き模様が入った長いカーペットが廊下に敷き詰められている。エイプリルが身ぶりで示したのは、ブルーがノックスヴィルの画廊で見つけた斑点《はんてん》からなる抽象画だった。「この絵が最高に映えるのよ。アンティークと現代をミックスしようというあなたの主張は正しかったわけよ」

その下に置かれたチェストの上には木と真鍮《しんちゅう》でできたトレイが載り、すでにディーンの財布とキー類が置かれ、ショートパンツ姿で肩甲骨にかかるほど大きなフットボールのヘルメットをかぶった彼の子どものころの写真が額に入れて飾られている。チェストの隣りにはカーブした鉄製のコートラックがあり、ジャケットを掛けてもらうのを待っている。小枝で作った田舎風のかごにはスニーカーとフットボールが入っている。頑丈なマホガニーの椅子はランニングシューズに履き替えたり、郵便物に目を通すのにちょうどいい場所となりそうである。「あなたはすべて彼に合わせてデザインしたのよね。ここまで彼個人を意識した造りになっていることに本人は知っているかしら？」

「知らないでしょうね」

ブルーは彫りの入ったフレームに囲まれた壁の鏡にじっと見入った。「あと必要なのは、彼の乳液とビューラーを入れる棚だけね」

「またそんなことといって。彼がほとんど鏡も見ないこと、まだ気づかない？」

「気づいているわ。それをわざわざ彼に指摘しないだけ」

ブルーはほかの部分も素晴らしいと思った。とくにリビングはバター色の塗装と大きな東洋風のラグで変身していた。ブルーが骨董品店の奥で見つけた古い風景画が、エイプリルが暖炉の上に掛けた大胆な現代絵画とよくマッチしている。エイプリルが選んだ古い革のクラブチェアやステレオセットを置いた彫りの入ったクルミ材の大型衣装《アールムアール》だんす、リモコンや試合のビデオを入れる引き出しのついた大きなコーヒーテーブルも予定どおり配置されている。ここにも彼の子ども時代の友だちと一緒の写真や、十代、大学時代の写真が飾られている。これが彼自身の思いつきでないことは、ブルーにもなんとなく察しがついた。


ディーンは無意識にキッチンから聞こえるブラック・アイド・ピースの音楽に合わせてハンマーを振っていた。今日はほとんど一日じゅうジャックと一緒にポーチの工事を続けている。外装は仕上がり、明日は屋根に取りかかる予定だった。ディーンはキッチンの窓に視線を投げた。ここへ着いたときブルーは会釈したものの、挨拶をするために出てくることはなかった。彼のほうもなかに入ってはいかなかった。昨晩階段の上で自制心をなくした自分自身に苛立っているのだ。しかし少なくとも彼女を自分の陣地に引きこむことには成功したわけで、自分のフィールドほど有利な場所はない。ブルーはこの農場を愛しており、あくまでここへ戻ることに抵抗するようであれば、彼女にそれがどれほどの損失かを知らしめればよい。なんとしても目的は――二人の肉体関係の復活は――果たすつもりでいる。

家のなかで誰かが音楽のボリュームを上げた。エイプリルとライリーが夕食作りの手伝いをしているらしいが、エイプリルは料理が好きではないので芋の皮むきをしているライリーをダンスに誘っている。見ているとブルーもミクシング・ボウルをわきへ置き、二人に加わった。ブルーは腕を振り、ポニーテールを揺らしながら木の妖精のように飛び跳ねている。もし彼女一人なら、ディーンもなかに入って一緒に踊るだろうが、エイプリルやジャックの見ている前で、それはありえない。

「おまえとブルーは破局したのかと思ってたよ」ジャックの声にディーンは一瞬びくりとした。半日のあいだ工具を取ってくれとか板を支えてくれといった言葉以外、会話をいっさい交わしていなかったからだ。

「破局したわけじゃない」ディーンはもう一本釘を打ちつけた。このところ肩のエクササイズを続けているので、だいぶ柔らかくなってきた。「二人の関係が岐路に立ってるだけだ」

「その先は?」

「それを見きわめようとしてる状態だよ」

「そんなの詭弁《きべん》だね」ジャックは袖《そで》で顔を拭いた。「おまえにとってはしょせん遊びなんだよ。気晴らしでしかない」

ブルーも出会った日以来同じことをいいつづけている。彼自身もそのなかにいくばくかの真実があることは否定しない。もし街角やクラブで出会っていたら絶対に目を留めることはなかっただろう。彼女が自分に性的関心を向けてこないからこそ気になるだけなのだ。あまたの美女がこぞってこちらの気を引こうと躍起になっているというのに、その気がない相手になぜこうもとらわれているのだろう。

「あの子への接し方には注意が必要だぞ」ジャックは続けた。「タフさを装っているが、あの目を見ればそれが虚勢であることがよくわかる」

ディーンはTシャツの袖でひたいを拭いた。「あんたの歌の歌詞と現実を一緒にするなよな。ブルーは現実をきちんと把握している」

ジャックは肩をすくめた。「そりゃ、おれよりおまえのほうが彼女を知ってるわけだしな」

二人が交わした会話はそれで途切れ、やがてディーンはシャワーを浴びるために家に入っていった。

歩み去るディーンの姿を見ながら、ジャックはひたいに浮かぶ玉の汗を拭いた。この農場には一週間だけ滞在するつもりだったが、いまとなってはしばらくじっくりとここに腰を据える考えでいる。エイプリルは彼女なりの贖罪《しょくざい》を形にしているし、自分も息子とともにポーチを造ることで、贖《あがな》いを行動に示していこうとしている。子どものころジャックは夏になると父親の仕事を手伝った。いまディーンと同じことをしている。ディーンにとっては父と息子の儀式などどうでもいいことだろうが、ジャックにとっては大きな意味を持つ。
ポーチが日増しに形づくられていくのが喜びになっている。ガラス越しにエイプリルの軽快で官能的な動き、そして鋭いカットの入った長い髪が顔のまわりでナイフのように飛び跳ねるさまを見つめる。

「三十歳を越えたら、あなたみたいに踊るのはムリ」曲が終わってブルーがそういうのが聞こえる。

ライリーはエイプリルの動きについていくのに息を切らし、声を張り上げた。「パパは五十四歳だけどかっこよく踊れるよ。ステージでの話だけど。ほかの場所では踊らないんだろうな」

「昔は踊っていたわよ」エイプリルが髪に手を入れて顔にかかった髪を撫でつけた。「コンサートのあと、お客のあまりいないクラブへ行って閉店まで踊りつづけたものよ。彼だけのために閉店時間を延長してくれることが多かったわね。いままでたくさんの人とダンスをしてきたけど、彼が――」エイプリルは口ごもり、肩をすくめてかがみ、犬を撫でた。そのとき携帯電話が鳴り、そっとキッチンを出た彼女は電話に応答した。

ジャックは昨日エイプリルが電話の相手をマークと呼ぶのをふと耳にした。その前はブラッドだった。昔のままのエイプリル。彼女のそばにいると昔のままに、股間のこわばりを感じる。彼女の人格の積み重なる地層を掘り下げ、その強さの根源を見出したいものだと思う。ニューヨークで会合があるので、留守のあいだライリーの世話をエイプリルに頼もうと考えている。安心して子どもを託すことができるからだ。心安らかでいられないのは自分と彼女の関係である。


シャワーを終えたディーンが階段をおりていると、ドアをドンドンとたたく音がした。ドアを開けてみると、ニタ・ギャリソンが立っていた。背後でほこりっぽいセダン車が走り去るのが見える。ディーンはキッチンに向かった。「ブルー、きみのお客さんだよ」ニタが彼の膝を杖でたたいたので、彼は思わず飛びのいた。その動きでできた隙間を老女はするりと通り抜けた。ブルーがキッチンから出てきて、同時に芳しい料理の匂いも漂ってきた。「いやだわ、最悪」ニタの姿が目に入ると、ブルーはうめいた。

「あんたが階段の上に靴を置き忘れたから」ニタは咎めるようにいった。「それにつまずいて階段の下まで落ちてしまったわよ。首の骨が折れなくて幸いだったわ」

「私は靴なんて置き忘れたりしないいし、あなたは落ちてもいません。どうやってここへ来たの？」

「あのうすのろチョーンシー・クロールに頼んだわよ。ここへ来る途中ずっと唾を吐いてたわ」フンフンと匂いを嗅ぐ。「フライドチキンの匂いね。私には作ってくれないのに」

「それはガラスの粉が見つからないから」ニタは歯を吸い、笑い声を上げたディーンの脛をふたたびバシリと打った。「席を用意しなさいよ。落ちたから全身アザだらけなのよ」

ライリーがキッチンから姿を現わし、パフィが小走りでついてきた。「ハイ、ミセス・ギャリソン。今日、本で練習しましたよ」

「本を持ってきて私の前でやってみせて。でもその前に座り心地のいい椅子を探してちょうだい。今日高いところから落ちてひどい怪我をしたの」

「リビングに一つありますよ。案内しますね」ライリーが老女を導いていく。

ブルーは手の甲で頰についた小麦粉を払った。ディーンとほとんど目を合わせないままいった。「テーブルにもう一つ席を用意するようにエイプリルに頼んだほうがよさそうね」

「あのばあさんと夕食だなんて絶対にお断わりだ」とディーンがいった。

「だったら、彼女を追い出す方法を考えてよ。いっておくけどそんなに簡単じゃないわよ」

ディーンはぶつぶつ文句を並べながらブルーと一緒にキッチンに入ったが、ブルーは取り合わなかった。ダイニングを覗いてみると自分で選んだ〈ダンカン・ファイフ〉のテーブルにフリンジ付きの黄色いテーブルマットが人数分セットされ、その上に昔風の青と白の皿が並び、ライリーが集めた光る石を入れた鉢、黄色い花を生けた花瓶が飾られている。ブルーが折れて壁画を描いてくれさえすればどの部屋も完璧の状態だ。エイプリルは彼を無視してアイスティーをグラスに注ぎはじめた。ディーンはブルーの手伝いをしようとしたが、結局邪魔をしたにすぎなかった。

ジャックがシャワーをすませさっぱりとした顔で現われた。ブルーが木のスプーンを落とした。

「また会えて嬉しいよ、ブルー」ジャックはそういって冷蔵庫のビールに手を伸ばした。

「ああ……ハイ」ブルーはスプーンを拾おうとして小麦粉の袋につまずいた。

ディーンはペーパータオルをつかんだ。「リビングルームに突然の訪問者がいるんだよ、ジャック。だから顔を出さないほうがいい」ブルーに向けて首を傾ける。「あそこにいるあんたの最大のファンが食事は用意してくれるはずだ」

ジャックはエイプリルの動きを目で追ったが、彼女のほうは気づかないようだった。「ここならいくらでも身を潜めていられる」とジャック。「この農場は個人の地所だから、たとえぼくがここにいることが知られても誰も会いにくることはできないからね」

しかし二十年ものあいだジャックと自分のつながりを示すものを避けてきたディーンとしては、ジャック・パトリオットがここに滞在しているという事実がニタ・ギャリソンの口から町に広められることに抵抗があった。

「今日パパはビールを買いにいったの」とライリーが戸口からいった。「作業服を着てピアスもつけていなかったから、誰も気づかなかったわよ」

「誰に気がつかないって?」ニタが後ろに現われた。「あのフットボール選手? 彼がここにいることは知れ渡ってるわよ」ふとジャックの顔に目を留める。「だあれ?」

ーです」

「私のパパです」ライリーが急いでいった。「名前は……ウィーズリー。ロン・ウィーズリ

「ここで何をしてるの？」

「えっと……パパはエイプリルのボーイフレンドなの」

エイプリルがまばたきしながらダイニングを身ぶりで示した。「ご一緒にいかが？」

ブルーが不満げに鼻を鳴らした。「わざわざお誘いしなくても、この人はすでにそのつもりよ」

「私はかまわないわよ。ライリー、歩くのを手伝ってちょうだい。また転ばないように」

「ギャリソンさんはライリーをバカだと思ってるの」ライリーが誰にともなく、いった。

「あなたがバカだなんて思ってないわよ」とニタ。「あなたの名前が馬鹿げてるといってるだけ。それはあなたの責任じゃないしね」老女は咎めるような目でジャックを見た。

「母親の思いつきだったんですよ」とジャックが答えた。「ぼくはレイチェルにしたかったんですけどね」

「ジェニファーのほうがいい名前よ」ニタはライリーの体を押し、先にダイニングに入らせた。

ジャックがブルーのほうを向いた。「何者なんだい？」

「サタンとも、悪魔の首領《ベルゼブル》とも呼ばれているわ。多くの名前を持つ人物なの」

ディーンが苦笑いした。「ブルーの雇い主だよ」

「そう、雇い主」ブルーは鶏のモモ肉を皿にたたきつけた。

「お気の毒なことで」とジャックがいった。

ブルーはオーブンからアスパラガスを載せた金属皿を出した。みんなで取り分け用の皿をテーブルに運ぶ。ニタがちゃっかりとテーブルの上座主席に鎮座しているのを見てブルーの目は細くなった。そのすぐ左にライリーが座る。ディーンが急いでビスケットの入ったかごを置き、老女からもっとも離れた位置にサイドチェアを運んだ。ジャックも同様に慌てて温かいポテトサラダのボウルを置くとディーンと向かい合うようにライリーの隣りに席を取った。エイプリルとブルーは同時に、あと二席だけが空いていることに気づいた。一つはテーブルの下席、もう一つはニタの右手の席である。エイプリルが猛ダッシュしたが、ブルーは腰をぶつけてそれを阻止した。エイプリルの足元が乱れたところで、ブルーが椅子に滑りこんだ。「タッチダウン……」

「ずるい」エイプリルがささやいた。

「きみたち……」とジャックがたしなめた。

エイプリルは髪をさっと払うとニタの隣りに着席した。ニタはライリー相手にブルーの威張った態度について愚痴をこぼしていて、この騒ぎには気づかなかった。エイプリルはディーンのすぐ隣りに座った形である。おのおのが料理を取り分けはじめた。ディーンはエイプリルがしばし食事に向けてこうべを垂れる様子に驚いた。何があったというのだろう？

「ビスケットは一個だけよ」ニタが自分に二個を取り分けながらライリーにいった。「それ以上は太るからよしなさい」

ブルーがライリーの弁護に馳せ参じようと口を開いたが、ライリーが自分で対処した。

「わかってます。前みたいにおなかがすかないの」

テーブルを見まわしたディーンはそこに偽物の典型的なアメリカの家族像を見た気がした。まるでノーマン・ロックウェルの絵のようだ。祖母ならぬ老女。名ばかりの両親。マッド・ジャックの崇拝者という以外確たる役のないブルー。ブルーはジャックに一番大きなチキンを取り分けてやり、ジャックがうっかりフォークを落としたときも急いできれいなものに取り替えてやった。ふと、少年時代に友人宅のディナーに招かれ、自分にもこんな家族があったら……と憧れの気持ちを抱いた記憶が脳裏によみがえった。願いごとは慎重にしないと、とんでもないことになる。

誰もがブルーの料理を褒めたが、ニタだけはアスパラガスにバターを使うべきだと文句をつけた。チキンは表面がかりっとしてなかはしっとりやわらかだった。ピリリとした味付けの温かいポテトサラダの上には刻んだ塩味のベーコンが散らしてある。ブルーはビスケットの出来には満足していないが、みな何個もたいらげてくれた。

「ミセス・ギャリソンは社交ダンスの先生だったの」とライリーがいった。

「知ってる」ディーンとブルーが異口同音にいった。

ニタがジャックをじろじろと見た。「見覚えのある顔だわね」

「そうですか？」ジャックはナプキンで口を拭った。

「なんという名前だといった？」

「ロン・ウィーズリー」ライリーがミルクのグラスを口に当てながらいった。

ディーンはじょじょに世渡りの知恵を身につけつつあるライリーにこっそりウィンクを送った。ニタがハリー・ポッターに詳しくなければよいのだが。

ニタはまた質問を始めるかに見えたが、そうではなかった。「肩」というニタのひと言で、ライリーは胸を張った。ニタはエイプリルとディーンをかわるがわる見比べた。「あなたたち、似てるわ」

「そう思います？」エイプリルはアスパラガスのローストをもう一本取りながら、いった。

「血のつながりがあるんでしょ？」

ディーンは自分でも体がこわばるのを感じたが、家庭の秘密を守る役目を妹が買って出た。

「ミセス・ギャリソンは私に姿勢のレッスンをつけてくれているの」とライリー。「本を載せて歩くのがうまくなったわ」

ニタは三個目のビスケットをブルーに向けた。「もう一人姿勢のレッスンが必要な人がいるわね」

ブルーは怖い顔でにらみつけ、テーブルに肘をついた。

ニタは勝ち誇ったようにうすら笑いを浮かべた。「ほうら、この人、子どもっぽいでしょ」

ディーンは微笑んだ。ブルーの態度はたしかに子どもっぽいが、そんな様子がたまらなく可愛いのだ。頬にこびりついた小麦粉の汚れ、うなじに流れる一房の黒髪、強情そうな表情。

これほどむさくるしい風采をしていて、これほど魅力的なのはなぜなのか。

ニタは今度はディーンに関心を向けた。「フットボール選手はたいした働きもせず、法外な報酬を手にしているわね」

「そうかもしれない」

ブルーがかっとなって反論した。「ディーンは仕事に情熱を注ぐ努力家よ。クォーターバックに求められるものは体力的なものだけじゃないの。精神力も試されるポジションなの」

ライリーがブルーの援護を引き受けた。「ディーンは三年連続でプロボウル（オールスターゲーム）に出場したのよ」

「財力では私のほうが上よね」ニタがいった。

「それはそうかも」ディーンは鳥の手羽肉の上からニタを見つめた。「あなたの資産額は？」

ニタはむっとしたようにいった。「そんなこと、いうわけないじゃないの」

ディーンはにやりとした。「では、決めつけることはできないですよね」

どちらと比べても財力でははるかに上を行くジャックは、二人のやりとりを見ておかしそうに笑った。ギャリソン夫人は前歯のあいだから食べ物の一片を吸いこむと、ジャックに狙いを定めた。「あなた、仕事は？」

「現在はディーンのポーチを造ってます」

「来週うちの窓台を見にきてちょうだい。木が腐りはじめているの」

「すみません」ジャックは何食わぬ顔でいった。「窓は専門じゃないんで」

エイプリルが微笑み、ジャックも笑みを返した。二人のあいだに他人が入りこめない親密な空気が流れた。一瞬のことではあったが、それは誰の目にも明らかであった。

19

ディナーが終わるとニタは、ブルーが片づけを終わるまでリビングで待つから、自宅まで送れといい出した。エイプリルが即座に立ち上がった。「私が片づけるから、どうぞ行ってちょうだい、ブルー」

だがディーンはまだブルーを帰すつもりはなかった。このささやかなディナーパーティの成果はいまのところ、いかに自分がブルーとの仲睦まじい戯れの日常を恋しいと感じているかを認識したことだけであり、この状態を打開する必要があるのだ。「ゴミを燃やさなくちゃならないんだけど」と彼はいった。「まずゴミを外へ運び出す手伝いを頼めないかな」

ライリーの熱意が彼の計画を台なしにした。「私がやるわ」

「それはあとにして」エイプリルが皿を集めながら、いった。「キッチンの片づけをするといったけど、ブルー以外全員でやるという意味だったのよ」

「ちょっと待ってくれ」ジャックがいった。「おれたちは一日じゅうポーチの工事にかかりっきりだったんだ。少し休ませてもらいたいもんだね」

突然ジャックの仲間に入れられてしまった。金輪際ありえない話だ。ディーンはチキンの皿をつかんだ。「いいよ」

ライリーも立ち上がった。「お皿を食洗機に入れる係は私にまかせて」

「あなたは音楽を選んで」エイプリルがいった。「いいロックにしてね」

ブルーが甲高い声で加わった。「音楽があるのなら、仲間に入りたいわ。私も手伝わせてよ」

ライリーがニタをリビングに案内し、残った全員でテーブルを片づけた。ライリーはiPodを手にして戻り、それをエイプリルのドッキング・ステーション（ノート型PCの底部に装着する拡張キット）に繋《つな》いだ。「お子ちゃま向け《バブルガム》のロックなんて聴かないほうが身のためだよな」とジャックがいった。「レディオヘッドかウィルコならまだいいけど」

エイプリルがシンクから顔を上げた。「ボン・ジョヴィでもいいわ」ジャックににらまれ、肩をすくめる。「気が咎めても好きなアーティストの一人なんですもの。仕方ないでしょ？」

「私の理不尽に好きなアーティストはリッキー・マーティンよ」とブルーがいった。

全員の視線がディーンに集まったが、彼はこの和気あいあいとした家族の告白ごっこに加わるつもりはなかった。ブルーは彼の代弁をすることにした。「クレイ・エイケン、当たりでしょ？」

ニタも無視しないでよとばかりにリビングから足を引きずりながら入ってきた。「私はずっとボビー・ヴィントンが好きだったの。フェビアンも。セクシーだったわよ」といいながらキッチンテーブルに落ち着く。

ライリーが開いた食洗機に向かった。「私はパッツィ・クラインが好きかな。ママが彼女の作品を全部揃えていたからね。でも友だちはそんなの知らないってからかうの」

「おまえにしてはいい趣味だ」とジャックがいう。

「で、あなたはどうなの？」エイプリルがジャックに訊いた。「あなたにとってイケナイお楽しみは？」

「それは簡単だよ」ディーンはいつしか口走っていた。「ジャックのイケナイお楽しみといえば、あんたじゃないか、エイプリル。そうだろ、ジャック？」

キッチンに気まずい沈黙が流れ、ディーンは自分がいかにも浅はかな人間に思えた。パーティの盛り上がりには慣れているが、しらけたムードは苦手である。

「ちょっと失礼するわ」とブルーが言い出した。「ディーンとゴミを燃やしてくるわね」

「その前に一言いわせてちょうだい、フットボールプレーヤーさん」とニタが声をかけた。

「あなたがうちのブルーをどうするつもりかはっきりと聞かせてもらいたいの」

ブルーはうなるようにいった。「誰かどうにかしてよ」

「ぼくとブルーの関係は二人の秘密です、ミセス・ギャリソン」ディーンはシンクの下からゴミを引っぱり出した。

「あなたはそう思いたいだけ」とニタは反駁する。

エイプリルとジャックは成り行きを見守ろうと手を止めた。ニタが汚れ役を買って出てくれるのだから、文句のあろうはずもなかった。ディーンはブルーの体をつつくようにしてサイドドアに向かった。「失礼」

しかしニタはそうそう簡単に見逃してはくれなかった。「あなたたちがもう婚約していないことはお見通しよ。そもそも最初から彼女と結婚する意志はなかったんじゃないかしら？　たやすく手に入るものが欲しかっただけ。男ってみんなそうなの。ライリー、よく覚えておきなさいよ」

「はい」

「すべての男に当てはまるわけではないが」ジャックが娘にいった。「ミセス・ギャリソンの説にも一理はある」

ディーンは空いたほうの腕でブルーの肩を抱いた。「ブルーのことはお構いなく」

「この子はとことん不幸を背負いこむタイプなの」ニタが反論する。「誰かが面倒を見てやらなくちゃ」

ブルーはもはや黙っていられなかった。「あなたは私の面倒を見るつもりなんか、これっぽっちもないはずよ。ただ面倒を引き起こしたいだけ」

「口が達者なことね」

「ぼくたちの婚約はまだ有効ですよ、ミセス・ギャリソン」とディーン。「行こう、ブルー」

ライリーが歩み出た。「私をブライズメイドにしてくれる？」

「ほんとは婚約なんてしていないのよ」ブルーは義務感に駆られて、ライリーにいった。

「ディーンはそれで楽しんでいるだけ」

二人の偽りの婚約は便利このうえないので、ディーンはそれをブルーに台なしにされたくなかった。「婚約は嘘じゃない」と彼はいった。「ブルーはすねてるだけです」

ニタが杖で床をコツコツとたたいた。「私とリビングに一緒に来なさい、ライリー。あんな人たちは放っておいて。脚をまっすぐにするエクササイズを教えてあげる。そうしたらまたバレエが始められるでしょ」

「バレエはやりたくないの」とライリーがつぶやいた。「それよりギターのレッスンが受けたい」

ジャックは拭いていた金属皿を下に置いた。「そうなのか？」

「ママはそのうち教えるっていいながら、一度も教えてくれなかったの」

「でも、基本のコードぐらい教えてもらったんだろ？」

「ううん。ママのギターにさわるのをいやがったから」

ジャックの表情が険しくなった。「コテージにパパのアコースティックがある。取りに行こう」

「ほんと？　パパのギターを弾かせてくれるの？」

「おまえにやるよ」

ライリーはダイヤモンドのティアラをかぶせてもらったかのように顔を輝かせた。ジャックはふきんを置いた。ディーンはブルーを外に引っぱり出した。エイプリル一人にニタの相手を押しつけてきたことに心苦しさは感じなかった。

「私はすねたりしないわ」サイドポーチに出るとブルーがいった。「そういう言い方はやめてほしかったわね。それと、ブライズメイドになれると無駄な希望を持たせるのは間違ってるわ」

「そんなもの、あの子なら乗り越えるさ」そういいつつゴミを燃やすためにドラム缶のほうへ向かった。ゴミは缶一杯あった。エイプリルがジップロックに入れているマッチを一本抜いて点火し、それを投げ入れる。「なぜみんないつまでもここに居座ってるんだ。ジャックも帰ろうとしないし、エイプリルもライリーが帰るまでいるつもりのようだし。あの老いぼれ魔女に至っては我慢の限界を超えてる。みんないなくなれっていうんだよ！　きみ以外は」

「ただし、それは口でいうほど簡単なことじゃないわよね」

それは指摘されるまでもないことだった。ゴミに火が点くと後ろに下がり、草の上に座って炎を見つめた。この一週間でディーンはライリーが自信を日に日に取り戻す様子を見守ってきた。顔色はよくなり、エイプリルが買い与えた衣服もすでにゆるくなりつつある。ポーチでの作業も楽しい。たとえジャックと一緒でも。釘を一本打ちこむたびに、この古い農家に自分の紋章を刻みつけているような気持ちになる。そしてブルーの存在は大きい。

背後でブルーが動いた。彼は草に落ちているセロファンの包み紙を拾い上げ、火のなかに投げ入れた。

ブルーはまるめたセロファンがドラム缶の脇に落ちるさまを眺めた。だがディーンは的をはずしたことに気づいていないようだ。黄昏《たそがれ》の薄明かりに完璧な横顔がぼんやりと浮かび上がる。ブルーは歩み寄って彼と並んで座った。もう一枚、今度は手の甲の上に絆創膏《ばんそうこう》が貼ってある。そこに手を触れてみる。「工事中の事故?」

ディーンは膝に肘を置いた。「頭にもかなり大きなたんこぶがあるよ」

「仕事仲間とはうまくやってるの?」

「あっちも話しかけないし、こっちも黙ってる」

ブルーは脚を組み、燃える火を見つめた。「彼もあなたに対する過去の罪を認識しているはずよ」

「していることは認める」ディーンはブルーのほうを向いた。「きみは母親と例の件について話はしたのか」

ブルーは細長い草を一本引き抜いた。「母の場合は特別よ」火がパチパチとはねた。「彼女はたとえていうならキリストのような人なの。イエスが人びとの魂の救済に奔走しているというのに、その娘が、おかげで惨めな子ども時代を過ごすはめになったと文句なんかいえるはずないでしょ」

「きみの母親はキリストじゃないし、人間は子どもができたらそばにいて子育てするか、それが無理なら養子に出すべきなんだよ」

彼自身は子どものそばにいて子育てをする親になるだろうか、という疑問がブルーの胸をよぎった。しかし自分が各地を転々とするあいだに、彼が家庭を持つと考えると気が沈んだ。ディーンはブルーの肩を抱き、何もいわなかった。火が高く燃え盛った。ブルーは血の騒ぎを覚えた。つねに二番目の地位に甘んじる人生に飽きあきしていた。一度でいいから危険な放縦さに身を任せてみたかった。夜風が彼女の髪を乱した。ブルーは膝をつき、彼にキスをした。彼の思い上がりを打ち砕くのはあとでもいい。いまこの瞬間を生きるのだ。

キスのお返しをせがむ必要はなかった。間もなく二人は家から見えない、納屋の後ろの高い草の茂みによろめきながら入っていった。

ディーンはなぜブルーの気持ちが変わったのか、不思議に思ったが、ウェストバンドに彼女の指がかかり、疑問を呑みこんだ。

「こんなことしたくないのよ」ジーンズのファスナーを開けながら、ブルーがいった。「ときにはチームワークのために受け入れなくてはならないことがあるものさ」彼女のショートパンツとパンティを膝までおろし鼻先を寄せながら、彼はいった。彼女の甘くスパイシーな匂いに彼は陶然と酔いしれた。その肉体を味わい尽くさないうちに、ブルーは恍惚感《こうこつ》で意識が薄れぐったりとなった。彼は彼女を抱いたまま倒れ、草から守ってやるために自分が下になった。草が尻を刺激して痛かったが、悶える温かな肉体にようやく侵入できる喜びに比べれば、そんなことはささやかな犠牲でしかなかった。

ブルーは彼の頭を両手で包み、歯を食いしばり、喧嘩腰でいった。「急かさないでよ!」

彼女の言い分は認めるが、小路は狭く、濡れそぼり、もはやあと戻りのきかない状態なのだ……彼は彼女の腰に指を押しつけ、強く引き寄せ、高まった欲望を解き放った。

その後ディーンはあとで彼女に殴られないよう彼女の体を上にしたまま、一方の脚を自分の腰に絡めさせた。濃密なキスをしながら、二人の体のあいだに手を入れた。ブルーは体を弓なりに反らし、震えていた。ディーンは保護本能が目覚めるのを感じ、手を動かしてブルーの体を離した。

行為が終わると、ディーンはブルーの髪を撫でた。ポニーテールはすっかり乱れきっていた。「忘れているみたいだけど……」彼はTシャツに覆われた背中を指でなぞりながらいった。「おれを見ても欲望を刺激されないって前にいったよな」

ブルーは彼の鎖骨を噛んだ。「それはほんとうよ――理性の面ではね。でも私には自堕落な面もあって、そこは間違いなく刺激されるわよ」

彼はまだ満足しきっていなかったので、その自堕落な部分を刺激しはじめた。しかしブルーは彼の体から草の上におりた。「ここでひと晩じゅう姦淫《かんいん》を続けるわけにはいかないわ」

ディーンはにやりとした。姦淫か。これはまさしくそれにあたる。

ブルーはまだTシャツを着たままだったが、体のほかの部分はあらわだった。パンティに手を伸ばすブルーの下半身がくっきりと彼の視界に入った。「私たちが何をしているか気づいていないのはライリーだけよ」ブルーはパンティをつかみ、それを穿くために立ち上がり、臆面もなく鼻で笑った。「これからの方針をいうわ、ブー。あなたとの関係は短く淫《みだ》らな情事でしかないの。私はあなたの肉体を利用するだけ。だから妙な感情の触れあいなんて期待しないで。私はあなたが何を考えていようが、どんな気持ちでいようがいっさい気にしないから。私の関心はあなたの肉体だけ。何か異論ある？」

ディーンはこれほど憎まれ口をたたく女に会ったことはなかった。彼は彼女より先にショートパンツをつかんだ。「利用される屈辱の見返りは何？」

ふたたび冷笑が返ってきた。「私の体。欲望の対象としての肉体」

ディーンは考えこむふりをした。「今日のような夕食を数回加えてくれたら、乗ってもいい」パンティの穿き口に指を差しこむ。「徹底的に」

ジャックはコテージのキッチン・テーブルから椅子を引き、古いマーティンのチューニングを始めた。かつて『罪びと』をレコーディングした思い出のギターで、衝動的に娘に譲る約束をしたことを悔やむ気持ちになっていた。そこここにあるへこみや擦り傷が二十年にわたる彼の歴史を物語っている。しかしマーリが娘に自分のギターに手も触れさせなかったと聞き、いても立ってもいられない気持ちになったのだ。それほどの重大な事実を見逃してきた自分が許せなかった。だがもともとそうした無関心は意図したものだったのだ。

ライリーは二人の膝が触れ合うほど近くに椅子を寄せた。古びた楽器を食い入るように見つめるライリーの瞳には感嘆の色があった。「ほんとにもらっていいの？」

ジャックの後悔は消えた。「おまえにやるよ」

「これはいままでで最高のプレゼントよ」

夢見るような娘の表情に、父の胸は疼《うず》いた。「ギターが欲しいんなら、パパにそういえばよかったんだよ。送ってあげたのに」

娘は聞き取れない声で何かつぶやいた。

「なんだ？」

「前に一度いったことがあるけど、パパはツアー中だったから、聞こえてなかったみたい」

娘にギターをねだられた記憶はまるでなかったが、それをいえば電話での不自然な会話はほとんどうわの空だった。パソコンやゲーム、本やCDなど、ライリーには頻繁にプレゼントを贈っていたが、すべて他人任せにしていた。「ごめんよ、ライリー。聞き逃したかもしれない」

「いいの」

ライリーは現実的に問題があっても、すべて「いいの」のひと言で片づけようとする癖がある。それもこの十日間で気づいた娘の習慣なのだ。親ならば当然知っているべきことの多くを見逃してきた。養育費を払い、いい学校に通わせているかぎり親の義務は果たしているつもりになっていた。それ以上を思い描くことには抵抗があった。それ以上関与すれば自分の生活が思いどおりにいかなくなるからであった。

「開放コードはほとんど知ってるの」とライリー。「でもFは弾きにくい」父のチューニングを見つめ、すべての動きに一心に見入る。「インターネットでいろいろ調べたし、少しのあいだトリニティのギターで練習させてもらったの。でもすぐに返せといわれちゃう」

「トリニティはギターを持ってるのか？」

「ラリヴィーよ。トリニティはレッスンを五回でやめちゃったの。ギターは退屈なんだって。でもゲイルおばちゃまはまた受けさせると思うわ。ゲイルおばちゃまはパートナーが欲しいの。いつかジャッズ（アコースティック・カントリーのデュオ）の美人版を目指したいってトリニティにいったんだって」

ジャックもマーリの葬儀でトリニティに会っていた。子どもながら、すでに抗いがたい魅力をそなえ、薔薇色の頬、ブロンドのカール、青い瞳が愛らしい。記憶をたどれば、あの子どもは赤ん坊のときもほとんど泣かず、寝てほしいときはちゃんと寝て、必要な離乳食はきちんと食べた。ライリーと違い、口から噴き出すようにもどすようなことはなかった。ライリーが生後一カ月のとき、ジャックはツアーに出たが、あやし方もわからない、まん丸な顔をした泣き叫ぶ赤ん坊や、すでに大失敗だと認識していた結婚生活から逃れる口実ができて、ほっとしていた。もしトリニティのように可愛い娘を授かっていたらもう少しましな父親になれたのではないかと考えることが何度かあったが、この十日間でそんな思いは吹っきれた。

「ギターを貸してくれたのはいいけど」とジャックがいった。「でもその協力はただではないね？」

「取り引きをしたの」

「なんだい、それは？」

「いいたくない」

「とにかく、話してくれ」

「どうしても？」

「パパからFコードのもっと簡単な押さえ方を教わりたかったらね」

ライリーは父親の指によって縁がすり減ったサウンドホールの下あたりをまじまじと見つめた。「トリニティがほんとはボーイフレンドと出かけたとき、私と一緒だとゲイルおばちゃまにいってあげたの。それから二人にタバコも買ってあげた」

「あの子はまだ十一じゃないか！」

「でもボーイフレンドは十四歳だし、トリニティは歳のわりに大人よ」

「たしかにオトナだよ。あの子を野放しにしないよう、ゲイルに警告しよう」

「だめよ。ますますトリニティに嫌われちゃう」

「いいさ。そうならおまえとは会わせないようにするまでだ」詳しい事情はわからないので、今後トリニティ姫と会うことを制限するつもりであることはライリーにいわないでおいた。こうなればライリーをゲイルの心もとない監督下に置くことはできない。ライリーは寄宿学校に入るとなると抵抗するだろうが、ツアーはライリーの休暇に合わせて決めようと思っているので、それほど寂しい思いはさせずにすむと思っている。「タバコはどうやって手に入れた？」とジャックは訊いた。

「うちで働いてる男の人に頼んで、買ってきてもらったの」

ライリーは贈賄を非常時のテクニックとして使うことを身につけているらしい。ジャックは忸怩《じくじ》たる思いに駆られた。「おまえを気遣ってくれる人は誰もいないというわけか」

「自分のことは自分で気をつけてるからいいの」

「それじゃだめなんだよ」ジャックは自分もマーリも揃って娘にギターを買い与えるだけの思いやりさえ持たなかったという事実にいまさらながら慄然《りつぜん》とした。「ギターが弾きたいんだとママに強く訴えたのか？」

「一応は」

自分に打ち明けたときと同じように、ぎこちない頼み方をしたのだろう。おのれはもっと無関心だったのに、なぜもっと子どもをかまってやらないのかとマーリを責める資格は、自分にはない。

「いま、Fコードをやってみせてくれる？」

ジャックは上の二本の弦だけを押さえる方法を実際にやってみせた。小さい手にはこのほうが楽だからだ。最後にギターをライリーに手渡した。子どもは両手をショートパンツで拭いた。「ほんとにもらっていいの？」

「いいとも。これを譲るのにおまえ以上ふさわしい相手はいないよ」ジャックは心からそういった。

ライリーはギターを抱きかかえた。父がピックを手渡した。「さあ。やってごらん」

娘が自分のまねをして楽器の位置を定めるあいだピックを唇ではさんだので、ジャックは相好を崩した。位置が決まると口からピックを取り、左手を凝視しながら、ジャックから習ったとおりにFコードを弾いた。それをすぐにマスターすると今度はほかのオープンコードを弾いた。「なかなかうまいじゃないか」とジャックが褒めた。

ライリーが嬉しそうに笑った。「練習していたの」

「どうやって？　トリニティのギターはすぐに返したっていったのに」

「返したわ。でもボール紙でギターを作って指使いの練習をしたの」

ジャックは胸が締めつけられるような切なさに襲われ、突然椅子から立ち上がった。「すぐ戻るよ」

バスルームに入ると浴槽の縁に腰をおろし、頭を抱えた。財産も車も家も部屋からあふれんばかりのプラチナ・レコードも所有しながら、わが娘にボール紙のギターで練習させていたとは。

エイプリルにこの話を聞かせたかった。かつて彼を苦悩させた女性が、いまもっとも忠告を求めたい相手となった。

20

熱と湿気を含んだ六月の大気が東テネシーを包みはじめた。毎晩ブルーは秘密の逢瀬のためにバルコニーからディーンを部屋に入れた。ときにはバーン・グリルでのディナーのあと玄関から入って数分で帰ることもあった。火遊びとわかってはいても、彼に抗うのは無理であることはすでに判明している。しかし現在仕事や金銭、住まいのことで彼に頼っていないことから、リスクを負ってもいいと判断したのである。しょせん続いても数週間の話だ。ブルーは並んだ枕に裸でもたれている彼をしげしげと見つめた。「また何か話そうとしてるでしょ」

「ただちょっと――」

「話はなし、忘れた？　あなたが望むものはセックスだけ」ブルーは自分の側に移り、シーツを体にかぶせた。「私って、男にとっては理想の女よね」

「きみは神話並みの悪夢だよ」彼の手が滑らかな動きでシーツを剥がし、彼女の体をうつぶせにし、尻をしっかりとたたいた。「きみはぼくのほうが体も大きく力も強いということをすぐに忘れる」もう一度たたき、そのあとにぐずぐずと愛撫を続ける。「それにきみみたいな小さな女は朝飯に食ってしまうということも」

ブルーは肩越しに彼を見上げた。「朝食は八時間も続かないわ」

ディーンは今度はブルーを仰向けにさせた。「だったら深夜のスナックでどう?」


「私を欺けると思ったら大間違いよ、ミス・ブルー・ベイリー」数日後、ニタにドーナツ状のチョコレート・ブントケーキを焼けといわれ、肖像画の仕上げにかかりたいと答えると、老女はいった。「あの大工と名乗る人物だけど、あんた、私がボケてるとでも思うの? 一目見た瞬間に誰かわかったわ。ジャック・パトリオットよ。ディーンの家政婦は……彼女が彼の母親だということは、どんなバカでもわかるわよ。私がプレスの友人に電話するのがいやなら、さっさとキッチンへ行って私のブント・ケーキをお焼きなさい」

「あなたはプレスに友人なんかいないわ」とブルー。「それどころかどこにも。ライリー以外はね。脅しというのは諸刃の剣なの。もしあなたが秘密を漏らしたら、あなたにいわれて机の整理をしたときたまたま見つけた書類のことを話しちゃうわよ」

「書類って、なんのこと?」

「火事ですべてを失くしたオルソン一家に数えきれないほど送金した記録。夫を亡くして一人で子どもを養育していかなくてはならなくなったある女性の私道に、ある日新車が置かれていたミステリー。あまたの貧困家庭の医療費を支払った記録。その続きは省略するわ。テネシー、ギャリソンの邪悪な魔女がほんとうは焦がした甘いマシュマロのような心の持ち主だという事実を広めてほしい？」
ブルーはもう一つの舌戦にも勝利をおさめたが、それでも結局老女のためにケーキは焼い
てやった。物心ついて以来多くの女性と暮らしてきたが、本気で手元に置きたいと望んでく
れたのはニタがはじめてである。
その晩ディーンはブルーのベッドの足元で脚を組み、裸の腿に彼女の脛を乗せて座ってい
た。少し変わったたわむれの行為を楽しんだあとに、彼はブルーがかぶせたシーツの下から
突き出した彼女の足をマッサージした。足の甲を撫でるとブルーの口からうめき声がもれた。
ディーンは手を止めた。「まさか、またもどしたりしないだろうね？」
「もう三日もたつのよ」もっと続けてとばかりにブルーは足を揺すった。「ジョジーズのテ
イクアウトの海老がなんだか傷んでいる気がしたんだけど、ニタが大丈夫だと言い張った
の」
ディーンは足の甲に当てる親指に力を込めた。「そのあげくトイレから離れられないほど
の嘔吐《おうと》に苦しみつつ、廊下を這《は》うようにしてばあさんの看病に行くはめになった。そういう
ときこそ電話で呼び出してほしかったね」
ブルーは彼の言葉に込められた辛辣《しんらつ》な調子を認めなかった。「困るというほどではなかっ
たし、あなたの手を煩わせることもなかったわ」
「人に助けを求めるのは、女々しいことだとでも思うのか？」今度はかかとを押す。「人は

生きるうえでつねに孤軍奮闘する必要はないんだよ、ブルー。ときにはチームに頼ることも必要だ」

ブルーの人生では、違う。最初から最後まで孤独なゲームである。ブルーは心に交錯する不吉な予感、絶望、狼狽《ろうばい》を必死に振り払った。ディーンと出会ってから間もなく一カ月。次のステップへ踏み出す時期が来ている。ニタの肖像画も完成に近づき、それに、ニタを見棄てて出て行くという状況ではなくなっている。数日前に、六人の子どもを育て上げ、少々の露骨な侮辱などではびくともしない頼もしい家政婦を雇うことができたのだ。これ以上ギャリソンに留まる理由はもはやない。だがディーンへの未練がないといえば嘘になる。彼の愛し方は理想的で、想像性に富み、思いやりがあり、精力的だ。そんな彼との愛の行為はどれほど続けても飽きることがない。今夜はすべてを忘れたい。

ブルーは漆黒のエンドゾーンのブリーフを見つめた。「なぜそんなもの穿くの？　あなたの裸が好きなのに」

「そうみたいだね」膝の後ろに敏感な部分を見つけ、彼のタッチは軽くなる。「奔放な女だな。こうでもしないと回復するチャンスがなくなるからさ」

ブルーは本物のエンドゾーンに視線を落とした。「明らかに雷神はすっかり回復なさったみたいよ」

「ハーフタイムは終了」ディーンはシーツを剝がした。「試合再開だ」

ジャックは納屋の近くに停めた車から一泊用の荷物をおろした。自分の荷物をみずからおろすのはじつに久しぶりのことだが、ここ数週間というものニューヨークへの小旅行、さらには西海岸への数日の旅行でも自分で荷物の積み下ろしをやっている。ツアーの話がはっきり形を成しつつある。昨日はマーケティング・プランに同意し、今日は新しいアルバムのプレス・リリースを行なった。幸い郡の空港はプライベートジェットの収容が可能な規模を備えているので、かなり楽に移動ができる。さらにパイロットの工夫のおかげで、人目につくことなく、乗り降りが可能になっている。

ディーンは一カ月先の、スターズのトレーニング・キャンプの開始までライリーを農場に泊めてもいいといってくれている。そのためにエイプリルの滞在がさらに延びることになり、その点については息子が不満に思っていることは知っている。みなが彼の娘のために犠牲を払っているのだ。

午後七時前で、作業員はみな引き揚げてしまったようだ。荷物をサイドドアのそば置き、ポーチの天井のファンの配線工事が終わっているか見にいった。壁はできあがり、屋根もつき、新しい木材の匂いが漂ってきた。どこからかかすかに女性の声が聞こえてきた。あまりにも素直で優しい、伸びのある歌声で、一瞬空耳かと思ったほどだ。

若かったあのころを覚えているかい？
朝日が昇るまで起きていたね

ベイビー、笑っておくれ
ジャックは息を呑んだ。

ぼくも人生は過酷だと知ってはいるけれど
きみは身に沁みてそれを知ってるんだね

くすんだ天使の声というべきか、しっとりとした無垢《むく》な透明感にかすかな現実の渋みを加えたような声である。先が傷んだ真っ白な羽、かすかに中心のずれた光輪といったイメージだ。最後の歌詞は即興で、一オクターブ転調した。どの音も的確で声域は彼自身の荒いロッカーのバリトンよりずっと広い。彼は音を追ってポーチの裏へまわってみた。

娘は家の土台にもたれながら父の古いマーティンを抱え、犬をかたわらに寝そべらせ、脚を組んで座っていた。幼児のようなぽっちゃりした感じは消えつつあり、輝く褐色のカールが頬に落ちている。父親に似て日焼けしやすく、エイプリルが日焼け止めを塗ってくれても、肌は父親と同じような小麦色に日焼けしている。コードを正しく弾くことで精一杯なのか、この素晴らしい歌声はどうやら付け足しのようだ。

『笑っておくれ』の最後のコードがゆっくりと消えていった。まだ父親がいることに気づかず、娘は犬に話しかけた。「今度は、何を弾いてほしい?」

パフィが欠伸《あくび》をした。

「あれがいいわ！」ライリーはマフェッツの最大のヒット曲『ダウン・アンド・ダーティ』の最初のコードを弾きはじめた。しかしライリーの手に掛かると軽いカントリーのメロディも現代的な洒落た一曲に変わる。その声にはマーリのブルース的な部分とジャックのゆったりとした節まわしの要素が感じとれるものの、ライリー独自の歌い方である。両親のそれぞれのよい部分を引き継ぎ、個性的なものを編み出したのだろう。パフィがようやくいつものキャンキャンキャンという三回続ける鳴き声でジャックを歓迎した。ライリーの手はコーラスの途中でギターから離れ、狼狽が表われた。ここは慎重を要する、とジャックはみずからを戒めた。

「練習の成果が出ているようだね」ジャックは片づけのすんでいない木の切りくずの山をよけた。

ライリーはギターを取り上げられるのではないかというように、体に強く引き寄せた。

「夜まで帰らないかと思ってた」

「おまえに会いたいから早めに帰ることにしたんだ」

ライリーは信じていないが、これはほんとうだった。エイプリルにも無性に会いたかった。不本意ながらライリーと遊ぶディーンの姿、ブルーと笑い、あの老女と舌戦を繰り広げるディーンを見ながら湧き起こる切ない胸の痛みさえ懐かしかったのだ。ジャックはいまさらながら愛おしくてたまらなくなったわが娘と並んで地面に座った。「Fコードは上達したかい？」

「大丈夫」

ジャックは草の上に落ちていた釘を拾った。「おまえはいい声をしているね。自分でもそう思うだろ？」ライリーは肩をすくめた。

ふと、昨年マーリと電話で交わした短い会話が脳裏によみがえった。「先生が、あの子は素晴らしい声をしているというの。でも私は聞いたことがない。それにあなたも知ってのとおり、世間の人って有名人にはへつらうものでしょう？　親しくなるためには有名人の子どもを利用したりもするからね」

これもまた彼の過失である。ライリーは自分より元妻といるほうが幸せなのだと勝手に決めつけていた。マーリがどれほど自己中心的な人間であるかを知り尽くしていながら。彼は指のあいだで釘を転がした。「ライリー、話してくれないか」

「何を？」

「歌のことだよ」

「何もいうことはないわ」

「そんなことというなよ。おまえは素晴らしい声を持っているのに、パパが一緒に歌おうと誘っても、断わったね。パパがそれを不思議に思わないはずないだろ」

「私は私よ」とライリーがつぶやいた。

「どういう意味だ？」

「歌が歌えるからってほかの人間になれるわけじゃない」

「おまえが何をいいたいのかパパにはわからない」ジャックはガラクタの山に向けて釘を投げた。「ライリー、どういうことなんだ。自分の考えを話してごらん」

「なんでもないの」

「ぼくはおまえの父親だし、おまえを愛している。パパには話せるだろ?」

むきだしの猜疑心《さいぎ》が父親似の瞳に翳りを落とした。言葉で思いを伝えても、この娘は信じることができないでいる。ライリーはギターを抱え、立ち上がった。エイプリルが買ってくれたショートパンツが腰骨の上に落ちた。「パフィに餌《えさ》をあげなきゃ」

娘が慌てて立ち去ると、ジャックは家の土台にもたれた。あの子は父親の愛情を信じていない。しかしそれも無理はないのだ。

しばらくしてエイプリルが森のなかからジョギングしながら現われた。深紅のスポーツブラのトップに体に沿った黒のワークアウトショーツという装いだ。ほかに誰かが一緒ではないとエイプリルの態度はぎこちなくなる。彼女の歩調はとたんに乱れた。そのまま行きすぎてしまうかに思われたが、エイプリルはスピードを落とし、近づいてきた。力強い体つき、むきだしのウェストに、ジャックは血が騒ぐのを覚えた。

「まだ帰らないかと思ってたわ」とエイプリルは息を整えながらいった。

立ち上がる際、ジャックの片側の膝がきしんだ。「運動は独創的な方法で時間つぶしができないダメ人間のものだと口癖のように言ってたのにな」

「昔は放言ばかり口にしてたわね」

ジャックはエイプリルの胸の谷間を流れる汗から目をそむけた。「走りを邪魔するつもりはないよ」

「そろそろクールダウンするつもりだったからいいの」

「一緒に歩くよ」

ジャックは並んで歩きはじめた。エイプリルがツアーのことを尋ねた。昔彼女はバンドと旅に出る女は誰なのか、どこに泊まるのか、訊きたがった。いまの彼女はビジネスに関わる女性ならではの質問をし、経費や前売りチケットの売り上げを尋ねる。二人は刈りこまれた牧草地を囲む、ペンキを塗ったばかり白い木のフェンスに向かった。「来春には馬を買うつもりだとディーンがライリーに話していたよ」

「あの子は昔から馬が好きだったの」とエイプリルが答えた。

ジャックは下の横木に足をかけた。「ライリーが歌えるのを知ってたか？」

「いまごろ知ったのね」

ジャックは自分自身いやでも認識している事実を他人に指摘されることにうんざりしていた。「どう思う？」

エイプリルは核心を衝く発言をした。「先週初めて聞いたの」フェンスに腕を乗せる。「ライリーは葡萄《ぶどう》のあずまやに隠れて歌っていた。聞いてゾクゾクしたわ」

「あの子にその話はしたのかい？」

「そのチャンスをくれないの。私の姿が目に入ると歌うのをやめて、パパに内緒にしてといったの。とてもあんなに若い子の声とは思えないわ」

ジャックはまだ解せなかった。「なぜあの子は内緒にしたがるんだろう」

「私にもわからない。もしかしたらディーンには理由を話しているかも」

「ディーンに訊いてみてくれないか」

「面倒なことは自分で片づけてよ」

「あいつがおれに話をしないのは知ってるだろ」とジャック。「あのポーチの工事をやってるあいだも、ほとんど会話は交わしてない」

「私の〈ブラックベリー〉がキッチンにあるから、彼にメールで訊いてみたら」

ジャックはフェンスから足をはずした。「事態は悲惨になる一方だよ」

「あなたは努力している。それが大事なことよ」

ジャックはそれでは満足できなかった。いま以上のものをディーンに求める気持ちが強かった。ライリーとも、エイプリルともいま以上の関係を築きたかった。かつて彼女が惜しげもなく与えてくれたものが欲しかった。ジャックはこぶしでエイプリルの柔らかな頬を撫でた。「エイプリル……」

エイプリルはかぶりを振り、歩み去った。

その日遅くなるまでディーンはライリーの歌についてのEメールを見なかった。それがエイプリルではなくジャックからのメールだと気づくまでにしばらく時間がかかった。素早くそれを読むと、返事を返した。

〝自分で答えを見つけてくれ〟

外に向かいながら、彼はブルーのことを考えた。最近ますますこうしたことが頻繁になっている。多くの女たちがポルノスターのような動きをすれば彼の欲望をあおることができると信じているが、そんな動きはいかにも演技と感じられ、興ざめだ。しかしどうやらブルーはポルノはあまり見ないらしく、ベッドでの彼女は不器用そのもの。素朴、かつ衝動的でありながら、爽《さわ》やかで、ふだんの性格そのままに気まぐれである。しかし彼女のことを信頼はしていないし、またあてにもできない。

ポーチの横に梯子《はしご》が掛けてある。屋根の状態を見にいくために梯子を動かしても、肩は痛まなかった。一カ月後にトレーニングキャンプを控え、かりそめの情事以上のことにかかずらうわけにはいかないというのが本音だ。しかし幸いにブルーは自立している。来週は乗馬に連れて行く約束になってはいるものの、その時点で彼女がまだこの町にいる保証はない。

バルコニーに上ってみたら、部屋はもぬけの殻ということもありうる。

腰に工具ベルトをつけて梯子を上りながら、彼は一つだけ確信した。彼女は肉体は捧げても、ほかのものは決して与えようとしない。自分としてはそれがなんとも気に入らないのだ。

二日後の晩、ジャックは池のほとりで裸足で踊っているエイプリルを見つけ、鳥肌が立つような衝撃を感じた。バックに聞こえるのは葦《あし》の葉の風に揺れる音、コオロギの鳴き声だけ。腕が宙を舞い、金色のフィラメントのような髪が顔のまわりで揺れる。そしてあの腰、官能的な腰がセクシュアルなメッセージを送っていた。欲しいよ、ベイビー……欲しいんだ、ベイビー……。

股間に血流が集まった。音楽のないダンスは魔法のように魅惑的で摩訶《まか》不思議な美しさと狂気の片鱗《へんりん》を感じさせた。女神のようなあの瞳、子猫のようにすねた表情……七〇年代にロックの神々に奉仕した女……池のほとりで踊っている破壊的で舌鋒鋭いこの女を、彼は骨の髄まで知り尽くしているのだ。彼女の乱行、奔放な要求、性的な無謀さは二十三歳の若者——遠い過去の自分には毒だった。いまでは彼女が自分以外の人間の意志に屈服する姿など想像もつかない。

想像のビートに合わせて体を揺らす彼女をコテージの勝手口の明かりが照らし、ヘッドホンのコードが見えた。結局音楽は想像ではなかった。彼女はｉＰｏｄの音楽に合わせて踊る浮かれた中年女性にすぎないのだ。しかしそう思ってもなお魔法は解けなかった。

彼女の腰が最後のリズムを刻み、髪が最後にきらりと光った。腕がおり、イヤホンをはずした。ジャックはそっと森へ戻った。

21

ブルーは家を出る前に、仕上がった肖像画を最後にもう一度見つめた。ニタは五〇年代のダンスのエキシビションで使った淡い青の舞踏会用ドレスを着て、髪はダイヤのイヤリングが映えるよう六〇年代風のビーハイブ(ドーム型に高く結った髪形)にまとめている。イヤリングは七〇年代にマーシャルから結婚のプレゼントとしてもらったものだ。体つきもスリムでグラマラスである。肌はシミ一つなく、メークはドラマティックだ。ブルーは想像上の大階段の上でニタにポーズを取らせ、タンゴを足元に座らせたのだが、ニタはタンゴを塗りつぶせと要求したのだった。

「想像したほど下手じゃないわね」ロビーのゴールドを散らした壁紙にこの絵を掛け、ニタに見せると彼女は開口一番こういった。

つまりそれはおおいに気に入ったのだと、ブルーは頭のなかで解釈した。けばけばしすぎるものの、ニタの自分自身に対するイメージを正確にとらえることができたことに、ブルーも満足していた。性的魅力にあふれた若い女の輝く瞳、白っぽいピンクのルージュを塗った唇に浮かぶ蠱惑《こわく》的な微笑み、ビーハイブに結い上げた見事なプラチナブロンド。ロビーで老いた目に焦がれるような愛しさを込め、じっとこの絵に見入るニタの姿をブルーは何度か見ている。

ブルーはようやく自分の金を手に入れた。いつでもギャリソンを発てる状態である。

ニタが背後に現われ、二人で農場でのディナーに出かけた。ディーンとライリーがハンバーグを焼き、ブルーはバーベキューソースであえたビーンズと、フレッシュミントとライムジュースの香りをつけたスイカのサラダを作った。ディーンはハンバーガーにかぶりつきながら、壁画をなぜ描かないのかという話題を出してブルーの気持ちを煽動《せんどう》した。恩知らずだ、芸術家として臆病だ、それは背信行為にも等しいというわけで、そんな非難なら、ブルーも黙殺すればすむことだった。しかしそこにエイプリルがひと言差し挟み、ブルーの気持ちに変化が生まれた。

「あなたがどれほどこの家に愛着を感じているか知っているだけに、あなたが自分の足跡をここに残そうとしないことが私には不思議よ」

ブルーはその言葉に全身総毛立つような衝撃を覚え、みなが料理のおかわりをするころには壁画を描こうという決意が固まっていた。エイプリルのいうように、この家に足跡を残すのではなく、ディーンに残していくのだ。壁画は数十年の歳月を経ても残る。彼が部屋に足を踏み入れるたびに、いやおうなく彼女の記憶がよみがえるだろう。瞳の色も、名前でさえいつしか忘却の彼方へと消えるであろうが、部屋に壁画があるかぎり、彼女を忘れ去ることはできないはずだ。ブルーは食欲がうせ、皿に載った食べ物をつつくばかりだった。「いいわ。壁画を引き受ける」

エイプリルのフォークからスイカの果汁がこぼれ落ちた。「ほんとに？　気が変わったりしないでしょうね？」

「いいえ。でも忘れないでいてほしいのは、私の壁画は――」

「感傷にあふれたナンセンス、だろ？」ディーンが苦笑いした。「好きにしていいよ、ブルーベル」

ニタがバーベキュー・ビーンズを食べながら目を上げた。驚いたことに、ニタは反対しなかった。「私の朝食を用意し、夕食を作れる時間までに戻ってくるのなら、それ以外の時間あなたが何をしようとかまわないわよ」

「ブルーはキャラバンで寝泊まりさせる」ディーンが言葉たくみに主張した。「彼女にとって、そのほうが便利だろうし」

「というよりあなたにとって、便利なんでしょ？」とニタは反駁した。「ブルーは鈍いけど、愚かではないのよ」

ブルーはその点については異論を唱えたい気分だった。愚かなばかりか判断力さえ鈍っているからだ。ここにいる期間が延びれば延びるほど離れがたくなる。それはこれまでの辛い体験から学んだ道理である。それでも、現実を見据えれば、別れたあとディーンへの恋しさはつのるであろうが、愛する人との別れは彼女の人生の定めであり、いつか彼との別離を乗り越える日が来る。

「あんな不気味なゴテゴテ飾り立てた部屋できみが寝泊まりする理由は一つもない」ディーンは翌日バーン・グリルでの夕食の最中にいった。「毎日農場で絵を描くんだから、なおさらだ。きみはキャラバンで寝るのが大好きじゃないか。きみのためにポータポッティ（アウトドア用の持ち運び式便器）を用意してもいいと思ってるくらいだよ」

当然ブルーもそうしたかった。夏の雨がキャラバンの屋根に落ちる音を聞きながら眠りにつくことも、朝濡れた草に裸足で出ることも、ひと晩じゅうディーンに寄り添って眠ることもたまらなく好きだった。ここを去ったあと思い出すのが辛くなるに決まっているのに、農場でのひとときを慈しみたい気持ちが強かった。

ブルーはひと口も飲んでいないビールのマグを置いた。「夜バルコニーに人目をしのんで上ってくるロミオを見る機会を失いたくないわ」

「そのうち首の骨を折ってしまうよ」

その危険はなかった。ロミオは知らないが、町の便利屋チョーンシー・クロールに頼んでバルコニーの手すりを補強してもらったからだ。

シルがテーブルに現われ、町の発展計画についてニタを説得する話はいったいどうなっているのかと訊いた。ブルーはそれがいかに望み薄な計画かを説明しようとした。「私が朝だといえば夜だというような人なのよ。計画の話をしようとすればするほど、うまくいかないの」

シルはブルーのフライドポテトをつまんで、トレース・アスキンスの『ホンキートンク・バドンカドンク』（カントリーのダンスナンバー）が流れると体を揺すった。「あなたには積極的な態度が必要よ。ディーンからも言って聞かせてよ。なにごとも積極的な態度なしには成し遂げられないって」

ディーンは長々とブルーの表情をうかがっていた。「そのとおりだよ、シル。積極的な態度こそ成功への鍵なんだよ」

ブルーは壁画について思考をめぐらせた。壁画を描くことは、皮膚を一枚脱ぎ捨てるようなものだ。それも、よい意味での脱皮ではなく、日焼けで生皮が一枚剝げ落ちるのに似ている。

「あきらめないでね」とシル。「町の運命があなたの手にかかっているんだから。あなただけが頼みの綱なのよ」

シルが行ってしまうと、ディーンは手をつけていないスズキの焙《あぶ》り焼きをブルーの皿に移した。「町の連中がきみに付きまとうことに夢中で、ぼくへの関心が薄れたことは歓迎すべき状況だね」とディーン。「これでようやく心やすらかに食事ができるというもんだ」

それからまもなくカレン・アンとトイレで会った。バーン・グリルではもうカレン・アンにアルコールを出していないが、それでも生来の性格の悪さにほとんど変化はなかった。「あんたに隠れてあのアホスターは相手選ばずやりまくってるわよ、ブルー。そんなの先刻承知でしょうけど」

「当然。あなたも私があなたに隠れてロニーと致していることは知ってるでしょ？」

「このクソ女」

「よく考えてみて」ブルーはペーパータオルを引き抜きながらいった。「あなたのトランザムを盗んだのはあなたの妹なのよ、私じゃなくて。私に痛い目にあわされたの、忘れたの？」

「それは私が酔っ払ってたから」カレン・アンは骨ばった腰に手を当てた。「あんたは、あのクソババアがこの町の開発に同意するよう説得する気があるの、ないの？　私はロニーと釣り餌の店をやりたいの」

「無理よ。私はあの人に憎まれてるのよ！」

「だからなんなのさ？　私だってあんたを憎んでる。そんなもの、人助けのためなら乗りこえるべきじゃないの？」

ブルーは濡れたペーパータオルをカレン・アンの手に押しつけ、テーブルに戻った。

六月最後の日、ブルーはディーンのヴァンキッシュの後部座席に画材を積みこんでニタのガレージから車を出し、農家に向かった。ギャリソンを去るどころか、これからダイニングルームの壁画を描こうというのである。それを考えると緊張を覚え、朝食も喉を通らなかった。胃がむかむかするので食べずにすべて持参することにした。空白の壁を思うだけで、手がじっとりと汗ばんでくる。

準備にかかるあいだ、ディーン以外全員が様子を見にきた。ジャックでさえ姿を現わした。ここ数週間で何度も顔を合わせているというのに、ブルーはそれでも脚立につまずいた。

「ごめん」とジャック。「足音でぼくが来るのに気づくかと思った」

ブルーは溜息をついた。「わかっていても反応は変わりません。あなたがいると恥ずかしいまねばかりしてしまう定めみたいです」

ジャックは苦笑いとともに、ブルーを抱擁した。

「最高」とブルーはつぶやいた。「もうこのTシャツは洗えません。お気に入りなんですけど」

ジャックがいなくなると、ブルーは参照のためのデッサンをテープで貼り付けた。グレイの水彩鉛筆を使い、壁面におおまかな輪郭を描きつけていく。丘陵地、森林、池、草を刈り取った牧草地。長く延びるフェンスを描いているとき、車が停まる音がしたので外を見た。

「おやまあ」

ブルーはポーチまで急ぎ足で行き、赤のコルベットの運転席からニタが降り立つ様子を見守った。エイプリルが音を聞きつけてブルーの肩越しに顔を覗かせ、小声で呪詛《じゅそ》を口にした。

「何やってるの？」ブルーは叫んだ。「運転できないんじゃなかった？」

「運転ぐらいできるわよ」ニタがぴしゃりと言い返した。「運転もできなくて車を所有するはずないでしょうが」杖でレンガの歩道を指していう。「なぜちゃんとしたコンクリート舗装にしないのよ？　ライリーはどこなの？　あの子の手を借りたいの」

「ここにいますよ、ミセス・ギャリソン」ライリーがこのときばかりはギターを抱えず走り出してきた。「あなたが来るなんてブルーはいってなかったわ」

「ブルーはすべてを知っているわけじゃない。当人はそのつもりらしいけど」

「最悪だわ」とブルーはこぼした。「こんな目にあうなんて、私がどんな罪を犯したというの？」

ライリーはニタに手を貸して、いわれたとおり、キッチンのテーブルに案内した。「ランチは持参したわ」ニタはブルーが作ったサンドイッチをバッグから出した。「邪魔はしたくないの」

「邪魔じゃありませんよ」とライリーがいった。「食事がすんだら、星占いを読んで、そのあとギターを弾いてあげますね」

「バレエのレッスンをするんでしょ」

「ええ。でもギターを弾いてから」

咳払いの音。

ブルーは苛立ちの気持ちを抑えた。「いったい何しに来たの？」

「ライリー、ミラクル・ホイップ（サンドイッチスプレッドにも使われるサラダドレッシング）はあるかしら？　ブルーは自分が嫌いだから他人もそれが嫌いだと決めつけているの。ブルーらしいわよね」ライリーが冷蔵庫から瓶を出した。ニタはそれをこってりと塗り、エイプリルにアイスティーを頼んだ。

「インスタントはだめ。砂糖はたっぷり入れて」ニタはサンドイッチの半分をライリーに勧めた。

「結構です。私もミラクル・ホイップは苦手です」

「あなた、好き嫌いが出てきたわね」

「エイプリルは嫌いなものは食べなくていいといってます」

「あの人にはよくても、あなたにはどうかしら。太ってたからといって拒食症になるのはまずいわよ」

「彼女のことはおかまいなく、ギャリソンさん」エイプリルがきっぱりといった。「拒食症にはなりません。ただ自分の食べるものに気を配りはじめただけです」

ニタはわざとらしい咳払いをした。エイプリルが相手だとニタは口論をしかけたがる。

ブルーはダイニングに戻りながら、ニタはたまたま今日という日を選んでここを訪れたわけではないのだとはっきり感じた。

その日の午後遅く、ディーンがポーチの工事で汚れと汗にまみれ、戻ってきた。普段からあまり入浴しない男性の汗と朝シャワーを浴びた男性の汗にははっきりとした違いがあるとブルーは思っている。前者のは厭《いと》わしいが、後者は……そうではない。濡れた胸に抱きつきたいとも思わないが、拒みたくもない感じがする。

「きみの分身がリビングでお昼寝してるよ」彼は自分と濡れたTシャツが彼女に及ぼす影響には気づかず、いった。「あのばあさんの図太さはきみ以上だね」

「だからこそ私との相性がばっちりなんじゃないの」

ディーンはブルーがドアや窓枠に留め付けたスケッチに見入り、長い壁に描きはじめた空に目を留めた。「大規模なプロジェクトだよな。どこから取りかかるつもり?」

「上から下へ、光から影へ、背景から前景へ、柔らかいラインから硬いラインへ」ブルーは脚立をおりた。「テクニックを理解しているからといって、あなたを後悔させないという保証にはならないのよ。私の風景画は——」

「甘ったるいナンセンス。わかってる。いいかげんにくよくよ心配するのはやめろよ」ディーンはブルーが落としたガムテープを手渡し、金属のカートに置かれた塗料の缶を見つめた。「普通のラテックス塗料も混じってるね」

「エナメルも油性のアルキド塗料も使うつもりよ。早く乾くし、もっと濃くしたければチューブから出してすぐに使えるから」

「車の前まで運んだ袋一杯の吸湿シートは……」

「刷毛を洗うテレビン油を置くにはあれが一番いいの。そうすれば——」

ライリーがギターを抱えて部屋に入ってきた。「ミセス・ギャリソンがあと二週間で誕生日だって! それにこれまで一度も誕生日のパーティを開いてもらったことがないって。マーシャルは宝石をくれただけなんだって。ここでサプライズの誕生日パーティを開いてあげない、ディーン? お願い、ブルー。ケーキを焼いてホットドッグとかを用意すればいいじゃない」

「断わる！」

「いやよ！」

ライリーは咎めるようにひたいにしわを寄せた。「そんなことといって、二人とも意地が悪いと思わないの？」

「思うよ」とディーン。「けど、そんなこと知るもんか。ばあさんのパーティなんか開かない」

「だったらあなたがやってよ、ブルー」とライリー。「ギャリソン家で」

「そんなことしても彼女はありがたいと思わないわよ。そもそも彼女は感謝という感覚が欠落しているんだから」ブルーはプラスチック容器に注いだ塗料を持ち上げ、脚立を上った。

「みんなが彼女に意地悪な態度で接してばかりいなければ、彼女だって優しくなれるんじゃないかしら」ライリーはプリプリしながら出て行った。

ブルーはその後ろ姿をしげしげと見つめた。「あの無邪気な子が普通の生意気な子どもに変身しつつあるわ」

「そうだね。よかったじゃないか」

ディーンはようやく馬を見に出かけた。ブルーが白の塗料を刷毛に含ませていると、ライリーが戻ってきた。「きっと誕生日カードを送る人もいないわよね」

「カードはあげるつもりよ。ケーキだって焼くわ。内輪のパーティはするつもりよ」

「集まる人がもっと多いほうがいいな」

ニタのところへ戻るライリーを見ながら、ふと楽しいアイディアが思い浮かんだ。壁に何を描き何を描かないかという悩みを忘れられる恰好の気晴らしになりそうだった。しばし考えをめぐらせてから、中古品店のシルに電話をかけた。

「町を挙げてニタの誕生日パーティを開きたい、ですって?」ブルーの説明を聞いて、シルはいった。「それも二週間で準備しろと?」

「準備はあまり問題じゃないわ。むしろみんなが集まるかどうかが難題なんじゃない?」

「町民がパーティを開けば、彼女の態度が軟化して、町の発展計画に同意してくれると、本気で思うの?」

「無理だとは思う」とブルー。「でもこれよりいいアイディアもないんだし、奇跡が起きる可能性だって否定できないのよ。だからやってみるべき」

「どうかしら。とにかくペニーともじかに相談してみる」

三十分ほどして、シルが電話をしてきた。「やることにしたわ」あまり気乗りしない声だった。「あなたは彼女をかならず会場に連れてきてよ。彼女のことだから今回のことが耳に入ればつむじを曲げて出るのを拒否すると思うの」

「撃ち殺して死体を引きずっていけばいいというのなら、任しといて」

十数回、そのうちの何回かはニタからのだが、たび重なる妨害が入り、ブルーは建築業者が残していった重い青のビニールをダイニングの二個の戸口に掛けることにした。それを下げ終えると、〝死の苦痛を望まぬ者は入るべからず〟と書き添えた。それでなくとも神経質になっているというのに、後ろから作業をずっと見られていてはたまらない。その日ブルーは、壁画の完成まではiPodもギターも、タンゴやパフィ、ドルチェ＆ガッバーナのブーツも持ちこまないことを全員に誓わせた。

その夜ブルーがニタの寝室に入っていくと老女がちょうどカツラを取り、ぺたりとした短いキャップのような白髪頭があらわになったところだった。「今日、面白い電話をもらったの」ブルーはベッドの縁に腰かけながら、いった。「わざわざ伝えるつもりはなかったけど、あなたのことだからどこかでその話を聞きつけて、内緒にしたといって私を責めるでしょうからね」

ニタは頭皮にブラシを当てた。着物の前を閉めていないので、お気に入りの赤いナイトガウンが見えた。「どんな電話？」

ブルーは両手を振り上げた。「何人かのお間抜けな人たちがあなたのためにサプライズの誕生日パーティを計画してるらしいの。でも心配しないで。私がやめさせるから」ブルーはベッドの足元にあった『スター』誌の最新号を手に取り、ページをめくるふりをした。「この町の若い人たちが昔の話を耳にして、あなたが最初にこの町へ来たときにひどい仕打ちを受けたと考えたんだと思うの。彼らは可能ならその埋め合わせをするために公園でパーティを開きたいと思ったんだって。大きなケーキに風船、あなたの嫌いな人たちのばかげたスピーチ。私ははっきり断わったわ。パーティなんかやらないでと」

このときばかりはさすがのニタも言葉を失ったようだった。ブルーは何食わぬ顔で雑誌のページを読んだ。ニタはブラシを置き、着物のサッシュベルトを閉めた。「もしかすると……面白いかもね」

ブルーは笑いたいのをこらえた。「そんなの気味が悪いからよしなさいよ」雑誌を下に置く。「彼らがようやくあなたへの態度が間違っていたと反省したって、あなたは連中を無視しつづけてればいいじゃない」

「あんたは町民の味方じゃなかったの？」ニタが反論した。「いつも私が人の心を傷つけてばかりいると責めていたくせに。連中は誰も来ないような場所に店を出すといってるの。誰も泊まりそうもない民宿を開くから許可しろといってるのよ」

「ビジネスとしては優れているけど、あなたの年齢では最新の経済を理解しろといっても無理でしょうね」

ニタは一度長々と歯を吸うと、ブルーに向かってきた。「たったいま連中に電話して盛大なパーティを開けといいなさい。可能なかぎり盛大にとね！　その程度のことはしてもらって当たり前だし、そろそろ町の連中にもそれを認識させないとね」

「いまさらそんなことできないわ。だって〝サプライズ〟のパーティだといわれているのに」

「私が驚いたふりもできないと思うの？」

ブルーはしばし口論をしかけてみた。そして口論が続くほど、ニタはむきになって意見を主張した。そして結局目的は達成された。

しかし壁画はどうかというと、別問題であった。日がたつごとに絵はデッサンと違うものになっていき、ついにブルーはデッサンを剝がしてしまった。

ディーンは七月四日の祝日にスモーキー・マウンテンへのハイキングを提案した。長い脚、尽きることを知らぬスタミナの持ち主であるディーンは彼女を待つために険しい山道を登ってはまた下り、往復することになったが、決して彼女を急《せ》かさなかった。それどころか、へアジェルが汗で流れるからゆっくりのペースのほうがいいとまでいってくれるのだった。さらさらの髪にジェルを塗った形跡はないが、気遣いが嬉しくてブルーはそれを指摘する気にもなれなかった。ブルーは優しくされるのが辛いので、登山道の途中でのランチのとき、喧《けん》嘩《か》をしかけた。滝のそばの木陰に連れこまれ、息が止まるほど、激しくキスをされたブルーは陶然とすべてを忘れた。その瞬間彼の残酷な支配が始まった。

「きみは」と彼は荒々しくいった。「木にもたれろ」

高価なサングラスのシルバーのレンズに隠れて彼の目は見えないものの、欲望を搔き立てる威圧的な唇の動きに圧倒され、ブルーは体を震わせた。「何をいってるの?」

「きみがあんまりせっつくから、脱獄ゲームの開始だ」

ブルーは唇を舐めた。「なんだか怖そう」

「怖いよ。少なくともきみにとっては。逃げようとするととんでもない目に遭う。さあ後ろを向いて木に顔を向けろ」

ブルーは彼を試すために走りたいという誘惑に駆られたが、木を絡めたゲームがあまりに魅惑的で逃げられなかった。二人はこれまでもありとあらゆる形態の支配と服従のゲームを繰り返してきた。そのおかげもあって二人の関係が重くならずにすんでいるのである。「どの木？」

「囚人の選択に任せる。これが最後のチャンスだぞ。あとはこっちが決める」

ブルーは未練がましく彼のTシャツの下の筋肉の隆起に見とれていた。彼は腕組みをした。

「二度と繰り返させるな」

「弁護士に連絡させて」

「ここでは私が法律だ」

まだまだ驚きが待っていそうだ。八〇キロ余のもっとも強い雄《アルファメール》と二人きりでいるというのに、このうえなく安心で、しかも欲情をそそられる。「痛くしないでよ」

彼はサングラスをはずし、ゆっくりとつるを折った。「それはきみがいかに柔順かにかかっている」

激しい性的興奮に膝をふるわせながら、ブルーは苔《こけ》のじゅうたんに囲まれた頑丈な楓《かえで》の木に向かった。近くの滝のしぶきでさえ、体の火照りを鎮めることはできなかった。これが終われば同様のお返しをするつもりだが、いまはただ楽しみたい。

ディーンはサングラスを置き、彼女の体を押して木に向かわせた。「両手を木の幹に当て、いいというまで下ろすな」

　ブルーはゆっくりと腕を頭の上に伸ばした。皮膚に触れるざらざらした樹皮が煽情的な剣《けん》呑《のん》さをいっそう掻き立てる。「あの……これから何をするつもり？」

「山向こうの重警備の女性刑務所で最近起きた監獄破りだ」

「そうなの」スーパースターの運動選手になぜこんな想像力がそなわっているのだろう。

「でも私は罪もない一人の登山者にすぎないわ」

「だったら身体検査されても困らないはずだ」

「まあ……身の潔白を証明することになるだけだけど」

「物分かりがいいな。さてここを開いてもらおうか」

　ブルーはむきだしの脚を少しずつ開いた。背後でひざまずき、彼女のソックスをおろし、足首を指でむきだしにする彼のうっすら伸びた髭が彼女の内腿をこすった。足首のすぐ下のくぼみを親指で撫で、彼女自身も知らなかった性感帯を刺激した。ゆっくりと時間をかけてむきだしの脚を下から上へとたどり、腿の裏側も手で愛撫する。彼女の皮膚が全身粟立った。

　彼の指がショートパンツの裾《すそ》に侵入するのを期待したが、入りやすい穿き口を回避してかわりにTシャツの背中をめくったので、ブルーは失望を感じた。

「思ったとおり刑務所の刻印だ」と彼はうなるようにいった。

「日曜学校のピクニックで酔って、目を覚ますと……」

　彼の指がショートパンツのウェストバンドのすぐ上の滑らかな背骨のカーブの上で止まった。「無駄口はたたくな。これが何を意味するかよくわかっているだろう」

「日曜学校のピクニックはダメ？」

「裸にして身体検査する」

「お願い、それだけはよして」

「手荒な扱いを受けたくなかったら、逆らうな」彼はTシャツの下に手を入れフロントホックのブラを開き、乳首を親指で撫でた。ブルーはうめき、腕をおろした。

彼は乳首をつねった。「動いていいといったか？」

「ご、ごめんなさい」ブルーは恍惚感でもはや絶頂を極めそうになっており、なんとか腕をもとの位置に戻した。彼は彼女のショートパンツのジッパーをおろし、パンティとともに足首まで引き下げた。むきだしの肌をひんやりとした空気が撫でる。ざらざらとした木の幹に片側の頰を当てると、彼の手が尻を強く揉み、親指が脚のあいだを滑り、この邪悪なゲームがどこまで続けられるものか試した。

当然それは長いゲームになりそうだった。

ついにブルーが欲望の昂《たかま》りで立っていられなくなったとき、彼のジッパーの音が聞こえた。

「最後にもう一カ所調べる」とかすれた声がする。

そして彼女を振り向かせ、パンティとショートパンツを蹴《け》ってどけた。なかば閉じた瞼《まぶた》、情欲に翳《かげ》る瞳。軽々と彼女の体を持ち上げると、木の幹に彼女の背骨を押しつけた。脚を開かせると自分の体をそのあいだに侵入させる。自分の腰に彼女の脚を巻きつかせ、力強い首に彼女の腕を絡めさせる。指先を秘めた部分に進ませ反応を確かめると、最後に征服を確かなものにした。

漕ぐ力が強いので、彼は奥深く進入しつつも荒い樹皮が彼女の肌を傷つけることのないようにした。ブルーは彼の首のカーブに顔を埋め、彼の匂いを嗅ぎながらすぐに恍惚の極みに達した。彼の支配はさらに続いた。束の間の休息を与えただけで、彼の内部への進入は激しさを増した。痺《しび》れるような快感が湧き起こる。彼に操られるがままに彼女の肉体は彼と動きを合わせながら絶頂を目ざした。

背後で滝の水が流れ落ちていた。透明な水のほとばしりが彼女の激しい息遣い、彼のかすれた命令や愛の言葉と混ざり合った。二人の唇が溶け合い、言葉を呑みこんだ。彼の指が臀部をまさぐった。押し寄せる喜びの波……うねる官能の愉楽……そして二人は襲いくるオーガズムの大波に身を任せた。

その後二人は言葉を交わさなかった。登山道を下り、どんどん先へ進む彼を見ながら、ブルーはいつしか嗚咽《おえつ》をもらしていた。絆《きずな》を求める気持ちがまたしても心に根をおろしはじめていた。

ディーンは歩調を速め、二人の距離は広がる一方だった。彼の心理はブルーにも手に取るようにわかった。彼は人が洋服を着替える程度の気楽さで、出会いと別れを繰り返しているのだ。友人、恋人……すべてあっさりとしたものだ。一つの関係が終わっても、そうした空疎なつながりを喜んで受け入れてくれる相手が列をなして待っているのだから。

振り返ったディーンがブルーを呼んだ。腹が減ったね、というような言葉だった。ブルーは偽りの微笑みを浮かべたが、睦み合いの喜びの余韻はもはやなかった。他愛もない性のゲームの結果、ブルーの心は子どものころのように脆《もろ》く無防備になっていた。

翌日シアトル経由でヴァージニアからの手紙がブルーに届いた。開封してみると、一枚の写真が滑り出た。汚れた服を着て、泣き笑いを浮かべた六人の女子児童がジャングルに囲まれた木の建物の前で並んでいる。ブルーの母親はまんなかで疲労と達成感のにじむ表情を浮かべ、写っている。写真の下のほうにヴァージニアは簡潔なメッセージを書いていた。〝無事救出できました。ありがとう〟ブルーは長々とその写真を見つめていた。自分の金が救い出した一人ひとりの顔に見入るうち、怒りや憤りも消えていた。

スモーキーマウンテンへのハイキングから四日後で、二日後にニタのパーティを控えた火曜日の午後、ブルーは壁画の最後の一筆を描き終えた。壁画はもとのスケッチとは似ても似つかないものへと変化し、大学時代に描いた感傷に満ちた画風とも趣きの異なるものになった。何かきわめて意図からはずれたものに仕上がってしまったが、手直しはできなかった。

ダイニングへの立ち入りを遠慮してほしいという彼女の要望を全員が尊重してくれていたので、ブルーは翌朝除幕式を行なうつもりでいた。ひたいからしたたる汗を拭う。朝エアコンが故障し、扇風機をあて窓を開けても、暑く、吐き気がして、少なからず狼狽していた。もしも――。しかしそれはニタのパーティまでは考えないことにした。濡れたTシャツを体から引っぱって離し、後ろに下がり、見当違いの悲惨なわが作品に見入った。かつてこれほど愛着を覚える作品を描いたことはなかった。

仕上げとして、ぼかしを少し入れることにした。目の荒い薄地の綿布で影の部分を混ぜ、輪郭をやわらかくした。そして片づけを始めると、車が近づく音が聞こえた。開けた窓から外を覗いてみると、二台の白いリムジンが停まるのが見えた。ドアが開き、美しい人びとが次つぎと降り立った。男性はみなとてつもなく巨体で、首は太く二の腕は隆々と盛り上がり、胸筋も大きく発達している。女性たちの肌の色と髪形はまちまちだが、若く官能的であることは共通している。頭の上には高価なサングラスを載せ、手首にはデザイナー・バッグを提げ、露出の多い衣服からはしなやかな肢体があらわになっている。ディーン・ロビラードの人生が真の姿を現わしたのだ。

ディーンはまた近くの馬の牧場に出かけ、エイプリルとライリーは用事をすませに行き、ジャックは曲作りのためにコテージにこもっており、ニタはめずらしく家にいる。ブルーは崩れたポニーテールをほどき、指で汗ばむ髪を整え、もう一度きちんと結び直した。ビニールの垂れ布をよけてロビーに出てみると、網戸から女性たちの声が聞こえてきた。

「予想外に……ド田舎ね」

「納屋とかもあるし」

「足元に注意したほうがいいわよ。牛は見えないけど、そこらにうろついてないともかぎらないから」

「ブーは暮らしとはどんなものか、知ってるんだな」男たちの一人がいう。「おれもこんな家が欲しいよ」

ブルーがポーチに出ていくと、女たちはブルーの薄汚いなりをじろじろと眺めた。汚れたTシャツ、糸のほつれたショートパンツ、塗料のはねたブーツ。木の幹のような首をした、肩幅の広い男が近づいてきた。「ディーンはいる？」

「乗馬に出かけてますが、一時間ぐらいで戻る予定です」汚れた手をショートパンツで拭く。

「あいにくとエアコンが故障してますけど、裏のポーチに座って待ったらいかがです？」

客はブルーのあとから家に入った。グレイの石板を使った床、ペンキ塗りたての白い壁、高い天井が、暑いダイニングにいたせいか、とても涼しく感じられる。網戸の上に造られた優雅な三つのヴェニス式の窓から影のまだらに入る光が数日前に届いた籐《とう》の椅子や錬鉄のテーブルを照らしている。黒をアクセントにした鮮やかな緑のクッションが家庭的な空間に気品を添えている。

男性が四人なのに女性は五人である。誰一人名を名乗りはしなかったが、ブルーは会話から何人かの名前を知った。ラリー、ティレル、タミカ……そしてコートニー。誰の連れでもなさそうな、背の高い、人目を引くブルーネットだ。連れがいない理由をブルーはただちに察した。

「トレーニングキャンプが終わったら、ディーンとサンフランシスコで週末を過ごすつもりよ」コートニーは輝く髪を振りながら、いった。「今年のヴァレンタイン・デーに彼とサンフランシスコで過ごしてとても楽しかったの。新学期に四年生を受け持つことになってるから、その前に、お楽しみがないとやってられないわ」

コートニーはオツムの弱い美人でもないというわけだ。

取り付けたばかりの天井のファンから風が送られてくるにもかかわらず、女たちが暑いと文句を言いはじめた。誰もがブルーを使用人と決めこみ、ビールやアイスティー、ダイエットソーダ、冷たい水などを出してくれと頼みはじめた。しばらくして、ブルーはホットドッグを作り、チーズをスライスし、家じゅうのスナックと一緒に薄切り肉とチーズを並べていた。男たちの一人がテレビの番組表が欲しいといい、もう一人が鎮痛剤を持ってきてほしいと要求した。ブルーは赤毛の美人にタイ料理はギャリソンにはないというニュースを伝えた。

食糧庫でポテトチップの袋を探しているあいだに、エイプリルから電話があった。「ディーンに来客があるみたいだから、回り道してコテージに来たわ。ライリーも一緒。客が帰るまでここにいるからね」

「隠れるなんて間違ってるわ」とブルーは答えた。

「これが現実よ。それにジャックが新曲を聴いてほしいといってるの」

ブルーはディーンの友人たちの接待などせず、コテージでジャック・パトリオットの新曲を聴いていたかった。

ようやくディーンが帰ってくると、ポーチの全員が飛び跳ねるようにして彼を迎えた。彼の体からは馬と汗の臭いがするというのに、かすかな肥料の臭いにさえ文句をつけていたコートニーが彼に抱きついた。「ディーン！　驚いたわ！　まさかあなたがこんな場所に住むなんてね」

「おいブー、いいところを買ったな」

ディーンはブルーを一顧だにしなかった。彼女はキッチンに戻り、腐りやすいものを冷蔵庫にしまいはじめた。数分後、ディーンが入ってきた。「面倒かけるね。急いでシャワーを浴びてすぐ戻るよ」

彼が出て行くと、彼は友人を接待した礼をいったのか、それともパーティに加われという意味なのかと、考えをめぐらせた。そしてブルーは冷蔵庫を閉めた。ばからしい。仕事に戻ろう。

しかしキッチンを出る前にローショーンが顔を出し、アイスクリームがないかと尋ねた。ブルーは皿を下げにいき、あと片づけをした。汚れた皿を食洗機に入れているとシャワーを浴びてさっぱりとしたディーンが通りすぎた。「重ねがさね悪いね。助かるよ」間もなく、ポーチに行った彼が仲間と笑い合う声が聞こえてきた。

コートニーはディーンの腰に腕を巻きつけ、輝く髪を彼のグレイのポロシャツの袖に垂らしながらぴったりと寄り添っていた。ウェッジヒールを履いた彼女はディーンと同じぐらいの背丈があった。「でもブー、アンディとシェリリンのパーティには間に合うように帰ってきてよ。二人で行く約束しちゃったから」

「彼は私のものよ！」とブルーはいいたかった。しかし現実には、そうではない。自分のものと呼べる人はいまも、そしてこれまでもいたことがない。ブルーはトレイを彼に手渡した。

二人の目が合った。それはいつも笑いかけてくる見慣れた蒼《あお》い瞳だった。冷えたビールはこれが最後だといおうとしたが、それを口にする前に彼はブルーの姿など見えなかったかのように目をそらした。

ブルーの喉元に大きなかたまりがこみ上げた。トレイをそっと置くとなかへ入り、ダイニングルームに戻った。ふたたび笑い声が流れてきた。ブルーは刷毛類をつかみ、洗いはじめた。ひたすら機械的に手を動かし、絵の具の蓋《ふた》を閉め、画材をしまい、垂れよけ布をたたみ、ここへ二度と戻ってこなくてもいいようにすべてを片づけてしまおうと決意していた。ドアにかけたビニールが揺れ、コートニーが顔を出した。みずからを教師と名乗る人物なのに、「入室お断わり」のサインが読めないらしい。

「ちょっとした緊急事態なの」コートニーは壁画には一瞥《いちべつ》もくれず、いった。「運転手が昼食をとりに行ってるんだけど、じつは私、大きなキスマークができてて、コンシーラーを持ってきてないのね。ちょっと町まで行って〈エレース〉か何かを買ってきてくれる？ ついでにミネラルウォーターも頼んでいいかしら」コートニーは背を向けた。「ほかの人の用も訊いてくるわね」

ブルーは塗料のカートを移動させながら、ディーンにチャンスを与えなさいとみずからに言い聞かせた。しかし百ドル札を指にはさんで戻ってきたのはコートニーだった。「コンシーラーとミネラル・ウォーター、チートス三袋、お釣りは取っておいて」といいながらブルーに札を握らせる。「悪いわね」

いくつものシナリオがブルーの脳裏を駆けめぐった。そして自分の尊厳を守るシナリオを選んだ。

一時間後、ブルーは誰もいなくなった家に戻り、スティック状の化粧品とミネラルウォーター、チートスと釣銭をキッチンカウンターに置いた。まるで石でも積まれたかのように胸が重かった。ダイニングルームの掃除を終え、椅子を元の場所に戻し、ニタの車に荷物を積み、戸口からビニールをはずした。もとより持つべからざる関係に終止符を打つのはいましかないのだ。

去る準備ができると、ブルーは最後にもう一度、壁画を見た。そのときこの絵の赤裸々な真実が見えた。それは感傷的で荒唐《こうとう》無稽《むけい》な作品だった。

22

ディーンは小径《こみち》の路傍に立っていた。三人はみな踊っていた。コテージの裏で星空の下、勝手口の階段に大型のステレオラジカセを置き、大音量の音楽に合わせて踊っているのである。父親の様子を見ているとディーン自身の運動能力は父譲りなのだということがわかる。ジャックのダンスはビデオでも、大学の友人たちと一緒に見ることになったライブのコンサートでも見たことがある。しかしこうして踊る姿を見ると、また別物だ。いつだったか無能なロック評論家がジャックとミック・ジャガーのダンスを比較していたことがあったが、ジャックの踊り方にはあんな中性的なよなよした要素は皆無で、むしろパワフルそのものだ。もうベッドに入っているはずのライリーがジャックのまわりで踊っている。その動きはぎこちないものの、子犬のようなエネルギーに満ち、ディーンがこれほど沈んだ気分でいなければ、思わず笑っていただろう。

エイプリルは裸足で踊っていた。透けた素材の長いスカートが腰のまわりでねじれている。背骨をそらし、髪を上げる仕草が混じる。とがらせた唇に、子ども時代の記憶にもある、ロックスターの虜《とりこ》だった無謀で自滅的な母親の姿がだぶる。

ライリーが息を切らし、犬のいる草の上に倒れこんだ。ジャックとエイプリルの視線が絡み合った。上半身を揺らすエイプリルの踊りに、ジャックは逞《たくま》しいグラインドで応える。ポーチの明かりがエイプリルのバングルに反射する。二人の踊りは激しさを増し、長年のブランクを感じさせないほど呼吸がぴたりと合っている。エイプリルがしっとりした唇をすぼめ、気どってステップを踏む。ジャックがロッカーの冷笑で応える。

エイプリルが数日前からEメールに応えなくなったという事実さえなければ、ディーンも今夜ここまで足を伸ばすこともなかっただろう。それなのに、自分をこの世に送り出した二人が目の前で踊っている姿を目にすることになってしまった。このうえなくいまわしい一日の終わりに、なんとふさわしい幕切れだろう。コートニーのまとわりつくようなしつこさには辟易《へきえき》した。ほかの女性たちが彼女を強引にナッシュビルでの買い物に誘ってくれて彼としてもほっとした。男性陣はその後もしばらく居残ったが、ディーンにとってそれは耐えがたく長い時間に思われた。ブルーと連絡をつけたかったが、ニタ・ギャリソンの家に行ってみると窓は暗かった。とりあえずバルコニーに上ってみたが、ドアはロックされていた。

窓枠の向こうに見えるブルーのベッドは空だった。ディーンは焼けつくような心の痛みに襲われたが、やがて理性を取り戻した。ブルーは土曜日のニタのパーティが終わるまでは姿を消すことはない。明日事態を収拾しよう。可能なかぎり。

七月四日のハイキング以来、何かが変わってしまった。たわいないセックス・ゲームが思わぬ結果を生んだ形となった。最初は威嚇《いかく》された女の役を演じようとするブルーの様子がセクシーで楽しかった。しかし最後にしがみつくようにして体を合わせたとき、彼の心に優しい愛おしさが湧き起こり、そのとき何かが変化したのである。それがなんなのか、彼はまだ直視するだけの覚悟がついていなかった。

ライリーが元気を取り戻し、ダンスにふたたび加わった。ディーンは三人から離れた光の輪の外に立っていた。彼らに対する心理状態を象徴するかのように、距離を置いて見ていた。

ジャックが近づくと、ライリーはこれ見よがしに持てるかぎりの熱いぎこちない動きを披露した。エイプリルは苦笑いしながら離れた。スカートが旋回した。顔を上げ、くるりとまわったちょうどそのとき、彼女の目が息子の姿をとらえた。

リズムが崩れ、母は片手を差し出した。

ディーンは身じろぎもせず立ち尽くしていた。エイプリルは腕を動かし、仲間に入れと誘うように近づいた。

DNAの絆にとらわれたディーンは眩暈《めまい》を覚え、体が硬直するのを感じた。音楽、ダンスによって望まぬ場所へと引きずりこまれようとしていた。二重螺旋《らせん》のように心の奥底に根づいた遺伝的な問題を、これまではひたすらスポーツへのエネルギーに変えてきた彼だったが、その遺伝子が原点への回帰を呼びかけている。ダンスという形で。

父親がスウィングする。

母親が手招きする。

彼は背を向け、大股で農家に向かった。

エイプリルが急にダンスをやめたのでジャックが笑った。「おいライリー、エイプリルがぼくらについてこれないらしいよ」

ジャックはディーンの姿を見ていない。エイプリルは笑顔を取り繕《つくろ》った。ジャックとライリーはこのところやっと二人で楽しむことを学びつつある。エイプリルは自分の悲しみでそれを台なしにしたくなかった。「喉が渇いたわ。何か飲み物を用意してくる」キッチンに着くと目を閉じた。ディーンの顔にあるものは侮蔑《ぶべつ》ではなく、苦悩だった。仲間に入りたいという彼の気持ちは肌で感じられたが、彼はその一歩を踏み出せずにいたのだ。

自分とライリーのためにオレンジジュースを注ぐことに心を傾ける。おのれの気持ちさえコントロールできないのに、息子の感情まで導くことなどできるはずもなかった。もう考えるのはよして、神にすべてを委ねるのよと心がささやく。ジャックにはアイスティーを注いだ。彼はビールを欲するだろうが、ついてないと思ってもらうしかない。今夜彼がコテージに現われるとは思っていなかった。ライリーと二人で裏庭に座り古いプリンスのアルバムを聴きながら異性について語り合っていると、ジャックがやってきたのだ。いつしかみんなで踊りだしていた。

こういうシーンでのジャックとエイプリルの相性は昔から完璧だった。ともに同じスタイル、エネルギーの持ち主だったからである。音楽の魔法のもとでは五十二歳の愚行を忘れ、ジャック・パトリオットにいまも惹かれていればよかった。音楽がバラードに変わった。飲み物を外に運び階段に足をかけたとき、ジャックがライリーをスローダンスに誘った。

「踊り方がわかんない」ライリーは反論した。

「パパの足の上に乗ればいい」

「無理よ。体が重すぎるもん。パパの足がつぶれちゃうわ」

「おまえみたいな痩せっぽちが乗ってもパパの足はびくともしないさ。いいから乗ってごらん」ジャックは娘を引き寄せ、細心の注意を払って彼のスニーカーの上に娘の裸足を乗せた。ジャックと並ぶとライリーがとても小さく見えた。カールした髪、輝く瞳、小麦色の肌が美しい。エイプリルはこの少女が愛おしくてたまらなくなっている。

エイプリルは階段に腰をおろし、二人を見守った。子どものころ自分と同じ年頃の少女が親子で踊る姿を見たことがある。父親から邪魔者扱いされていたエイプリルは、そのときトイレに隠れて人知れず泣いたのだった。しかし大人になった彼女はある意味で父親への借りを返した。父親に受け入れられなかった愛情のすべてをあらゆる男たちに向けたのだ。そのなかの一人がジャック・パトリオットだった。ライリーはリズム感がよく、自信がつくと父の足からおりて自分の足でステップを踏んでみた。ジャックは単純なステップだけを踏み、最後に娘をくるりとまわして、うまいもんだと褒めた。ライリーは有頂天になり、誇らしげに顔を輝かせた。エイプリルは飲み物を出した。飲み終わると、ジャックはライリーの就寝時間はとうに過ぎているので家のほうにつれて帰るといった。エイプリルは気持ちが落ち着かずコテージのなかに入る気がしないので、星でも見ようと毛布を持ってきて敷いた。あと四日するとブルーは町を去る。ディーンは一週間半でいなくなり、エイプリル自身もその後すぐにLAに戻るつもりでいる。いったん戻れば仕事に専念し、ようやくなにごとにもくじけない心を身につけることができたという自信を糧《かて》に生きていくことになるだろう。

「ライリーはディーンに頼んできた」おなじみのウィスキー焼けしたしわがれ声が聞こえた。「独りぼっちにしてきたわけじゃない」

目を上げるとジャックが草の上を歩いてくる姿が見えた。「もう寝たのかと思ったわ」

「年寄り扱いするなよ」ラジカセのほうへ向かい、その隣りに置かれたCDを選ぶ。ルシンダ・ウィリアムズの『ライク・ア・ローズ』が流れ出す。ジャックは毛布のところに戻り、エイプリルに手を差し出した。「踊ろう」

「気が進まないわ」

「おれたち、気乗りしないことを始めて楽しい思い出をたくさん作ったじゃないか。ばあさんみたいな態度はやめろよ」

エイプリルは断わるはずがないとジャックに思われていることに抵抗があった。立ち上がった彼女はいった。「おさわりしようとしたら……」

ジャックの歯が海賊のような笑みに光った。彼はエイプリルを抱き寄せた。「マッド・ジャックは相手が三十歳以下でないとおさわりしない。しかし夜目遠目ともいうから……」

「黙って踊りなさい」

ジャックは昔セックスとタバコの匂いがした。いまの彼はオークやベルガモットと夜の匂いがする。体も記憶にある青年の痩せた体つきとは違う。いまも痩せているが、筋肉がついた。ここに来たばかりのころの、頬が落ちくぼみやつれた感じもなくなっている。ルシンダの歌詞が二人を包んだ。わずかな隙間を残して二人の体が近づいた。間もなくそれもなくなり、エイプリルはジャックの首に腕を巻きつけた。彼の腕はエイプリルのウェストにまわされた。エイプリルは彼の胸にもたれた。股間の硬直が感じられたが、ただそこにある、といった感じだった。主張はするものの、彼女に何かを要求しているようには思えなかった。

エイプリルは音楽の調べに身を任せた。体の奥底から欲情が湧き起こってきた。気まぐれな波間に漂っているようだった。ジャックが首にかかった彼女の髪を払い、耳の下のくぼみにキスをした。エイプリルは首をまわし、彼のキスを受け入れた。深く優しさのこもるキスで、昔交わした泥酔の果てのキスより欲望を掻き立てる情感に満ちていた。ようやく体が離れ、彼の目に浮かぶ問いかけが彼女のロマンチックな昂《たかぶ》りに突き刺さった。彼女は首を振った。

「なぜ？」ジャックは髪を撫でた。

「一夜かぎりの関係は持たないことにしているの」

「一夜ではないことは約束するよ」彼の親指がこめかみをさすった。「想像してみてごらんよ」

それは想像するまでもない。「自分に不利なことのほうを先に考えるわ」

「ほんとにそうかな？　おれたちはガキじゃないんだよ」

エイプリルは無理やり体を離した。「ルックスのいいロックスターに肉体を提供するのはやめたのよ」

「エイプリル……」

勝手口の階段でエイプリルの携帯電話が鳴った。神よ、感謝します。電話に出るために、彼女は動いた。

「まさか電話に出る気じゃないだろうな」とジャック。

「出なきゃ」階段に向かいながら、エイプリルは手の甲を唇に押し当てた。だがそれが二人のキスの痕跡を消すためなのか、封印するためなのかは自分でもわからなかった。「もしもし」

「エイプリル、エドだ」

「エド、あなたの電話を待っていたの」エイプリルは急いで家のなかに入った。

三十分ほどして、電話を切った。外に置いた物を入れようと出てみて、ジャックがまだいたので驚いた。毛布の上で片膝を上げ、組んだてのひらで後頭部を支えながら星を眺めていた。まだいてくれた、という喜びが大きすぎ、戸惑うほどだった。

ジャックは視線を向けないまま訊いた。「電話の主はどんなやつだ?」

その声の固さから、かつて彼が嫉妬から怒りを爆発させていたことを思い出した。このまま無責任な戯れを続けるつもりであれば、彼に余計なお世話とひと言返せばいい話だった。だがエイプリルは毛布に腰をおろすと膝のまわりにスカートの裾を落とした。「相手は複数よ」

「何人だ？」

「いま現在？　三人よ」彼が体を向きを変えて、近づいたので、エイプリルは身がまえた。しかし彼が手をあげることはなかった。「ということは恋人じゃないってことだな」

それは疑問形ではなく、肯定だった。「なぜわかるの？」

「なんとなく」

「四六時中男たちから電話がかかってくるわ」

「それはなぜ？」

彼の表情にあるものは単なる好奇心であった。彼女の対人関係に関心がないのか、それとも現在の彼女に対する理解が深まったのか、どちらだろう。エイプリルも毛布の上に仰臥《ぎょうが》した。「麻薬中毒患者の更生に取り組んでいるの。ア《A》ルコール中毒者更生会《A》のメンバーになってからもう長いわ。現在男性三人と女性一人の保証人になっているの。全員LAの人たちよ。遠距離で支援を続けるのはむずかしいけど、みんな保証人がかわるのをいやがったの」

「理由はわかるよ。きみはきっとケアがうまいんだろう」

ジャックは肘で頭を支えた。自然と上から彼女を見おろす形になった。「きみのことを忘れたことはなかった。きみもそれは知ってるね？」

目に見える形ではそれを知ることはできても、とてもエイプリルの望むようなものではなかった。「あなたが忘れられないのは私じゃなくて、ディーンに対する罪悪感なのよ」

「その違いは知ってるし、きみは唯一忘れられない女なんだよ」

じっとその目を見つめるエイプリルに、ジャックは顔を下げてふたたびキスをした。キスを受けた唇は柔らかくそれを受け入れた。だが彼の手が脚のあいだに滑りこむのを感じたとき、彼の愛撫は結局セックスで終わっていたことを思い出した。エイプリルは彼の腕を離れ、立ち上がった。「さっきの発言は本気だったの。こんなことはもうできない」

「もうセックスは卒業したとでもいうのかい」

「ロックスターは相手にしないということ」エイプリルは階段まで行き、音楽を止め、家に持って入るものを集めた。「更生してから三度真剣な交際をしたわ。相手は警官、テレビのプロデューサー、ハート・ギャラリーに私を誘った写真家よ。みんな立派な人ばかり。それにその三人は歌とはまったく無縁。カラオケさえやらない人ばかりよ」

闇のなかで立ち上がる彼の茶化すような笑みが見えた。「気の毒なエイプリル。あんな熱いロッカーたちの愛をみずから断つなんて」

「自尊心のため。それはあなた以上の努力だったと思う」

「失望させるのを承知でいうと、ぼくもとうの昔に女遊びは卒業したんだよ。真剣な交際をすることが当たり前になっている」ジャックは毛布をつかみ、エイプリルのところへ持ってきた。「それはきみとぼくの築いたことのない関係だね。そろそろ試してみてもいいんじゃないのかな」

エイプリルは啞然《あぜん》としてただ彼の顔を見つめるばかりだった。ジャックは毛布を彼女の手に押しつけると、頬に軽くキスをして歩み去った。

翌朝七時にディーンはニタの家の裏に車をつけた。昨日ブルーを傷つけたと思うと、いても立ってもいられない気持ちだった。彼女を締め出した唯一の理由は、友人たちの質問に答えなくてもすむからだった。彼女の存在を自分自身に説明できないというのに、友人に対してそれを明らかにすることなどできるはずがないのだ。相手が恋人か友人ならば、女性との付き合い方は心得ているが、両方である場合はむずかしい。

勝手口に向かうと、小鳥の水浴び用水盤から一羽の鳩が飛び立った。ディーンはノックもせずなかに入った。ニタがブロンドのカツラをつけ、けばけばしい花柄のローブ姿でキッチン・テーブルに座っていた。「警察を呼ぶわよ」とニタは怒りより不快感をあらわにした。「家宅侵入罪で逮捕させるわ」

ディーンはかがみこんで正体もなく眠りこけているタンゴの耳の後ろを掻いた。「まずコーヒーをふるまってくれませんかね」

「まだ朝の七時。せめてノックぐらいすべきよ」

「そんな気になれなくてね。あなたがうちへ来るときとおんなじですよ」

「嘘をお言い。私はちゃんとノックするわ。それにブルーはまだ寝ているの。だから引き揚げてもうあの子にかまうのはやめなさい」

ディーンは二つのマグにニタの作った濃いコーヒーを注いだ。「こんなに遅くまでなぜ寝てるのかな?」

「それこそ余計なお世話でしょうが」ニタの憤りがついに表面にふつふつと沸きあがってきたようだ。人さし指が彼に向けられ、先が赤紫の銃弾が頭に当たった。「あの子の気持ちを傷つけておきながら、それに気づきもしないのね」

「ブルーは怒ってはいても心は傷ついていません」ディーンはタンゴをよけて進んだ。「しばらくぼくらのことはそっとしておいてくれませんか」

ニタは椅子をきしませてテーブルから立ち上がった。「ひと言ご忠告しておくわ、大物くん。もし私があんたなら、あの子がバスルームのシンクの下に隠しているものを調べるわ」

ニタの言葉を黙殺し、ディーンは二階に向かった。

一階でニタと話すディーンの声が聞こえても、ブルーは驚かなかった。ジーンズのジッパーを締めたとき、バルコニーのドアから朝日が射しこんだ。手すりを乗り越えて上ってくる彼を迎えたくなかったので、ブルーはニタの隣りの部屋で寝ることにしたのだった。彼は甘言を連ねて好意を取り戻すつもりでいる。そうはいかない。

ベッドの端に腰をおろしてサンダルを履いていると、彼が戸口に現われた。ブロンドで逞しく、抗《あらが》いがたい魅力。ブルーはサンダルのストラップをはめた。「明日に控えたニタのパーティのためにやらなきゃならない雑用が山ほどあるの。いまは勘弁して」

彼はサイドテーブルにマグを置いた。「きみが腹を立てているのは知ってる」

腹立ちは胸のうちの一部にすぎず、しかも隠す必要のない部分の一つだ。「あとにして、ディーン。真の男ならこの手の話し合いは避けるものよ」

「くだらない話はよせ」ブルーはフィールドの司令塔の声にはいつも面食らう。「昨日の件に個人的な感情は絡んでいない。きみの考えるようなことじゃないんだ」

「とても個人的な感じがしたわ」

「おれがきみのみすぼらしい服装や無愛想さを恥じて友人に紹介しなかったと思っているのならそれは大違いだ」

ブルーはベッドの端から素早く立ち上がった。「無駄口をたたくのはやめて。私はマリブ・ディーンの付き合うタイプの女じゃない。だからあなたは友人から質問攻めに合うのがいやだったのよ」

「ぼくがそんなに心の狭い男だと思ってるのか？」

「いえ、あなたは基本的には紳士だと思うわ。だからこそ私が寝る特典つきの相棒にすぎないという事実を説明したくなかったのよ」

「きみは相棒以上の存在だよ、ブルー。もっとも親しい友人の一人だ」

「じゃあなんだというの？　相棒でいいじゃない！」

ディーンは髪を手でこすった。「きみを傷つけるつもりはなかった。ぼくらのことを誰にも話したくなかっただけだ」

「あなたの人生のほかの秘密と同様にね。事態の成り行きを見失っているんじゃないの？」

「有名人であることがどんなことか、きみはわかっていない」ディーンは反駁《はんばく》した。「慎重な判断が必要なんだ」

ブルーはコーヒーマグをつかみ、ベッドの足元からバッグを素早く手に取った。「いい換えれば、私があなたの汚れた秘密の一つになったということね」

「ひどい言い方だな」

ブルーはもはやこんなことを続けられなかった。自分自身に秘密を抱える身としてはなおさらだった。「私がこの件にケリをつけてあげる。今日は金曜日。ニタのパーティは明日。日曜日にはいろいろと片づけなければならない用件があるけど、月曜日の朝一番でここから永久に消えることにするわ」

ディーンの表情は怒りに歪んだ。「そんな戯言《たわごと》で勝手にけりをつけるな」

「なぜ？　関係に終止符を打つのがあなたじゃなく私だから気に入らないの？」ブルーが目にしたくないありとあらゆる彼の感情——悲しみ、不安、苦悩——が彼女の精神力の強い虚勢を突き破ろうとしていたが、彼女はそれらを跳ね返した。「人生なんとかなるものよ、ブルー。レンタカーの契約をすませたし道路地図も手に入れたわ。あなたとの関係は楽しい気晴らしになったけど、先に進むべき時期がやってきたの」

望まぬ試合中止を一方的に告げられ、ディーンはこぶしを握りしめた。「どうやらきみはまだ大人になりきれていないみたいだな」それはあたりの空気さえ凍りつくような冷たい声だった。「この件は明日ニタのパーティで片づけよう。それまでにきみも人間らしい理性的な考え方ができるようになるかもしれないから」そういって憤然と部屋を出て行った。

ブルーはベッドにまた腰をおろし、彼がただ抱きしめて許しを求めてさえくれたら、と愚かしくも願っていた。せめて立ち去る前に壁画についてひと言いってほしかった。彼は壁画を目にしているはずなのだ。昨日ニタの郵便受けに手ずから入れた封筒があった。中身はエイプリルが振出人の小切手だった。それ以外は手紙一つ入っていなかった。エイプリルもディーンも完璧なセンスの持ち主だ。二人はあの壁画が気に入らなかったのだ。それははじめからわかっていたことだった。しかしなぜかそうではないと思いたい気持ちがブルーのなかにあったのだ。

ディーンはピンクのカーペットを敷き詰めた廊下をずんずん進んだ。ブルーに腹を立てているかぎり、自分の卑怯《ひきょう》さには目をつぶっていられた。自分が彼女を傷つけたと考えるのはいやだった。恥ずかしいから友人に紹介しなかったのだと彼女は思いこんでいるが、ほんとうに恥ずかしいからではなかった。友人たちが昨日ああしてメイド扱いせず、彼女とゆっくり話をしていれば、みな彼女に惚《ほ》れこんでいたはずである。ディーンは誰にも――チームメイトにはなおさら――まだ日の浅いブルーとの関係のような、個人的な問題をあれこれ話題にしてほしくなかったのだ。なんといってもまだ出会って二カ月しかたっていない。

いま彼女は彼のもとを去ろうとしている。彼女を当てにしてはならないことは、最初から知っていた。しかし昨日あんな思いをさせたあとでは、責任転嫁をするのもむずかしい。

踊り場まで来たとき、ふとニタの言葉を思い出した。ばあさまはトラブルを巻き起こすのが好きだ。それでも彼女なりの屈折したやり方で、ブルーを愛している。ディーンは踵《きびす》を返し、二階に戻った。

ブルーのバスルームはピンクの壁紙、ピンクのタイルといった作りで、シャワーカーテンの模様は踊るシャンパンの瓶だ。シャワーを浴びた名残りで、まだ湿り気のあるタオルがタオル掛けに無雑作に掛かっている。シンクの前で膝をつき、戸棚の扉を開き、前のほうに置かれたセロファンの包みをまじまじと見つめた。

背後で早い足音が聞こえた。「何やってるのよ」ブルーは早口で訊いた。

目にしているものの正体を知り、ディーンは頭から血の気が引くのを感じた。その箱をつかみ、どうにか立ち上がった。

「手を触れないでよ！」ブルーが叫んだ。

「きみはピルを飲んでいるといった」

「飲んでるわ」

二人はコンドームも使っていた。何回かの例外を除けば……。ディーンはブルーを見つめた。彼をにらみ返した彼女の目は大きく見開かれ、顔色は蒼白だった。ディーンは妊娠テストキットを持ち上げた。「これはニタのものではないよな」

ブルーは懸命に強情な顔をつくろったが、誤魔化《えび》しきれなかった。うなだれるブルーの睫《まつ》毛《げ》が頬をかすめた。「数週間前にジョジーズの海老で食中毒を起こしたとき……ピルまで一緒に吐いてしまったの。そのときは、まるで気づかなかったけどね」

恐怖の列車が轟音《ごうおん》とともに彼に向かってきた。「つまり一錠のピルを吐き出しただけで妊娠したというのかい？」

「可能性はあるの。先週生理が来るはずだったんだけど、なぜ来ないのか理由がわからなかった。そのときふと、ピルに起きた偶発的事故のことを思い出したわけ」

ディーンは手のなかの箱をひねった。列車は彼の頭蓋骨《ずがいこつ》を警笛とともに通り抜けた。「まだ開けてもいないのか」

「明日、まずニタのパーティをやり遂げることが先決よ」

「いやいや、そうじゃない」ディーンはブルーをそのままバスルームに引っぱり入れ、てのひらでドアを閉めた。指先が麻痺《まひ》した感じだった。「今日、たったいま実行してくれ」といい、箱を引き裂いて開けた。

彼をよく知るブルーには、こうなると抵抗しても無駄なことはすぐにわかった。「廊下で待ってて」と彼にいう。

「とんでもない」

「トイレは行ったばかりなの」

「もう一度行けよ」普段は敏捷な手だが、使用説明書を開こうとしてうまくいかない。

「あっちを向いててよ」とブルー。

「やめろよ、ブルー。面倒なことはさっさと片づけるんだ」

無言でブルーは箱を受け取った。彼はそんな様子を見守っていた。そして待った。彼女はやっと作業を終えた。

説明書によると三分間待つように、とある。彼はロレックスで終了時間を設定した。目盛りが三つついており、そのうちの一つが回転速度計であるが、彼の目下の関心はゆっくりと移動する秒針だけであった。秒針が進むあいだに彼の脳裏には整理しようという気にもならない、とりとめのない思いが次つぎと浮かんで消えた。

「まだ三分たたない？」ブルーが訊いた。

ディーンは汗をかいていた。目をしばたたき、うなずく。

「あなたが見て」とブルーがささやく。

ディーンは湿った手で検査スティックを受け取り、じっと見た。やっと目を上げるとそこにブルーの視線があった。「妊娠してないよ」

ブルーは無表情なまま、うなずいた。「よかった。さあもう帰って」

ディーンはそのまま一、二時間ドライブを続け、最後に田舎道に入った。崩れたアスファルトの路肩に車を停め、降りた。まだ十時前だった。今日は猛暑になりそうだった。水の流れる音が聞こえ、それをたどっていくと小川があった。川の片側に錆《さ》びたドラム缶と古いタイヤやベッド、ベッドのスプリング、折れたハイウェイの鉄柱などの廃品が並んでいた。こんな場所に不用品を棄てることはまっとうなことではない、と感じた。

ディーンは浅瀬に入り、それらのものを引き上げはじめた。間もなくスニーカーは水浸しになり、体じゅう泥とオイルにまみれた。コケの生えた岩の上で足を滑らせ、ショートパンツも濡れたが、冷たい水が心地よく感じられた。いっそ山のようながらくたが小川を堰《せ》き止めていれば、一日ここで過ごせるものを、と残念なほどだった。しかし川はまた滑らかに流れはじめた。

彼の世界は地盤沈下が始まっている。トラックに戻っても、深呼吸することもできなかった。農家に戻り、頭を整理するために長い散歩に出ようと思った。しかしそれは実行することはなかった。というのも、気づけばいつしかトラックを狭い道に入れ、コテージに向かっていたからだ。

トラックをおりてみると、ギターの音色が耳に飛びこんできた。ジャックがポーチにキッチンの椅子を持ち出して座っていた。手すりの上で足首を組み、ギターを抱えている。三日ほど伸ばした無精髭、ヴァージン・レコードのTシャツ、黒のアスレティックショーツという装いである。ディーンの泥まみれのソックスは足首のあたりでかたまり、ポーチに向かって歩くとスニーカーがガボガボと音をたてた。ジャックの瞳に見慣れた警戒の色が浮かんだが、それでもそのまま演奏を続けた。「なんか、豚のレスリング大会で負けてきたみたいな様子だな」

「ほかに誰かいる?」

ジャックはマイナーコードをいくつかかき鳴らした。「ライリーは自転車に乗ってる。エイプリルはランニング。二人ともじき戻るよ」

ディーンはその二人に会いにきたわけではなかった。階段の下で足を止める。「ブルーとおれは婚約していない。二カ月前にデンバーで車に乗せてやったのが縁で知り合った」

「エイプリルから聞いてる。残念だよ。あの子はなかなかいい娘だから。面白くて笑えるしね」

ディーンは手に付着して固まった泥のかけらを擦り落とした。「今朝ブルーに会ってきた。数時間前に」なんだか胃の調子までおかしくなり、ディーンは努めて深く息を吸いこんだ。「あいつは妊娠を心配していた」

ジャックはギターを弾くのをやめた。「妊娠してるのか？」

ブリキの屋根の上で小鳥がさえずった。ディーンは首を振った。「いや」

「よかったな」

ディーンは湿ったポケットに手を入れ、またすぐに出した。「よくある妊娠検査キットってやつ……知ってるとは思うけど、結果が出るまで三分かかるんだ」

「うん」

「つまり……その三分間の待ち時間に……頭のなかでいろんな思いが交錯していた」

「その感じ、よくわかるよ」

ディーンがポーチの端まで階段をきしませて上った。「どういう医学的処置をブルーに受けさせようか。弁護士に養育費の問題を一任するか、あるいはエージェントに任せるか。マスコミに嗅ぎつかれないためにはどうするか、というようなことが次から次へと頭のなかを駆けめぐったよ。あんたは経験者だもんな」

ジャックは立ち上がり、椅子にギターを立てかけた。「パニック反応だ。その症状、記憶にあるよ」

「で、そのパニック反応のとき、いくつだったんだい？　二十四くらいか。おれは三十一だぜ」

「おれは二十三歳だったけど、基本的には同じさ。ブルーと結婚するつもりがないなら、対策を練るのは当然だ」

「同じじゃないよ。エイプリルはまともじゃなかったけど、ブルーは違う。おれの知るもっとも健全な人間の一人だ」それ以上話すつもりはなかったが、止められなかった。「自分を汚れた秘密の一つに加えるつもりか、と彼女にいわれたよ」

「スポットライトを浴びたことのない人間には理解できないよ」

「おれもまさしくそういった」いまや焼けつくような胃のあたりをさすりながら、いう。「しかしあの三分間……おれの考えていたこと。思いついた解決法……弁護士、養育費――」

「そんな場面ではろくなことは考えないものさ。もう忘れろ」

「結局そんな反応を見せるのは、カエルの子はカエルってことだよな」

ディーンは心のなかをさらけ出した気分だったが、ジャックは鼻で笑っただけだった。

「おれのレベルまで下げることはないよ。おまえのライリーへの接し方を見ても、もしブルーが妊娠していたら、おまえがわが子に背を向けるはずがないと思う。おまえのことだから成長するわが子のそばにいてやるに決まってるよ」

聞き流せばいいのに、ディーンは膝を曲げ、気づけば階段に座りこんでいた。「なぜあんたは逃げたんだ、ジャック？」

「わざわざ訊くのか？」ジャックの言葉には嘲けるような響きがあった。「きれいごとを言って聞かせることもできるが、ぶっちゃけた話、エイプリルを持て余していたし、おまえに煩わされるのがいやだった。おれはロックスターだった。アイドルだったんだよ。インタビューを受けたり、賞賛を浴びることで手一杯の状態だ。父親になるためには人間として成長する必要があったが、そんなことに興味もなかった」

ディーンは膝のあいだに両手を下ろし、階段のペンキの剝がれをつまんだ。「でも、変わったんだろ？」

「いや」

「おれに嘘はやめてくれ。十四か十五のころ、いわゆる父と息子のふれあいってやつがあったのを覚えている。あんたは過去の埋め合わせをしようとしていたが、おれはひたすら反抗的だった」

ジャックはギターをつかんだ。「なあ、おれはいま曲作りの最中なんだ。おまえが古い生ゴミを掘り返す気になったからって、おれまでシャベルを持つ必要はないよな」

「これだけは訊かせてくれ。もう一度やり直せるとしたら……」

「やり直すことはできない。だからそんなこと訊くな」

「でももしそれが可能なら……」

「もしやり直せるのなら、彼女からおまえを取り上げていたさ！」ジャックは激しい口調でいった。「そしたらどうなる？　おまえを引き取れば、父親になるすべを自分できっと見出していただろう。そうならなくて幸いだったよ、おまえにとっては。だって、おれから見てもおまえは立派な人間になったからさ。おまえのような息子がいたら、誰だって誇らしいはず。これで気がすんだか？　それとも甘ったるい抱擁が必要か？」

ディーンの胸のしこりはようやくほぐれた。彼はやっと呼吸ができるようになった気がした。

ジャックはギターを置いた。「母親と和解しないうちはおれとの和解はない。エイプリルをそろそろ許してやれよ」

ディーンは泥まみれのスニーカーのつま先を階段の踏み板にぶつけた。「そんなにたやすいことじゃない」

「いつまでもそんな苦しみにしがみついているよりかはずっと簡単さ」

ディーンは背を向けてトラックに戻った。

ディーンは泥のついたスニーカーとソックスをポーチに脱ぎ棄てた。例によってドアはロックされていない。なかに入るとひんやりと涼しく、室内は静まり返っていた。ロビーのかごには彼の靴が入っている。コートラックには彼のキャップが掛けてある。キーと小銭を置いた真鍮《しんちゅう》のトレイの隣りには八歳か九歳のころの彼の写真がある。あばら骨が浮いた胸、ショートパンツの下から出ているこぶのような膝。フットボールのヘルメットに呑みこまれそうな小さな頭。ヴェニス・ビーチに住んでいたころ、エイプリルが撮った写真だ。彼自身覚えてもいない、彼の子ども時代の写真が家じゅうあちこちに飾られている。

昨夜ライリーがブルーの壁画を見ようとせがんだが、最初はブルーと一緒に見ようと決めていたので拒んだ。いまもダイニングルームから目をそむけリビングに入っていく。シートの深いカウチは長い彼の体軀《たいく》にぴったりフィットする。テレビは画面の光の反射を気にしないで試合のビデオが見られるような角度に設置されている。木のコーヒーテーブルに高価なカットグラスが一枚敷かれているので、飲み物のコースターはいらない。引き出しには必要なものが入っている。本、リモコン、爪切り。二階のどのベッドもフットボードがなく、バスルームのカウンターは普通より高く作られている。シャワー室も広く、特別に長いタオル掛けには彼の好きな特大サイズのバスタオルが掛かっている。すべてエイプリルの工夫によるものだ。

耳のなかで酔った母のすすり泣きが響く。「そんなに怒らないでよ。行動を改めるわ。約束する。私を愛しているといってよ。愛してるといってくれたら、もう二度と飲まないから」

かつてその屈折した奇矯な愛情で彼を窒息させようとした女が、彼の巣ともいえるオアシスを作ってくれるはずがなかった。

今日は重すぎる一日だった。混沌《こんとん》としたこの気持ちを受け入れるには時間が必要だが、それは長年心に淀《よど》みつづけているものであって、いまさらなんになるという気もする。フレンチドア越しに、外からスクリーンポーチに入ってくるエイプリルの姿が見える。このポーチを作ったのはジャックと彼だが、考え出したのはエイプリルである。高い天井、アーチ型の窓、暑い日にもひんやりとしたスレートの床。

エイプリルはランニングの熱を冷ますために手の付け根を背中に当てた。体は汗で光っている。黒いショートパンツ、明るいブルーのスイムスーツ《レーサーバック》スタイルのトップ。髪はねじってポニーテールにまとめている。ブルーの無造作な髪型とは大違いである。

ディーンはシャワーを浴びたかった。一人になりたかった。すべてをわかってくれるブルーと話したかった。それなのに、気づけばフレンチドアの取っ手を押し、そっとポーチに足を踏み入れていた。

気温はすでに三十度近くまで達しているものの、足の裏に触れる床はひんやりと心地よい。エイプリルは背中を向けていた。ディーンは昨日ポーチに水をかけて洗ったとき、椅子を移動させたのだが、それをいまエイプリルが元の位置に戻そうとしている。ディーンは錬鉄製の収納ラックに置いたＣＤプレーヤーのところまで行った。エイプリルのアルバムがチェンジャーに入っていようとかまわなかった。それが母のものであれば、かえってそのほうがいいくらいだった。彼はボタンを押した。

音楽がスピーカーから鳴り響き、エイプリルがはっと振り向き、驚きで呆然とした。彼の泥まみれの姿を見て、何かをいいかけたが、彼のほうが先に口を開いた。「ダンスしない？」

エイプリルはまじまじと息子の顔を見つめるばかりだった。心の疼くような時間が刻々と過ぎた。彼はほかになんと声をかけてよいかわからず、ビートに合わせて体を、足を、そして肩を動かしはじめた。エイプリルはすくんだようにただ立ち尽くしていた。ディーンが手を差し出した。しかし普段は誰もが歩くときも踊って暮らしているようなこの女性、彼の母親は動くことすら忘れていた。

「できるだろ？」とディーンがささやいた。

エイプリルは震える息を吸いこんだ。すすり泣きのような、笑い声のような音が喉からもれた。やがて彼女は背筋を弓なりに反らし、腕を上げ、音楽に合わせて踊りはじめた。

踊るうちに二人の体からは汗がしたたった。ロックからヒップホップまで、おたがいにみずからの動きを誇示するように、競い合うように踊った。髪がエイプリルの首に張りつき、泥の混じった汗が彼のむきだしの脚を伝ってタイルに落ちた。ダンスしながら、ディーンはこれが初めてではないことを思い出した。エイプリルは彼がビデオゲームをしたり、テレビを観たりしているのに無理やり彼を誘い、遅く帰宅したときは朝食を食べている彼をダンスに誘ったものだった。幼いころ、楽しいこともあったのに、記憶から抜け落ちていたのだった。

曲の途中で、急に音楽が切れた。静寂のなかにカラスの声が響いた。振り向くと、静かになったＣＤプレーヤーのそばで不機嫌な顔のライリーが腰に手を当てて立っていた。「音が大きすぎる！」

「ねえ、それつけてよ」とエイプリル。

「二人とも何やってるの？　いまはお昼の時間よ。ダンスする時間じゃないわ」

「ダンスに時間はないよ」とディーンがいった。「どう思う、エイプリル？　ひよっ子の妹も仲間に入れてやるか」

エイプリルがつんと顎を上げた。「きっとついて来れないわよ」

「ついていけるわよ」とライリー。「でもお昼が食べたい。それに二人とも臭い」

ディーンはエイプリルに向かって肩をすくめた。「やっぱりついてこれないって」

ライリーの眉間が怒りのために盛り上がった。「何いってんのよ」

ディーンとエイプリルがライリーをにらんだ。ライリーもにらみ返した。やがてライリーはＣＤをふたたびかけ、三人で踊った。

23

ブルーは頬骨の上にハイライトの頬紅をはたいた。やわらかなピンクが光沢のある新しい口紅によく映える。また、睫毛のラインに沿ってアイライナーを引き、スモーキーな色のアイシャドーも使った。見栄えはなかなかのものだ。

それがどうだというのだ。これはプライドの問題であって、美容的な目的はない。この町を出る前に、ディーンに証明してみせたいだけだ。バスルームを出ようとして、昨日ディーンが去ったあとくずかごに投げこんだ妊娠検査のキットの空き箱が目に留まった。妊娠はしていなかった。素晴らしい。このうえなく喜ばしい。放浪者のライフスタイルでは、子どもを育てる責任を持てない。おそらく今後も子どもを授かることはないだろうし、そのほうがいい。少なくとも自分のしたような生活は子どもに経験させないですむ。それでも、心に新しい空洞ができたのを感じる。また一つ、忘れるべきことがふえてしまった。

ブルーはニタの部屋へ向かった。パーティ用に買ったサンドレスの裾が膝を擦った。鮮やかな黄色のドレスで、裾がひだになっており、身頃はバストラインを整えるコルセットタイプになっている。紫色の新しいサンダルは足首に細いリボンがついたデザインだ。サンダルの明るい紫とディーンにプレゼントされたアメジスト色のアクセントが、きわめて女性的なドレスに個性的で都会的な要素を加えている。

　ニタは鏡の前でおめかしの最後の仕上げに余念がない。大きなブロンドのカツラ、ダイヤのシャンデリア・イヤリング、大波のようなカフタン調ドレス。まるで高齢者の売春宿を宣伝するパレードの山車《だし》のようだ。しかしブルーはなんとか言いつくろった。「行きましょうよ」戸口から声をかける。「それから、驚いたふりをするのを忘れないで」

「だったらあんたを見ればいいこと」ニタはブルーの頭からつま先までをしげしげと眺めながらいった。

「時間の問題だっただけ」

「遅すぎるわよ」ニタは近づくブルーの髪のひと房をふわりとふくらませた。「私の言うことを聞いて、もっと前にゲイリーにこんな感じのカットにしてもらえばよかったのよ」

「あなたの言うとおりにしていたら、いまごろブロンドにされていたわ」

　ニタはフンと鼻で笑った。「ちょっと思いついただけよ」

　ゲイリーはバーン・グリルでブルーと会って以来、彼女の髪をいじりたくてうずうずしていた。いよいよ鏡の前に座らせると、彼はブルーの髪を耳たぶの上あたりまで思いきってカットし、目を引き立たせる、片目だけ隠れる前髪にし、顔のまわりに短いレイヤーカットを施したのだった。カットは可愛すぎてブルーの趣味には合わなかったが、やはり必要ではあった。

「最初からあのフットボール選手の前できちんとした身なりにすればよかったのよ」とニタ。

「そうすればあの男だって二人のことをもっと真剣に考えてくれたのに」

「彼は真面目に付き合ってくれてるわ」

「私のいってることがちゃんとわかってるくせに。彼もあんたに恋をしたかもしれないといってるの。あんたと同じように」

「私は彼にのぼせてはいるけど、恋はしてないの。そこには大きな違いがあるわ。私は恋をしないのよ」ニタはわかっていない。これは胸を張って去っていくためなのだ。ディーンが彼女を思い出すとき、憐憫《れんびん》の情などひとかけらも持ってもらいたくないからなのだ。

ブルーはニタを急きたてて外へ出た。ブルーが車をガレージから出すあいだ、ニタは車の遮光板で口紅をチェックした。「フットボール選手に町を追い出されたなんて恥じゃないの。あんたはここギャリソンにいるのが一番いいの。あちこち放浪するのはやめなさいよ」

「ギャリソンでは暮らし向きが立たないわ」

「前にもいったけど、住みこんでくれたらそれなりのものは払うつもりよ。あんたのしょうもない絵で稼ぐよりよっぽどの高額をね」

「私はしょうもない絵を描くのが好きなの。好きじゃないのは、服従の生活よ」

「服従の生活を強いられてるのはこっちじゃないの」ニタが反論した。「威張り散らすその態度。あんたは頑固だから、自分がどれほど素晴らしいチャンスに背を向けるのか見えてない。私は永遠に生きるわけじゃないし、ほかに遺産を相続させる人はいないのよ」

「あなたは不死身。誰よりも長生きするわよ」

「好きなだけ茶化すがいいわ。でも私の莫大な資産はいつかあんたのものになるのよ」

「私はあなたの莫大な資産なんていりません。あなたも良識というものをわずかでも持ち合わせているのなら、すべて町に遺すべきよ。私の望みはギャリソンから去ること」ブルーはチャーチ・ストリートに入る直前の信号でブレーキを踏んだ。時間はちょうどぴったりだ。

「忘れないで」とブルー。「くれぐれもお上品にね」

「私はアーサー・マリーのところで働いていたのよ。上品に振る舞うなんてお手のものだっていうの」

「やっぱり、あなたはただ口を動かして私が話したほうが安全かも」

ニタが鼻を鳴らしたが、それが笑い声のように響いた。ブルーはこの憎たらしい老女がきっと恋しくなるだろうとしみじみ思った。ニタといると、ブルーは気むずかしい本来の自分でいられるのだ。

ちょうどディーンといるときと同じように。

風船を繋ぎ合わせた横断幕が教会通りを横切って掛けられていた。「ミセス・G 七十三歳のお誕生日、おめでとう」とある。ディーンもニタが七十六歳になることは知っており、このごまかしにはブルーが関わっていると彼はにらんだ。

公園には義務感から百名ほどの人が集まっていた。公園内にもさらに多くの風船が飾られ、先週の七月四日の独立記念日の名残りの赤青白の旗と一緒に風に揺れている。黒のTシャツとお揃いのアイライナーできめたティーンエージャーの寄せ集めのグループが、パンクロック風『ハッピー・バースデー』を歌い終えたところだった。ライリーから聞いたところによると、彼らはシルの甥《おい》たちで作ったガレージロックのバンドで、唯一ここでの演奏を引き受けてくれたグループということだ。

公園の前面に位置する薔薇園の近くでニタはすでに巨大なサイズのバースデーケーキのカットを始めている。祝辞は聞き逃したが、人びとの顔を見るかぎりスピーチは記憶に残るようなものではなかったようだ。パンチの入ったピッチャーとアイスティーを載せた長いテーブルの覆いにも旗布が使われている。ケーキのテーブルの近くに立つエイプリルとライリーが黄色のドレスを着た女性と話している。地元民の何人かが彼に声をかけ、彼も手を振ったが、その間ずっと目でブルーを探していた。

昨日は彼の人生でも最悪の日であり、最良の日でもあった。最初にブルーとの険悪な対決があり、次に、苦しくも、魂の呪縛からの解放ともいえるジャックとの会話があり、最後にエイプリルとのダンス・マラソンがあった。その後エイプリルとはとくに言葉を交わしたわけでもなく、気恥ずかしい抱擁もなかったが、状況が変化したことはたがいに理解していた。今後、関係がどうなるのかはわからないが、人間的な成長とともに現在の母親の生き方を認める時期が来たことは間違いない。

もう一度公園内を見渡したが、ブルーの姿はなかった。事態を打開するためになんとしてもブルーに会いたいのだ。ニタは特別に用意された席に自分の皿を運び、シルとペニー・ウインターズはケーキ配りをはじめた。ニタはさっそくポール・マッカートニーの『ユー・セイ・イッツ・ユア・バースデー』をクレージーなアレンジに替えて歌っているリードボーカルに辛辣な目を向けはじめた。ライリーと黄色のドレスの女性は二人ともこちらに背中を向けている。エイプリルがバンドのほうを仕草で示し、ライリーが一人離れ、バンドのほうへ近づいた。

　シルが紙皿にケーキひと切れを置きながらディーンに気づいた。「こっちへいらっしゃいよ、ディーン。クリームの薔薇《ばら》はすぐになくなっちゃうわよ。ブルー、彼をここへ連れてきてよ。彼の名前が入ったひと切れを取ってあるの」

　ディーンはあたりを見まわしたが、ブルーの姿はなかった。そのとき黄色のドレスの女が振り向き、彼はシーズン初のサック（パス直前にＱＢにタックルすること）を受けた気がした。

　一瞬彼女は叱《しか》られた子どものような無防備な表情を見せたが、やがて顎がつんと上がった。

「わかってる。可愛すぎるんでしょ。お願いだから、なにもいわないで」

　可愛いどころではなかった。エイプリルはミス・マフェットをトレンディでお洒落な女性に変身させたのだ。ドレスは完璧に体に合っている。長さもちょうどよく、ドレープの量も小柄な体にもっともふさわしい。身ごろは体のラインにぴたりと沿い、今風の紫色のウェッジ・サンダルは細い足首を強調している。彼女のこんな姿を想像したことはあった。独特のにぎやかなヘアカットが華奢《きゃしゃ》な骨格を最大限に生かしている。メークも美点を引き出しきわめて女らしい。少し手を加えれば素晴らしくきれいになることは、ディーンにもわかっていた。ブルーはそれを実行したわけだ。美しく、スタイリッシュで、セクシーだ。彼の知るスタイリッシュでセクシーな美人とほとんど見分けがつかない。ディーンはこんな彼女はいやだった。元のブルーに戻したいと思った。ようやく口から出たのはいかにも間の悪い言葉であった。「なぜまたこんな?」

「みんながあなたの美貌ばかり誉めそやすからいやになったのよ」

ディーンは作り笑い一つ浮かべられなかった。華奢なサンダルを脱がせゴミ箱に投げ入れ、いつものむさくるしい服装に戻したくてたまらない。ブルーはブルーであって、ほかの女とは違うのだ。こんな服装は必要ない。しかしそんなことを口走ろうものなら、気でも狂ったかと思われるのがオチなので、ただドレスの細いストラップを親指で撫でた。「エイプリルはすべて心得ているよな」

「変ね。エイプリルも私を見て同じことをいったわ。あなたのコーディネートだと思ったみたいなの」

「自分で選んだのか?」

「私は画家よ、ブー。これも私にとってはキャンバスの一つなの。面白くもなんともないけどね。さあニタにゴマでもすりに行きましょ。ニタもいまのところグサリと刺すような発言はしていないけど、午後はまだ先が長いからね」

「その前に、おれときみとで話そう。昨日のことについて」

ブルーの体がこわばった。「ニタを一人にしてはおけないわ。どんな人かあなただって知ってるでしょう」

「一時間。そのあと迎えにくるよ」

しかしブルーはすでに歩み去っていた。

エイプリルがライリーの頭越しに手を振った。胸のなかで古い怨恨《えんこん》の入ったトランクがきしみながら開いたが、覗いてみると中身はほこりだけだった。そのつもりになれば、母親のもとへ行き、戯言の一つも口にできそうだった。そして事実それを実行した。

エイプリルが祝典の服装に選んだのは、ジーンズ、カウボーイ風の麦藁帽《むぎわら》、体にぴったり沿ったビンテージのエミリオ・プッチのトップである。彼女はバンドのほうに向かって顎をしゃくった。「しごけばあのベース奏者はなんとか使えるかしら」

ライリーが隣りで声を張り上げた。「ブルーを見た？　最初見たとき誰だかわからなかったわよ。なんか急にほんとの大人になったように見えるね」

「錯覚だよ」ディーンはこわばった声でいった。

「私から見れば、そうじゃないわ」エイプリルはカウボーイハットのつばの下からディーンを見上げた。「それにブルーの気を引こうと躍起になっている男たちも同じ考えだと思う。気がつかないように見えるけど、私たちのブルーは何一つ見逃さない人よ」

「おれのブルー」ディーンはいつしかそんな言葉を発していた。

エイプリルがそれを揶揄《やゆ》した。「あなたのブルーですって？　あと二日で町を出るといってるのに？」

「あいつはどこへも行かせない」

エイプリルは顔を曇らせた。「だったら、あなたには片づけるべき一大事があるんじゃない？」

野球帽を目深にかぶり、大きなシルバーのアヴィエーター・サングラスをかけた男が近づいてきた。ライリーが少し飛び上がった。「パパ！ 来るとは思わなかった」

「行くといったろ」

「そうだけど、でも……」

「でも何度もがっかりさせられたからパパが信じられないんだよな」ピアス、ブレスレットをはずし、古いくすんだ茶色のTシャツ、デニムのショートパンツというめだたない服装をしているものの、この有名な横顔だけは隠しようもなく、赤ん坊を抱いた女が好奇のまなざしを向けてくる。

エイプリルが急にバンドへの興味を示しはじめた。ディーンの頭のなかは整理がつかない状態だったので、三人の会話の意味さえつかめていなかった。

「こっちに来るのはブルーかい？」ジャックが訊いた。

「ね、かっこいいでしょ？」ライリーが熱意をこめていった。「画家としての腕もすごいわよ。ディーンがまだダイニングの絵を見ようとしないこと、知ってる？ ディーンにいってよ、パパ。あの絵がどんなにきれいか話してあげて」

「あれは……一風変わった絵だよ」

ディーンがその意味を尋ねようとしたそのとき、ブルーが現われた。「へぇ」とジャック。

「きみって女だったんだ」

ジャックがじかに話しかけると決まってそうであるように、ブルーは赤面した。「いまだけ。煩わしすぎてやってられないわ」ジャックは苦笑いし、ブルーはライリーのほうを向いた。「悪い知らせなんだけど、ニタがあなたを呼んでるの」人波の隙間からニタが椅子に座ったまますさまじい勢いで手招きしているのがディーンにも見えた。ブルーは眉をひそめた。「ニタはもっと落ち着かないと、心臓発作を起こすわ。そうなっても、絶対みんな急いで心肺機能回復法《CPR》なんて始めないわね」

「ブルーはいつもそんなことばかりいってるの」ライリーは打ち明けた。「でもほんとはミセス・ギャリソンのこと、大好きなのよ」

「お嬢さん、またお酒でも飲んだ？　もうしないって約束じゃなかったかしら」ブルーはライリーの腕をつかむと三人と離れた。

「なんかおまえの知り合いが来るみたいだな」とジャック。「目立たないようにしてるよ」

ジャックがいなくなると、判事のハスキンズと高校の校長、ティム・テイラーがディーンのところにやってきた。「やあブー」判事はエイプリルから目が離せない様子である。「市民の責任を果たしてくれて嬉しいよ」

「どれほどそれが不快であろうと」とティム。「私も土曜の朝のゴルフを諦《あきら》めなくてはならなかった」二人の男性はしげしげとエイプリルを見つめている。誰も反応しないので、ティムが手を差し出した。「ティム・テイラーです」

ディーンもこういった事態が起こりうることは予想しておくべきであった。エイプリルはバーン・グリルのような店に行かないようにしているので、どちらの男性にも会ったことがなかった。彼女は手を差し出した。「こんにちは、私はスーザン——」

「こちらはぼくの母のエイプリル・ロビラード」

エイプリルの指は引きつった。二人の男性と握手をしたものの、カウボーイハットのつばに隠れた目にはみるみる涙が浮かんだ。「ごめんなさい」エイプリルは顔の前で指を振った。「季節のアレルギーよ」

ディーンの手がエイプリルの肩に置かれた。彼にとってもこれは予定外の行動であり、実際そこまでは考えていなかった。それでもなんだかシーズン最大のゲームに勝利したような気分だった。「母はスーザン・オハラという名前でぼくのために諜報活動をしてくれてるんだ」

この発言には多少の説明が必要だったので、ディーンはその場で考えついた作り話をし、その間エイプリルはまばたきを繰り返し偽りのアレルギーによる咳きこみを演じていた。ようやく男たちがいなくなると、エイプリルはディーンに食ってかかった。「感傷的な言葉はいっさい口にしないで。じゃないと、こらえきれなくなるから」

「わかったよ」とディーン。「ケーキでも取ってこよう」

自分も咳きこむまねをして涙を我慢するぐらいなら、ケーキを取りにいくほうがまだ格好がつくというものだ。

エイプリルはなんとか人込みから離れることができた。公園内のはずれに位置した低木林の木陰を見つけ、草の上に座ってフェンスにもたれ、やっと感動の涙にくれることができた。この手に息子を取り戻すことができたのだ。しばらくは様子を見なくてはならないだろうが、おたがいに頑固者同士、努力し合ってよい関係を築けると信じている。

遠くでガレージバンドのリードボーカルが聞くに堪えない白人ラップを歌いはじめている。ジャックが灌木《かんぼく》の植え込みを覗き、木陰になった安らぎの一角に足を踏み入れた。「純真な子どもたちに害が及ばないうちにあいつを止めてくれよ」隣りに腰をおろしながら、彼女の赤い目には気づかないふりをする。

「あなたもラップだけはやらないと約束して」とエイプリルがいった。

「シャワーのときだけにするさ。でも……」

「約束して！」

「わかったよ」ジャックに手を握られても、エイプリルはその手を引っこめなかった。「ディーンと一緒にいるところを見かけたけど」

エイプリルの目が、ふたたび涙で潤んだ。「私を母親として人に紹介してくれたの。とても……感動した」

ジャックは微笑んだ。「そうなのか。よかったな」

「きっとあなたたち二人も……」

「父と子はいま努力を続けているよ」ジャックは親指でエイプリルのてのひらの中心を撫でた。「一夜かぎりの関係はいやだといったきみの言葉をずっと考えていた。本音でいえば、普通の大人のデートをしたい」

「デートをしたい？」

「昨夜もいったように、いまのおれは女性と真面目な付き合いしかしない。ライリーのためにも落ち着いた家庭を作りたいし、それがLAでもいいってことさ」エイプリルの指は彼の戯れの動きに甘美な緊張を感じていた。「ところで、これはぼくらの最初のデートだよ。ということは次回のデートには一歩進展のチャンスがあるということだ」

「曖昧《あいまい》な言葉ね」エイプリルは思わず笑みをもらした。

「きみに対しては、曖昧な表現ばかり使ってなんかいられないよ」ジャックの顔からふざけるような表情が消えた。「きみが欲しい。きみのすべてが。きみを見たい、手で触れたい。きみを味わいたい。きみのなかに入りたい。残らずすべてを手に入れたい」

エイプリルはようやく手を離した。「そしてそのあとは？」

「もう一度同じことを繰り返す」

「だから神はグルーピーをお創りになったのよ、ジャック。個人的にはもっと形のあるものが欲しいわ」

「エイプリル……」

エイプリルは立ち上がり、ライリーを捜すために立ち去った。

ディーンはようやくブルーを人込みから連れ出し、バプティスト教会に隣接する墓地の一角に向かった。墓地でももっとも目立つマーシャル・ギャリソンの石碑の、滑らかに磨き上げられた黒の御影石の台座がそこにあった。ブルーが不安定な心理状態にありながら、それを隠そうとしていることがディーンには見てとれた。「なぜみんなエイプリルがあなたの母親だって知ってるの？　町じゅうその話でもちきりよ」

「エイプリルの話はいい。昨日の出来事について話したい」

ブルーは目をそむけた。「安心したでしょ？　私が子どもを産むなんて想像もつかないわよね」

奇妙なことだが、ディーンには想像ができた。ブルーは立派な母親になれる。セックスフレンドとしてふさわしいその逞しさを生かし、親になっても保護本能を発揮することだろう。ディーンはそんなイメージを振り払った。「月曜日に町を出るという、きみの意固地な計画について話したい」

「なぜ意固地だというの？　あなたが来週の金曜日にトレーニングキャンプに発つのは、そうではないわけね」

こうして話すブルーは大人すぎた。ディーンはミス・マフェットが懐かしかった。「なぜならぼくらの関係はまだ終わっていないからだ」とディーンは答えた。「それに二人がともに楽しんでいる関係を早々に清算する理由もない」

「もう私たちは完全に終わったの。私は漂泊の旅人。旅立つときが来たの」

「だったら、シカゴまでの車の旅に付き合えよ。いいところだからさ」

ブルーはマーシャルの石碑の角に手を伸ばした。「あそこは秋になると寒くなるじゃないの」

「心配いらないよ。家は二カ所とも暖炉があるしスチームも備えている。一緒に暮らそう」

この言葉には彼自身驚きを覚えていた。ブルーはひと言も発しなかったが、やがて耳元の紫のガラスのピアスが揺れ、黒い髪のカールのなかに隠れた。「シカゴで同棲したいと？」

「いいだろ」

「一緒に暮らすの？」

ディーンは女性と暮らした経験はなかったが、ブルーとならスペースを分け合うことに違和感はない。「ああ。問題ないだろ？」

「二日前、私を友人に紹介もしなかったくせに、一緒に住みたいというの？」ブルーの表情にはいつもの強さは感じられなかった。それはドレスやシャープな面立ちを囲む柔らかなカールのせいなのかもしれず、あるいはボー・ピープの瞳に翳りを落とす苦悩の色のためかもしれなかった。ディーンはブルーの髪のひと房を耳にかけてやった。「二日前、おれは気持ちが混乱していた。いまは気持ちの整理はついている」

ブルーは一歩離れた。「読めたわ。私の見かけがようやく人前に出しても恥ずかしくないようになったからなのね」

ディーンは怒りをあらわにした。「きみの外見なんか、この際関係ない」

「ただの偶然だというの？」ブルーは彼の目を見据えた。「ちょっと信じがたい話よね」

「おれをそんなろくでなしだと思ってるのか」ブルーが言葉を差しはさむ前にと、ディーンは急いで言葉を継いだ。「きみにシカゴを見せたいだけなんだ。それに時間的制限のない状況で二人の関係についてもじっくり考えたい」

「待って。考えるのは私のほうなのよ、忘れた？　あなたはデパートの売り場で香水のサンプルを手渡すほう」

「やめろ！　大事な話まではぐらかすな」

「あなたには言われたくないわね」

彼の現在の戦略はとても効を奏しているとはいえず、われながら平静を失いつつあるのがわかったので、ディーンは作戦変更した。「それにビジネス面での未決事項もある。壁画の料金はきみに支払ったけど、是認はすんでいない」

ブルーはこめかみを擦った。「気に入らなかったんでしょ。言わんこっちゃない」

「気に入るも入らないも、まだ見てない」

ブルーはまばたきした。「二日前にドアの覆いをはずしたわ」

「ぼくは見てないんだよ。きみが見せてくれる約束じゃなかったっけ？　それも取り引きに含まれてたはずだよ。おれは壁に一定の投資をしたわけだから、当然その絵を描いた画家とともにその絵を見る権利があるんじゃないのかな」

「また言いくるめようとしてない？」

「ビジネスはビジネスだよ、ブルー。分けて考えることを身につけろ」

「いいわよ」ブルーはきっぱりと答えた。「明日寄るわ」

「今夜だ。さんざん待ったんだから」

「自然光のなかで見てほしいの」

「なぜ？」とディーン。「ダイニングは主に夕食のとき使うのに」

ブルーは踵を返し、石碑から、彼の元から門に向かった。「ニタを家に送り届けなきゃならないの。こんなことしてる暇はないのよ」

「八時に迎えにいく」

「こっちから出向くわ」墓地を去るブルーのドレスの裾が膝をかすめて跳ねた。

ディーンはしばらく墓石のあいだをさまよいながら、気を鎮める努力をした。かつて一度もほかの女性にしたことのない誘いを、ブルーは平然とはねつけたのである。どうやらあちらは司令塔《クオーターバック》の役まわりを演じたいらしいが、リーダーとしては最悪だ。チームを統制できないばかりか、自分の幸せがなんなのかさえ見えていない。まるで半人前の選手だ。この状況をどうにか変えたいとは思うものの、とにかく時間が足りない。

ライリーは山と抱えた紙皿をくず入れに投げこみ、ギャリソン夫人の隣りに戻った。帰りかけている人も多いが、パーティは成功し、夫人は誰にでも礼儀正しい態度で接していた。パーティの参加者が多く、夫人に話しかける人が引きも切らず続いたことで、ご機嫌がいいのは見てわかる。「今日は町の人たち、すごく優しかったわね」ライリーは確かめるつもりで、いった。

「みんな、誰のご機嫌をとるべきかは承知しているのよ」

ギャリソン夫人の歯に口紅がついているのだが、ライリーは考えていることがあるのでそれを指摘しなかった。「ブルーが町の事情を説明してくれたわ。ここはアメリカだし、商店は商店主の好きなようにやらせてあげるべきだと思う」ライリーは言葉を切った。「それにレッスン料を払えない子たちのために無料でバレエのレッスンをつけてあげてほしいな」

「バレエレッスン？　誰も来ないわよ。いまの子たちが好きなのはヒップホップよ」

「なかにはバレエが好きな子もいるわ」ライリーは今日感じのよい二人の中学生と話す機会があり、ふと思いついたのだ。

「あんたは私にああしろこうしろと意見ばかりしているけどね、私のほうの要望はどうなってるの？　今日は私の誕生日だし、あんたに頼んだことは一つだけじゃないの」

ライリーは話題を持ち出したことを悔やんだ。「まだギターがうまく弾けないんだもの」

「くだらない。私はバレエのレッスンをつけてあげたのに、些細《ささい》なお返しもできないというの？」

「些細じゃないわ!」

「あそこの頭巾をかぶったバンドの連中よりずっとうまいわよ。あんな騒々しい音楽、生まれてこの方聴いたことがないわ」

「お家に帰ったら、歌ってあげる。二人きりで」

「私だって最初に人前で踊ったとき、怖かったわよ。怖くて気絶しそうだったわ。でもそれでもやめるわけにはいかなかった」

「ギター持ってないし」

「連中のを借りればいいのよ」ニタはバンドを指さした。

「あれはエレキギターよ」

「そのなかの一本は違うじゃないの」

グリーン・デーの『タイム・オブ・ユア・ライフ』の演奏のとき、リードギターがギターをエレキギターからアコースティックに替えたことをニタが見ていたことが意外だった。

「他人のギターを貸してもらうわけにはいかないわ。貸してくれないでしょうし」

「やってみなきゃわからないでしょうが」

ニタがベンチから立ち上がり、足を引きずりながらバンドのほうへ歩いていったので、ライリーはぎょっとした。パーティに集まった人の半分以上はまだ残っており、子どもを遊ばせたりする家族連れか、たむろするティーンエージャーがその大半だった。公園の横の入口からディーンが入ってきた。ライリーは慌てて草の上を抜け、駆け寄った。「ギャリソンさんが私を歌わせようとしているの。それが誕生日プレゼントだって」

ディーンはいつでも彼を怒らせようと手ぐすね引いているようなギャリソン夫人が苦手だった。だが、いまは別のことで頭がいっぱいで、それどころではない。「歌うのか？」

「歌わないわ！　歌えるはずないでしょ。こんなにまだ人がいるのに」

ディーンは誰かを捜すかのように、ライリーの頭越しにあたりを見渡した。「それほどでもないよ」

「人前では歌えない」

「ぼくとギャリソンさんのために歌ってくれてるじゃないか」

「それとは全然違うわ。あれは内輪だからできるの。知らない人の前では無理」

ディーンもようやくライリーのことに気持ちを向けたようだ。「知らない人の前で歌えないのか、それともジャックの前では歌わないのかどっちだい？」

以前ディーンに気持ちを打ち明けたとき、決してそれを口外しない約束をさせたのに、それを不本意な形で使われてしまった。「私の気持ち、わかってくれてないのね」

「わかってるさ」ディーンはライリーの肩に腕をまわした。「ごめんな、ライル。でもこればっかりは自分で解決するしかないんだよ」

「あなたは私と同じ歳のころ、人前で歌うはめになったりしなかったでしょ？」

「ぼくはライリーみたいにうまくないからね」

「結構うまいわよ」

「ジャックも努力してる」とディーン。「歌ったからって、きみへの気持ちは変わらないさ」

「あなたは知らないことでしょ」

「きみだって知らないはずだろ。そろそろ確かめるべきときが来たってことじゃないのかな」

「絶対に私の思ってるとおりなの」

ディーンの微笑みがいくらか作り笑いのように見え、失望めいた思いがライリーの胸に広がった。「わかったよ」とディーン。「ばあさんが余計なおせっかいをやめるよう、話してみるか」

ディーンがギャリソン夫人と話をつけにいく姿を見ながら、ライリーは眩暈を覚えた。農場に来る前、自分のことは自分で守るしかなかった。しかしいまはディーンが自分の代弁をしてくれている。彼はジャックに無理やりナッシュビルに連れ戻されそうになったときも同じように弁護してくれた。守ってくれるのはディーンだけではない。エイプリルもブルーもギャリソン夫人とのことで、必要のないときでも庇《かば》ってくれる。ディーンに追いかけられていると勘違いしたあの晩、父も自分を守ろうとしてくれた。

ギャリソン夫人がリードギターの奏者と話をしているところへディーンが顔を出す。ライリーは爪を嚙《か》んだ。父はフェンスのそばに一人で立っており、奇妙な表情で父を見ている人たちがいる。エイプリルは片づけの手伝いをし、ブルーは余ったケーキをギャリソン夫人のために持って帰れるよう包み終えた。隠れた才能を隠れたままにしておくと、いつかその才能も埋もれてしまい、心のままに行動しないと、結局ただの凡人に成り果ててしまう、というのがギャリソン夫人の意見である。

腋《わき》の下がじっとり汗ばみ、吐き気もする。歌いはじめたとたん、しくじってしまったらどうする？　視線はつい父親に向いてしまう。それより、もし完璧に歌えたらどうするのだ。

ジャックはバンドのマイクに向かう娘の姿を目にして、はっとした。公園の反対側にいてさえ、娘の怯《おび》えた様子が見てとれる。本気で演奏するつもりなのだろうか？

「私はライリーです」ささやくような声でマイクに向かう。

娘がひどく小さくはかなげに見える。ジャックはなぜライリーがこんな行動をとるのかわからなかった。わかっているのはどうなろうと娘が傷つかないようにするというおのれの決意だけだ。ジャックは移動を始めたが、ライリーはすでに演奏に入っていた。誰もアコースティックのプラグをアンプにつないでやらないので、公園に残った人びとはライリーを無視していた。しかしジャックは聞き取っていた。イントロはかろうじて聞こえる程度の音ではあったが、それが『笑っておくれ』であることはすぐにわかった。ライリーの歌声が聞こえると、ジャックの胸はよじれるように痛んだ。

若かったあのころを覚えているかい？

すべての夢が新鮮に感じられたよね

自作の曲をしくじる結果になろうとかまわなかった。娘のそばに行くしかない、と思った。これは十一歳が歌う曲ではなく、娘に恥をかかせるわけにいかなかった。

　わかってくれとはいわないよ
　すべては過去が語る。無理な願いとわかってる

ライリーの柔らかで軽快な声は、バンドの調子はずれの遠吠えとは対照的だったので、人びとはしだいに黙りこんだ。もし聴衆が笑っていたら、ライリーはさぞめげたことだろう。ジャックが歩調を速めたそのとき、エイプリルが現われ、彼を止めた。「聴いてジャック、あの声を聴いてあげて」
ジャックは耳を澄ました。

　ぼくも人生は過酷だと知っているけれど、
　きみは身に沁《し》みてそれを知っているんだね

ライリーはコードチェンジを間違えたが、声は揺らがなかった。

ベイビー、笑っておくれ
ベイビー、笑っておくれ
ベイビー、笑っておくれ

聴衆は静かに聴き入り、バンドメンバーの青臭い嘲笑の声もやんだ。幼い少女がこんな大人びた詞の曲を歌えば奇妙なはずなのに、誰も笑わなかった。ジャックがこの曲を歌うと怒りを帯び、対決、非難といった要素が強く出てしまう。ライリーが歌うと純粋に失恋の哀しみが出る。

ライリーは最後にCではなくFのコードで曲を歌い終えた。コードチェンジに集中するあまり、ライリーは一度も聴衆と目を合わせなかったので、喝采を浴びてびっくりしたようだった。ジャックは娘が走るようにして舞台をおりるものと予想したが、そうではなかった。マイクに近づいたライリーは小さな声でいった。「これは私の友だち、ミセス・ギャリソンに捧げる曲でした」

聴衆のなかからアンコールを求める声が上がった。ディーンは微笑み、ブルーも顔をほころばせた。ライリーはピックを唇にはさみ、ふたたびマイクの前に立った。パトリオットの新曲リリースにはつきものの、版権の問題も発表前の秘密主義もこの際あったものではなかった。ライリーはジャックがこのところコテージで作曲中の一つ『この胸の痛みを』を歌いはじめた。

ジャックはこのうえなく娘が誇らしかった。最後のほうは聴衆が手拍子で盛り立て、続けてモファッツの『ダウン・アンド・ダーティ』に入った。この選曲は歌そのものより、コードチェンジがなんとかこなせるかどうかで決めたものだということに、ジャックは気づいた。今度は曲が終わるとただ「ありがとう」といい、アンコールを求める聴衆の声を無視して、ギターを返した。偉大な演奏家のように、ライリーは聴衆にもう一曲をせがまれているうちにステージをおりる賢明さを身につけているのだ。

ディーンは誰よりも早くライリーに駆け寄り、そばに張りついていた。人びとはまわりに集まり口々にライリーを褒め称えている。ライリーは誰の目もまともに見ることができなかった。ギャリソン夫人は歌ったのが自分であるかのように気どった顔で悦に入っている。ブルーは弾けるような笑顔を見せずにはいられず、エイプリルは笑いつづけていた。

ライリーは父の顔を見なかった。ライリーが歌えることをなぜひた隠しにしようとするのかと尋ねたおり、ディーンが返してきたEメールの文面がジャックの脳裏をよぎった。

〝自分自身で答えを見つけてくれ〟

あのとき考えたのは、ライリーはうまく歌えないと父親に愛されないと思いこんでいるのではないか、ということだった。しかしいまになってみると、娘の気持ちがよく見えてくる。ライリーは自分の才能をよく認識しており、そうしたものに影響されない絶対的な愛情を求めているのだ。

人の群れが散っていくにつれ、ジャックにいっそう視線が集まるようになった。写真を撮る者もいる。一人の中年女性が少しずつ彼に近づいてきた。「失礼ですが……ジャック・パトリオットさんじゃありませんか？」

ディーンは様子をうかがっていたが、すぐさま女性のそばに寄った。「そっとしておいてやってくれませんか？」

女性は赤面した。「ご本人だなんて信じられないわ。ギャリソンみたいな町で会えるなんて。ここで何をなさってるんですか、ミスター・パトリオット？」

「ここはいい町ですね」ジャックはこの女性の向こうでニタとブルーがライリーのガードをしているのを確かめた。

「ジャックは友人で、うちに泊まっているんですよ」とディーンはいった。「ジャックがギャリソンの町を気に入っている最大の理由はプライバシーが保てることらしいです」

「そうでしょうね」

ディーンはそのほかの野次馬連中もなんとか遠ざけることができた。ブルーとニタがニタの車に向かった。ディーンはライリーを父親に押しつけ、姿を消した。ライリーは父親に近づくしかなくなった。その顔があまりに不安げなのでジャックは切なくなった。ここで自分がしくじってしまったらどうなる？　しかし迷っている暇はなかった。ジャックは娘の頭のてっぺんに軽くキスをした。ライリーは誕生日ケーキの匂いがした。「なかなか堂々としていたじゃないか」とジャック。「でもパパが欲しいのは娘なんだよ。ロックに夢中のティーンエージャーじゃなくて」

ライリーがはっと顔を上げた。ジャックは息を凝らした。ライリーの瞳が信じられないというように見開かれた。「ほんとに?」とふっと長い息をもらしながらいった。

この夏ジャックは娘との関係を築き直そうと努力してきた。ここで一歩間違えてしまえばすべてが水の泡になるのだ。「おまえに歌をやめてほしいとはいわない——それはすべておまえしだいだから——しかしこれだけは頭に入れておいてほしい。おまえはたしかに素晴らしい声をしている。しかしおまえの友人たちはおまえがまったく歌えなくてもいまと同じようにおまえを愛してくれるはずだ」ジャックは一瞬間を置いた。「それはパパも同じこと」

父親似の黒褐色の瞳が見開かれた。

「ディーンやエイプリルだってそうさ」とジャックは続けた。「ブルーも、ギャリソン夫人だって同じだ」大袈裟《おおげさ》ないい方をしているのは承知のうえだが、とにかく娘に確信を持たせたい一心だった。「おまえは友情や愛情を得るために歌う必要はないんだよ」

「パパはそれを知ってるのね」とライリーはささやいた。

ジャックはわざと誤解したふりをした。「長年この業界にいるから、そういう例をいくつも見てきたってことだ」

ライリーの顔が今度は不安げに曇った。「でも人前で歌ってはいけないということじゃないのよね?　もっとギターが上達したら」

「自分がそうしたければね。他人に自分の声で人格まで判断されない自信がついたら」

「約束するわ」

ジャックは娘の肩に腕をまわし、引き寄せた。「おまえを愛しているよ、ライリー」

ライリーが父親の胸に頰を埋めた。「私もパパを愛してる」

娘がこうして愛情を言葉にしてくれたのは初めてのことであった。

二人はおたがいの体に腕をまわしながら車に向かった。途中でライリーがいった。「将来の話をしてもいい？　歌のことじゃなくて。学校やどこに住むかというようなこと」

その瞬間、ジャックはこの件にどう対処すべきかはっきりと悟った。「残念だが、パパの気持ちはもう決まっている」

見慣れた警戒の色がライリーの瞳に浮かんだ。「そんなのフェアじゃない」

「父親だから決めるのはパパだ。悪い知らせを聞かせるようで残念だが、おまえがどんなに頼んでも今後ゲイル叔母さんやトリニティとは接触させない」

「ほんと？」それは消え入るような、息まじりの声だった。

「まだ細かいことは決めていないが、パパとおまえはLAに引っ越す。そこでいい学校を探そう。ちなみに寄宿学校じゃないよ。おまえをパパの目の届くところに置いておきたいからね。二人が気に入った家政婦を雇い、パパが旅に出ているあいだもおまえの面倒を見てもらう。ときどきはエイプリルに会いに行ってもいいよ。彼女とのことは、今後もパパは努力を続ける。こんなところで、どうかな？」

「私は――私はいままでで最高のアイディアだと思う」

「パパもそう思うよ」

車に乗りこみながら、ジャックの顔は自然にほころんだ。ロックンロールをやっていれば心を若く保てるかもしれないが、いつかは大人にならなくてはならないことも確かだ。

24

ブルーは一時間遅れて農場に到着した。昼間の黄色いサンドレスをプレーンな白のタンクトップ、カーキのショートパンツに着替えており、すっかりブルーらしさを取り戻していた。ディーンは思惑どおりジャックとライリーが顔を出すのを遠慮してくれないものか、と願っていた。「気が進まないわ」とブルーがロビーに入りながら、いった。

ディーンはキスをしたいという気持ちを抑え、玄関のドアを閉めた。「面倒なことはさっさと片づけてしまったほうがいい。まずはダイニングの照明をつけて、ぼくが入ったら悲惨な結果が一望できるようにしてくれよ」

こうしてからかいの言葉を投げかけても、ブルーの顔には微笑みの兆し一つ見られなかった。これほど当惑したブルーを見るのは妙な気分だった。

「あなたのいうとおりよ」紫の新しいサンダルを履いたブルーの足が彼の前を通りすぎてダイニングルームに向かっていく。ディーンはこんな靴などゴミ入れに投げこんで、あのみすぼらしい黒のバイカーシューズを履かせたいという欲求に襲われた。ダイニングの照明が灯った。「きっと気に入らないわ」ブルーがなかからいった。

「それはもう聞いた」とディーン。「先に何か飲んどけばよかったかもな」ディーンは角を曲がってダイニングルームに入った。彼の顔から笑みが消えた。

どんな絵かということは、まえもっていろいろ想像してきたつもりだったが、これはまったく予想を覆《くつがえ》すものであった。

ブルーは森林に囲まれた霧のたちこめる草地の上にファンタジーの世界を創り上げていた。繊細な樹木のあいだから漏れ入る淡い黄色の光。花をつけたつる草が曲線的な木の枝から一本垂れている。幻想的な池のそばに置かれたジプシーキャラバンを囲む鮮やかな大自然のカーペットの上に花はない。ディーンはいうべき言葉が見つからず、結局不適切な感想を口走ってしまった。「あれは妖精？」

「ま、まあ――そんなようなもの」ブルーは前面の窓から外を覗いているちっぽけな生き物を見上げた。そして顔を両手で覆った。「ひどい絵だということはよくわかってる。でも絵筆が勝手に動いたの。あの妖精も、ほかのも、描かずにいられなかったのよ」

「ほかにもあるのかい？」

「全部見つけるのには時間がかかるかも」窓と窓のあいだに置かれた椅子にがっくりと座りこんだブルーは、打ちひしがれた小声でいった。「ごめんなさい。こんなものを描くつもりじゃなかったの。ここはダイニングルームなのに、子ども部屋とか幼稚園の壁みたいよね。でも壁は完璧だし、光線も素晴らしくて、自分でもこんな絵を描きたいなんて意識していなかったの」

ディーンはすべてを見尽くすことができない気がした。見るたびに新しいものが目に飛びこんでくる。リボンで結んだかごをくちばしにくわえた鳥が空を飛んでいる。ドアの枠の近くには虹が架かっている。リンゴのような頰のおばあさんの顔をした雲がジプシーキャラバンを見下ろしている。一番長い壁では池のほとりでユニコーンが鼻先を水に浸けている。ライリーがこの絵をあれほど賞賛したのも無理はない。絵の感想を求めたとき、エイプリルが心配そうに顔を曇らせたのもよくわかる。タフで舌鋒鋭いブルーがなぜこんな穏やかで不思議な絵を描けたのだろう。

それはブルーがタフではないからなのだ。肝がすわった、気性の激しい女というキャラクターはブルーが人生を生き抜くために身につけた甲冑《かっちゅう》なのである。自分で描いた花冠の露のしずくのように、内面はもろくはかないのだ。

顔を覆った両手の指が髪のカールを搔きむしる。「ひどい絵よ。描いているときからここにふさわしくないことは承知していたの。でも自分でも描く手を止められなかった。心のなかで何かが解き放たれてあふれ出てくるような感じがしたわ。小切手も返すし、何カ月か待ってくれれば、この部屋の改装費も返済するつもりよ」

ディーンはブルーの前にひざまずき、両手に当てた手を引いた。「改装なんかするはずないよ」じっと彼女の瞳を覗きこむ。「この絵が大好きだから」

そしてきみを愛してる。

この言葉がまるで一陣の風のように軽やかに彼の胸のなかを通りすぎた。デンバー郊外のハイウェイで遭遇したのは運命だったのだ。ブルーは刺激を与え、魅了し、誰よりも欲望を刺激する女である。また、彼を理解し、彼も彼女を理解している。この壁画によって図らずもブルーのロマンチックな内面を見せつけられたのに、しかしこの女性は月曜日に彼のもとを去ると固く決意している。

「無理することないわ」とブルーはいった。「前にもいったけど、あなたの親切な態度がいやなの。あなたの友だちがこれを見たら――」

「ぼくの友人がこれを見たら、夕食の話題に困ることはなくなるのは確かだね」

「あなた、気でも狂ったと思われちゃうわよ」

きみを見たらそんなことはいうはずがないよ。

かつて見たこともないような真剣な顔で、ブルーは髪の毛に手を差し入れた。「あなたは完璧なセンスの持ち主。この家は男っぽさが特徴よ。この壁画がどれほどミスマッチかわかるでしょ」

「完全にミスマッチだ。そして信じがたいほどに美しい」ちょうどきみのように。「きみがどれほど素晴らしいか、まだいってなかったかな？」

ブルーは探るようなまなざしでディーンを見つめた。彼のことはすべてを見通してしまう彼女の表情がじょじょに訝《いぶか》しげなものへと変化した。「ほんとに気に入ってくれたのね。優しさを示そうとしていってくれてるわけじゃないのね」

「大事なことできみに嘘をついたことは一度もない。絵は素晴らしい。きみも素晴らしい」

そういつつキスしはじめる。唇の両端、頬の輪郭、上唇の山の部分。部屋の放つ魔法の力で、いつしかブルーは腕のなかに抱かれていた。ディーンは彼女を抱き上げ、外へ運んだ。魔法の世界から、ジプシーキャラバンという安息所へと移動する。ペンキで描かれたつる草や花々の下で、二人は愛しあった。それは静かで優しい愛の営みであった。ブルーはついに彼のものになったのだ。

翌朝ベッドの反対側がもぬけの殻になってしまったのは、ポータポッティを注文しておかなかった報いといえた。ディーンはショートパンツとTシャツを着た。おおかたコーヒーでも淹《い》れているのだろう。ポーチで一緒に座り、これからの人生でも語り合おうか。しかし庭を通っていると、赤のコルベットがなくなっていることに気づいた。急いで家に入ってみると、ちょうど電話が鳴っているところだった。

「いますぐにここへ来てちょうだい!」電話に出るとニタが大声でいった。「ブルーがここを発とうとしているの」

「いったいなんのことですか」

「月曜日に発つとみんなを騙《だま》していたの。ほんとは今日発つつもりだったのよ。チョーンシー・クロールの車でレンタカーの受け取りに行ったようなの。いまはガレージで荷物の積みこみをしているわ。何かおかしいと思ってたわよ。あの子は――」

ディーンは最後まで聞かず、電話を切った。

十五分後ディーンはニタの家の裏の路地に車を入れ、横滑りしながら生ゴミ入れの隣りに車を停めた。ブルーは最新型のカローラの開いたトランクのそばに立っていた。暑い日なのに、黒のノースリーブのTシャツ、ジーンズ、黒のバイカーブーツという服装である。首に鋲《びょう》を打った首輪をしていても不思議ではないほどだ。唯一柔らかさを感じさせるのはふんわりした可愛らしいヘアカットだけ。ディーンはトラックから飛び出した。「これはなんのまねだ」

ブルーは画材の箱をトランクに投げ入れた。後部座席はすでに満杯だ。「さよならは子どものころにいやというほど経験したわ」ブルーはにべもなくいった。「だからもうたくさんなの。ところで、いい知らせが一つ。生理が来たわ」

これまで女性に暴力をふるったことなど一度としてなかったが、ブルーのことは歯の根が合わないほど揺さぶりたかった。「きみは頭がいかれてる」そういいながらブルーに近づく。「おれはきみを愛してるんだ！」

「はいはい、そりゃ私だって愛してるわよ」ブルーはダッフルバッグを投げこんだ。

「本気だぞ、ブルー。おれたちは結ばれるべき運命なんだ。昨日の晩自分の気持ちをきみに打ち明けるべきだったけど、きみはいつだって予測のつかない行動に出る女だから、きみが怯《ひる》まないよう、慎重にことを運ぶ必要があったんだ」

ブルーは腰に手を当て、精一杯ワルぶってみせたが、うまくいっているとはいいがたかった。「現実を直視しましょうよ。あなたは私を愛してない」

「それってそんなに信じがたいことなのか？」

「ええそうよ。あなたはディーン・ロビラードで私はブルー・ベイリーなの。あなたはデザイナーブランドのものしか身につけないし、私はウォールマートのバーゲン品で満足するような女よ。私は流れ者、あなたは空をも照らすような輝かしいキャリアの持ち主。もっといってほしい？」ブルーはトランクを閉めた。

「そんなのは表面的でくだらないことだ」

「そうかしら」ブルーは車の屋根の上に置いていた安っぽい黒のサングラスをかけた。虚勢は弱まり、唇が震えていた。「今年の夏、あなたの人生は一変した。私はあなたがそれを乗り越えるための、強力な助っ人だったわけ。私もこの七週間、心から楽しんだ。でもね、しょせん現実の生活ではないの。私はあなたにとっての魔法の国のアリスだったのよ」

ディーンは手も足も出ない無力感がこらえきれなくなり、攻撃に出た。「いいかい。おれはきみなんかよりずっと現実とファンタジーの違いを認識している。ダイニングルームの作品から判断すれば、きみはおのれのとてつもない才能に気づいてさえいない！」

「ありがとう」

「きみはおれを愛してる」

ブルーは顎を突き出した。「あなたに夢中だけど、私は恋をしないのよ」

「するさ。しかしきみはそれを直視する勇気がない。ずけずけとものをいう舌鋒鋭いブルー・ベイリー、じつはとんだ臆病者だったというわけさ」

ディーンは逆襲を覚悟したが、ブルーはうなだれて靴の先を砂利にこすりつけただけだった。「私は現実主義の人間なの。いつかあなたも私に感謝する日が来るわ」

もはや小生意気な態度も、虚勢もなかった。したたかなキャラクターは演技でしかなかったのだ。内面は傷つきやすく不安でいっぱいの柔和な女性なのだ。ディーンは冷静になろうと努めたが、無理だった。「決めるのはきみなんだよ、ブルー。リスクを負う勇気を奮うか、引き下がるか」

「ごめんなさい」

「きみが去ってもおれは追わない」

「わかってる」

ディーンは彼女の行動が信じられなかった。車に乗りこむ姿を見つめつつも、きっと勇気を出してくれると信じていた。しかしエンジンが始動し、犬が遠くで吠えた。ブルーはバックで路地に車を出した。一匹のハチが彼の前を過ぎてタチアオイの花に向かって飛んでいき、ブルーの車は発車した。ディーンは車が停まるのを待った。Uターンする瞬間を待ち望んだ。だが車はそのまま走り去った。

勝手口のドアがバタンと閉まり、ニタが深紅のナイトガウンの上にローブをはためかせて階段をおりてくる。老女が近づく前にディーンはトラックに飛び乗った。途方もない考えが脳裏をかすめた。一度は振り払ったが、路地を抜けながらその考えはいっそう強くなっていく。もしブルーが真実を口にしているとしたら？　恋に落ちたのが自分だけだとしたらどうする？

ほんとうにそうだろうか？　ブルーはチャーチ・ストリートを走りながら、最後に自問自答した。自分は臆病者なのだろうか？　サングラスをとり、手の甲で目を擦った。ディーンは自分を愛していると信じている。そうでなければそんな言葉が出てくるはずもない。しかしかつて自分を愛していると告げた人びとはみな例外なく自分を手放した。ディーンも例外ではないはずだ。彼のような男は自分のような女にはふさわしくない。

この情事が危険をもたらすことは最初から察知していた。しかしどれほど感情移入しまいと心がけても結局心を奪われた。彼の愛の告白がいつかよい思い出に変わるかもしれないが、いまは心臓に突き刺さった錆びたナイフのように感じられる。

思いがけず涙が頬に流れ落ちた。彼のむごいひと言が脳裏にこびりついている。〝ずけずけとものをいう舌鋒鋭いブルー・ベイリー、じつはとんだ臆病者だったというわけさ〟

彼はわかっていない。どれほど努力しても、自分を愛し、人生を分かち合いたいと願ってくれた人はこれまで誰もいなかった。これまで誰も――

ブルーははっと息を呑んだ。町の境界線の標識が一瞬見えた。ブルーはぎこちなくティシューを手探りした。鼻をかみながら、必死で自分の心の底を見つめ、不安でわが人生を占う女の姿を見た。

アクセルを踏む足の力が抜けていく。こんなふうに町を去るわけにはいかない。ディーンは誰にでも心を捧げるような愚かな人間ではない。これまで傷つきすぎたために、自分は愛さえ見分けられなくなってしまったのだろうか、それともたんに現実主義者だからだろうか。

ブルーはUターンのできる場所がないかと前方を見た。しかしそれを実行する前に、サイレンの音が聞こえた。


一時間後、ブルーは警察署長のバイロン・ウェズリーをスチールの机越しににらみつけていた。「私はダイヤのネックレスなんて盗んでいません」先刻よりこの言葉を数えきれないほど繰り返している。「ニタが私のバッグにこっそり入れたんです」

署長はブルーの頭越しにテレビを観ながらいう。番組は『ミート・ザ・プレス（NBCで放送される、アメリカの政治家や時の人にインタビューする報道番組）』である。「その理由は？」

「私を町から出さないためです。もういったでしょう」ブルーは机をこぶしでたたいた。

「弁護士を要求します」

署長は歯からつまようじを抜きながらいった。「ハル・ケイツは日曜の午前中ゴルフで留守だ。しかし伝言は伝える」

「ハル・ケイツはニタの弁護士よ」

「町に弁護士はやつしかおらんよ」

こうなるとエイプリルに連絡を取るしかなさそうだ。

だがエイプリルは電話に出ないし、ジャックの電話番号も知らない。ブルーを逮捕させた張本人はニタなのだから、彼女が保釈してくれるわけはない。残るはディーンだけだ。

「私を勾留して」ブルーは副署長にいった。「考えたいの」

「今日ブルーを迎えに行くのか？」ブルーが逮捕された翌日の月曜日、ディーンと梯子《はしご》を並べて納屋に白いペンキを塗りながら、ジャックが尋ねた。

ディーンは目にかかる汗を拭った。「いや」

窓枠を塗っていたエイプリルが下から見上げた。髪に巻いたバンダナはすでに白のペンキが付着しはじめている。「自分の行動をきちんと把握してる？」

「もちろん。それについては話したくない」そうはいったものの、じつはたしかな考えなどまるでない。わかっているのはブルーにはゲームを続ける度胸がないということだけだ。もしニタが止めていなければ、いまごろは国土の半ばまで達していただろう。今朝目覚めたとき、酔いつぶれるまで酒を飲むか、納屋のペンキ塗りで苦痛など感じなくなるほど体を疲れさせるか、どちらかにしようと決意した。

「ブルーがいないと寂しいね」とジャックがいった。

ディーンは塗料用のボロ布で蜘蛛《くも》の巣を払った。あれほど説得したのに、結局ブルーは去っていった。

ライリーが下から不意に声を張り上げた。「喧嘩《けんか》してるのはブルーとディーンだけじゃないと思うな。パパとエイプリルもしてるように思える」

ジャックは塗装面から目を離さないまま、答えた。「エイプリルと喧嘩なんかしてないよ」

「してると私は思う」とライリー。「昨日も全然話をしなかったし、誰も踊らない」

「私たちはペンキ塗りをしてるのよ」とエイプリルがいった。「四六時中ダンスをしているわけにいかないでしょ」

ライリーは核心を衝いてきた。「二人は結婚するべきよ」

「ライリー！」何事にも動じないエイプリルが赤面した。ジャックの表情は読めなかった。

ライリーはなおも主張した。「二人が結婚したら、ディーンも……意味わかるでしょ？」小声でそっと付け加える。「私生児《バスタード》じゃなくなるし」

「ろくでなし《バスタード》なのはあなたの父親」とエイプリルが言い返した。「ディーンじゃなくて」

「感じのよくない言葉遣いだな」ライリーはパフィを抱き上げた。

「エイプリルは怒ってるんだ」梯子に取り付けた容器にローラーを浸しながらジャックがいった。「ただエイプリルをデートに誘っただけなのにさ」

ディーンはみずからの心痛を無理やり忘れることにした。ライリーを見おろしながら、いう。「あっちへ行ってなよ」

「行きたくない」

「ぼくからこの二人に話があるんだ」とディーン。「大人の話。あとで全部話して聞かせるからさ。約束する」

ライリーはしばし考え、パフィを連れて、家のなかに入っていった。

「私はデートなんかしたくないの」ライリーがいなくなると、エイプリルが小声でいった。「これは私をベッドに誘うためのお粗末な手口なの。この歳でまだ自分に魅力があるといってるわけじゃないけど、それは言っておきたいわ」

ディーンはたじろいだ。「頼むよ。子どもの前でやめてくれ」

エイプリルが刷毛《はけ》をジャックに向けたので、腕にペンキが垂れた。「あなたは挑戦を好む人。私がなびかないからもの珍しいだけなの」

両親の性生活——あるいはそれがないという事実について聞かされることはひどく不快だったが、この会話への興味も少なからずあったので、ディーンはそのままこの場に残ることにした。

「物珍しいのは」とジャックがやり返す。「過去を振りきることのできないきみの頑《かたく》なさだよ」

そこからは侮辱の応酬が続いた。双方とも自己防衛に徹するあまり、発する言葉の攻撃性など眼中にないようだったが、ディーンはそれを感じ、梯子をおりた。おのれの人生がどれほど混迷のさなかにあろうとも、他人の行動については明快な見解を持てるものだ。「二人が友好的な関係にあるかどうかはぼくにとっても大事なことだ」とディーンはいった。「でもそれはこっちの問題だから。ぼくの存在はやっぱり過失の結果でしかないのか、なんて思わせたくないのなら、せめてぼくのいるところでは大人らしく、表面的にはなにごともないように振る舞ってくれよ」

これは二人を乗せるための仕掛けにすぎないし、ブルーなら即座に見破っていただろうが、なにしろニタがこっそりバッグにネックレスを入れたために窃盗のかどで町の拘置場に監禁されている身だ。罪深いといえばこの二人のほうがずっと重罪なのに。「過失の結果？」エイプリルは刷毛を置いて、声を上げた。「自分が過失の結果だなんて、絶対に思わないで」

ジャックは梯子をおり、エイプリルと並んだ。二人は急に一致団結の姿勢を強めた。「おまえは過失どころか奇跡だよ」

ディーンは手についたペンキを擦った。「どうかな。もし両親が憎みあっていたら……」

「憎み合ってなんかいない」ジャックはきっぱりといった。「関係が最悪だったころでさえ、憎んでなんかいなかった」

「それは昔の話だろ。いまはいま」ディーンはペンキを擦り落とした。「ぼくからいわせると……まあいいや。口出しするべきじゃないし。現況で満足することにするさ。二人が試合を観にくるときは、できるだけ離れた席を用意することにするよ」

ブルーなら目球をぐるりとまわしているところだろうが、エイプリルはペンキのあとがつくのもかまわず胸に手を押し当てた。「ねえディーン……私たちを引き離す必要はないのよ。そういうことではないの」

ディーンはまごついたふりをした。「だったらどうなってるのさ？　ちゃんと話してくれないと、こっちも混乱する。ぼくには家族というものがあるのかな？」

エイプリルはバンダナを乱暴にはずした。「私はあなたの父親を愚かなほどに愛しているの。昔も、そしてまた今度も。でもだからといって、いつでも気の向くまま私の人生に出入りしてほしくはないの」その言葉からは愛情よりも挑戦的な姿勢が感じられ、ジャックがむっとしたのも無理はなかった。

「愛してるのなら、なぜこんなに悩ませる？」

ジャックの対応は上出来とは言いがたかったので、ディーンは母親の肩に腕をまわした。

「もう無責任なかりそめの関係はたくさんなんだよ。結局あんたの目的はそういうことなんだろ、ジャック。違うかい、エイプリル？」今度は父親のほうを向く。「何度かディナーに誘い、そのあとは存在すら忘れてしまうってことだ」

「いいかげんなことをいうんじゃない」ジャックは反駁した。「ところでおまえは誰の肩を持つつもりだ？」

ディーンはしばし考えて答えた。「エイプリルだね」

「そりゃ何よりだ」ジャックが家に向けて首を振ったので、ピアスが揺れた。「おまえも引っこんでてくれ。おまえの母親と話し合うことがある」

「了解」ディーンは水の瓶を手に取り、立ち去った。どのみちひとりになりたかったのだ。

ジャックは二人きりになるためにエイプリルの腕をつかみ、納屋のなかに入った。体じゅうが燃えるように熱かった。昼間の暑さのせいばかりではない。罪悪感、不安、欲望、そして希望のために心が燃えていたからだ。ほこりのたまった納屋にはまだかすかに干草や厩肥《きゅうひ》の臭いが残っていた。ジャックはエイプリルの体を馬房に押しつけた。

「おれがセックスだけを求めているなんて二度といってくれるな。わかったか?」彼女の体を少し揺さぶる。「おれはきみを愛してるんだよ。愛さないはずがないだろう? 二人はほとんど一心同体なんだから。きみと未来をともにしたい。息子を使っておれを下衆《げす》扱いさせたりせず、自然に結論を出すように導いてくれてもよかったんじゃないのか」

エイプリルは怯《ひる》まなかった。「いったいいつ、愛していることに気がついたというの?」

「再会してすぐだ」エイプリルの瞳にある懐疑の色に気づく。「最初の晩ではなかったかもしれない。そういう意味では、すぐとはいえないかもしれない」

「昨日とか?」

ジャックは本音を隠したかったが、できなかった。「心ではわかっていたはずなのに、頭では理解しきれなかった」エイプリルの頰をこぶしで撫でる。「きみの言葉を聞いたあの瞬間、まるで卵の殻が割れるようにおのれの心のなかが見えた」

「つまり……?」

「この心はきみへの愛でいっぱいなんだよ、ぼくの愛しいエイプリル」

こみ上げる感情でジャックは声を詰まらせたが、エイプリルは気丈にも彼の目を見据えた。

「もっと話して」

「きみに曲を捧げよう」

「それは前にもあったじゃない。『遺体袋に入ったブロンド美人』なんていう憶えやすい歌詞を忘れるはずがないでしょ」

ジャックは苦笑いをして彼女の髪を指で梳《す》いた。「今度はいい曲を書く。きみを愛してるよ、エイプリル。きみのおかげでおれは娘と息子まで取り戻すことができた。少し前まではすべての色が泥のようにくすみきった世界に住んでいたけど、きみに会ってから何もかも輝きはじめた。きみは思いがけない神からの素晴らしい贈り物で、その贈り物が消えてしまったら、おれはもう生きていけない」

ジャックはもうひと山あるものと覚悟したが、エイプリルのやわらかな口元がほころび、彼女の両手がショートパンツのウェストバンドに落ちた。「いいわ。寝てあげる。服を脱ぎなさいよ」

ジャックはゲラゲラ笑いながら、エイプリルを納屋の奥へ引っぱっていった。二人は不潔な毛布を見つけ、汗まみれでペンキのはねた服を脱いだ。ともに若き日の肉体の張りはなかったが、以前より柔らかな味を帯びた彼女のボディラインに彼は魅了された。エイプリルは若かりしころと同じように彼に見惚れた。

ジャックは彼女を失望させるわけにいかなかった。彼女を毛布の上に寝かせ、二人はいつまでもキスを続けた。ジャックは彼女の曲線を帯びた肉体の愛撫に没頭し、納屋のスレートの隙間から漏れ入る細い光が二人の体を緊縛のひものように包んでいた。

二人の抑制が限界まで達したとき、彼はゆっくりと体を重ねた。エイプリルが脚を開き、彼を迎え入れた。内部は濡れ、引き締まっていた。硬い床が肉体を痛めつけ、明日はきっとそのつけがまわってくるだろうと思われたが、それも気にならなかった。彼は律動を開始した。これは使命感を帯びた愛の行為だった。ごまかしのない、愛によって突き動かされる、純粋な行為であった。若いほとばしるような欲情のない二人には、たがいの目を見つめるだけのゆとりがあった。言葉にしないメッセージ、無言の誓約が交わされた。二人はともに動き、ともに歓喜へと駆けのぼり、弾けた。すべてが終わったとき、二人は奇跡によってふたたび結ばれた。

「あなたのおかげでバージンの気分が味わえたわ」とエイプリルがいった。

「きみのおかげでスーパーヒーローの気分だよ」とジャックが答えた。

素朴なセックスとほこり、汗と、長く思い出すこともなかった動物の匂いに包まれながら、二人は抱き合った。硬い床のために関節が痛んだが心は歌っていた。ゆっくりと肘をついて彼の胸にキスをする彼女の長く美しい髪がはらりと落ちた。ジャックは彼女の背骨を撫でさすった。「今度は何をしようか」

エイプリルは金色の髪の向こうから微笑んだ「これからはダブルヘッダーはなしよ。一日に一度がせいぜいじゃない？」

勾留されるのもまんざら悪くないとブルーは思った。「おれはヒマワリが好きだね」副署長のカール・ドークスはアフロヘアーを擦りながらいった。「トンボもきれいだな」

ブルーは絵筆を拭き、廊下の端に行き、羽根のバランスをチェックした。「私は昆虫を描くのが好きなの。蜘蛛も描き加えるつもりよ」

「それはどうかな。蜘蛛は人の好みが微妙だから」

「この蜘蛛は気に入るわよ。蜘蛛の糸がまるでスパンコールでできているみたいに見えるはずだもの」

「あんたはたしかに発想が豊かだよ、ブルー」カールは違う角度から壁画を眺めた。「ウェズリー署長は、あんたのことだから法に従えという警告の意味でロビーにどくろと骨のクロスでも描くんじゃないかといってるけど、おれはそんなもの描くはずないって反論しておいたよ」

「ご指摘のとおりだったわね」勾留生活はディーンのことを考えないかぎり、奇妙なほど穏やかに過ぎていった。思いのままに描きはじめると、アイディアが次つぎと湧き出てきて忘れてしまうほどだった。

カールはオフィスにぶらぶらと出て行った。明けて今日は木曜日。逮捕されたのが日曜日で、月曜日の午後から壁画を描きはじめた。また共同キッチンで職員のためにラザーニャを焼いたり、昨日は事務員のロレーンが膀胱炎《ぼうこう》にかかったので数時間電話番もした。これまでにエイプリルとシル、ペニー・ウィンターズ、美容師のゲイリーが面会に訪れた。さらに不動産業者のモニカ、バーン・グリルのバーテンダーのジェイソンも来てくれた。みな一様に同情を示してはくれるものの、エイプリル以外はニタが町の発展計画への同意書にサインするまではブルーの釈放には熱意を示さない。ブルー逮捕がニタの切り札だったからだ。ブルーはニタに対して憤りを感じ……同時に言葉にできないほどの感動を覚えていた。面会に来ないのはディーンだった。いたずらに脅しの言葉を口にすることなどないディーンが、あとは追わないときっぱりと口にしたのだ。

ウェズリー署長が廊下を覗きこんだ。「ブルー、レーモン・デイリーがコーヒーを飲みに寄るらしいよ」

「誰のこと？」

「郡の保安官」

「了解」ブルーは刷毛を置き、手を拭いて独房に戻った。現在のところブルーは唯一の囚人だが、免停中の運転でカールに捕まったロニー・アーチャーが数時間留置された。ディーンと違い、カレン・アンが恋人の保釈金を払いにきた。ただしカールの保釈金は二百ドルという小額だったということもある。

留置場は人生を見つめ直し、愚かしい心の呪縛《じゅばく》を解き放つにはふさわしい場所だった。シルが安楽椅子とフロアランプを差し入れてくれた。モニカは本や雑誌を買ってきてくれた。今度ヴィクトリア朝風の自宅を使い民宿として開業できることになったビショップ夫妻は、きちんとしたベッド用品とふっくらしたタオルを用意してくれた。しかしもうそれらを楽しむ心境ではなくなっている。明日、ディーンはトレーニングキャンプに出発する。いよいよ監獄破りのときがやってきた。

真夜中の空に浮かぶ完璧な三日月が暗い農場を照らしている。ブルーは白のペンキで塗ったばかりの納屋のそばに車を停め、サイドドアに向かったが、そこはロックされていることが判明した。玄関も同じだった。恐怖が背筋を這い下りていく。もしディーンがすでに出発していたらどうする？ だが裏庭にまわってみると、ポーチのぶらんこ椅子のきしむ音が聞こえ、そこに座る肩幅の広い人影が確認できた。網扉はかんぬきがかかっておらず、ブルーはなかに入った。グラスのなかでアイスキューブのぶつかる音がした。彼はブルーの姿を見ても、ひと言も発しなかった。

ブルーは両手を合わせてひねった。「私はニタのネックレスを盗んでないわ」

ぶらんこ椅子がふたたびきしんだ。「最初から無実だとわかってたよ」

「みんな同じ意見よ。ニタも含めて」

ディーンは片方の腕をゆったりとクッションにかけていた。「あれが人権を守る憲法にいくつ違反しているか、数えたけど忘れたよ。告訴すべきだね」

「ニタは私が訴えないことを知ってるの」ブルーはぶらんこ椅子の端に置かれた小さな鉄のテーブルに近づいた。

「おれなら絶対告訴している」

「それはあなたが私ほど町に親近感を抱いていないからよ」

彼の冷静さが揺らいだ。「それほど親近感を抱いているなら、なぜ逃げ出した？」

「それは――」

「いってやろうか」ディーンはグラスをテーブルにドンと置いた。「きみはつねに自分の愛するものから逃げ出すからだ」

ブルーは自己弁護するだけの気力が湧かなかった。「ほんとうは弱虫なの」これほど自分をさらけ出すことは抵抗があったが、相手はディーンであり、彼を傷つけてしまったことは否めない。「じつをいえば、善良な多くの人たちが私を愛してくれていたの」

「しかし結局きみは棄てられたというわけだろ。知ってるよ」そんなことはどうでもいい、という表情である。ブルーは彼のグラスをつかんでぐいとひと飲みし、むせた。ディーンはビールより強い酒は普段飲まないが、これはウィスキーだ。

彼は暗闇でブルーと二人きりになるのを避けようとするかのように、立ち上がるとポーチの新しいフロアランプをつけた。彼の無精髭はファッショナブルという範囲をいくらか超え、髪の片側はぺたりとし、腕にはペンキの汚れもついているが、それでもエンドゾーンの広告に出演するだけの魅力は削がれていない。「連中はよく外へ出してくれたよな」とディーンがいった。「聞いた話だと、来週ニタが町の計画に同意するまでは、釈放は無理だということだったのに」

「出してもらったわけじゃないの。いわば脱獄」

その言葉にディーンは耳をそばだてた。「どういう意味だ?」

「ウェズリー署長が非番になる前に車を返せば気づかれないはずよ。まわりには内緒だけど、署長の管理はゆるいの」

ディーンはタンブラーを取り返した。「監獄破りの上にパトカーまで盗んだのか?」

「いくらなんでもそんなにアホじゃないわ。署長個人の車よ。ビュイック・ルーサーン。それに借りただけ」

「借りるとは告げずにね」ディーンは酒をグイとひと飲みした。

「絶対お咎《とが》めはないわよ」被害者意識がふいに現われた。ブルーはブランコ椅子に向かい合う籐の椅子にどさりと腰をおろした。「保釈に駆けつけてくれてありがとう」

「きみの保釈金は五千ドルだ」とディーンはそっけなく答える。

「あなたはそのくらいヘアケアに使ってるじゃないの」

「まあね。だけどきみは腰が据わらない人間だからさ」と彼は痛いところを衝いてきた。

「あなたは私に会わないまま明日シカゴに向かうつもりだったのね。私がここで朽ち果てるのもかまわずに」

「きみが朽ち果てるはずがない」彼はふたたびクッションにもたれた。「噂《うわさ》によればウェズリー署長は昨日の午前中、きみを油絵の実演のために老人親睦会に出向させたっていうじゃないか」

「あれは署長の労働釈放プログラムの一環なの」ブルーは膝の上で手を組んだ。「あなた、私が逮捕されて、喜んでるでしょ」

ディーンは考えこむかのように、もうひと口ウィスキーを飲んだ。「つまるところ、どう思おうとあまり意味がないよね。ニタがあんな最悪の行動に出なければ、きみはいなくなってたわけだし」

「せめて……会いにきてほしかったわ」

「最後に話し合ったとき、きみはきっぱりと自分の考えをいいきった」

「そんなことであなたは二の足を踏んだわけね？」ブルーは声を詰まらせた。

「なぜここへ来た、ブルー？」ディーンは疲れをにじませた声で訊いた。「傷口を広げたいのか」

「私のことをそんなふうに見ているの？」

「きっときみの行動はやむにやまれぬものがあったんだろう。おれも同じことをお返しするよ」

ブルーは揺り椅子の前で脚をきつく閉じた。「こんなじゃ、私がちょっと人間不信の問題を抱えていても無理はないわよね」

「きみは信頼の問題のほかにも、美術的な問題、みせかけのしたたかさの問題だって抱えてる。もう一つ、ファッションの問題もあった」ディーンは口を歪めた。「いや待てよ、そいつはみせかけのしたたかさに含まれるか」

「私が車をUターンさせようと思ったとき、ウェズリー署長に止められたのよ！」ブルーは叫んだ。

「そうかい」

「ほんとうなの」彼が信じてくれないとはまるで予想していなかった。「あなたの言うとおりよ。路地であなたがいったこと」ブルーは深く息を吸いこんだ。「私はたしかにあなたを愛しているわ」

「ふうん」グラスを空けると氷のぶつかる音がした。

「ほんとうに」

「だったらなぜ吐きそうな声でそれをいう？」

「まだその認識に不慣れなの」ブルーはディーン・ロビラードを愛しており、ここでいっきに形勢を挽回すべきであるのは明らかだった。「このところ私には——私には考える時間がたくさんあったから……」口が乾きすぎており、言葉を押し出すようにしてやっと話した。

「あなたとシカゴに行くわ。しばらく一緒に住んでみて、様子を見たい」

無情な沈黙が返ってきた。ブルーはにわかに緊張を覚えた。

「もうその交渉は終了した」ディーンは早口でいった。

「まだ四日しかたってないのに！」

「考える時間があったのはきみだけじゃない」

「こうなることはわかってたわ！　私がいいつづけてきたのはまさにこんな状況なのよ」ブルーは立ち上がった。「結局私はあなたにとってもの珍しさでしかなかったということね」

「ぼくの指摘が図星だということをきみはたったいま証明してみせた。だからぼくはきみを信頼できないんだ」

ブルーはディーンを殴りたかった。「なぜ信頼できないというの？　私ほど信頼に値する人間はいないわ。私の友人たちに訊いてみてよ」

「同じ町に数カ月以上いないから、電話でしか話をしない友人たちか？」

「私はあなたとシカゴに行くといったのよ。そうでしょ？」

「安定を望むのはきみだけじゃないんだ。おれは長いあいだ恋を待ち望んでいた。なぜ相手がきみじゃなくてはいけなかったんだろうと、つくづく思う。神様の悪ふざけなのかな。でもこれだけはいわせてもらう。毎朝まだきみがいるかどうか訝りながら目を覚ますのはごめんだ」

ブルーは胸が悪くなった。「それで？」

ディーンは断固とした表情でいった。「きみがいえよ」

「私はもういったわ。シカゴで二人の生活を始めましょうと」

「ほんとにそれでいいんだな？」ディーンは実際に鼻で笑った。「きみは新しい土地は得意だもんな。根を張るのが苦手というわけだろ？」

ブルーは身をすくめた。

ディーンは立ち上がった。「仮に二人でシカゴへ行ったとしようか。おれはきみを友人に紹介する。楽しい時間が過ぎてゆく。笑い合い、喧嘩をし、愛し合う。ひと月がたつ。そしてもうひと月。そして……」彼は肩をすくめた。

「ある朝目が覚めてみると、私の姿がない」

「シーズン中は遠征も多い。それがきみにとってどんな状況か想像してみろよ。それに女性のこともある。連中はユニフォームを着たやつなら誰にでも飛びついていく。おれのシャツの襟に口紅がついていたら、どうする？」

「エンドゾーンのブリーフの上についているんじゃなかったら、我慢する」

ディーンはにこりともしなかった。「きみはわかってない。女たちは四六時中おれを追いまわすし、つれない態度で去るのはおれの性に合わない。笑顔の一つも見せ、髪が素敵だとか目がチャーミングだとか、どこか褒めてやらずにはいられないんだよ。そうするほうが相手も喜ぶしおれも気分がいい。そういう性分なんだよ」

生まれ持ったこの魅力。この男が愛おしい、とブルーは心から思った。

「おれは浮気をしない」ディーンはブルーをじっと見下ろした。「これも性分だ。しかし果たしてきみがそれを信じるだろうか。きみを棄てたほかの連中と同じだと見なして、おれが愛していない証拠を見つけようと躍起になってるきみが。きみが去ることを恐れて、おのれの行動すべてに注意を払ってばかりはいられないし、自分の言葉をいちいち検閲して発言するわけにもいかない。心に傷を持つのはきみばかりじゃないんだ」

論破できない彼の論理に、ブルーは怯んだ。「チーム・ロビラードに自分の場所を見出せということなの？」

ブルーはこれでディーンが主張をゆるめてくれるかと期待したが、そうではなかった。

「まあ、そういうことだな」

ブルーは他人の愛情を受けるにふさわしい子どもであることを証明しようと努力しながら

成長したが、いつもそれは失敗に終わった。いま彼は同じことを求めているのだ。ブルーは憤りで窒息してしまいそうだった。勝手にすれば、と彼に言い返してやりたかったが、彼の表情の何かがそれを押しとどめた。そこにはすべてを所有する男の魂の奥底からにじみ出る無防備さがあった。その瞬間ブルーは自分のなすべきことを悟った。それはうまくいくかもしれないし、失敗するかもしれない。これまで経験したことのないレベルの悲惨な失恋が待っているかもしれない。「私はここにいるわ」

　ディーンは聞き違えでもしたかのように首を傾げた。

「チーム・ベイリーはここに駐留します」とブルーはいった。「農場に一人で」ブルーは素早く思考をめぐらせた。「あなたが途中で帰ってこなくてもいい。しばらく顔を合わせないでいるの」ブルーは何か意味のある期日を探した。「感謝祭まで会わないことにしましょう」もしまだ私がここにいて、あなたがまだ私を必要としていたら。ブルーは固唾《かたず》を呑んだ。

「私は木々が色づく様子を眺め、絵を描き、ニタにかならず復讐をするわ。シルの新しいお店を手伝うかもしれないし――」ブルーは声を詰まらせた。「正直にいう。もしかしたらパニックに襲われていなくなっちゃうかもしれない」

「農場に留まるというのか？」

　本気でそうするつもりなのか、とブルーはみずからに問い、引きつったようにうなずいた。この決意は二人のためでもあるが、主として自分自身のためなのだ。ブルーは漠然としたあてのない生活に飽き足らなくなっており、車のトランクにすべて納まってしまうちっぽけな生活、こうしたライフスタイルを続けた結果自分がどんな人間に成り果ててしまうのか恐れる気持ちが芽生えてきているのも確かなのだ。「やってみるわ」

「やってみる?」彼の声がブルーの心を切り裂いた。

「私にこれ以上何をしろというの?」ブルーは叫んだ。

　鋼鉄の男は顎を突き出した。「見せかけの態度と変わらぬ芯の逞しさを見せてほしい」

「これではまだ逞しさが足りないと?」

　ディーンの口が引き締まった。不吉な予感が背筋を這い上がってくる。「足りないね」と彼は答えた。「掛け金をつり上げようじゃないか」ディーンはブルーの前に立ちはだかった。「チーム・ロビラードは農場を訪問しない。チーム・ロビラードは電話もかけない。Eメール一つよこさない。チーム・ベイリーはひたすら信じて日々を過ごすしかない」彼はさらに本心を探ろうとし、賭けをおりるならおりろと迫っているのだ。「きみはおれがどこにいて、誰と一緒かも知らない。おれがきみを恋しがっているのか、浮気をしているのか、女と別れようかと算段しているのか知ることができない」彼は一瞬黙りこんだ。ふたたび口を開いたとき、彼の攻撃的な口調はやわらぎ、彼の言葉がブルーの肌を撫でた。「その結果、きみはやっぱり今度も人からまた見棄てられたと感じるだろう」

　彼の優しさが感じられたが、脆《もろ》くなっている心はそれを受け止められなかった。「留置場に戻らなきゃ」ブルーは踵を返した。

「ブルー……」肩に彼の手が触れた。

ブルーは急ぎ足でドアに向かい、夜の闇に足を踏み出した。いつしか走り出し、つまずきそうになりながら署長の車まで草の上を駆け抜けた。ディーンはあらゆる要求を突きつけながら、見返りに何をよこすわけでもない。ブルーと変わらぬ脆い彼の心だけが拠《よ》りどころなのだ。

25

ブルーはまず一連のジプシーキャラバンを描いた。秘密の洞窟《どうくつ》に隠れているもの、田舎道を進むもの、目指すのは立ち並ぶイスラム寺院の尖塔《せんとう》や金箔《きんぱく》のタマネギ型のドーム。次に鳥瞰図《ちょうかんず》のような不思議な村をいくつも描いた。屈曲した道、躍り跳ねる白馬、ところどころで煙突の通風管にとまる妖精たち。狂ったように描きつづけ、一つのキャンバスを描き終える間もなくもう次のキャンバスに取りかかっているというふうだった。文字どおり寝食を忘れて打ちこんだ。描き終えるとそれらをしまいこんだ。

「せっかくの才能を隠し持っているところは、あんたもライリーにそっくりだね」ディーンがシカゴに発って二カ月がたった九月半ばの日曜の朝、ニタはバーン・グリルの喧騒《けんそう》のなかで声を張り上げた。「あんたがやっと勇気を出して作品を披露するころには、私は愛想をつかしているよ」

「あなたに愛想をつかされたらもうおしまいね」とブルーはやり返した。「いっておくけど、作品を誰にも見せてないふりはやめてよね。私に撮らせたデジタル写真をあなたがディーンに送ったことはばれてるのよ」

「ディーンと彼の両親が下品なタブロイド紙に家庭の秘密の暴露記事を掲載させたことはいまだに信じられない。『フットボールのスター選手はジャック・パトリオットの隠し子』という見出しを見たときは心臓発作を起こしそうだったよ。あの人たちも、もっと気位を持たなくちゃ」

「下品なタブロイド紙が最高入札者だったのよ」とブルーは指摘した。「自分はそれを長年購読してるくせによくいうわ」

「そんなの関係ないよ」ニタは鼻であしらった。

発表記事は八月の第二週に掲載され、それからしばらくしてディーン、ジャック、エイプリルの独占テレビインタビューが放送された。その少し前に、ニタの誕生日パーティの日にディーンは秘密を公表しなくてはと覚悟したらしい、ということをブルーはエイプリルから聞かされていた。ジャックは感極まって言葉に詰まり、ほとんど話もできない状態だった。三人は掲載権を最高入札者に売り、その資金で家族財団を立ち上げ、身寄りのない子どもたちに養子縁組を世話する団体組織への経済支援を行なっていくことにした。その資金を子犬たちのために使ってほしいと、ライリーだけが反対した。

ブルーはディーンを除く三人とは電話で話をしていた。エイプリルはみずからはディーンの話題に触れようとせず、ブルーもそれを尋ねるわけにいかなかった。

ニタはルビーのイヤリングを引っぱった。「私にいわせれば、何もかも狂っちゃったわよ。昨日なんか新しくできた書店の前に四台のＲＶ車が並んでたわ。そのうちあっちにもこっちにもマクドナルドができるわよ。それとあんたがギャリソン婦人クラブの会合を今後はうちでやっていいと許可した理由がさっぱりわからないわね」

「さっぱりわからないっていえば、あなたが昔から目の敵にしていたグラディス・プレイダーと仲良くなったことのほうがよっぽど謎だわよ。魔女集会だっていう噂もあるけど」

ニタがあまり強く歯を吸ったので、門歯を呑みこんでしまうのではないかとブルーは心配した。

ティム・テイラーがテーブルに顔を出した。「試合が始まってるよ。スターズがこの一戦をものにできるかが見どころだな」ティムはバーン・グリルが日曜日の午後にスターズ戦を観られるように最近設置した大型テレビを指さした。「ディーンがスナップ（地面に置かれたボールを後方の味方選手に渡すこと）を受けるたびに目をつぶろうとするのはやめなよ、ブルー。いかにもいくじなしに見えるぞ」

「そういうのを大きなお世話というの」ニタがぴしゃりと切り返した。

ブルーは溜息をつき、ニタの肩に頭を落とし、しばらくそうしていた。最後にニタだけに聞こえるようにいった。「もうそろそろ限界だわ」

ニタはブルーの手を軽くたたき、節くれだったこぶしで頬を撫で、わき腹をつついた。

「背筋を伸ばさないとこぶができるよ」

十月に入るころにはディーンの調子も上向きになってきたが、それでも本調子ではなかった。ニタから巧みに引き出した断片的な情報は安心をもたらしてはくれなかった。ブルーはいまのところギャリソンにいるが、それがいつまでかは誰にもわからない。ニタが送ってくれた素晴らしいジプシーキャラバンと遠景の油絵の写真も希望の拠りどころにはならなかった。ジャックとディーンの関係を扱った当初の報道の嵐もようやく収まりつつある。毎試合少なくとも家族の一人が仕事や学業の予定をやりくりして試合を観戦しにきてくれている。とはいえ家族全員を愛してはいても、心にできた空洞は広がる一方だ。日がたつごとにブルーの存在がますます遠く思えてくる。ブルーに電話しかけたことは数えきれないほどあるが、そのたびにあきらめた。ブルーは彼の電話番号を知っているし、何かを証明してみせなくてはならないのは彼女のほうなのだ。彼女には一人で頑張ってもらうしかない。

しばらくして十月末の雨の月曜日に『シカゴ・サン・タイムズ』を開いたディーンは顔から血の気が引くのを感じた。お気に入りのダンスクラブ〈ウォーターワークス〉で昨年付き合ったモデルと一緒にいるところを写したカラー写真がでかでかと載っているではないか。片手にはビール瓶、もう一方の手はモデルのウェストにまわし、ねんごろなキスを交わしている最中である。

ディーンと元恋人のアリー・トリーボーが先週ウォーターワークスでお熱いところを披露した。よりを戻したということは、シカゴ・スターズのクォーターバックがシカゴ一好ましい独身男の座を去る覚悟を固めたということなのだろうか。

ディーンは耳のなかで轟音《ごうおん》が聞こえる気がした。これこそブルーが待ち望んでいたものだ。ディーンは電話に手を伸ばした際にモーニング・コーヒーをひっくり返した。とりあえず不干渉の約束を中止することしか手立てはない。しかしブルーは電話に出なかった。仕方なくメッセージを残しはじめたが、それでも電話はかかってこなかった。ニタにも電話してみた。ニタはシカゴの新聞はすべて購読しているので、この写真がブルーの目に留まることはわかっていた。だがニタも電話に出ない。あと一時間で月曜日の朝のミーティングに出るためシカゴ・スターズの本部に行かなくてはならないのだが、そうはせず車に飛び乗り、オヘア空港に向かった。途中、ディーンはようやく自分自身の真実と向き合った。

この二人の関係について屈折したものを抱えているのはブルーだけではないのだ。彼女が他人と距離を置く手段として好戦的な態度を使っている一方、彼は愛想のよさを利用して同様の効果を生み出している。彼女を信用していないなどといったものの、それはただの言い逃れのように思えてきた。フットボールのフィールドではたしかに豪胆であるかもしれないが、実生活では臆病者だ。つねに尻込みし、自分の弱みを見せたくないがために、最後まで試合で戦いつづけることを避け、すすんでベンチに控えている。いまとなってはブルーをシカゴに連れてくるべきだったと悔やまれる。こんなふうに責任逃れに走るくらいなら、まだ破局を迎えていたほうがましだった。

テネシーが吹雪のため最初のフライトが欠航になり、冷たい小糠《こぬか》雨の降るナッシュビルに到着したのは午後遅くになってからだった。レンタカーを借り、ギャリソンに向かう。途中、木の大枝が落ち、落ちた電線の修理にあたる電力会社のトラックを何台も見かけた。ようやく農場に続く泥道に車を入れた。すっかり葉を落とした裸木、雨に濡れている枯れた牧草地、千々に乱れる思い。それでもやっとわが家に戻ったという感慨に襲われた。リビングルームの窓から明かりが漏れているのを目にしたとき、ディーンは朝刊を開いて以来はじめてまともに息を吸った気がした。

車を納屋の近くに停めると、サイドドアに向かって雨のなかを走った。ドアはロックされており、鍵を使ってなかに入らなくてはならなかった。「ブルー?」濡れた靴は脱ぎ捨てたものの、家のなかが冷えきっているため、コートを着たまま動いた。

シンクまわりに汚れた皿もなく、カウンタートップに開けたクラッカーの箱が置きっぱなしになっているわけでもない。部屋じゅうどこもちり一つないほど片づいている。ディーンは背筋を冷たいものが這い下りるのを感じた。家のなかはがらんとしている。

「ブルー!」リビングルームに向かってみたが、外から窓越しに見えた明かりはタイマーで点灯する照明の光だったのだ。「ブルー!」階段を一段おきに駆け上がってみたものの、結果は自分の寝室に行きつく前にわかっていた。

ブルーは去ったのだ。クローゼットのなかに彼女の衣類はなかった。Tシャツと下着が入っていた引き出しも空だ。包み紙に入ったままの石鹼が一つ、未使用のシャワーの棚にぽつんと置かれている。戸棚に置かれた洗面用品はそれだけだ。ジャックが使っていた寝室に入る彼の足は重かった。角の窓から入る陽の光を利用するためにブルーはここで絵を描いているとニタがいっていたが、絵の具のチューブ一本あるわけではない。

ディーンはまた階段をおりて一階に戻った。急いで発ったのか、ブルーはスウェットシャツを忘れていった。だがいつも冷蔵庫に常備していたチェリー・ヨーグルトも見当たらない。最後はリビングルームに入り、ちらつくテレビ画面を凝視したが、何も見えていなかった。彼はダイスを振り、勝負に負けたのだ。

携帯電話が鳴った。まだコートを脱ぐことさえ忘れていたのだった。ポケットから電話機を出してみると、様子を尋ねるエイプリルからの電話だった。気遣うようなエイプリルの声を聞き、ディーンはひたいを手で覆った。

「あいつがいないんだ、ママ」ディーンは動揺した声でいった。「逃げ出したんだ」


結局QVCテレビショッピングの声をBGMがわりにカウチで眠りこんでしまった。目が覚めたのは翌朝遅くなってからで、首は痛み、胃がもたれていた。家のなかはまだ寒く、たたきつけるような雨音が屋根に響いている。よろめくようにしてキッチンに行き、コーヒーを淹れた。しかし結局それも焦げつかせてしまった。

目の前にこの先の人生が広がっていた。空港まで戻ることが恐ろしかった。道すがらただひたすらおのれの犯した過ちの数を数えるしかないからだ。日曜日にはスティーラーズとの試合が待っている。試合のビデオを見てプレーの分析をしたり、戦略を練ったりしなくてはならないが、もはやどうでもよくなっていた。しゃにむにシャワーには入ったものの、髭剃《ひげそ》りをする気力はなかった。鏡を見ると虚ろな目がこちらを見つめていた。この夏彼は家族を手に入れたが、またとない心の友を失ってしまった。腰にタオルを巻きつけ、ぼんやりと寝室に戻った。

ベッドのなかほどにブルーが脚を組んで座っていた。

ディーンの脚はふらついた。

「こんちは」ブルーは小声でいった。

ディーンは膝の力が抜けた。長いあいだ会っていないのでブルーの美しさをすっかり忘れてしまっていた。短い不揃いな黒髪のカールが一本、葡萄《ぶどう》の粒のような瞳の端に跳ねている。グリーンの短いラップセーターと小さな腰にきれいにフィットしたジーンズを穿いている。ベッドのそばにもう少し色の濃いグリーンのバレエシューズ風のフラットな靴が置いてある。

呆然とするでもなく、彼を食い入るように見つめ、はにかんだような微笑みを浮かべている。ディーンは落雷にあったような気分だった。こちらは死ぬほど苦しんだというのに、彼女は写真を見ていなかったのだ。吹雪で新聞の配達が遅れたのかもしれない。しかしそれなら彼女はなぜこの家を出てしまったのか？

「帰るんなら、ひと言知らせてくれればよかったのに」とブルーがいった。

「まあ――メッセージは何度か入れたけどね」じつは数えきれないほど入れたのだが。

「携帯電話を忘れてきたわ」ブルーは探るような目でディーンを見た。

ディーンは息もできないほど激しいキスをしたかったが、まだそれは控えねばならなかった。今後もそれは叶わないかもしれない。「きみの——きみの所持品はどこだ」

ブルーは顔を上げた。「どういう意味？」

「衣類はどうした？　画材は？」知らないうちに声が大きくなっていた。「いつものヨーグルトは？　どこなんだよ？」

気でも狂ったんじゃないの、という表情である。「あちこちにあるわ」

「ないよ。どこにも！」

ブルーはぎこちない様子で組んでいた脚をほどいた。「コテージで絵を描いていたの。アクリル画じゃなくて、いま油絵の制作に取り組んでいるのよ。あっちで描いたほうが、夜寝るときに匂いがしなくていいの」

「そんな話、聞いてない！」彼はいまや金切り声でわめいていた。なんとか平静を取り戻そうと努める。「ここには食べ物もないじゃないか！」

「おなかがすくたびにこっちに走って戻らなくていいようにコテージに置いてあるの」

ディーンは駆けめぐるアドレナリンを抑えるために大きく息を吸いこんだ。「着るものはどうした？　見当たらないけど」

「あるわ、ちゃんとここに」ブルーは当惑の表情を浮かべたまま、いった。「ライリーの部屋に移したの。あなたがいないのに、ここで寝るのはいやだから。いいわよ、笑ってちょうだい」

ディーンは腰に当てていた手をようやくおろした。「いいか。おれはいまとても笑うような気分じゃない」まだ確かめたいことがあった。「入浴はどうしてる？　ここのシャワーを使ってないじゃないか」

ブルーは眉間にしわを寄せ、ベッドの縁から片足をおろした。「もう一つの浴室のほうが近いわ。あなたどうしちゃったの？　なんだか怖い」

ディーンはもう一つの浴室やコテージを見にいくことすら思いつかなかったのだ。信頼できない相手、という自分の凝り固まった考えにとらわれてすべてを見ていたからなのだ。しかし信頼できないのは、自分の心を賭すだけの意志さえない自分のほうではないか。彼は態勢の立て直しを図った。「どこかへ行ったのかい？」

「車でアトランタへ行ったわ。ニタに絵のことでせっつかれて出かけたの。そしたらアトランタですごい画商に会って――」ブルーは話を中断した。「それはあとで話すわ。あなた、出場メンバーからはずされたの？　帰ってきたのはそういうことなの？」ブルーの怒りが燃え上がった。「ありえないわよ。あなたが試合に出てなかったら九月はとても乗りきれなかったはず。あなたはずっと素晴らしい働きをしてきたわ」

「メンバーをはずされたわけじゃないよ」ディーンは濡れた髪を擦った。寝室はひどく寒く、体じゅう鳥肌が立っているが、まだ何一つ解決されていない。「きみに一つ話したいことがある。話を聞き終えるまで騒がないと約束してくれないか」

ブルーは息を呑んだ。「ああ、あなた脳腫瘍《のうしゅよう》なのね！　私がここでじっと待っているあいだに――」

「おれは脳腫瘍じゃない！」ディーンはさえぎった。「昨日の新聞にぼくの写真が掲載された。先週行ったガン研究のための慈善パーティで撮られたものだ」

ブルーはうなずいた。「様子をうかがいにいったとき、ニタが見せてくれたわ」

「もう見たのか？」

「ええ」ブルーはなおも狂人を見るような目をしている。

ディーンはブルーに近づいた。「昨日の『サン・タイム』の写真を見たというのか？　ほかの女とキスしてる写真を？」

ブルーの表情がやっと曇った。「ところであれは誰なの？　蹴《け》飛ばしてやりたいわ」

これまで試合で脳震盪《のうしんとう》を繰り返してきたせいだろうか。眩暈《めまい》を感じてディーンはベッドの端に腰をおろした。

「いっておくけどニタはいらいらしてたわよ」ブルーは片手をひらひらと振り、歩きまわりだした。「あの人もあなたのことは好きになってきたけど、やっぱり男はみんなクズだと思いこんでるわ」

「きみは考えが違うのか？」

「みんながみんなそうだとはいわない。ろくでなしのモンティの話をしたらきりがないけどね。あいつは私に電話をかけてきて――」

「モンティなんかどうでもいい！」ディーンはまた立ち上がった。「あの写真の話を聞いてくれ！」

ブルーはどことなく不快そうな顔をした。「だったらどうぞ」

ディーンには理解できなかった。ブルーは棄てられることを恐れる女ではなかったのか？彼は落ちかかったタオルの結び目を締めた。「バーに立っていたら彼女が近づいてきた。去年何度かデートしたけど、特別な関係には発展しなかったんだ。酔っていて、いきなりぼくに抱きついてきた。文字どおりぼくは彼女が倒れないように抱き止めた」

ディーンはいまごろになって女の態度に腹が立ってきた。「キスしてくる彼女をあえて止めはしなかった。突き放しもしなかった」

「わかるわ。相手に恥をかかせたくなかったんでしょ。まわりには大勢の人がいて——」

「そのとおり。彼女の友人、ぼくの友人、見知らぬ人の群れ。そのなかに例のカメラマンも混じっていたというわけさ。しかし唇が離れた瞬間、ぼくは彼女をわきへ連れてって二人は他人同然なんだと言って聞かせた。それきり、昨日新聞を見るまですっかり忘れていたんだ。電話をかけたけど……」

探るような目でディーンの表情をうかがっていたブルーの顔がこわばった。「やっと帰ってくる気になったのは、私がその程度のことで逃げ出すと思ったからなのね？」

「ほかの女とキスをしていたんだぞ！」

「私が逃げると思ったのね！　そうなのね！　あんなくだらない写真一枚のことで。肝が据わっていることを証明しようと、あんなに頑張った私が？」ブルーの瞳が紫色の稲妻のように光った。「なんて軽薄なの！」といって足音も荒く寝室を出て行った。

ディーンは信じがたい気持ちだった。もし自分がほかの男とキスをしている彼女の写真を見たら怒り狂うだろう。彼はブルーを追って急ぎ足で廊下へ出た。濡れたタオルはますます冷たくなっていく。「つまりきみは——いささかも——おれの浮気を疑わなかったというのか？」

「ええ！」ブルーは階段をおりかけて、振り向いた。「ほかの女があなたに抱きつくたびに私がいちいち動揺するとでもいうの？　そんなことじゃ、ハネムーンが終わる前に私の神経はズタズタになるじゃないの。でも目の前でそんなまねをされれば私だって……」

ディーンは言葉を失った。「いまのはプロポーズかい？」

ブルーは苛立《いらだ》った。「それが何か？」

ディーンはスコアボードが光り、ハイタッチした気分だった。「きみを愛してる」

「そんな言葉で感動させようとしてもだめよ」ブルーは残りの階段をおりた。「必死で試練に耐えてあなたのために人生まで変える努力をし、信じて待ったのに、それでも私を信じられないってどういうことよ」

いま彼女の過去の歴史を持ち出すのは得策ではない、と彼の分別が諭《さと》した。それに彼女のいい分にも一理ある。それどころか的を射ている。みずから知ったおのれの真実について彼女に話して聞かせなくてはならないとは思うが、いまはやめておく。ディーンはブルーのあとから階段をおりた。「それは……ぼくが美貌を持て余す臆病な愚か者だから？」

「ビンゴ」ブルーはコートラックのそばで立ち止まった。「どうやら二人の関係であなたに権限を与えすぎてしまったみたい。当然権力の座を交代してもらうわよ」

「まず服を脱いでからにしてくれないか？」ブルーが眉根を寄せた。彼女がそうそう簡単に罰を解いてくれるはずがない。ということで彼は作戦を縮小した。「その服はどうしたの？」

「エイプリルが私のために注文してくれたのよ。私が面倒がることを知ってるから」ブルーのカールが揺れた。「それから、私は腹が立ってるから、むかっ腹が立ってるから、裸にはなれません！」

「わかる。ぼくのことではいろいろ我慢してもらうことになりそうだ」究極の安らぎが静かに心を満たした。それを邪魔するものは冷たいタオルにもめげず張り切っている股間だけである。「アトランタの話をしてくれないか」

彼にしては賢明な駒の進め方だったと見え、ブルーは彼が自信のない恋の病にかかったバカ男だということを束の間忘れてくれた。「素敵なことが起きたのよ、ディーン。彼は南部一名のある画商なんですって。ニタがあんまり絵のことでやいのやいのいうし、腹が立ったんで彼のところに写真を送ってみたの。すると翌日彼から電話があって、作品をすべて見せてほしいといってきたの」

「そんな大事なことなのに、電話一本よこすつもりはなかったというわけか」

「それじゃなくたってあなたは現在考えるべきことが山ほどある状態じゃないの。正直いってあなたのところのオフェンシブラインがもっとあなたを護ってくれないと——」

「とにかくその画商は作品すべてを気に入ってくれたの」とブルーは続けた。「個展を開いてくれることになったわ。絵につけた値段を見たらあなたもびっくりするわよ」

「ブルー……」ディーンの忍耐は限界まで達した。

もうたくさんだ。「そのころに結婚式の予定が入る」ディーンは二歩で二人の距離を縮め、この数カ月間夢見ていたようなキスをした。ブルーもそれに応えてくれた。「結婚式は絶対にやるぞ、ブルー。シーズンが終了したら即刻」

「いいわよ」

「いうことはそれだけか？」

ブルーは微笑んで彼の顎を手で包んだ。「あなたは信念の揺らがない忠実な男よ、ディーン・ロビラード。絵を描けば描くほどそれがはっきりしてきたの。ついでにもう一つ、はっきりしたことがあるのよ。なんだと思う？」といいながら彼の下唇を指で撫でる。「私もブレのない女だということ。度が過ぎるほど忠実で、このうえなく意志強固なの」ディーンはブルーを抱き寄せた。彼女は彼の胸に頬を当てた。「あなたは私に根を張れといったけど、そのとおりだった。二人で一緒にいれば楽な目標だったのに、私にはそれをあえて困難にする必要があったのね。私には家族がいると思うだけですごく救われた。怖いと思う気持ちがなくなったもの」

「よかった。エイプリルは――」

「エイプリルのことじゃないわ」ブルーは彼を見上げた。「エイプリルは親友の一人だけど、現実の話、まずあなたに属する人じゃない」ブルーは少しすまなさそうな顔をした。「じつのところ、ニタは好むと好まざるとにかかわらず、私を愛しているの。それに彼女は心臓に杭《くい》を打ちこまれるまでどこにも行かない」ブルーの微笑みに疑問符が加わった。「エイプリルに結婚式の計画を立ててもらってもいいかしら？　私がやってもうまくいくはずないし、それにそんな暇があったら絵を描いていたい」

「自分の結婚式の計画を立てたくないのかい？」

「あまり。結婚式に興味はないの」ブルーはディーンも思い描いたことのない優しく夢見るようなまなざしで彼を見上げた。「でも愛する男性との結婚には……すごく興味があるわ」

ディーンはいっそう激しくキスを続け、ついにブルーは大きく喘いで彼を突き離した。

「もう我慢ができない。ここで待っていて」

ブルーは二階に駆け上がった。体が冷えきってそれこそ低体温におちいってしまいそうではあったが、彼は彼女がふたたび姿を現わすまで喜んで待つつもりだった。体を温めるために動くうち、ダイニングの壁画に善良そうな顔をした竜など、不思議な生き物が描き加えられていることに気づいた。また、キャラバンのドアが大きく開き、窓に小さな人影が見えている。

背後でブルーの足音が響いた。振り向くと、黒のバイカーブーツを別にすればピンクのレース素材のブラとお揃いのパンティだけを身につけた彼女がいた。ぼくのブルーがピンクを着ている。信じがたい光景だった。ブルーはやわらかな衣類を身につけ、優しい絵を描く勇気を手に入れたのだ。

「競走よ！」からかうような笑顔でブルーは先にキッチンに飛びこみ、サイドドアから出て行った。パンティから半分に割った桃のような臀部《でんぶ》が覗いている。彼はその眺めを楽しむために数秒を無駄にしたが、裏庭のなかほどでなんとか追いつくことができた。雨はふたたびみぞれに変わり、いつの間にかタオルも落ちて、素っ裸、素足で凍え死にそうに寒かった。

ブルーはふたたびダッシュをかけ、キャラバンへ先に着き、自分の描いた小鬼たちのように声を上げて笑っていた。髪に落ちた雪のしずくが光り、濡れたシルキーなブラのカップにうっすらと乳首が透けて見える。ディーンも続いてなかに入った。

キャラバンのなかは凍りつくほど冷えきっていた。ブルーはバイカーブーツを脱ぎ捨て、彼は濡れた彼女のパンティを剝ぎ取った。その体を包みこむようにして、冷えきったベッドの上に倒れこんだ。二人の濡れて冷えた体に布団をかけ、さらにそれを頭からかぶった。暗いその洞穴のなかで二人は手を擦りあい、キスをしながらたがいの体を温め合い、誓いを交わした。

みぞれが大きな音を響かせて屋根をたたき、小窓をコツコツとつつき、青いドアをノックした。横たわる二人をこのうえない安らぎが包みこんだ。

エピローグ

タキシードはディーン・ロビラードのためにあるようなものだ、とブルーは祭壇の前で彼と並びながら思った。そしてそんな魅力に圧倒されないように、心のなかでそのタキシードを脱がせた。とはいえ自分もエイプリルが見立ててくれたヴェラ・ウォン（中国系アメリカ人のブライダルデザイナー。エレガントでフェミニンな高級感が特徴）のウェディングドレスのおかげでわれながら素晴らしい変身ぶりだと思う。結婚式の準備をエイプリルの手に委ねたことは、この男性との結婚の次に賢明な決断だった。結局彼もブルーと同じく多くの不安な要素を抱えた人だということがわかった。

外国を含め各地から贈られてきた白のランの花が教会のなかを埋め尽くし、信徒席や花の台座を覆う淡いブルーのリボンには手作業で縫いつけられたクリスタルがきらきらと輝きを添えている。さらにヴァージンロードに敷かれた長いじゅうたんにも新郎新婦のイニシャルがクリスタルで飾られている。教会は二月の結婚式に各地から駆けつけてくれたディーンの友人やチームメイト、ギャリソンで二人が親しくなった友人たちで埋め尽くされている。ディーンの働きもあって、スターズはＡＦＣ決勝進出にあと一勝というところまで追い上げた。シーズン当初の戦績からすればこれは上出来といってよい。

ジャックが花婿付添い人としてディーンの隣りに立っている。息子同様一分の隙もないタキシードの着こなしであるが、シルバーと黒玉《ジェット》のピアスが彼らしい。エイプリルの淡いブルーのロングドレスはこのあと予定されているハワイでの婚礼に用意したサンドレスよりはずっとフォーマルなものだ。ハワイでの婚礼はごく内輪で行なうことになっているが、エイプリルとジャックはライリーの学校の親友数人は同行を認めることにした。ライリーに同じ年頃の仲間と過ごさせてやりたいという思いやりからである。ディーンはすでに両親に結婚のプレゼントとして池のまわりの土地を贈っており、近々ジャックたちはコテージを壊して新しく別荘を建てることにしている。

「この女性をこの男性と結婚させる人は誰ですか？」

ニタが前面の信徒席から立ち上がった。長いブルーのカフタン（中近東風長袖のドレス）を着たニタは威厳に満ち、「私です」と答える口調には有無をいわせぬ力強さがあった。ヴァージンロードでブルーに付き添ったのはニタで、それは二人にとって当然のことだった。ヴァージニアはいまもコロンビアに留まり、声なき人びとの代弁者として奮闘している。ディーンがヴァージニアに使い捨ての携帯電話を送ってくれたので最近はブルーも母親とひんぱんに話すことができるようになっているが、電話は結局孤児院や医療従事者のために使われることになるだろう。

信徒席の最前列にいたライリーが立ち上がった。パステルブルーのドレスを着て黒髪に白の薔薇《ばら》のつぼみを飾ったライリーは美しく、幸せそうだった。ジャックがギターを持ち、娘と二人でこの結婚式のために書いたバラードの伴奏をした。ライリーの素晴らしい声が教会堂に響きわたり、ジャックがコーラスをつけるとそこここで涙を拭う人の姿が見られた。

いよいよ結婚の宣誓が始まった。ディーンは優しさに輝く瞳で花嫁を見おろした。花嫁も輝く瞳で見上げた。二人は美しいものに包まれて立っていた。キャンドルの光、蘭の花、家族、友人。ブルーはつま先で立った。「エイプリルのおかげで」と小声で冗談をいう。「あなたも幼い女の子だったころから夢見てきた結婚式が挙げられたわね」

低く響きわたる深い笑い声も、ブルーが心から彼を愛する理由の一つである。

ディーンとブルーは農場で二人きりの初夜を過ごした。明日はジャックの飛行機で南仏にあるジャックの別荘にハネムーンに出発することになっている。しかし今夜はリビングルームの暖炉の前に布団を敷いただけの仮のベッドに裸で寝そべっているだけで満ち足りている。ブルーはディーンの太腿のあいだに膝を滑りこませた。「男同士が抱き合うのをからかうような二人にしては、今日あなたもジャックもなかなかよくやったじゃない」

ディーンはブルーの髪に唇を当てた。「少なくともおれたちは誰かさんみたいに口論は始めなかったよな」

「私のせいじゃないわよ。まさかカレン・アンがパーティに押しかけてくるなんて知らなかったんですもの」

「いくら彼女だって今度またウェディング・ケーキを破壊することはないよ。きみはラインバッカー二人を抑えてカレン・アンに飛びかかっていったもんなあ」

ブルーは苦笑いした。「最高だと思った瞬間はエイプリルが『ヴェラ・ウォンを着ているのにやめて！』と叫んだとき」

ディーンは含み笑いをもらした。「ぼくのお気に入りのシーンはアナベルがきみの加勢に飛びこんできたとき」

二人はじゃれるように寄り添った。二人は愛のたわむれに興じ、しばらくしてまた会話を始めた。「まだ裕福な妻がいるという現実に順応しきれていないな」

「たいしたことないわ」とブルーは答えたが、絵は凄まじい勢いで売れている。偉大な芸術に馴染みのない、みずからの好みだけを重視する一般の人びとが、ブルーが描き上げる間もなく買っていくからだ。彼女の仕事はディーンが求めていた未来の指針を与えてくれた。彼はエイプリルと一緒に共同事業を検討しており、ブルーのデザインを元にした奇抜な衣服の構想を練っているのだ。来年はエイプリルが基本的な商品の販売を始めることになっている。ディーンが引退するころには、事業を家具や室内装飾の分野まで拡大したいと考えている。二人のスタイルに対する完璧な審美眼とディーンの優れたビジネスセンスを考えると、事業はかならず成功するとブルーは確信している。

ディーンはリビングルームを見下ろすように一番長い壁に掛けられた巨大なキャンバスにじっと見入った。二人が二階の寝室ではなくここで初夜を過ごすことにした大きな理由はこの絵である。彼はブルーの肩を撫でた。「こんな素晴らしい結婚祝いを受け取る花婿はこの世にまたといないだろうな」

「これはいつか見た夢の再現なの」ブルーはディーンの顎の下に頭をもぐりこませながら、いった。「これからの私たちの生活がどうなっていくかを描いたものよ。この作品には寝る間も惜しんで取り組んだわ」

そこに描かれたものは農園だが、ほかの生き物同様、春夏秋冬が混在する不思議な世界なのだ。農家の壁は取り払われ、農家のなかで起きていることがすべて見えている。ある部屋でクリスマスツリーのまわりに家族が集まっているかと思えば、別の部屋では老女が人びとに囲まれて誕生日のケーキのろうそくの火を吹き消している。キッチンでは子犬たちが跳ねまわっている。裏庭ではスーパーボウルの祝勝会、側庭では独立記念日のお祝いをやっている。玄関ポーチには頭のないビーバーの着ぐるみに身を包んだちっぽけな人物がハロウィーンのカボチャの上に座っている。農家からよく踏みならされた小路を進んでいくと池があり、そのそばで父親と娘がギターを弾《は》き、長いブロンドの髪の女性が空に向かって腕を上げている。牧草地では馬たちが草を食み、納屋の屋根には変わった鳥がとまっている。そして農家のすぐ真上に、かごから笑顔を覗かせている赤ん坊を乗せた熱気球がおりてくる。赤ん坊たちはそれぞれ父親ゆずりの愛らしい魅力を持っている。

キャンバスの左側を指さすディーンの指で結婚指輪がきらめいた。「熱気球の次に好きなのはあれだよ」

ブルーも彼の言葉の意味をなんなく解した。「あなたもきっとそう感じると思ったわ」

ジプシーキャラバンが天蓋《てんがい》のような木々の下に置かれ、生い茂ったつる草が車輪をしっかりと大地に固定している。キャラバンのそばにはブルーとディーンが立ち、そのまわりで二人の愛する人びとが踊っている、そんな絵であった。

著者あとがき

物書きは孤独な職業であることは承知しているが、多くの人びとの支援や激励に支えられている私は孤独を感じていない。素晴らしいEメールを送ってくださったり、ホームページのSEP Bulletin Boardで私とやりとりしてくださる読者の方々には心から感謝している。そこで私は東テネシーについての豊富な情報をもたらしてくださったビバリー・テイラーさんと知り合うことができた（たとえば「スーザン、イースタン・テネシーではなくてイースト・テネシーですよ」といったひと言）。また、テネシーに関する豊かな見識をもってご協力いただいたアデル・サン・ミゲルさん、このたびもフットボール選手の怪我についてアドバイスをいただいたボブ・ミラー博士にも感謝申し上げたい。十一歳の児童を理解するうえでお世話になったケリー・ルサージュ、私の親友でもあるスーザン・ドゥインジスの両氏にお礼を申し述べたい。また四年生の児童にも子どもの心理を確認するうえで協力をお願いした。この場を借りて感謝を伝えたい。

精神的な支えになってくれているのは、誰よりもまず夫のビル、そして妹のリディア、素晴らしい息子たち、そしてダナ・フィリップス、グロリア・テイラーという世界一の義理の娘たちである。加えて才能にあふれ、ユーモアのセンスがあり、洞察力に優れた作家仲間の方々には日頃から深く感謝している。とりわけ、ジェニファー・クルージー、ジェニファー・グリーン、クリスティン・ハンナ、ジェイン・アン・クレンツ、ジル・マリー・ランディス、キャシー・リンツ、リンゼー・ロングフォード、スゼット・ヴァン、ジュリー・ワコースキー、マーガレット・ワトソンの諸氏にはたいへんお世話になっている。

仕事の面で、私は担当編集者のキャリー・フェロンをはじめとしたウィリアム・モロウ、エイボンブックスの優秀なチームに支えられている。美術、編集、市場開発、製造、宣伝、販売の各分野の非凡な能力を持つ人びととともに仕事ができることはこのうえない喜びである。私はこの身の幸運はよく承知している。スティーブン・アクセルロッドは小学生のころから私のエージェントを務めてくれている素晴らしいパートナーだ。私の有能なアシスタントのシャロン・ミッチェルはすべてを掌握しており、彼女がいないと私は途方にくれるだろう。

最後に自作の曲を使わせてくれた息子のザック・フィリップスに大いなる感謝の気持ちを伝えたい。"Why Not Smile?"（二〇〇六年作）（文中では『笑っておくれ』となっている＝訳者注）、"Cry Like I Do"（二〇〇三年作）（文中では『この胸の痛みを』となっている＝訳者注）の二曲の歌詞を作中でありがたく使わせてもらった。

訳者あとがき

本作品はスーザン・エリザベス・フィリップスの人気シリーズ「シカゴスターズ」の七作目に当たり、六作目の『まだ見ぬ恋人』できらびやかに登場したスターズのクォーターバック、ディーン・ロビラードの恋物語である。ハリウッドスター並みの華やかな美貌、選手としての活躍で大人気のスター選手の、人生の光と影が情感たっぷりに描かれ、読み応えのある作品となっている。

前作『まだ見ぬ恋人』から五年後、まだ青臭さの残る若者だったディーンも三十一歳になり、QBとして円熟期に入り、人間としても成長している。若さ青さの象徴のようだった前作でのダイヤのピアスははずしてしまった。すべてが順調で満ち足りているはずなのに、人間として成長したためなのか、心の奥底に硬いしこりがあるのを自覚する日々。何気なく買ってしまったテネシーの農家の改修をじかに確かめるという目的もあり、充たされない気持ちを発散させるためもあって、オフシーズンのある日、ディーンは車でテネシーに向かう。途中珍妙な姿の女性と出逢い、一緒に旅を続けることとなる。そして、その夏彼の人生は大きな変化を迎える。

物語の舞台であるテネシーの、大きいが古い農家はこの物語の核となる要素の象徴のように思える。家族。ふるさと。土地との絆。愛着。この農家を次つぎと訪れる人物たちの登場によって、主人公二人の過去や心に秘めた痛ましい記憶が明らかになっていく。ギャリソンという一風変わった古めかしい町の人々、とくに個性的な老女ニタとの関わりが物語にある種の心あたたまる味わいを加えている。孤独でわがまま、辛辣で誰からも疎まれているこの老女が、なんともいい味を出しているのだ。

今回ロック界のスーパースターが登場するのだが、著者あとがきにもあるように、このアーティストの作品として使われているのは、著者の次男ザック・フィリップスの自作の曲である。彼はプロのシンガーソングライターとして活動しており、近年結婚したお相手はそんな音楽活動のパートナーであるらしい。このスーパースターを描くにあたって、誰をモデルにしたのか興味のあるところだが、それを想像しながら読むのも一興かと思う。ロッカーとミューズと呼ばれた取り巻きの女性たちについては、実名で挙げられており、古いところではミック・ジャガーの恋人とされたマリアンヌ・フェイスフルの名前もある。

著者の作品のヒロインはみな個性的だが、今回のヒロイン、ブルーもきわめて個性的といえるだろう。母親が平和活動家で、幼いときから里子暮らしを強いられて家庭を知らずに育ち、愛を求めては失望を味わい、自分を守るためにタフさを身につけてきた。舌鋒《ぜっぽう》鋭く、簡単に相手を受け入れることがない。たとえ相手が美貌のスーパースターでも。そんな頑なさのなかにナイーブな優しさが垣間見え、ほろりとさせられる。そんな少女のような無垢さと、過酷な運命を生き抜くタフネスが魅力の女性である。

ここで少し物語の舞台となった東テネシー州について触れてみたい。テネシー州は南部でも東寄りの内陸にあり、主とする産業は農業、製造業、ウィスキー、観光だ。それに加えるとすれば音楽産業か。比較的早めに入植が行なわれた地域で、カントリー＆ウェスタンのルーツとなる音楽がさかんになったという。もともとはアイルランドやスコットランド、ドイツや北欧の民謡をアレンジしたものに黒人のブルースの要素が加わったものがカントリー＆ウエスタンだ。それが洗練されて現代のポップミュージックへと変わっていった。そんな歴史のなかで、テネシーはアメリカの音楽の歴史が刻まれている土地というイメージがあり、州都ナッシュビルにはR&B、カントリー、ロックなどの音楽スタジオが多く存在し、エルビス・プレスリーやジョージ・ハリスン、リンゴ・スターなどもここでよくレコーディングしたという。この物語にもカントリーの名作のタイトルが挙げられ、ロックスター、ジャック・パトリオットの元妻はカントリー＆ウェスタンの歌手でともにナッシュビル在住という設定で、テネシーと音楽の濃い関わりを反映させた内容となっている。

この州の産業の一角を担う観光であるが、ノースキャロライナとの州境にユネスコの世界遺産に認定されたグレート・スモーキー山脈国立公園があり、年間九百万人もの観光客が訪れるという。広大な原生林、整備された登山道や歴史施設など見どころも多く、人気スポットらしい。物語にもあった大きな滝のある登山道は有名な「ローレル滝山道」だろうか。

この物語のヒロインもヒーローも家庭を知らない。どこかの土地に対する愛着や帰属意識もない、ある意味根無し草のような人生を送ってきた。そんな二人がようやくたどりついたのが、こんな素朴で土の匂いがする人間臭い土地テネシーであったというのがとても意味深いことなのだと感じさせられた。著者は南部を舞台にした作品をいくつも書いているが、今回の作品にもその土地ならではの匂いというものが行間に漂っており、おそらく取材のために現地を訪れたのではないかと思われる。ディーンが買ったという農家のたたずまいにしても、とてもリアルで情緒に満ち、臨場感あふれる表現となっている。素朴な昔ながらのアメリカのよさというものが、南部にはきっとあって、そこが著者を惹きつけてやまないのであろう。

切なくて、もどかしくて、でもじんわりと心が温まるこの作品は、シカゴスターズシリーズの最後を飾るにふさわしい爽やかな読後感を与える、作者の愛を感じる一作となった。

著者の次の作品は二〇〇九年の二月にハードカバーで出版されることになっており、タイトルも*"What I Did For Love"*と決まったそうで、これは別のシリーズの一作目になる模様である。スーザンがまた新たな愛の世界をどう描いてくれるのか、楽しみでならない。

二〇〇八年七月

ザ・ミステリ・コレクション

いつか見《み》た夢《ゆめ》を

著者　スーザン・エリザベス・フィリップス

訳者　宮崎《みやざき》 槙《まき》

発行所　株式会社 二見書房
東京都千代田区三崎町2-18-11
電話 03(3515)2311［営業］
03(3515)2313［編集］
振替 00170-4-2639

印刷　株式会社 堀内印刷所
製本　村上製本

ISBN978-4-576-08079-6
http://www.futami.co.jp/